古典文獻研究輯刊

二四編
曾永義 主編

第 16 冊

夏承燾詞學研究
——以日記、書信、論詞絕句為考察中心（中）

薛乃文 著

國家圖書館出版品預行編目資料

夏承燾詞學研究——以日記、書信、論詞絕句為考察中心（中）
／薛乃文 著 -- 初版 -- 新北市：花木蘭文化事業有限公司，
2021〔民 110〕
目 4+214 面；19×26 公分
（古典文學研究輯刊　二四編；第 16 冊）
ISBN 978-986-518-578-7（精裝）
1. 夏承燾 2. 詞 3. 研究考訂
820.8　　　　　　　　　　　　　　　　110011670

ISBN-978-986-518-578-7

9 789865 185787

古典文學研究輯刊
二四編　第十六冊　　　　　　　ISBN：978-986-518-578-7

夏承燾詞學研究
——以日記、書信、論詞絕句為考察中心（中）

作　　　者　薛乃文
主　　　編　曾永義
總 編 輯　杜潔祥
副總編輯　楊嘉樂
編　　　輯　許郁翎、張雅淋、潘玟靜　美術編輯　陳逸婷
出　　　版　花木蘭文化事業有限公司
發 行 人　高小娟
聯絡地址　235 新北市中和區中安街七二號十三樓
　　　　　　電話：02-2923-1455／傳真：02-2923-1452
網　　　址　http://www.huamulan.tw 信箱 service@huamulans.com
印　　　刷　普羅文化出版廣告事業
初　　　版　2021 年 9 月
全書字數　520771 字
定　　　價　二四編 20 冊（精裝）台幣 45,000 元　　版權所有・請勿翻印

夏承燾詞學研究
——以日記、書信、論詞絕句為考察中心（中）

薛乃文　著

目次

第三章　夏承燾詞體觀之建構

第一節　詞的本質

一、詞的起源

　　詞在唐五代時，原被稱為「曲詞」、「曲子詞」或「曲子」，如《雲謠集雜曲子》；詞和樂府詩一樣，可以入樂歌唱，又稱「樂府」、「樂章」或「歌曲」，如《東坡樂府》、《樂章集》、《白石道人歌曲》。再者，由於詞之體，以長、短句式交錯為常見，故又稱「長短句」，如《淮海居士長短句》、《稼軒長短句》；或有人認為詞乃詩之餘緒，稱之為「詩餘」，如南宋廖行之《省齋詩餘》、無名氏《草堂詩餘》等；亦有文人以詞乃依照樂曲的聲情、句拍加以填作，遂稱之為「倚聲」，如清代鄒祇謀、王士禎《倚聲初集》；又稱「琵琶詞」。可見詞是配合音樂、依調而填、長短句式的文體，調有定格，句有定數，字有定聲。龍榆生嘗謂：「詞是文學語言和音樂語言緊密結合的特種藝術形式」〔註1〕，其中所蘊含的音樂要素與文學要素，是決定詞體確立的關鍵所在。歷來學者針對詞源問題的探討，自是由此出發，主要根據詞體的構成特徵或要素，上溯至某一階段的樂曲成分、文體形式、時代斷限、空間場域、創製之祖。就音樂而言，則針對隋唐燕樂、民間樂曲、清樂、法曲等音樂要素，探究詞與諸種樂曲之關係；就文體而言，或依長短句形式，以為詞源於《詩經》、古詩；或依

〔註1〕龍榆生：〈談談詞的藝術特徵〉，收錄於《倚聲學》（《詞學十講》）（臺北：里仁書局，1996年1月），頁189。

詞樂合一的形式，將詞的起源與樂府、聲詩、酒令等文體相扣合。基於樂曲成分與文體形式的追溯，即決定影響詞體產生的時代斷限，詞體發生的空間場域，以及創製之祖的身分。〔註2〕於焉詞的起源說仍歧異紛紜，莫衷一是。筆者與指導教授共撰〈綜論詞的起源〉一篇，即針對各家說法，就樂曲、文體、時代、場域與作者予以區分，得詞是「漢樂、胡樂、漢胡音樂交融『三管』齊下的成果」。〔註3〕

今觀夏承燾論詞體起源最早的紀錄，以1928年讀胡適《詞選》附〈詞的起原〉一篇開始。《日記》載：

> 閱胡適《詞選》各詞人小傳，有可據入《詞林繫年》。附〈詞的起原〉，
> 謂長短句起於中唐，考訂頗確鑿。　　（冊5，頁18）

夏承燾〈致胡適之論詞書〉中也說：

> 頃讀大著《詞選・詞的起原》篇，獲益良多。「詞的音調裡仍舊是有
> 泛聲的」一語，尤有先得吾心之快。詞中襯字，出於泛聲，而清初
> 人詞書，皆以虛字當之，謂實字不可藉口為襯……。承燾曩作〈詞
> 有襯字考〉時，未見大著，引方成培《詞麈》及江順詒《詞學集成》
> 諸說，證同一調中字數多寡不同，皆由於樂調有泛聲，唱時可增減
> 隨意，以駁《詞律》「又一體」之妄。……惟大著主長短句起於詞人

〔註2〕二十世紀，梁啟超《中國之美文及其歷史》（1924年）、胡適〈詞的起原〉（1924年）、胡雲翼《宋詞研究》（1925年）、龍榆生〈詞體之演進〉（1933年）、王易《詞曲史》（1926年）、鄭振鐸《插圖本中國文學史》（1932年）、劉大杰《中國文學發展史》（1943年）、任二北《敦煌曲初探》（1954年）、唐圭璋《雲謠集雜曲子校注》（1943年）及〈論詞的起源〉（1978年）、陰法魯〈關於詞的起源問題〉（1964年）、葉嘉瑩〈論詞的起源〉（1984年）、施議對《詞與音樂關係研究》（1985年），以及林玫儀〈由敦煌曲看詞的起源〉（1975年）、劉曉民《詞與音樂》（1982年）、饒宗頤〈論法曲子〉（1986年）、吳熊和《唐宋詞通論》（1989年）、劉尊明〈詞起源於民間說的重新審視與界說〉（1993年）、楊海明《唐宋詞史》（1998年）等，無不參與討論。相關述評，如羅豔婷〈當代關於詞之起源研究綜述〉、劉尊明〈二十世紀詞的起源研究述略〉、何曉敏〈二十世紀詞源問題研究述略〉以上各家論點，詳參何曉敏：〈二十世紀詞源問題研究述略〉，《詞學》第20輯（上海：華東師範大學出版社，2008年12月），頁90～105。又各家「起源之說」的提出年代，則依何曉敏論文中所考訂之最早脫稿時間或出版時間為依據。另參劉尊明：〈二十世紀詞的起源研究述略〉，《文史知識》2000年第12期，頁105～111。羅豔婷：〈當代關於詞之起源研究綜述〉，《徐州教育學院學報》（1999年第14卷第1期），頁95～97。

〔註3〕以上內容引用自筆者與指導教授王偉勇先生合撰〈綜論詞的起源〉，收錄於《詞學面面觀》（上冊）（臺北：里仁書局，2012年10月），頁1～70。

　　依曲拍為歌詞，不信朱子「後來人怕失了泛聲逐一添個實字」之說；
拙作則仍從朱子、沈括、胡仔之說，且以詩詞曲三者之遞變皆與襯
字有關。……又大作以長短句詞調起於中唐，引劉禹錫集中「依〈憶
江南〉曲拍為句」一語，證據甚強。　　（冊 5，頁 19～20）

首先，夏承燾認為胡適論詞起源於中唐之說，證據甚強。胡適〈詞的起原〉一
文有云：「長短句的詞起於中唐，至早不得過西曆第八世紀的晚年。」〔註4〕
胡適反駁李白〈憶秦娥〉、〈菩薩蠻〉二詞為百代詞曲之祖的說法，舉郭茂倩
《樂府詩集》所錄作品，證明中唐以前，大都是五言、七言的律、絕，沒有長
短句的詞；且《樂府詩集》遍載李白的樂府歌詞，卻不見〈憶秦娥〉、〈菩薩
蠻〉二調。又舉各家詩集為佐證，認為自李白〈清平調〉到元結〈欸乃曲〉，
都是整齊的近體詩歌。因此胡適認為初、盛唐之際，出現的可入樂的詩歌，
不可視為詞。至中唐以降，根據劉禹錫「和樂天春詞，依〈憶江南〉曲拍為
句」之論，認為〈憶江南〉為最早的詞調創體，是填詞的先例。〔註5〕然一旦
敦煌詞與教坊曲得到詞壇認同後，夏承燾對於詞體起源的看法，便更加周全，
詞體形成的時間於是往前推溯，論定詞起源於隋唐之際。

　　其次，夏承燾不同意胡適否定朱熹等人的泛聲說。唐代之際，聲詩流行，
造成「聲詩日盈聽」〔註6〕的盛況，李清照〈詞論〉曰：「樂府、聲詩並著，
最盛於唐開元、天寶間。」〔註7〕王灼《碧雞漫志》記載當時歌女伶伎「取當
時名士詩句入歌曲」一事。〔註8〕聲詩盛行一時，樂工、歌妓無不以齊言的五、
七言句式進行演唱，然為配樂伴奏，以達抑揚頓挫的效果，遂有「泛聲」「和
聲」、「虛聲」之說以解決齊言句式的困境。沈括云：「詩之外又有和聲，則所
謂曲也。古樂府皆有聲有詞，連屬書之。如曰『賀賀賀』、『何何何』之類，
皆和聲也，今管絃之中纏聲，亦其遺法也。唐人乃以詞填入曲中，不復用和
聲。」〔註9〕朱熹云：「古樂府只是詩，中間卻添許多泛聲。後來人怕失了那

〔註4〕　胡適：〈詞的起原〉，見趙為民、程郁綴：《詞學論薈》（臺北：五南圖書出版
　　　　　股份有限公司，1989 年），頁 1。
〔註5〕　胡適：〈詞的起原〉，見趙為民、程郁綴：《詞學論薈》，頁 5。
〔註6〕　〔唐〕張祜〈大唐聖功詩〉，見陳尚君編：《全唐詩補編》（北京：中華書局，
　　　　　1992 年 10 月），卷 11，頁 216。
〔註7〕　〔宋〕李清照〈詞論〉，見〔清〕馮金伯：《詞苑萃編》，唐圭璋編：《詞話叢
　　　　　編》（北京：中華書局，2005 年 10 月），冊 2，頁 1982。
〔註8〕　〔宋〕王灼：《碧雞漫志》，唐圭璋編：《詞話叢編》，冊 1，卷 1，頁 78。
〔註9〕　〔宋〕沈括撰、胡道靜校注：《新校正夢溪筆談》（香港：中華書局，1987 年

泛聲，逐一聲填箇實字，遂成長短句，今曲子便是。」〔註10〕又胡仔《苕溪漁隱叢話・後集》云：「唐初歌辭多是五言詩，或七言詩，初無長短句。自中葉以後，至五代，漸變成長短句。及本朝則盡為此體，今所存止〈瑞鷓鴣〉、〈小秦王〉二闋，是七言八句詩，并七言絕句而已。〈瑞鷓鴣〉猶依字易歌，若〈小秦王〉必須雜以虛聲，乃可歌耳。」〔註11〕「泛聲」、「和聲」、「虛聲」的內容不盡相同，但對於唐人演唱的曲辭由齊言變成長短句式的過程，提供了一個解釋的途徑。夏承燾所撰〈詞有襯字考〉〔註12〕，引方成培《詞麈》及江順詒《詞學集成》諸說，證明同一調中字數多寡不同，皆由於樂調有泛聲之故，唱時可增減隨意。並同意朱熹、沈括、胡仔之論，以為詩、詞、曲之遞變，與襯字相關。由此可知，夏承燾早期論詞的起源，係從唐人聲詩泛聲而成長短句的角度出發。此一設想，僅站在文體的立場而論，未考慮詞乃音樂文學的因素，以致過於狹隘，不夠周全。

迨至夏承燾的研究視野更加成熟，其詞學觀點即更加全面。本文自樂曲、場域、文體、時代等面向進行耙梳，以梳理夏承燾的詞體起源觀。此外，夏承燾亦提出「詞為律詩之反動」的說法，一併列於文末探討。又以下參照筆者與王師偉勇合撰之〈綜論詞的起源〉一文，以釐清相關概念。

（一）詞源於胡夷、里巷之曲

中國詩歌與音樂之間的相互關係及發展變化，經歷了以樂從詩、以詩入樂、倚聲填詞的階段。「以樂從詩」的時代自上古以至漢代，詩成而後以節拍製曲附和，所謂「詩言志，歌永言，聲依永，律和聲」〔註13〕是也；比及漢武帝命樂府採風謠入樂後，「以詩入樂」的形式逐漸盛行，劉勰《文心雕龍》曰：「凡樂辭曰詩，詩聲曰歌，聲來被辭，詞繁難節」〔註14〕，即揭示以詩入樂的現象。至唐代以降，則漸變為「倚聲填詞」的形式，詞所倚之聲，即所合

---

4 月），卷 5，頁 62。

〔註10〕〔宋〕朱熹：《朱子語類》（北京：中華書局，1986 年 3 月），卷 140，頁 3333。

〔註11〕〔宋〕胡仔：《苕溪漁隱詞話》，唐圭璋編：《詞話叢編》，冊 1，頁 177。

〔註12〕夏承燾〈詞有襯字考〉一文，為夏承燾 1928 年 8 月之前完成，乃夏承燾確定治詞方向後不久所撰，並未收入《唐宋詞論叢》、《月輪山詞論集》、《唐宋詞欣賞》、《詞學論札》或任何期刊之中，恐夏承燾自認不成熟之作也。

〔註13〕〔漢〕毛亨傳、鄭玄箋、〔唐〕陸德明音義、孔穎達疏、〔清〕阮元校勘：《毛詩注疏・詩譜序》（臺北：藝文印書館，1976 年《十三經注疏》本），頁 4。

〔註14〕〔梁〕劉勰撰、羅立乾、李振興注釋：《新譯文心雕龍・樂府第七》（臺北：三民書局，1994 年 4 月），頁 114。

之樂，詞中的句讀短長之數，聲韻平上之差，以及腔調、格式等各方面的規定，都依照樂曲的音聲變化為準度。〔註15〕故詞是一種與音樂相結合且可歌唱的文體，音樂性即是詞最主要的藝術特質之一。

關於詞與音樂的討論，宋代鮦陽居士《復雅歌詞・序》論曰：

> 五胡之亂，北方分裂，元魏、高齊、宇文氏之國，咸以戎狄強種，雄據中夏，故其謳謠，淆雜華夷，焦殺急促，鄙俚俗下，無復節奏，而古樂府之聲律不傳。周武帝時，龜茲琵琶工蘇祇婆者，始言七均，牛洪、鄭譯因而演之，八十四調始見萌芽。唐張文收、祖孝孫討論郊廟之歌，其數於是乎大備。迄於開元、天寶間，君臣相與為淫樂，而明宗尤溺於夷音，天下薰然成俗。於是才士始依樂工拍彈之聲，被之以辭句，句之長短，各隨曲度，而愈失古之「聲依詠」（按：「詠」宜作「永」）之理也。〔註16〕

以上論述，提出了胡樂入華與詞體發生的關係。鮦陽居士認為南北朝之際，北方謳謠民歌已淆糅華夷之音；隋及唐初，宮廷所創製的八十四調，係吸收西域胡樂，融會華夏音樂而成的結果；張文收所錄的燕樂，及祖孝孫所製訂的宮調體系，均受音樂交融的影響；至開元、天寶年間，宮廷雅樂被夷音取而代之，風氣之下，文人始「依拍彈之聲，被之以辭句」，各隨曲度而歌。姑且不論此段文字的立論是否合理〔註17〕，自此之後，關於胡樂入華而詞體孕育而生的討論，從不間斷，於是詞的起源遂有隋唐燕樂說、中原音樂說兩大爭議，其中又以隋唐燕樂說最為人所認同。如胡雲翼《宋詞研究》認為：

> 唐玄宗的時代，外國樂（胡樂）傳到中國來，與中國古代的殘樂結合，成為一種新的音樂。最初是只用音樂來配合歌辭，因為樂辭難協，後來即倚聲以致辭，這種歌詞是長短句的，是協樂有韻律的──是詞的起源。〔註18〕

〔註15〕 施議對：《詞與音樂關係研究・序論》（北京：中華書局，2008 年 8 月），頁 5。另參劉曉民：《詞與音樂》（雲南：雲南人民出版社，1985 年 5 月），頁 202～203。

〔註16〕 〔宋〕鮦陽居士：《復雅歌詞・序》，施蟄存編：《詞籍序跋萃編》（北京：中國社會科學出版社，1994 年 12 月），頁 658。

〔註17〕 李昌集針對鮦陽居士《復雅歌詞・序》內容進行爬梳、詮釋。詳參李昌集〈詞之起源：一個千年學案的當代反思〉，《文學評論》（2006 年第 3 期），頁 84。

〔註18〕 胡雲翼：《胡雲翼說詞：宋詞研究》（上海：華東師範大學出版社，2004 年 9 月）。另參何曉敏：〈二十世紀詞源問題研究述略〉，《詞學》第二十輯，頁 94。

龍榆生〈詞體之演進〉認為：

> 胡夷之樂，相習既久，不期然而由接受以起消化作用，以漸進於創
> 作時期。開元、天寶間，即促成胡樂之中國化。於是，大曲、雜曲，
> 雜然並陳。〔註19〕

> 一般所說的詞，原來也就是沿著魏、晉以來的樂府詩的道路，向前
> 發展的。不過它所倚的聲，也就是它所用的調子，一般都出於隋、
> 唐以來的燕樂雜曲。〔註20〕

吳熊和《唐宋詞通論》亦云：

> 隋唐燕樂的興起開闢了新的音樂時代，也開始了詞曲的孕育創造
> 期。詞樂以燕樂為基礎。……日漸繁富的與新聲競作的燕樂樂曲，
> 為詞的產生提供了充足的樂曲條件。……適應社會需要和樂曲的要
> 求，長短句的曲子詞逐漸發展起來，最後取代唐聲詩，成為一種與
> 古、近體詩並行的新詩體。〔註21〕

胡樂入華的現象，於南北朝之際已普遍，然真正與華夏音樂雜糅成一種新興
的音樂，則須待至隋唐；此時並無「隋唐燕樂」的概念，係後人為方便討論而
後設的，定義的分歧，自當影響學界如何看待詞的起源。二十世紀的學者如
胡雲翼、龍榆生、吳熊和等，視隋唐燕樂為廣義的概念，論及起源，可從大範
圍著手；但隋唐燕樂不能輕易等同於燕樂（十部樂之一）。〔註22〕又隋唐燕樂
涉及宮廷音樂系統與民間音樂系統，這也影響了詞體生成的場域是宮廷，抑
或民間的爭論。而朱靖華另有〈「中國璇宮」與質疑「燕樂詞源」說〉〔註23〕
一文，對燕樂詞源說產生極大的衝擊。

　　當詞源於隋唐燕樂說已成為詞界主流的看法時，陰法魯於〈關於詞的起
源問題〉一文提出質疑，以為中原地區有豐富的民間音樂和音樂遺產，若把
自身的音樂棄而不用，而以西域音樂為主，是一件不可思議的事情，並謂：

〔註19〕龍榆生〈詞體之演進〉，見趙為民、程郁綴：《詞學論薈·詞體之演進》，頁155。
〔註20〕龍榆生：《詞曲概論·論源流》（北京：北京出版社，2004年1月），頁11。
〔註21〕吳熊和：《唐宋詞通論》（杭州：浙江古籍出版社，2004年3月），頁1～2。
〔註22〕十部樂中的燕樂部是唐代最為流行的樂部，燕樂伎中的法曲，號為最盛，為
　　　　標準的宮廷娛樂音樂，於詞起源研究最有價值。成松柳、陳江雄：〈「隋唐燕
　　　　樂」的不同系統語詞的起源〉，《長沙理工大學學報》（社會科學版）（2008年
　　　　第23卷第3期），頁40。
〔註23〕朱靖華：〈「中國璇宮」與質疑「燕樂詞源」說──兼論蘇軾〈竹枝歌〉可入
　　　　詞集〉，《宋代文學研究叢刊》第14期（2007年6月），頁89～119。

> 唐代音樂是中原地區的民間音樂、傳統音樂和傳進來的西域音樂等
> 因素融合而成的，其中以中原民間音樂為主。
>
> 詞最初是唐代音樂的產物。他主要是配合中原樂曲的，也有一部分
> 是配合西域和其他地區的樂曲的……，詞所配合的音樂和清商樂，
> 並不是兩種體系和性質不同的音樂。
>
> 唐代的法曲是清商樂、民間音樂和法樂（宗教音樂）相結合的產
> 物。〔註24〕

陰法魯提出了有別於隋唐音樂說的看法，以為唐代音樂係融合中原民間音樂、
傳統音樂及西域胡樂，又以中原民間音樂為主；並指出詞與清樂（清商樂）、
法曲、民間樂曲的關係。

　　而在陰法魯之前，夏承燾〈長短句〉一篇，扼要提出詞係由「胡夷」、「里
巷」兩種樂曲交互雜糅而組成的概念：

> 詞所配合的音樂主要的是當時的「燕樂」（「燕」字就是「宴會」的「宴」
> 字，因為它最初流行於宴會。）這是隋唐時代最流行的音樂。它是由
> 「胡夷」、「里巷」兩種樂曲組成的。「里巷之曲」是兩晉南北朝以來
> 民間流行的樂曲。「胡夷之曲」是當時從新疆、甘肅、中亞細亞、印
> 度等邊疆地區和其他國度傳進來的。（《唐宋詞欣賞》，冊2，頁608）

〈唐宋詞敘說〉曰：

> 由於外來樂調的流行，影響民間小調和文人詩歌，詞就在這社會環
> 境中產生流行了。它是「胡夷」、「里巷」樂曲的混合物，它把我國
> 詩歌提高到另一新階段。（《詞學論札》，冊8，頁71）

〈讀詞隨筆〉曰：

> 到唐開元、天寶間，燕樂流行，所使用的樂器（如琵琶）和樂曲，
> 並從外來。這些外來音樂，在中土樂壇上經過接收、消化的過程，
> 不僅促使胡樂中國化，並且有了新的創作。於是樂曲翻新，代有增
> 益。唐崔令欽《教坊記》中所載教坊樂曲，計有雜曲和大曲三百多
> 種。這些流行的曲子，就是曲子詞的曲的部分。它們有的來自少數
> 民族，有的來自里巷。（《詞學論札》，冊8，頁169）

夏承燾所謂「燕樂」，是指宴會上演奏的曲子，是新疆、甘肅、中亞細亞、印

〔註24〕陰法魯：〈關於詞的起源問題〉，《陰法魯學術論文集》（北京：中華書局，2008
　　　年5月），頁477。

度等邊疆地區和其他國度東傳的樂曲與民間流行樂曲融合後的結果。它們是由外來樂曲和民間樂曲兩種音樂交融糅合以後，所形成的新型態的綜合藝術。詞是一種配樂文學，它的興起和燕樂的出現有了極為密切的關係。夏承燾〈讀詞隨筆〉又云：

> 詞體出於「胡夷」、「里巷」，它卻能統一兩者而自成新體，如〈菩薩蠻〉〈八拍蠻〉〈八聲甘州〉〈六州歌頭〉等出自「胡夷」；〈竹枝〉〈漁歌子〉〈送征衣〉〈祝英臺近〉等出自「里巷」，兩者交融合流之後，便無從辨出它們的同異。　（《詞學論札》，冊 8，頁 169）

總之，夏承燾認為，詞所依存的樂曲，是隋、唐以來的燕樂新曲，與胡雲翼、龍榆生的觀點近似。它們有的來自少數民族，有的來自里巷，這說明詞的誕生，是由胡夷（外來樂曲）和里巷（民間樂曲）兩種音樂交融糅合以後，由大眾的需求而唱出來的。《舊唐書‧音樂志》謂「自開元以來，歌者雜用胡夷里巷之曲」是矣。

（二）詞起源於民間

敦煌曲子詞《雲謠集》的發現，不僅為詞史起源填補部分空白，即使在傳統詞學範疇中，也對以婉約為正宗的詞史觀形成衝擊，完全可以視為二十世紀詞體觀念革新的起點。〔註 25〕王國維曾提出敦煌詞與教坊曲的關係，認為〈鳳歸雲〉、〈天仙子〉等八調為開元時期教坊的舊物，與郭茂倩《樂府詩集》所錄唐人滕潛〈鳳歸雲〉二絕句實為同體，證實宋人曲子詞多為聲詩曲調之變。〔註 26〕其〈題敦煌所出唐人雜書六首〉之三云「虛聲樂府擅繽紛，妙語新安迴出群，茂倩漫收雙絕句，教坊原有〈鳳歸雲〉。」〔註 27〕深受夏承燾推崇的朱祖謀，亦將《雲謠集雜曲子》刻入《彊村叢書》之首，承認敦煌曲子詞出現的時間早於花間詞，並讚之曰：「其為詞樸拙可喜，泃倚聲椎輪大輅。」〔註 28〕

推動民間文學不遺餘力的胡適，於《詞選‧序》中提出「詞起源於民間」的概念，論云：「詞起於民間，流傳於娼女歌伶之口，後來才漸漸被文人學士採用，體裁漸漸加多，內容漸漸變豐富。」〔註 29〕其〈詞的起原〉云：

〔註 25〕錢志熙：〈夏承燾詞史觀與詞史建構評述〉，《文藝理論研究》（2016 年 3 期），頁 51。

〔註 26〕〔清〕王國維：《觀堂集林》（北京：中華書局，1994 年 12 月），卷 21，頁 1022。

〔註 27〕蕭艾：《王國維詩詞箋校》（長沙：湖南人民出版社，1984 年 6 月），頁 78。

〔註 28〕〔清〕朱祖謀：《彊村叢書》（上海：上海書店，1989 年 7 月），頁 13。

〔註 29〕胡適：《詞選‧序》（北京：中華書局，2007 年 4 月），頁 2。

> 依曲拍作長短句的歌詞，這個風氣是起於民間，起於樂工歌妓。
> 文人是守舊的，他們仍作五七言詩。而樂工歌妓只要樂歌好唱好
> 聽，遂有長短句之作。劉禹錫、白居易、溫庭筠一班人都是和倡
> 妓往來的；他們嫌倡家的歌詞不雅，……於是也依樣改作長短句
> 的新詞。〔註30〕

據胡適之論，詞起源於民間，係經樂工、歌妓之口，流傳至文人筆下。胡適提出的民間說，影響詞界甚深；而後，通過敦煌曲子詞公開示眾，民間說似乎成為顛撲不破的定律。此外，《雲謠集》的出土，足以與《教坊記》所錄的曲目相輔相成；其內容風貌與創作特徵，亦可反映民間豪俠、頌揚、勸學、宗教、怨思、離別、愛情等多元面貌，〈竹枝〉、〈採蓮子〉、〈南鄉子〉、〈醉公子〉、〈河瀆神〉、〈漁歌子〉、〈瀟湘神〉等詞調的產生，說明詞與民間歌謠有著密切的關係，證實初、盛唐之際，民間詞存在的真實。

夏承燾於 1936 年 8 月 6 日《日記》載：

> 校敦煌詞畢，為作一序。世人謂坡詞覆花間舊轍，始擴大詞之內容。
> 其實敦煌詞已有詠身世、詠戰爭者，與晚唐詩無別。至飛卿諸人，
> 專以為酒邊花間之作。五季承之，乃成敝風。坡公可謂復古，而非
> 創新。　（冊 5，頁 457）

夏承燾《瞿髯論詞絕句》，乃其詞史觀的總結，他論唐教坊曲云：

> 樂府誰能作補亡，紛紛綺語學高唐；民間哀怨敦煌曲，一脈真源出
> 教坊。　（冊 2，頁 515）

樂府詩「感於哀樂，緣事而發」，具有反映社會生活的寫實功能。夏承燾認為詞的本質也與樂府詩一致，皆是社會的真實反映。崔令欽《教坊記》所記的曲名之中，如實反映了寬廣的社會層面，諸如民間疾苦、民族衝突、婦女生活、戰爭殘酷等，可見這些曲名來自民間，其風格絕不是「婉約」可以涵蓋。夏承燾舉唐·崔令欽《教坊記·曲名》中的〈恨無媒〉、〈怨陵三臺〉、〈宮人怨〉、〈羌心怨〉、〈破難蠻〉等曲名為例，認為其內容性質與中唐元稹、白居易提倡的新樂府〈井底引銀瓶〉、〈陵園妾〉、〈上陽人〉、〈縛戎人〉、〈新豐折臂翁〉等相似。〔註31〕崔令欽乃開元天寶年間人，出生年代比白居易、元稹來得早，《教坊記》

〔註30〕胡適：〈詞的起原〉，見趙為民、程郁綴：《詞學論薈》，頁 9～10。
〔註31〕夏承燾：〈盛唐時代民間流行的曲子詞〉，《夏承燾集·唐宋詞欣賞》，冊 2，
　　　頁 611～612。

所載流行於中唐之前的曲名,很有可能與中唐以後流行的新樂府有關。又據《教坊記》中的調名,得知〈秦王破陣曲〉、〈夜半樂〉最先出自民間歌謠,而後由統治階層採入及改制;〈漁歌子〉、〈摸魚子〉則源於民間職業歌唱者及勞動生產者;〈泛龍舟〉、〈瀟湘神〉則源於民間風俗歌舞活動。〔註32〕可見民間乃醞釀藝術傳統的場域,它為詞的起源,提供了最廣泛、最堅實的基礎。

夏承燾〈李清照詞的藝術特色〉一篇特別強調「詞起源於民間小調」:

> 詞起源於民間小調,六朝民間小樂府是它的前身。到了晚唐五代,
> 它落到了封建文人之手,他們用齊梁宮體來填詞,於是詞便失掉了
> 民間文學的特色。從前人都推尊溫庭筠是詞家始祖,其實他卻是開
> 始使詞失掉民間文學本色的人。 (《月輪山詞論集》,冊2,頁248)

里巷之曲、街陌謠謳是一種遍地滋生,不受任何宮廷音樂所束縛的自由樂種,在流傳過程中,不斷被改造、催生,且長期盛行於民間。正如劉尊明〈詞起源於民間再闡釋〉謂:

> 儘管歌謠不等於合樂的曲子,但是曲子的創作卻離不開歌謠的基
> 礎;曲子的度寫無論是出自宮廷樂工、歌妓、還是帝王、貴族和士
> 大夫文人,也都不同程度地接受了民間俗樂新聲的濡染。〔註33〕

劉尊明認為「歌謠」並不等同合樂的曲子,如漢武帝時的趙、代、秦、楚之謳,原本只能徒歌,後被之管弦,遂能合樂而唱;另如今詞調中的〈竹枝〉、〈採蓮子〉、〈南鄉子〉、〈醉公子〉、〈河瀆神〉等,原本也是徒歌,韻律初無定型,一入樂後,則詞句與韻律便有了固定形式,文人依此仿作,曲子於是產生。〔註34〕魯迅說「歌、詩、詞、曲,我以為原是民間物」(魯迅〈致姚克〉)。夏承燾〈盛唐時代民間流行的曲子詞〉一文有云:

> 詞最初是從民間來的,它的前身是民間小調。隨著唐代商業的發展,
> 都市的興起,為適應社會文化生活的需要,同時由於音樂、詩歌的
> 發展,詞在民間就流行起來了。唐代民間詞反映社會現實相當廣泛,
> 具有相當強的社會功能。 (《唐宋詞欣賞》,冊2,頁611)

正說明民間樂曲在長期流傳之下,透過不斷的孳乳、展延,逐漸形成了穩定的詞調。

〔註32〕劉尊明:〈詞起源於民間再闡釋〉,《中國韻文學刊》(1995年第1期),頁58。
〔註33〕劉尊明:〈詞起源於民間再闡釋〉,頁57。
〔註34〕臺靜農:《中國文學史》(臺北:臺灣大學出版社,2004年12月),頁556。

（三）詞起源於酒令

「詞」是先有曲後填詞的音樂文學，與樂府或聲詩的合樂方式有別，故有學者將唐人酒令﹝註35﹞中，以著辭歌舞的拋打令形式，視為詞的濫觴。王昆吾《唐代酒令藝術》論曰：

> 「著辭」指的是一種樂與歌整齊對應的歌辭形式。……從歌唱與伴奏之關係的角度看，「著辭」……在琴歌中稱「弦歌」。……「弦歌」即所謂「搏拊琴瑟而詠」，亦即自彈自唱、彈唱相和、歌與樂間奏，……著辭歌舞最盛於初盛唐之交。……它們都配六言體辭；大都用〈回波樂〉調；采用自歌自舞的表演方式，表演時「遞起歌舞」，亦即按照統一的歌舞規則輪番作舞，……這種歌舞又稱「撰辭起舞」、「令舞」、「舞著辭」。﹝註36﹞

張高鑫〈從唐代酒令探討詞之起源〉亦認為著辭是唐代酒筵行令的一個術語，是唐人依調作詞觀念的呈現。﹝註37﹞故著辭就是一種搏拊琴弦而歌的彈唱相和、歌樂相雜的形式。參與活動者，必須按照一定的曲令，即席撰辭歌舞。不可否認，此一現象之所以在初、盛唐之際達到巔峰，係受到唐代新興音樂的影響。張高鑫〈從唐代酒令探討詞之起源〉認為在酒令活動中的拋打令，不光是遊戲的酒令，而且是歌舞性質的酒令，參與者隨著音樂的交融與環境的改變，必須配合歌舞並自由擬令，這類即興之作，豐富酒令的內容，擴大酒令的範圍，更重要的是，使得唐人酒令逐漸邁向規律化與藝術化，甚至成為後來的詞牌名。﹝註38﹞當時酒令文化所流行的曲調為〈回波樂〉調（按：「回

﹝註35﹞酒令是古代宴會中，佐飲助興的遊戲。在遊戲過程中，推一人為令官，其餘的人聽其號令，輪流說詩詞或做其他遊戲，違令或輸的人飲酒。張高鑫〈從唐代酒令探討詞之起源〉引《國史補》，將唐代酒令分為三種類型：一為律令，是一種同傳統觴政聯繫較為緊密的酒令類型。需按照一定的規則，在同席中依次巡酒行令；二為骰盤令，是一種同博戲相結合的酒令類型，猶如玩骰子喝酒的活動；三為拋打令，是同歌舞相結合的酒令類型，是唐代特有的酒令文化，其特點在通過巡傳行令器物，及巡傳拋擲的遊戲，決定送酒歌舞的次序。又因為拋打令其中的各個分支，往往以樂曲為名，得知唐人開始為酒令進行樂曲創作。張高鑫：〈從唐代酒令探討詞之起源〉，《劍南文學（經典教苑）》（2011 年第 3 期），頁 73。

﹝註36﹞王昆吾：《唐代酒令藝術：關於敦煌舞譜、早期文人詞及其文化背景的研究》（上海：知識出版社，1995 年 1 月），頁 46～48。

﹝註37﹞張高鑫：〈從唐代酒令探討詞之起源〉，頁 75。

﹝註38﹞張高鑫：〈從唐代酒令探討詞之起源〉，頁 75。

波」又作「廻波」），郭茂倩《樂府詩集》引《本事詩》載：

> 中宗之世，嘗因內宴，群臣皆歌〈回波樂〉，撰辭起舞。時沈佺期以
> 罪流嶺表，恩還舊官，而未復朱紱，佺期乃歌〈回波樂〉辭以見意，
> 中宗即以緋魚賜之，自是多求遷擢。〔註39〕

初唐沈佺期因朱紱未復，嘗於內宴時唱道：「回波爾時佺期，流向嶺外生歸。
身名已蒙齒錄，袍笏未復牙緋。」〔註40〕又唐中宗之際，李景伯有〈回波詞〉
云：「回波爾時酒卮，微臣職在箴規。侍宴既過三爵，諠譁竊恐非儀。」〔註41〕
中宗朝優人亦有〈回波詞〉：「廻波爾時栲栳，怕婦也是大好。外邊秪有裴談，
內裏無過李老。」〔註42〕由三例可知，當時群臣喜以〈回波樂〉曲調，撰詞
起舞，其內容或為升遷，或為規諫，或為討好他人，說明著辭的用途廣泛，而
這類依調著辭的作品，與唐聲詩的演唱不盡相同，而與倚聲填詞的形式相近，
故被視為詞的起源。

　　夏承燾於 1936 年曾發表〈令詞出於酒令考〉一文，將詞的起源引向酒令
文化。夏承燾曰：

> 唐人名詞曰令，自來不得其義，以予所考，知出於酒令。〔註43〕

夏承燾指出《全唐詩》中「打令」、「政令」之辭，多為韻語，有三言者兩韻
者，如令狐綯「上水船，風大急。帆下人，須好立」；有六言絕句，如方干「措
大喫酒點鹽，將軍喫酒點醬」；有五、七言絕句者，如沈詢「莫打南來雁，從
他向北飛」、白敏中「十姓胡中第六胡，也曾金闕掌洪爐」；亦有長短句者，如
吳越王與陶穀酬贈之「白玉石，碧波亭上迎仙客」。《全唐詩》記沈詢「莫打南
來雁」一詩本事曰：「（沈）詢嘗宴府中賓友。乃便歌著詞令……」。據此可知
這類文體乃宴會中用以歌唱的韻文之屬。白居易〈就花枝〉有「醉翻衫袖拋
小令，笑擲骰盤呼大采」句；《全唐詩》有〈打令口號〉：「送搖招，由三方，
一圓分成四片，送在搖前。」〔註44〕劉邠《中山詩話》亦有云：

〔註39〕〔宋〕郭茂倩：《樂府詩集》（臺北：里仁書局，1984 年 9 月），卷 80，頁 1134。
〔註40〕〔清〕清聖祖御定：《全唐詩》（臺北：明倫出版社，1971 年 10 月），冊 2，
　　　　卷 97，頁 1054。
〔註41〕〔宋〕郭茂倩：《樂府詩集》，卷 80，頁 1134。
〔註42〕〔清〕清聖祖御定：《全唐詩》，冊 12，卷 869，頁 9848。
〔註43〕夏承燾：〈令詞出於酒令考〉，《詞學季刊》第 3 卷 2 號（上海：民智出版社，
　　　　1936 年），頁 12。
〔註44〕〔清〕清聖祖御定：《全唐詩》，卷 879，冊 12，頁 9951～9954；卷 444，冊
　　　　7，頁 4977。

唐人飲酒，以令為罰，韓吏部詩云：「令徵前事為。」白傅詩云：「醉翻襴衫拋小令。」今人以絲管歌謳為令者，即白傅所謂。大都欲以酒勸，故始言送，而繼承者辭之，搖首接舞之屬，皆卻之也，至八遍而窮，斯可受矣。……俗有謎語曰：「急打急圓，慢打慢圓，分為四段，送在窯前。」初以陶瓦乃為令耳。〔註45〕

可推得唐代於宴會中行酒令時，有拋、送、搖、招諸動態，協以管弦謳歌。夏承燾亦引范攄《雲溪友議》記裴誠「與舉不溫歧為友，好作歌曲，迄今飲席，多其詞焉。……二人又為新添聲〈楊柳枝〉詞，飲筵競唱其詞而打令也」一段，評之曰：

此等倚聲曲子而兼可充飲筵打令，足知二者之關係。尊前歌唱，為詞之所由起，得此殆益可瞭解矣。〔註46〕

夏承燾撰文之際，得唐圭璋據元·陳元靚《事林廣記》癸集卷十二，錄得宋人所作酒令〈卜算子令〉、〈浪淘沙令〉、〈調笑令〉等數首。其中有〈卜算子令〉一首，令前有云「先取花一枝，然後行令，口唱其詞，逐句指點，舉動稍誤，即行罰酒，後詞准此。」〔註47〕就此可推得唐時拋令的情況。此足以與夏承燾所論互為參證，即以詞體源於酒令的一大顯證也。

（四）詞體產生於隋、唐之際

梁啟超嘗云：「詞究起於何時耶？凡事物之發生成長皆以漸，一種文學之成立，中間幾經蛻變，需時動百數十年，欲畫一鴻溝以確指其年代，為事殆不可能。」〔註48〕任何一種文學體製的產生，本非一朝一夕，必須經歷萌芽、成熟、蛻變等歷程，因此，詞起源的時代，儘管眾說紛紜，也不曾有學者提出一個明確的時間點，僅以時代為劃分依據，以免失之武斷。

歷來學者對於詞體起源的時代分界，因立論不同而莫衷一是。有的基於句式長短錯落的特質，上溯自《詩經》、古詩或漢代〈郊祀歌〉、〈短簫鐃歌〉等，因而將詞起源的時代，推至先秦、兩漢，此說實不可信。或認為詞源於樂府，尤以六朝小樂府為先驅，梁武帝〈江南弄〉、沈約〈六憶〉可為代表；或

〔註45〕〔宋〕劉邠：《中山詩話》，收錄於〔清〕何文煥編《歷代詩話》（臺北：漢京文化事業有限公司，1983年1月），頁298。

〔註46〕夏承燾：〈令詞出於酒令考〉，《詞學季刊》第3卷2號，頁12～13。

〔註47〕夏承燾：〈令詞出於酒令考〉，《詞學季刊》第3卷2號，頁13。

〔註48〕梁啟超：《中國之美及其歷史》（臺北：臺灣中華書局，1968年1月），頁179。

認為源於隋文帝時牛弘的〈上壽歌辭〉及隋煬帝與王冑君臣相和的〈紀遼東〉；或受到敦煌曲、近體律絕的影響，認為詞起源於初、盛唐；或因為文人集體創作的現象，將起源的時代，限於中唐以後。〔註49〕

　　夏承燾考察詞產生的年代，謂「隋代確已有了詞調」。他主要參照兩部著作：一為王灼《碧雞漫志》，一部為郭茂倩《樂府詩集》。〔註50〕王灼《碧雞漫志》曰：「蓋隋以來，今之所謂曲子者漸興，至唐稍盛。今則繁聲淫奏，殆不可數。古歌變為古樂府，古樂府變為今曲子，其本一也。」〔註51〕王灼口中所謂「曲子」就是「詞」。王灼謂詞在隋代已出現，他引《鑒戒錄》謂「〈柳枝歌〉，亡隋之曲也」；引《脞說》以為〈河傳〉乃煬帝將幸江都時所作。〔註52〕〈楊柳枝〉、〈河傳〉二調，即用以說明隋已有詞調的最佳證據。夏承燾亦引《隋書・音樂志》與之呼應，《隋書・音樂志》載：

> 煬帝……大製豔篇，辭極淫綺。令樂正白明達造新聲，創〈萬歲樂〉、〈藏鉤樂〉、〈七夕相逢樂〉、〈投壺樂〉、〈舞席同心髻〉、〈玉女行觴〉、〈神仙留客〉、〈擲磚續命〉、〈鬥雞子〉、〈鬥百草〉、〈泛龍舟〉、〈還舊宮〉、〈長樂花〉及〈十二時〉等曲。

其中的〈鬥百草〉、〈泛龍舟〉、〈十二時〉等曲名，敦煌曲子詞仍沿用之。

　　郭茂倩《樂府詩集・近代曲辭》將隋煬帝與王冑君臣唱和的四首〈紀遼東〉，登在卷首，原文如下：

其一

遼東海北翦長鯨。風雲萬里清。方當銷鋒散馬牛（按：作「牛馬為是」），旋師宴鎬京。前歌後舞振軍威。飲至解戎衣。判不徒行萬里去，空道五原歸。

其二

秉旄仗節定遼東。俘馘變夷風。清歌凱捷九都水，歸宴洛陽宮。策功行賞不淹留。全軍藉智謀。詎似南宮複道上，先封雍齒侯。　（以上隋煬帝）

〔註49〕王偉勇、薛乃文：《詞學面面觀・綜論詞的起源》，頁34～35。

〔註50〕夏承燾：《夏承燾集・唐宋詞敘說》，冊8，頁72。

〔註51〕〔宋〕王灼：《碧雞漫志》，唐圭璋編：《詞話叢編》，冊1，卷1，頁74。

〔註52〕〔宋〕王灼：《碧雞漫志》，唐圭璋編：《詞話叢編》，冊1，卷4，頁105；卷5，頁117。

其三

遼東浿水事龔行。俯拾信神兵。欲知振旅旋歸樂，為聽凱歌聲。十
乘元戎纔渡遼。扶滅已冰消。詎似百萬臨江水，桉轡空回鑣。

其四

天威電邁舉朝鮮。信次即言旋。還笑魏家司馬懿，迢迢用一年。鳴
鑾詔蹕發淆潼。合爵及疇庸。何必豐沛多相識，比屋降堯封。　（以
上隋・王胄）〔註53〕

〈紀遼東〉前兩首作者為隋煬帝，後兩首作者為王胄，係屬君臣相和之作。
從詩歌形式而言，此四首都是八句，五、七言句式，且四句一轉韻的結構，是
體製嚴謹的作品。就內容言之，四首作品均是慶祝征遼勝利，讚頌軍將的題
材。故任中敏《敦煌曲初探・雜考與臆說》認為此四首作品近似詞體；〔註54〕
夏承燾〈唐宋詞敘說〉云：

> 郭氏也許不承認〈紀遼東〉不是詞，但它的句式、字聲、韻味一一
> 和詞無異，這是無法否認的。所以我們即使退一步依郭氏的說法，
> 以為〈紀遼東〉不是詞，但必不能否認在隋煬帝的時候，的確已經
> 有和詞同形式的詩歌了。　（《詞學論札》，冊8，頁72～73）

夏承燾據王灼《碧雞漫志》、郭茂倩《樂府詩集》，謂「詞起於隋代或者說隋代
已有詞的萌芽，那是不會大錯的」（《詞學論札》，冊8，頁73）。贊成詞起源於
隋的說法，夏承燾絕非第一人，在此之前，有人將隋煬帝〈望江南〉數首視為
詞的濫觴。明代王世貞《藝苑卮言》云：「昔人謂李太白〈菩薩蠻〉、〈憶秦娥〉，
楊用修又傳其〈清平樂〉二首，以為詞祖。不知隋煬帝已有〈望江南〉詞。蓋
六朝諸君臣，頌酒賡色，務裁豔語，默啟詞端，實為濫觴之始。」〔註55〕胡應
麟《莊獄委譚》云：「世所盛行宋、元詞、曲，咸以昉於唐末，然實陳、隋始之。
蓋齊、梁〈月露〉之體矜華角麗，固已兆端。至陳、隋二主并富才情，俱湎聲
色，所為長短歌行率宋人詞中語也。煬帝之〈春江〉、〈玉樹〉等篇尤近，至〈望
江南〉諸闋，唐、宋、元人沿襲至今，詞曲濫觴實始斯際。」〔註56〕

〔註53〕〔宋〕郭茂倩：《樂府詩集・紀遼東》，卷79，頁1108。
〔註54〕任二北（即任中敏）：《敦煌曲初探・雜考與臆說》（上海：文藝聯合出版社，
　　　　1954年），頁198～199。
〔註55〕〔明〕王世貞：《藝苑卮言》，唐圭璋編：《詞話叢編》，冊1，卷1，頁385。
〔註56〕〔明〕胡應麟：《少室山房筆叢・莊獄委譚下》（上海：上海書店出版社，2001
　　　　年8月），頁423。〈春江〉即〈春江花月夜〉，作者為唐朝張若虛，一說隋煬

再者，據清‧褚人穫《隋唐演義》記載，一日隋煬帝與群臣泛舟游北海、五湖，煬帝命文臣賦詩以記一時之盛，並御製〈望江南〉〔註57〕八闋，詠湖上八景，今舉二首示之：

其一

湖上月，偏照列仙家。水浸寒光鋪枕簟，浪搖晴影走金蛇。偏稱泛靈槎。光景好，輕彩望中斜。　清露冷侵銀兔影，西風吹落桂枝花。開宴思無涯。

其二

湖上柳，煙裡不勝催。宿霧洗開明媚眼，東風搖弄好腰肢。煙雨更相宜。環曲岸，陰覆畫橋低。　線拂行人春晚後，絮飛晴雪暖風時。幽意更依依。〔註58〕

隋煬帝與諸臣宴會遊賞之際，填〈望江南〉八首，若按照分片、協韻、平仄等形式判斷，與詞無異。〈望江南〉若真屬隋煬帝所作，可見當時曲子詞的填製，已非偶然。然根據唐‧段安節《樂府雜錄》，〈望江南〉「始自朱崖李太尉鎮浙西日，為亡妓謝秋娘所撰，本名〈謝秋娘〉，後改此名，亦曰〈夢江南〉」，質疑隋煬帝作〈望江南〉的真實性。〔註59〕儘管如此，此說確實提供了一則溯源詞體起源的線索，可與夏承燾所推論的時代互為參證。

夏承燾又從詞體創作的作者群與音樂為之論證。列舉初、盛唐時期，沈佺期〈迴波樂〉、唐玄宗〈好時光〉〔註60〕、張志和〈漁父〉、韋應物〈調笑令〉等諸作，說明詞體已由民間傳至文人手上，其配合的燕樂乃承魏、隋發

帝所作。〈玉樹〉即〈玉樹後庭花〉。

〔註57〕〈望江南〉，又名〈憶江南〉、〈江南好〉、〈夢江南〉，《教坊記》收錄之，至唐代，屬單調二十七字三平韻，如白居易〈憶江南〉（江南好）；另見雙調，如歐陽脩〈望江南〉（江南蝶）。

〔註58〕張溥輯編：《漢魏六朝一百三家集‧隋煬帝集》（臺北：新興書局，1968 年 3月），冊 5，頁 3876。

〔註59〕〔唐〕段安節：《樂府雜錄》（北京：中華書局，1985 年《叢書集成初編》冊1659），頁 39。

〔註60〕〈迴波樂〉又作〈回波樂〉。鄭振鐸《中國文學史》論曰：最早的「詞」，或追溯到六朝時代的長短句。……李景伯、沈佺期和裴談所作的〈回波樂〉，恰好是「詞」的先驅。稍後，有張說的〈舞馬詞〉六首，崔液的〈踏歌詞〉二首。唐明皇……〈好時光〉：「彼此當年少，莫負好時光」，正足以表現那個花圍錦簇的開、天時代的背景。」鄭振鐸：《插圖本中國文學史》（新北市：新潮社，2011 年 9 月），頁 414～418。

展而來，盛於貞觀、開元、天寶年間。據此，夏承燾推斷「詞的產生和流行必在隋、唐之際」（《詞學論札》，冊8，頁73）。

　　或有人將詞起源上溯至六朝，或往後推至中唐，夏承燾均不以為然。認為詞起源於六朝者，如楊慎《詞品・序》云：

> 詩詞同工而異曲，共源而分派。在六朝若陶宏景之〈寒夜怨〉，梁武帝之〈江南弄〉，陸瓊之〈飲酒樂〉，隋煬帝之〈望江南〉，填詞之體已具矣。〔註61〕

六朝至隋歷經兩百餘年，從六朝陶宏景之〈寒夜怨〉，梁武帝之〈江南弄〉，至隋煬帝〈望江南〉等作品形式言之，似乎可見詞體的痕跡。梁武帝七首〈江南弄〉，列舉二首如次：

> 眾花雜色滿上林。舒芳耀彩垂輕陰。連手躞蹀舞春心。舞春心。臨歲腴。中人望，獨踟躕。　　〈江南弄〉
>
> 遊戲五湖採蓮歸。發花田葉芳襲衣。為君豔歌世所希。世所希。有如玉。江南弄，採蓮曲。　　〈採蓮曲〉〔註62〕

梁啟超從音節、句法、字數進行判斷，認為南、北朝若干詩人的作品，與後世的詞相近，並以梁武帝之〈江南弄〉為例，認為「此曲為武帝改西曲所製。……同時沈約亦作四篇，簡文帝亦作三篇，其調皆同一。」〔註63〕並曰：「凡屬於〈江南弄〉之調，皆以七字三句、三字四句組織成篇。七字三句，句句押韻。三字四句，隔句押韻。第四句──『舞春心』，即覆疊第三句之末三字，如〈憶秦娥〉調第二句末三字──『秦樓月』也。似此嚴格的一字一句，按譜製調，實與唐末之『倚聲』新詞無異。」〔註64〕〈江南弄〉第四句覆疊前一句之末三字，其長短句歌詞的樂曲形式，確實與詞體相似；且除梁武帝外，亦可見君臣上下同作一調的情形，無怪乎近代學者劉大杰在梁啟超立論的影響下認為：「填詞的萌芽確起於齊、梁間，而梁武帝在這種嘗試的填詞工作中，是一位最重要的代表。」〔註65〕梁武帝之後，簡文帝有〈江南弄〉三首，沈約有〈江南弄〉四首，每首的句式結構基本相同，充分說明這類出自宮廷文化下的作品，已接近詞的文學形式了。其他作品如：

〔註61〕〔明〕楊慎：《詞品・序》，唐圭璋編：《詞話叢編》，冊1，頁408。
〔註62〕〔宋〕郭茂倩：《樂府詩集》，卷55，頁726～727。
〔註63〕梁啟超：《中國之美及其歷史》，頁177～178。
〔註64〕梁啟超：《中國之美及其歷史》，頁178。
〔註65〕劉大杰：《中國文學發展史》（臺北：華正書局，1994年8月），頁589。

　　蝶黃花紫燕相追。楊低柳合露塵飛。已見垂鉤挂綠樹，誠知淇水沾
羅衣。兩童夾車問不已。五馬城南猶未歸。鶯啼春欲駛，無為空掩
扉。　　（簡文帝〈春情〉）

　　憶來時，灼灼上階墀。勤勤敘別離，慊慊道相思。相看常不足，相
見乃忘機。　　（沈約〈六憶詩〉）〔註66〕

　　絲管列，舞席陳，含聲未奏待嘉賓。舒絲管，舒舞席，斂袖嘿唇迎
上客。（徐勉〈迎客曲〉）

　　袖繽紛，聲委咽，餘曲未終高駕別。爵無算，景已流，空紆長袖客
不留。　　（徐勉〈送客曲〉）〔註67〕

以上數例，不但具備詞體形式，也充滿了情致纏綿的風格筆調，徐釚《詞苑
叢談》之所以謂梁武帝〈江南弄〉在〈菩薩蠻〉之先，沈約〈六憶詩〉亦詞之
濫觴，自有其道理。〔註68〕然夏承燾曰：

　　也許有人要問：六朝時梁武帝作〈江南弄〉、〈上雲樂〉，沈約作〈六
憶詩〉等等，句法韻位（味）也很像詞，不就是詞的鼻祖麼？我以
為考詞的起源，若是僅依據它的形式，那麼，把它溯源到《詩經》、
漢樂府，亦無不可。但唐、宋詞和它以前樂府的不同，在於它的音
樂性的定型。它所配合的音樂主要成分既是燕樂，那麼，說詞的產
生就不應該超過隋、唐以前很遠的年代——雖然它和前代民間樂府
的密切繼承關係也是不可忽視的。　　（《詞學論札》，冊8，頁73）

梁武帝〈江南弄〉、沈約〈六憶詩〉等諸作，句法、韻味雖與詞相似，但卻缺
乏了燕樂的元素，故夏承燾認為實難以稱得上詞體的濫觴。

　　至於主張詞起源於中唐者，如沈括《夢溪筆談》云：「唐人乃以詞填入曲
中，……此格雖云自王涯始，然正（貞）元、元和之間，為之者已多，亦有在
涯之前者。」〔註69〕胡仔《苕溪漁隱叢話》後集卷三十九云：「唐初歌詞，多
是五言詩，或七言詩，初無長短句。自中葉以後，至五代，漸變成長短句。及

〔註66〕簡文帝〈春情〉、沈約〈六憶詩〉，見《石倉歷代詩選》，合肥：黃山書社，2009
　　　　年（中國古籍基本資料庫），卷7，頁96、101。
〔註67〕〔梁〕徐勉〈迎客曲〉，見〔宋〕郭茂倩：《樂府詩集》，卷77，頁1084。
〔註68〕〔清〕徐釚：《詞苑叢談》，朱崇才編：《詞話叢編續編》（北京：人民文學書
　　　　版社，2010年6月），冊1，頁233。
〔註69〕〔宋〕沈括撰、胡道靜校注：《新校正夢溪筆談》，卷5，頁62。按：王涯（764
　　　　～835），字廣津，約生於唐代宗廣德二年，卒於文宗太和九年。

本朝則盡為此體。」〔註70〕至近代，胡適考詞的起源，謂「長短句的詞起於中唐，至早不得過西曆第八世紀的晚年（中唐‧德宗）」〔註71〕；胡適又根據劉禹錫「和樂天春詞，依〈憶江南〉曲拍為句」之論，認為〈憶江南〉為最早的詞調創體，是填詞的先例。〔註72〕

　　文體的發生並非一夕完成，必須經過萌芽、發展、成熟等漫長的時間，始得以成熟，其句法、格式、音律始得以確立，正如劉大杰《中國文學發展史》云：

> 一定要等到劉禹錫、白居易各家的作品（一面是音樂的，一面又是詩的），詞體才正式成立，詞才在韻文史上佔有地位。〔註73〕

吳梅《詞學通論‧緒論》云：

> 詞之為學，意內言外。發始於唐，滋衍於五代，而造極於兩宋。調有定格，字有定音，實為樂府之遺，故曰詩餘。梁武帝之〈江南弄〉、陳後主〈玉樹後庭花〉、沈約之〈六憶詩〉，以為此事之濫觴。唐人以詩為樂，七言律絕，皆付樂章，至玄、肅之間，詞體始定。〔註74〕

不論詞是濫觴於六朝、隋唐或初、盛唐，均需待文人之手，重新創製後，詞體才算確立。然而，詞體的正式成立，並不等於詞的起源，胡適說法過於武斷，顯然忽視了詞體濫觴、萌芽的歷史階段。夏承燾批評胡適曰：

> 那是把詞的歷史斬短了兩百年，並且把它很有現實性的一段歷史斬掉了，這是很武斷的說法。　（《詞學論札》，冊8，頁73）。

總之，夏承燾的詞源說，對詞出於樂府說有一定的繼承，然詞乃音樂文學，夏承燾結合隋唐燕樂，以及文體本身長短句參差的句法、體式、韻味等元素，論定隋代已出現詞調，詞體產生的年代，即在隋、唐之際，絕不可能延至中、晚唐時期，也不能上溯至六朝小樂府。

（五）詞為律詩之反動

　　夏承燾論詞的起源，主要環繞在上述三點。此外，夏承燾又提出「詞為

〔註70〕〔宋〕胡仔《苕溪漁隱叢話》，唐圭璋編：《詞話叢編》，冊1，頁177。
〔註71〕胡適〈詞的起源〉，見趙為民、程郁綴：《詞學論薈‧詞的起源》，頁1。
〔註72〕胡適又舉各家詩集為佐證，認為自李白〈清平調〉到元結〈欸乃曲〉，都是整齊的近體詩歌。因此胡適認為初、盛唐之際，所出現的可入樂的詩歌，不可視為詞。胡適〈詞的起源〉，見趙為民、程郁綴：《詞學論薈‧詞的起源》，頁1～5。
〔註73〕劉大杰：《中國文學發展史》，頁590。
〔註74〕吳梅：《詞學通論‧緒論》（上海：上海古籍出版社，2006年4月），頁1。

律詩之反動」的說法，此論始見於 1947 年 10 月 1 日《日記》所載：

> 午後往大學路上詞選及專家詞姜白石二課。本學共任三課，餘一為
> 師範專科楚辭。今日說詞之起源為律詩之反動及外來音樂。　（冊
> 6，頁 723）

夏承燾提出「詞為律詩之反動」，主要從兩方面切入，一則詩歌體裁的部分，
一則音樂部分。1980 年發表《讀詞隨筆》有云：

> 詞稱「詩餘」，其實，它並不是完全承詩而來。從聲律這個角度看，
> 它卻是唐詩的反動，律詩的破壞者。詩從漢魏、六朝以來，經過數
> 百年的發展和演變，由散趨整，到初唐完成為律詩。律詩章有定句，
> 句有定字，字有定聲。到了杜甫，律詩發展到了登峰造極的地步。
> 也是到了杜甫，律詩就已開始遭到破壞。杜甫作了許多「拗體」詩，
> 似乎是有意地要打破律詩的太整齊的音調的。中、晚唐時，學他這
> 種「拗體」的頗不乏人，雖然未曾成為一種明顯的、有意識的運動，
> 但無疑，這種潛流伏脈，對詞的起源起了不小的作用。詞的興起，
> 一方面打破了律詩的太整齊而近於呆板的音調；另一方面，也就在
> 不整齊的外表裡，建立起它自己特有的、新的聲律。　（《詞學論
> 札》，冊 8，頁 167～168）

夏承燾認為詞「並不是完全承詩而來」，但也不完全與詩劃分界線。當隋唐燕
樂在民間與宮廷流行之際，文人選詩以配樂的風氣盛行一時。唯近體詩句式、
字數、平仄皆有定格，若以此配樂歌唱，恐怕有所侷限，遂有泛聲、和聲之
說，用以解釋襯字的出現，如此便能配合音樂抑揚頓挫，回環反覆的特性。
夏承燾又曰：

> 詞體破律詩的整體而為散體，它採用參差錯落的活潑的長短句形
> 式；它又散中有整，這些參差錯落的長短句，又構成它自己特有的
> 和諧的整體。詞的形式，繁雜中有單純，單純中有繁雜。這是一種
> 從舊形式中解放出來而建立起來的活潑而富於變化的新文體。這種
> 新文體的優點是：它能適應樂曲抑揚頓挫、回環往復的特點，唱起
> 來美聽動人，因而受到當時人們的歡迎。　（《詞學論札》，冊 8，
> 頁 169）

近體詩重視聲律，但若勉強與燕樂結合，始終維持一定的距離感，雖可利用
和聲、泛聲等技巧加以協調，如孫光憲〈竹枝〉：「門前春水竹枝白蘋花女兒，

岸上無人竹枝小艇斜女兒。商女經過竹枝江欲暮女兒，散拋殘食竹枝飼神鴉女兒。」顧敻〈楊柳枝〉：「秋夜香閨思寂寥漏迢迢，鴛幃羅幌麝煙銷燭光搖。正憶玉郎遊蕩去無尋處，更聞簾外雨瀟瀟滴芭蕉。」〔註75〕為了合樂而於正格之外添加和聲，總有一種表達上的違和感，畢竟采詩入樂，並不是每一首作品都是適合演唱的。但不可否認的是，和聲、泛聲、虛聲之說，對於唐人演唱的曲辭由齊言變成長短句式的過程，確實提供了一個解釋的途徑。

　　夏承燾於 1928 年〈致胡適之論詞書〉中提出詞與唐聲詩的關係；至 1980 年，提出「詞為律詩之反動」，其內涵是在聲詩說的基礎上進一步為詞體起源提供了一個可以再思考的方向。詞在采詩以配樂的侷限下，順勢而起，由音樂為主導，倚樂填詞，解決了律詩過度整齊、過度拘謹的困境，這就是夏承燾所認為「一種從舊形式中解放出來而建立起來的活潑而富於變化的新文體」。

二、詞體正變

（一）何謂「正」、「變」

　　「正」即正調、正體、正聲，顧名思義，係指文體本來的面目、最初的本質。「變」即遠離本位的變格、變體、別調。詩體「正變說」，源自漢儒說《詩》。所謂「王道衰，禮義廢，政教失，國異政，家殊俗，而變風、變雅作矣。」（《詩經·序》）正風、正雅，是政治清明時的「治世之音」；變風、變雅則是周道衰微、時代動盪下的產物，其變而不失其正，對時俗起匡而革之的作用，名義上雖與「正」相對，實際上卻是相輔相成，無論是政治興盛或衰亡，都需以符合政教風俗及回歸儒家正道為目的。因此詩體之正、變，只不過是強調不同時代有不同的作品，對於變風、變雅一類的作品，毫無貶低之意。此外，又有從《易傳》「窮則變，變則通」之說，延伸出詩體有「因」、「創」之別，朱自清《詩言志辨·正變》即據以上兩種意涵，將「正變說」分為「風雅正變」、「詩體正變」二類。〔註76〕

　　詞體正變說源自詩體正變說，詞家談正變，最初圍繞在詞體的「本色」

〔註75〕曾昭岷、王兆鵬等編：《全唐五代詞》（北京：中華書局，1999 年 12 月），頁562、633。

〔註76〕朱自清：《詩言志辨·正變》（臺北：開今文化事業有限公司，1994 年 6 月），第 4 輯，頁 215～267。

上，辨析婉約詞抑或豪放詞孰為正宗而展開。觀詞體之興，有敦煌曲子詞在前，內容包括「邊客遊子之呻吟，忠臣義士之壯語，隱君子之怡情悅志，少年學子之熱望與失望，以及佛子之贊頌，醫生之歌訣」等，作者身分多元，題材包羅萬象，「言閨情及花柳者，尚不及半」。〔註77〕可見詞體最初在於反映社會，兼具抒情功能，而不限於男女之情。晚唐五代，詞經溫庭筠、韋莊之手，漸成纏綿婉約的傳統，宋人不見敦煌曲子詞，而奉《花間集》為正宗〔註78〕，隨之而來的「豔科」羈絆也加諸在詞體這一文學樣式上，於是詞成為娛賓遣興、佐歡侑酒的工具。縱使有李煜「變伶工之詞而為士大夫之詞」，「綺筵公子，繡幌佳人」之類的淺斟低唱仍被視為詞體的本色、詞體的正宗。

直至蘇軾以詩為詞，「一洗綺羅香豔之態，擺脫綢繆婉轉之度」〔註79〕，打破傳統拘於音律、專寫兒女之情的詞體舊格，為詞體「指出向上一路，新天下耳目」〔註80〕，詞體遂為之一變，為詞壇帶來真正的革新。〔註81〕然蘇軾「以詩為詞」，在詞壇卻招來撻伐聲浪，批評蘇軾「須關西大漢、銅琵琶、綽鐵板」而歌的豪放詞「要非本色」〔註82〕；李清照譏之為「句讀不葺之詩」〔註83〕，均將蘇詞排斥於「正聲」之外。詞體之「變」，在詞家眼中即成為與正體、本色對立的變體、別調。

李清照〈詞論〉強調詞「別是一家」，嚴格為詩、詞立下分界，指出詞要明確分清五聲、辨清六律，尚文雅、有情致、重故實，推崇「雅」的審美趣味，以提高詞的地位和價值，使之成為與詩並尊的一體。李清照不明言「正變」，卻為後世揭示詞體正、變，大致有三條線索可探：一是圍繞詞的形式來說，以音

〔註77〕王有三：《敦煌遺書論文集》（臺北：明文書局，1985年6月），頁57。

〔註78〕〔宋〕李子儀〈跋吳思道小詞〉謂兩宋詞人「大抵以《花間集》中所載為宗」。見張惠民編：《宋代詞學資料匯編》（汕頭：汕頭大學出版社，1993年1月），頁200。

〔註79〕〔宋〕胡寅題向子諲《酒邊詞》序，張惠民編：《宋代詞學資料匯編》，頁212。

〔註80〕〔宋〕王灼《碧雞漫志》，見唐圭璋編：《詞話叢編》，冊1，卷2，頁85。

〔註81〕蘇軾之前，有「變伶工之詞為士大夫之詞」的李煜詞；變綺靡為清麗的歐陽脩詞，或變男女風月之情為歌詠城市都會的柳永詞出現，他們已不同程度的藉由詞體來言志、抒情。

〔註82〕〔宋〕俞文豹《吹劍續錄》，見〔明〕陶宗儀編纂：《說郛》引，卷24（上海涵芬樓排印本），頁9。〔宋〕陳師道《後山詩話》，見張惠民編：《宋代詞學資料匯編》，頁4。

〔註83〕〔宋〕李清照〈詞論〉，見於徐北文主編：《李清照全集評注》（濟南：濟南出版社，2005年1月），頁245。

律的和諧作為判斷的基準；二是圍繞詞的風格展開，有以婉約為正體，以豪放為變體的主張；三是圍繞詞的思想內容而論，有以雅正為正體，以軟媚豔俗為變體的說法。〔註84〕李清照的詞論主張，更深深影響南宋典雅詞風，所謂「雅詞協音，雖一字亦不放過」，「字字敲打得響，歌誦妥溜，方為本色語」，音律、辭章之美正是典雅詞派所崇尚的雅正之風。張炎云：「詞欲雅而正，志之所之，一為情所役，則失其雅正之音」；「辛稼軒、劉改之作豪氣詞，非雅詞也」，濫情之作，豪氣之歌，則非詞之正體，當與雅正之音劃清界線。〔註85〕

李清照之後，張綖《詩餘圖譜》遂能明確將詞的風格分為「詞情蘊藉」的婉約和「氣象恢宏」的豪放二派。〔註86〕徐師曾《文體明辨》延續張綖的二分法，曰「蓋雖各因其質，而詞貴感人，要當以婉約為正。否則雖極精工，終乖本色，非有識之所取也。」〔註87〕詞以「婉約為正」的觀念正式提出，清代王士禎更清晰勾勒出詞體正、變之別，他說「語其正，則南唐二主為之祖，至漱玉、淮海而極盛，高、史其嗣響也。謂其變，則眉山導其源，至稼軒、放翁而盡變，陳、劉其餘波也。」〔註88〕至此，詞以婉約為正、豪放為變的觀念深植人心。另一方面，時代的盛衰更迭，加之民族氣節高漲，尊崇豪放詞的風氣日漸盛行，金・元好問便說道「樂府以來，東坡為第一，以後便到辛稼軒。」〔註89〕劉熙載更是將豪放視為詞體正宗，其《藝概・詞概》認為「太白〈憶秦娥〉聲情悲壯，晚唐、五代惟趨婉麗，至東坡始能復古。後世論詞者，或轉以東坡為變調，不知晚唐、五代乃變調也。」又說文天祥詞「有風雨如晦、雞鳴不已之意」，乃「變之正也」。〔註90〕此說大大的衝擊了傳統詞體的正變說。

此外，亦有詞家認為獨尊婉約或豪放為正體，而不管作者的性情，不符合詞調聲情，終究促使詞體走向晦澀、僵化一格。因此田同之《西圃詞說》

〔註84〕〔宋〕李清照〈詞論〉，見於徐北文主編：《李清照全集評注》，頁245～246。

〔註85〕〔宋〕張炎《詞源》，見唐圭璋編：《詞話叢編》，冊1，頁256、269、266、267。

〔註86〕〔明〕張綖：《詩餘圖譜》（上海：上海古籍出版社，2002年3月《續修四庫全書》），冊1735，頁473。

〔註87〕吳納、徐師曾：《文章辨體序說・文體明辨序說》（臺北：長安出版社，1978年12月），頁165。

〔註88〕〔清〕田同之《西圃詞說》引王士禎語，見唐圭璋編：《詞話叢編》，冊2，頁1451。

〔註89〕〔金〕元好問：《遺山樂府・引》，見施蟄存：《詞籍序跋萃編》，頁450。

〔註90〕〔清〕劉熙載：《藝概・詞概》，見唐圭璋編：《詞話叢編》，冊4，頁3690、3696。

云「填詞亦各見其性情。性情豪放者，強作婉約語，畢竟豪氣未除；性情婉約者，強作豪放語，不覺婉態自露。故婉約自是本色，豪放亦未嘗非本色也。」〔註91〕沈祥龍《論詞隨筆》亦云「詞有婉約，有豪放，二者不可偏廢，在施之各當耳。房中之奏，出以豪放，則情致絕少纏綿。塞下之曲，行以婉約，則氣象何能恢拓。蘇、辛與秦、柳，貴集其長也。」〔註92〕由此可知，詞體正變觀，隨時代盛衰、朝廷更迭，以及各家的主張，看法始終莫衷一是。

（二）夏承燾正變觀的繼承與發展

夏承燾論詞體的正變觀，最早見於 1931 年 6 月他為金松岑所作《剪淞閣詞·序》〔註93〕，有云：

> 論詞以溫、韋為正，蘇、辛為變，雖常談，亦至論也。夫詞蛻於詩，而非詩之餘。跡其運化，如水生冰，其初興也，靈虛要渺，不涉執象。溫、韋所作，雖暉露瑩珠，不切於用，固天下之至寶也。柳永、秦觀，稍稍鋪敘，猶未違其宗。范仲淹、王安石，乃浸尋以之詠史懷古矣。至蘇軾、黃庭堅，則禪機諢俚，縱橫雜出，不復可被聲律，所謂「句讀不葺之詩」。雖云質文通變，勢不能終古為溫、韋，然昔之求蛻於詩者，至此復與詩合其用，猶冰泮為水，神象復渾矣。故詞至蘇軾而大，亦至蘇軾始漸離其朔，不謂之變可乎。　　（《詞學論札》，冊 8，頁 240）

夏承燾強調以溫庭筠、韋莊詞為正體，以蘇軾、辛棄疾詞為變體；並以「詞蛻於詩，而非詩之餘」，以及冰水之喻，指出詞與詩本質上的差異。溫、韋詞「暉露瑩珠，不切於用」，固成「天下至寶」；發展至范仲淹、王安石、蘇軾、黃庭堅筆下，詞的題材愈見豐富，詞的社會功能逐漸出現，與詩用以言志的界線變得模糊了，「故詞至蘇軾而大，亦至蘇軾始漸離其朔」，可謂之「變」。夏承燾「以溫、韋為正，蘇、辛為變」，顯然是站在詞「別是一家」，以婉約、豪放來區分正、變之別。他論金松岑詞「夷猶婉約，渢渢動人」，並云：

〔註91〕〔清〕田同之《西圃詞說》，見唐圭璋編：《詞話叢編》，冊 2，頁 1455。

〔註92〕〔清〕沈祥龍《論詞隨筆》，見唐圭璋編：《詞話叢編》，冊 5，頁 4049。

〔註93〕夏承燾於 1931 年 6 月 15 日寫成《剪淞閣詞·序》，載於《夏承燾集·天風閣學詞日記》，冊 5，頁 209～210。發表於《詞學季刊》第 1 卷第 2 號，改名為《紅鶴山房詞·序》，1933 年 8 月，頁 196～197。又收錄於《夏承燾集·詞學論札》，冊 8，頁 240。

> 夫今日論詞，固不可復持正變之說以繩作者。特竊怪先生恢奇奔肆
> 之才，雅近蘇、辛。顧卒不出此，豈平昔尚論靈虛要渺之旨，偶能
> 合於謏見者耶。若其詞之醇深騷雅，追擋周、姜，則無假於承燾之
> 辭贊也。　（《詞學論札》，冊8，頁240）

夏承燾謂「今日論詞，固不可復持正變之說以繩作者」，詞體之正、變，顯然
是歷史軌跡中自然演化的過程，無須以此侷限作者的創作取向，也無須以此
作為判斷詞高下優劣的準則。夏承燾勉勵金松岑以恢奇奔肆之才，雅近蘇、
辛、以醇深騷雅之詞，追擋周、姜，這即是夏承燾所肯定的兩宋詞風，對於詞
體之正、變一視同仁。

　　夏承燾早年習詞，加入甌社，師承林鷗翔，曾自述「得讀常州張惠言、周
濟諸家書，略知源流正變」；詞學則追隨朱祖謀，從詞派發展的歷程來看，朱
祖謀與王鵬運、況周頤、鄭文焯無不受到常州詞派的影響。常州詞派推尊溫庭
筠等花間詞為正宗，又以傳統詩學的比興寄託推尊詞體，夏承燾何嘗不受其影
響？其「論詞以溫、韋為正，蘇、辛為變」之論，顯然自常州詞派發展而來。
然夏承燾對於常州詞派的看法，並非完全接受，而是有所取捨，有所揚棄；其
「正變觀」亦是融合浙、常二派，尤其針對周濟所論，提出自身的看法。

　　周濟對詞體正變的看法，繼承張惠言而來，卻有所修正。他在三十餘歲
作《詞辨》，原有十卷，現僅存正、變二卷，一卷起於溫庭筠，為正；二卷起
於李煜，為變。其選詞宗旨，以「莊雅」、「中正」為最上；「駿快馳騖，豪宕
感激」，而能「委曲以致其情」為其次；「亢厲剽悍」為最下。又云：

> 自溫庭筠、韋莊、歐陽脩、秦觀、周邦彥、周密、吳文英、王沂
> 孫、張炎之流，莫不蘊藉深厚，而才艷思力，各騁一途，以極其
> 致。〔註94〕

周濟對於所選的作品，認為「未必咸本莊雅，要在諷誦紬繹，歸諸中正。」
〔註95〕倘若詞能歸於「中正」，正、變之別也不過是風格上的差異而已。

　　再者，周濟《詞辨》成書之後，於道光三年（1823）編《存審軒詞》，序
云：「以〈國風〉、〈離騷〉之旨趣，鑄溫、韋、周、辛之面目。」〔註96〕道光

〔註94〕〔清〕周濟《詞辨・自序》，見唐圭璋編：《詞話叢編》，冊2，頁1637。
〔註95〕〔清〕周濟《詞辨・自序》，見唐圭璋編：《詞話叢編》，冊2，頁1637。
〔註96〕〔清〕周濟《存審軒詞・自序》（上海：上海古籍出版社，2002年《續修四庫
　　　　全書》），頁1。

十二年（1832）編《宋四家詞選》，謂：

> 清真集大成者也，稼軒斂雄心，抗高調，變溫婉，成悲涼。碧山歛
> 心切理，言近指遠，聲容調度，一一可循。夢窗奇思壯采，騰天潛
> 淵，返南宋之清沚，為北宋之穠摯。是為四家，領袖一代。〔註97〕

周濟以周邦彥、辛棄疾、吳文英、王沂孫四家分領一代，指出「問途碧山、歷
夢窗、稼軒，以還清真之渾化」之路徑。顯然周濟晚年已將焦點從晚唐五代
轉移至兩宋，視兩宋為詞學之巔峰，溫、韋詞儘管有其歷史發展的價值，也
必然排除在外了。〔註98〕自此，常州詞派「由南返北」的理論體系，藉周濟
《宋四家詞選》的提出而終告完成，〔註99〕周濟也不再區區以「正」、「變」
劃分詞家，打破婉約、豪放的壁壘之分，而是以王沂孫、吳文英、辛棄疾、周
邦彥四家分領一代。

　　常州詞派的後繼者，陳廷焯、劉熙載、沈祥龍諸人，以張惠言、周濟倡
導的詩教思想為基礎，融合浙派的若干要素，打破傳統上婉約與豪放、本色
與變體的隔閡，進一步建構了以溫柔敦厚為核心的理論體系。陳廷焯《白雨
齋詞話》云：「誠能本諸忠厚，而出以沉鬱，豪放亦可，婉約亦可，否則豪放
嫌其粗魯，婉約又病其纖弱矣。」又云「溫厚和平，詩教之正，亦詞之根本
也。」〔註100〕沈祥龍《論詞隨筆》更清楚揭示：

> 詞有婉約，有豪放，二者不可偏廢，在施之各當耳。房中之奏，出
> 以豪放，則情致絕少纏綿。塞下之曲，行以婉約，則氣象何能恢拓。
> 蘇、辛與秦、柳，貴集其長也。

> 詞者詩之餘，當發乎情，止乎禮義，國風好色而不淫，小雅怨悱而
> 不亂，離騷之旨，即詞旨也。

> 詞導源於詩，詩言志，詞亦貴乎言志。淫蕩之志可言乎哉？〔註101〕

〔註97〕〔清〕周濟《宋四家詞選目錄序論》，見唐圭璋編：《詞話叢編》，冊2，頁1643。
〔註98〕周濟序《詞辨》於嘉慶十七年（1812）寫成；序《宋四家詞選》於清道光十
　　　　二年（1832）寫成，可知二書的成書時間，相差二十年左右。
〔註99〕黃志浩：《常州詞派研究》，（臺北：中國社會科學出版社，2008年12月），
　　　　頁231。
〔註100〕〔清〕陳廷焯《白雨齋詞話》，見唐圭璋編：《詞話叢編》，冊3，頁3785、
　　　　3939。
〔註101〕〔清〕沈祥龍《論詞隨筆》，見唐圭璋編：《詞話叢編》，冊5，頁4047、
　　　　4049。

劉熙載《藝概》亦云：

> 詞家先要辨得情字，詩序言發乎情，文賦言詩緣情，所貴於情者，
> 為得其正也。

劉熙載所謂的情，非指吟唱男女風月之情，而是宣揚忠臣、孝子、義夫、節婦的倫理之情，因此他面對蘇、辛詞，即說「蘇辛皆至情至性之人，故其詞瀟灑卓犖，悉出於溫柔敦厚。」〔註102〕消弱了蘇、辛豪宕不羈的詞風，而刻意為他們樹立忠厚纏綿，溫柔敦厚的典型。

要之，常州詞派融合浙西詞派的觀點，又加以修正、揚棄，建立起一套符合詩教傳統的完善體系，南宋以來詞體正、變之分，婉約、豪放之論，在此時已經逐漸消融，轉而追求忠厚沉鬱的詞學思想。然而過度強調詩教傳統及思想內涵，反而破壞了詞體的藝術價值與審美趣味，促使常州詞派末流走向僵化的泥沼，從而引發以吳文英密麗晦澀的詞風盛行於世的局面。〔註103〕

清季四大家中，以王鵬運對於周濟所提出的「宋代四家詞」的說法最為推崇。他恪守端木埰師說，承周濟一脈而來，對王沂孫最為看重，朱祖謀即論王鵬運詞：「導源碧山，復歷稼軒、夢窗，以還清真之渾化，與周止庵氏說，契若鍼芥」。〔註104〕朱祖謀卻認為「周氏《宋四家詞選》，抑蘇而揚辛，未免失當。」又說「取碧山與夢窗、稼軒、清真分庭抗禮，亦微嫌不稱。」〔註105〕況周頤亦云周濟「以近世為詞者，推南宋為正宗，姜、張為山斗，域於其至近者為不然。」〔註106〕「東坡、稼軒，其秀在骨，其厚在神。初學看之，但得其粗率而已。其實二公不經意處，是真率，非粗率也。」〔註107〕可見，朱祖謀、況周頤對於周濟的主張，並非一味認同。

針對周濟以宋四家詞人分領一代的說法，況周頤、朱祖謀予以修正、批評，夏承燾之論恰可作為朱、況二家的補充，他說：

〔註102〕〔清〕劉熙載《藝概・詞概》，見唐圭璋編：《詞話叢編》，冊4，頁3711、3693。
〔註103〕蘇利海：《晚清詞壇「尊體運動」研究》（北京：中國社會科學出版社，2013年7月），頁83。
〔註104〕〔清〕朱祖謀為王鵬運《半塘定稿》作序，見王鵬運：《半塘定稿》（上海：上海古籍出版社，2010年12月《清代詩文集彙編》），頁386。
〔註105〕龍榆生：〈今日學詞應取之途徑〉，《龍榆生詞學論文》（上海：上海古籍出版社，1997年7月），頁106。
〔註106〕〔清〕況周頤《蕙風詞話》，卷2，見唐圭璋編：《詞話叢編》，冊5，頁4448。
〔註107〕〔清〕況周頤《餐櫻廡詞話》，張璋等編纂《歷代詞話續編》（上）（鄭州：大象出版社，2005年11月），頁71。

他（周濟）以周邦彥、辛棄疾、王沂孫、吳文英四家分領一代。而
以蘇軾附於辛棄疾之下，已嫌時代倒置。並且周、吳本是同派作家，
名為四家，實只三派。王沂孫是姜夔的支裔，和周、吳本不相近，
和辛更剛柔別具。「問途碧山，歷夢窗、稼軒，以還清真之渾化」之
說，也頗難索解。　　（冊2，頁410）

蘇軾以詩為詞，在詞以婉約為本色的風格之外，下開辛棄疾豪放一派。而周
邦彥、吳文英被視為同派作家，王沂孫乃姜夔支裔，風格本不相近，將王、
吳、辛、周四家同歸一系，並列而語，未免牽強。此處可發現夏承燾之論，受
到浙西詞派的影響，尤其將王沂孫視為姜夔的支裔，即呼應朱彝尊《黑蝶齋
詩餘‧序》所云：

詞莫善於姜夔，宗之者：張揖、盧祖皋、史達祖、吳文英、蔣捷、
王沂孫、張炎、周密……，皆具夔之一體。

浙派後期詞人王鳴盛〔註108〕亦云：

北宋詞人原只有豔冶、豪蕩兩派。自姜夔、張炎、周密、王沂孫方
開清空一派，五百年來，以此為正宗。〔註109〕

夏承燾對周濟將分屬不同詞風的宋四家歸為一系，不予贊同，而是出入於浙、
常二派之間，並有所突破。對於周濟的正變觀，夏承燾再予以批評：

把李煜九首、蘇軾一首、辛棄疾十首、姜夔三首、陸游一首都列在
「變」體裡（蘇軾只選〈卜算子〉「缺月挂疏桐」一首，陸游只選「怕
歌愁舞懶逢迎」一首，姜夔三首裡不選他的〈揚州慢〉）；而周邦彥
九首、史達祖一首、吳文英五首，大都是遣興、詠物、應歌之作，
卻錄入卷一「正」體中。……范仲淹〈漁家傲〉「塞下秋來風景異」
一首，則連選入變體的資格都沒有了。大概他是專問作品的聲容是
否「莊雅」「中正」，而不問他的思想內容和社會意義的。　（〈詞論
八評‧周濟《介存齋論詞雜著》〉，冊2，頁411～412）

夏承燾一語中的，指出周濟將「莊雅」、「中正」作為選詞的重要指標。周濟將
周邦彥、史達祖、吳文英諸家歸入正體；李煜、蘇軾、辛棄疾、姜夔、陸游等

〔註108〕 王鳴盛（1722～1797，字鳳喈，號禮堂、西莊，晚號西沚居士）與錢大昕、
曹仁虎、王昶、趙文哲、吳泰來、黃文蓮為吳中七子。
〔註109〕 〔清〕謝章鋌《賭棋山莊詞話續編》卷4引，見唐圭璋編：《詞話叢編》，冊
4，頁3549。

人歸入變體，此與夏承燾早期「以溫、韋為正，蘇、辛為變」之觀點並不牴觸，唯夏承燾對於周濟忽略蘊含思想內容和社會意義的詞作，表達強烈的不滿。他承認詞體的發展，有其正、變之分，但並不影響他對蘇、辛詞風的推崇。

綜上所述，夏承燾看待詞體的源流正變，一開始顯然受到常州詞派的影響，言必稱溫、韋。然所謂「不可復持正變之說以繩作者」，與詞體本色不相容的「句讀不葺之詩」，蘊含豐富的思想感情與社會意義，雖屬「變體」，卻值得肯定的。而「恢奇奔肆」，雅近蘇、辛的詞風，「醇深騷雅」，追撢周邦彥、姜夔的格調，更為詞中之上乘。周濟晚年以周、辛、吳、王四家詞分領一代，為常州詞派規劃一條「由南返北」的理論體系。發展至晚清，朱祖謀、況周頤為此提出修正意見，夏承燾亦表達「頗難索解」的納悶。總之，夏承燾承認詞體在歷史發展軌跡上有正、變之別的演化過程，二者各有其存在的價值與必要，不容偏於一隅。然常州詞派忽視詞體為因應時代需要所衍生的社會功能；並否認蘇軾、姜夔對辛棄疾、王沂孫的影響，以致時代倒置、詞人錯位等問題，都是有待檢討之處。

值得注意的是，夏承燾重新疏鑿詞體源流時，將詞體起源作為判斷詞體正變的依據，夏承燾〈唐宋詞發展的幾個階段及其風格〉說：

> 從詞的發展史看，詞初起時，本和詩無別，本無「婉約」、「豪放」、「正宗」、「別格」之分。……我們試看敦煌曲子詞（大都是唐代民間作品），論內容，反映民間疾苦、民族矛盾、婦女生活等，和元白新樂府幾無分別；論語言作風，直率奔放的如〈菩薩蠻〉「枕前發盡千般願」等等，簡直是漢樂府「上邪」的姊妹篇。……所以以婉約為「正宗」，以豪放為「別格」，那是他們不曾看到詞的源頭。 （《詞學論札》，冊8，頁88）

又說：

> 我們從詞的發展史上看，知道詞的源頭，雖不是汪洋大海，卻本是許多支流匯合的河道。到了中、晚唐，從民間轉入士大夫手裡之後，便縮小了走向港灣，於是開始形成婉約的風格。……溫庭筠一班人把本來和詩不分的民間詞變了方向，走向婉約工麗的一路，卻是詞的變格。這是詞的發展史上第一個變局。……其實詞的「別格」是溫庭筠而不是蘇軾。 （《詞學論札》，冊8，88~89）

蘇軾「以詩為詞」，把從前人視為「酒邊」、「尊前」的遊戲小品，提

　　高到與文人正統文學的詩歌有同等地位，這是他的勞績，這是詞史
　　第二個變局。　（《詞學論札》，冊 8，頁 93）

　　辛棄疾以後，姜夔用江西派詩的風格作詞，清剛騷雅，突起豪放、
　　婉約之外，與溫柳、蘇辛鼎足而立，也是宋詞一變格。　（《詞學論
　　札》，冊 8，頁 96）

夏承燾視民間詞為詞體的源頭，而溫庭筠等花間詞人，將民間詞導入婉約工
麗的一路，夏承燾認為那才是詞的變格，此乃詞的發展史上第一個變局。蘇
軾「以詩為詞」，將詞提高到與詩歌有同等地位，這是詞史第二個變局。姜夔
用江西詩派的風格作詞，清剛騷雅，突起豪放、婉約之外，與溫柳、蘇辛鼎足
而立，也是宋詞另一變格。

　　值得一提的是，自五四運動以來，詞的創作已由格律詞調的束縛中逐漸
解放，詞學家多以情感的表達來衡量作品的優劣高下，而不再以豪放婉約，
抑或「別是一家」的觀點來規範所謂的「正」、「變」。夏承燾亦是如此，例如
他評論姜夔，不是將他歸為典雅或清空一派，而是與辛棄疾並列而語，論詞
中的黍離之感，這就是夏承燾突破傳統「正變觀」侷限的一證。

第二節　詞的功能

　　詞體原興於秦樓楚館，歌者倚絲竹而歌之，用以佐酒清歡，故「北宋有
無謂之詞以應歌」〔註110〕。所謂「無謂」，與「有謂」相對，即指沒有實質意
義、沒有文學價值可言，詞體的功能侷限於社交、娛樂。然就夏承燾所論，詞
萌芽於隋、唐，滋生於民間，作者來自社會各個階層，其寫作技巧多直抒胸
臆，內容則反映民間疾苦、敘述政治剝削、歌詠男女愛情、書寫民族衝突等，
題材包羅萬象，無所不寫，此乃夏承燾認定詞體最初的本質，即詞的源頭。
對於晚唐五代以來，逐絃吹之音、為側豔之詞的風格，夏承燾卻認為是詞體
的別格。他在〈四庫全書詞籍提要校議・東坡詞〉中提及：

　　詞之初體，出於民間，本與詩無別；文士之作，若劉禹錫、白居易
　　之〈浪淘沙〉、〈楊柳枝〉、〈竹枝〉，以及張志和、顏真卿之〈漁父詞〉，
　　亦近唐絕，非必以婉麗為主。至晚唐溫庭筠能逐絃吹之音為側豔之

〔註110〕胡適選注：《詞選・序》，頁 3。〔清〕周濟：《介存齋論詞雜著》，見唐圭璋主
　　　　編：《詞話叢編》，冊 2，頁 1629。

> 詞，始一以梁陳宮體、桃葉、團扇之辭當之。若尋源溯流，詞之別
> 格，實是溫而非蘇；提要之論，適得其反。惟後來《花間》、《尊前》
> 之作，專為應歌而設，歌詞者多女妓，故詞體十九是風情調笑。因
> 此反以蘇詞為別格、變調，以為教坊雷大使之舞，「雖工而非本色」，
> 此宋代以來論詞之偏見也。　　（《唐宋詞論叢》，冊2，頁186）

這段文字體現夏承燾對詞體功能的看法，第一，詞溯源於民間，與詩無別，蘇軾「以詩為詞」的作風，早在唐代的民間詞中已出現；第二，晚唐五代以後，《花間》、《尊前》之作，專為應歌而設，歌詞者多女妓，故詞體十之八九屬於風情調笑，其詞體的功能已與唐代民間詞分歧。夏承燾尋源溯流，以為詞之別格，實是溫庭筠而非蘇軾。

　　然詞本身是一種音樂與文學結合的藝術綜合體，具有多元化的特徵，就其價值與功能而論，即包含社交、娛樂、抒情、言志等諸多面向。隨著詞體的發展，每個朝代、每位作者也分別映射出不同的精神內涵與價值取向。美國學家威爾克認為「文學的本質和功能在任何有連貫性的談論中，都必然有著連帶關係的。詩的功用是由其本質而定的……。同樣地，一件物體的本質是隨著它的功用而定的，它的作用是甚麼，那麼它就是甚麼。」〔註111〕以下分論夏承燾對詞體的價值功能論。

一、反映社會的寫實功能

　　夏承燾以教師、學者為終身志業，一輩子讀書、教書、研究，他曾說自己。「日汩沒其精神於故紙中」（冊5，頁42），夏承燾在故紙堆中尋求自己的天地，在古人書堆中鑽研古事，而無法為國家出一份心力的矛盾，時常困擾著自身，甚至興起放棄詞學研究的念頭，但他絕非充耳不聞天下事。在教書、治學的過程中，能與時俱進，關心時局，常常表達出對國事的憂心。夏承燾所面對的生活困境如此，使他成為時時刻刻關注社會現況的作家。他無法衝鋒陷陣，只能將熱烈的目光投諸於滿目瘡痍的社會現狀，透過評論、創作，從中表達對社會、國家的關懷。夏承燾評論詞體的價值與功能上，即著重詞體是否能真實的反映社會，是否能真實的體現詞人的情感。因此，就詞體發展的脈絡而言，夏承燾相當推崇敦煌民間詞的地位與價值，此乃詞體發展最

〔註111〕　（美）芮尼・威爾克 Rene Wellek 撰，梁伯傑譯：《文學理論》（臺北：水牛圖書出版事業有限公司，1987年6月），頁25。

初的原型，也是詞體具有生命力的一個重要起點。夏承燾〈盛唐時代民間流行的曲子詞〉曾說：

> 詞最初是從民間來的，它的前身是民間小調。隨著唐代商業的發展，都市的興起，為適應社會生活的需要，同時由於音樂、詩歌的發展，詞在民間就流行起來了。唐代民間詞反映社會現實相當廣泛，具有相當強的社會功能。　（《唐宋詞欣賞》，冊2，頁611）

〈唐宋詞敘說〉亦云：

> 詞在它的歷史過程裡，現實性很強的一段，是它初盛行於民間的時候，那就是唐代。……我們談唐代的民間詞，特別要注意敦煌曲子詞，他裡面有很多反映民間現實生活的作品，關於市民、妓女的，關於民族矛盾的尤其多。儘管這些曲子詞的形式還很粗糙，但這種反映現實的傾向是很珍貴的。　（《詞學論札》，冊8，74）

夏承燾論詞體的起源，認為詞肇於隋、唐之際，在文人集體創作之前，詞體已在唐代民間流行。它所反映的民間生活相當廣泛，內容相當豐富，或寫征夫思婦的心情，如〈鵲踏枝〉「叵耐靈鵲多謾語」；或反映商人生活，如〈長相思〉「哀客在江西」；或表達妓女心情，如〈望江南〉「莫攀我」；或藉歌頌愛情，表達向佛之決心，如〈菩薩蠻〉「枕前發盡千般願」等，它反映唐代的社會現實，形式多樣，有小令、有長調，風格質樸，語言清新，縱有粗劣精粗之作，也無傷民間詞的價值，因為它是唐宋詞反應現實的萌芽。〈唐宋詞敘說〉曰：

> 詞由於吸收民間血液而壯大，由於反映人民生活和願望而提高。它表現人民性最鮮明、最豐富的幾個階段，也就是它成績最輝煌的幾個階段。……詞的沒落是由於它脫離了人民，脫離人民就喪失生命。這是一切文學沒落的主要原因，也就是詞的沒落的主要原因。
> （《詞學論札》，冊8，頁83～84）

從現存的敦煌曲子詞來看，內容包含「邊客遊子之呻吟，忠臣義士之壯語，少年學子之熱望與失望，以及佛子之贊頌，醫生之歌訣」〔註112〕等，詞體內容與形式雖尚未定型，但卻擁有無比的創作空間，摻雜豐富的民間文化元素。夏承燾有云：

> 這些民間詞，是寫真實情感的好詩歌，它以清新樸素的風格影響著

〔註112〕王有三：《敦煌遺書論文集》，頁57。

當代的詩人與詞人，比起後來文人清客們的遊戲消閑的作品，價值
高得多；……它是唐宋詞反映現實的萌芽。　（〈敦煌曲子詞〉，冊
2，頁616）

文學本身既然有其真實的生活情感，它大可不必倚仗過多的形式條件，如華
麗的字詞，或者美聽的音樂。民間詞縱使顯得粗糙，卻不失它在詞體發展上
的價值。

二、直抒胸臆的抒情功能

　　詞在民間初起時，往往以直率坦白的語言寫熱烈真摯的情感，是直抒胸
臆、一吐為快的抒情文學，但這種文體傳入宮廷、豪門與文人之手，卻閹割
了它原本純樸的思想內容，以它的音樂和形式作為酒邊花間、娛樂調笑的工
具。詞人填詞，由歌妓演唱，為了適應歌者與觀眾的身分與喜好，詞的風格
也變得婉約、含蓄，表達手法也不如民間詞那般真切直接。《四庫全書總目提
要》云：「詞自晚唐、五代之來，以清切婉麗為宗」〔註113〕，此乃詞體流行的
環境，以及作者、歌者、聽眾等各種因素所導致的結果。然而晚唐五代詞人
之中，仍有少數幾位，能書寫自己的生活情感，韋莊即是較為突出的一位。
夏承燾〈不同風格的溫、韋詞〉云：

　　晚唐五代文人詞大都為應歌而作，缺乏真摯的情感。其間也有一部
　　分文人拿詞作為抒情工具，使它逐漸脫離音樂而自有其文學的獨立
　　生命。韋莊在五代文人詞內容日益墮落的時候，重新領它回到民間
　　抒情詞的道路上來，他使詞逐漸脫離音樂而有它的獨立生命。……
　　這個傾向影響了後來的蘇軾、辛棄疾等大家，我們如果認為蘇、辛
　　一派抒情詞是唐宋詞的主流，那麼，在這個主流的源頭上，韋莊是
　　值得我們重視的一位作家。　（《唐宋詞欣賞》，冊2，頁627）

韋莊之所以能於晚唐五代詞人之中獨樹一幟，與其飄零的生涯不無關係。〔註
114〕因為這般經歷，韋莊遂能跳脫秦樓楚館，直接接觸民間生活，使得他的詞
在《花間集》中有其獨特的風格。其作品如：

〔註113〕〔清〕紀昀總纂：《四庫全書總目提要‧東坡詞》（石家莊：河北人民出版社，
　　　　2000年3月），卷198，頁5449。
〔註114〕韋莊四十五歲，在長安應舉，正值黃巢攻占長安，他陷兵火中，大病幾死，
　　　　一度與弟妹失散，後來逃出長安，從此浪跡萬里，過著漂泊的生活。韋莊至
　　　　五十九歲，終於進士及第，流離失所的生活才告結束。

春日遊。杏花吹滿頭。陌上誰家年少，足風流。　　妾擬將身嫁與，一生休。縱被無情棄，不能羞。　　〈思帝鄉〉

洛陽城裡春光好。洛陽才子他鄉老。柳暗魏王堤。此時心轉迷。

　　桃花春水淥。水上鴛鴦浴。凝恨對殘暉。憶君君不知。　　〈菩薩蠻〉

四月十七。正是去年今日。別君時。忍淚佯低面，含羞半斂眉。　　不知魂已斷，空有夢相隨。除卻天邊月，沒人知。　　〈女冠子〉〔註115〕

〈思帝鄉〉寫一見傾心的嚮往，〈菩薩蠻〉寫浪跡天涯的思緒，〈女冠子〉寫情人分離的無奈，每首都直率真摯，與民歌無太大差異。夏承燾說韋莊詞最大的特點是將「文人詞帶回民間作品的抒情道路上來，又對民間抒情詞給以藝術的加工和提高。」（〈論韋莊詞〉，冊2，頁635）。又云：

從質方面說，它（韋莊詞）在抒情詞裡雖然還嫌內容不夠廣泛，描寫不夠深刻；但它的發展前景，那就是開李煜和蘇軾、辛棄疾詞的先河。在晚唐五代文人詞浮豔虛華的氣氛裡，居然出現韋莊這些抒情生活情感的作品，那是不容忽視的。　　（〈論韋莊詞〉，冊2，頁637）

五代文人詞的內容走向空虛墮落的時候，韋莊重新引領它走回民間抒情詞的道路；他使詞逐漸脫離音樂，不全然為應歌而作，而有其獨立的生命。夏承燾認為這個傾向影響後來的李煜、蘇軾、辛棄疾諸大家，是這一派抒情詞的源頭。

　　詞在晚唐五代詞人筆下，多寫側豔之辭，於秦樓楚館之中，作為宴會應歌之用。然仍有部分作品，是出自文人的胸襟懷抱，雖寫男女愛情，而感情真摯，風格高尚，如馮延巳的詞，同樣以詞作為佐酒言歡的工具，但比起西蜀詞，更具有深沉的思想和深厚的藝術技巧，使得同樣寫給歌女演唱的詞裡，多了一份耐人尋味的情感。而最為夏承燾最激賞的即是李煜，王國維對李煜詞中的抒情性，給予極大的肯定，《人間詞話》說：「詞至李後主而眼界始大，感慨遂深，遂變伶工之詞而為士大夫之詞。周介存置諸溫、韋之下，可謂顛倒黑白矣。『自是人生長恨水長東』、『落花流水春去也』，《金荃》、《浣花》，能有此氣象耶？」〔註116〕王國維以境界和氣象論李煜詞，特別針對常州詞派推

〔註115〕曾昭岷、王兆鵬等編：《全唐五代詞》，上冊，頁154、167、169。
〔註116〕〔清〕王國維《人間詞話》，唐圭璋主編：《詞話叢編》，冊5，頁4242。

尊溫、韋的路線展開，將李煜置於溫、韋之上，批評周濟顛倒是非之謬。李煜詞最為後人肯定，乃南唐滅亡後，遭北宋俘虜時所填的詞。在此之前，李煜長於深宮，在優越的環境下，多以富麗之筆，書寫宮廷中豪奢與豔情的生活；亡國之後，俘虜的身分讓他終日以淚洗面。與前期詞風相較，內容從花前月下寫到生離死別，詞中境界真有天壤之別。雖然溫庭筠的詞，多少也吐露詞人的生活情感，但他創作的動機，主要為歌妓、樂工而填，以應歌為目的；李煜後期的作品則是反映了個人最真切的生活遭遇，是自然流露的真情血淚。夏承燾〈唐宋詞發展的幾個階段及其風格〉云：

> 五代末年，出了李煜，他開始把詞當作獨立藝術看，開始認真地拿
> 它作為抒情工具，他超越了花間派，而直接繼承唐代民間抒情詞和
> 盛唐絕句的傳統，來寫他哀怨殘酷的生活經歷。　（《詞學論札》，
> 冊 8，頁 90）

李煜後期的詞，全是緣情抒懷之作，他以明白暢達的語言、白描的寫作手法和高度的藝術表現，書寫內心真誠的感受，不再受限於花間詞的窠臼，正如敦煌民間詞與唐人絕句那般的自由。夏承燾〈南唐詞〉云：

> 李煜詞改革花間派塗飾、雕琢的流弊，用清麗的語言、白描的手法和
> 高度的藝術概括力，抓住自己生活感受中最深刻的方面，動人地把情
> 感表達出來，給人深刻的藝術感受。他的詞擺脫了花間派的窠臼，創
> 造了他自給的獨特風格。他不僅為當時的詞打開了新的境界，而且對
> 詞的發展起了很大的推動作用。　（《唐宋詞欣賞》，冊 2，頁 646）

李煜在亡國後寫下的一些詞篇，抒發對故國的懷念和對皇帝生活的追戀。從主觀方面看，他貴為國君，其思想感情自然和人民有一定程度的距離。但從客觀藝術層面看，他把懷念故國之思，通過動人的抒情語句表達出來，強烈地感染讀者，引起讀者共鳴，這即是李煜成就高於溫、韋之處。夏承燾極力提高李煜在詞壇的地位，他認為李煜是韋莊以後，使詞重新走上抒情的道路，也是提高詞地位的詞人。[註 117] 王國維曾說「（馮延巳）與中後主皆在《花間》範圍之外」[註 118]，這般流連光景，惆悵自憐的創作心境，是作者有意為之，將主體精神流露於詞中的手法。詞體的功能，也由歌者用以應歌，轉為文人遣懷之用，這是詞人對詞體功能不同於花間詞人的重新認識。

〔註 117〕夏承燾：《夏承燾集・唐宋詞欣賞》，冊 2，頁 645。
〔註 118〕〔清〕王國維《人間詞話》，唐圭璋主編：《詞話叢編》，冊 5，頁 4243。

　　北宋的歐陽脩、晏殊、張先、柳永等人，將詞視為一種遊戲小品，使詞又重新回到娛賓遣興的功能，雖偶有遣懷之作，如晏殊〈山亭柳〉（家住西秦）借「歌者」之口，抒發胸中塊壘的詞；歐陽脩〈浪淘沙〉（把酒祝東風）抒發與友人別後的失落。柳永〈戚氏〉充溢著作者的身世之感及悲涼心境等，但填詞基本上還是以應歌為目的。直至蘇軾，才真正大開局面，宋‧胡寅謂：

> 唐人為之最工，柳耆卿後出，掩眾製而盡其妙，好之者以為不可復
> 加。及眉山蘇軾，一洗綺羅香澤之態，擺脫宛轉綢繆之度，使人登
> 高望遠，舉首高歌，而逸懷浩氣，超然乎塵垢之外，於是《花間》
> 為皂隸，而柳氏為輿臺矣。〔註119〕

詞在蘇軾筆下，遂能「超越花間派、掃蕩婉約派的軌轍，回復到詩詞合一的創作道路」（冊 8，頁 91）。蘇軾以還，李清照、陸游等南渡詞人，直承蘇軾抒情詞而來，辛棄疾更是將詞體發展至另一個新的階段，將詞用以書寫人生不平之事，填詞的目的，已經由交付歌女演唱轉而為己身抒情、抒志、抒憤的文學載體。南宋後期，國勢日蹙，當詞人面對「國破山河在」的時代悲劇，顯然也無法於花前月下縱歌跳舞，即使布衣終身的姜夔，填詞不再為歌兒舞女所作，而是為己身紅粉知己而填，他以內斂含蓄的方式，寄託悵然哀淒的感慨，雖寫兒女之情，卻也蘊含了文人之性情與才情。姜夔有〈永遇樂‧次稼軒北固樓詞韻〉一詞和作辛詞，夏承燾論姜夔「開禧兵火見流亡，合變詞風和韇鞬。遲識稼軒翁倘悔，一尊北顧滿頭霜」（冊 2，頁 557），即指出姜夔與辛棄疾暗合之處。陳廷焯《白雨齋詞話》亦論曰：

> 南渡以後，國勢日非。白石目擊心傷，多於詞中寄慨。不獨〈暗香〉、
> 〈疏影〉二章，發二帝之幽憤，傷在位之無人也。特感慨全在虛處，
> 無跡可尋，人自不察。〔註120〕

姜夔詞風無非受到辛棄疾的影響，然詞人的生活環境、生平閱歷，畢竟不同，因此辛詞雄健，奔放激昂；姜詞疏宕，內斂含蓄，不能劃上等號；唯面對山河驟變，國勢日非的景象，詞中流露的黍離之感、傷世之悲，是無庸置疑的。

三、「詞為詩裔」的言志功能

　　「應歌」乃五代、北宋詞的主流功能，而這樣的娛樂功能，隨著詞人主

〔註119〕〔宋〕胡寅題向子諲《酒邊詞》序，張惠民編：《宋代詞學資料匯編》，頁 212。
〔註120〕〔清〕陳廷焯《白雨齋詞話》，唐圭璋編：《詞話叢編》，冊 4，頁 3797。

觀意識的強化，也逐漸讓位於緣情的功能。蘇軾之前，范仲淹以高騫風骨，道出塞外風光與軍旅生涯，夏承燾說他是：

> 真正能繼承民間詞的傳統。在北宋初期詞中，它是詞中一異彩，是蘇辛一派豪放詞的開端。　（《詞學論札》，冊 8，頁 91）

唐代民間詞中不乏戰爭的題材，范仲淹留下的詞僅有五首，但都是一流作品，其〈漁家傲・秋思〉「塞下秋來風景異」所反映的軍旅生活，正如唐代民間詞，能真實呈現戰爭所帶來的苦楚與無奈。至蘇軾在創作上「以詩為詞」，把詞的題材擴大，讓詞近似「詩」的作用，遂能抒發文人的身世感慨，不再只是飲酒酬唱的席間娛樂而已。在〈祭張子野文〉一文中，蘇軾表明了「詞為詩裔」的觀念，又在〈與陳季常書〉中說：「又惠新詞，句句警拔，此詩人之雄，非小詞也。」〔註121〕蘇軾係將詞與「詩言志」的傳統聯繫在一起，以詩的標準評價詞的創作，突破詞為豔科的侷限，在內容和境界上提高了詞體的地位。然詞壇對蘇軾的評價卻是正反兩極，有「如教坊雷使大舞」、「句讀不葺之詩」的譏笑，也有「曲子中縛不住」的讚嘆。夏承燾〈唐宋詞發展的幾個階段及其風格〉曰：

> 在他（蘇軾）以前的宋詞，所以脫不了花間派的牢籠，大半由於它是為應歌而作，是為讌樂作樂章，而不是為自己抒情而作。韋莊、李煜是作抒情詞的先驅，到蘇軾乃大開局面。　（《詞學論札》，冊 8，頁 91）

> 蘇軾「以詩為詞」，把從前人視為「酒邊」、「尊前」的遊戲小品，提高到與文人正統文學的詩歌有同等地位，這是他的勞績，這是詞史第二個變局。　（《詞學論札》，冊 8，頁 93）

詞到蘇軾筆下，復與詩合，凡可以入詩的感情和題材，都可填入詞中，蘊含深厚的人生哲學，亦有反映社會現實，或談禪說理、嬉笑諧謔者，凡此都是從前詞裡少見的內容。雖然蘇詞的內容和唐代民間詞不完全相同，但他的確已把這種文學回復到唐代民間詞的舊道路上。對於他人批評蘇軾「要非本色」，夏承燾不予認同，嘗作〈洞仙歌〉，詞序云：

> 劉白小令，本蛻自唐絕。飛卿一以梁陳宮體為之，實是別調。東坡

〔註121〕〈祭張子野文〉：「微詞宛轉，蓋詩之裔。」見〔宋〕蘇軾：《蘇東坡全集》（臺北：河洛圖書出版社，1975 年 9 月），前集卷 35，頁 415。〈答陳季常三首〉之二，見《蘇東坡全集》，續集卷 5，頁 156。

　　　合詩詞之裂，世顧以為非本色，予夙惑之。　（《日記》，冊6，頁
　　268）

夏承燾為龍榆生撰〈東坡樂府箋序〉，又論之曰：「其詞橫放傑出，盡覆花間
舊軌，以極情文之變，則洵前人所未有。」（冊5，頁329）蘇軾「以詩為詞」，
豐富詞體題材，擴大詞體境界，將詞的功能帶回唐代民間詞的道路上，夏承
燾認為這是繼晚唐五代以來，詞體再度回歸至民間詞的一大轉變。

　　詞到南宋，各體兼備，辛棄疾以一名抗金名將的身分填詞，接踵蘇軾的
豪放詞風，用慷慨激昂的聲音，書寫國家危難、民族衝突；又能兼容含蓄蘊
藉的婉約手法，以香草美人之辭，委婉道盡內心無限的幽憤與哀怨。辛棄疾
剛柔並濟的寫作風格，統一了豪放、婉約兩派的矛盾，使詞在發展上進入一
個新的階段。其作品如「更能消、幾番風雨」（〈摸魚兒〉）、「眾裡尋他千百度，
驀然回首，那人卻在燈火闌珊處」（〈青玉案・元夕〉）、「不知筋力衰多少，但
覺新來懶上樓」（〈鷓鴣天・鵝湖歸病起作〉）、「而今識盡愁滋味，欲說還休。
欲說還休。卻道天涼好個秋」（〈醜奴兒・書博山道中壁〉）等，夏承燾評之曰
「肝腸如火，色笑如花」（冊8，頁95），夏承燾云：

　　　温庭筠、柳永、周邦彦一班人的作品，徒有華麗之文，而軟媚無骨，
　　是失其為人。蘇軾一派豪放詞，在傳統文人看來總是「別調」、「別
　　格」，未免失其為詞。辛棄疾這類作品，在低徊婉轉中湧現他的整個
　　人格，既不失其為人，而又不失其為詞。我說它是唐宋詞最高的成
　　就，不算是過譽吧！　（《詞學論札》，冊8，頁96）

辛棄疾不僅以詩為詞，甚至以文為詞、以賦為詞，最後成為一種極豪放的內
容，而以婉約的手法出之的特色，故能凌駕於蘇軾之上。而辛棄疾的人格和
遭遇，與屈原相近，用詞表達其幽憤沉憂的感慨，正是上接〈離騷〉的傳統。

四、「意內言外」的寄託功能

　　清初浙西詞派以清虛雅正之體，一洗明末纖靡之陋；而其末流淪為佻巧
浮滑、餖飣膚廓之弊時，常州詞派即振廢起衰，提高詞體氣格，好以比興寄
託論詞，提高詞體地位。譚獻謂常州派興，而「比興漸興」〔註122〕是矣。夏
承燾於1958年發表《楚辭》與宋詞〉一文，為「寄託」下一定義：

　　　以藝術的效果論，借用人類基本情愫的男女之愛，來申述作者個人

─────────────

〔註122〕〔清〕譚獻《譚獻詞話》，唐圭璋主編：《詞話叢編》，冊4，頁3999。

某種情感，那就是把自己個人的情感變作一般人的情感，會使人更易於瞭解、感受。據《左傳》、《論語》這些書裡的記載，收在《詩經》裡的民間情歌，可以成為論政治、講外交以及儒家說理的材料，也是這個道理。　（冊 8，頁 112）

詞人若能以一己之情懷，觸發眾人之感悟，文學作品中的價值自然無可取代。夏承燾喜用「寄託」論詞，如論馮延巳〈謁金門〉「楊柳陌」一首云：

這是一首寫愛情的詞，但是言外之意，可能別有寄託，不單是寫相思之情。……「起舞不辭無氣力」兩句，……可能是寄託「士為知己者死」的意思，是士大夫階層的思想感情。　（《唐宋詞欣賞》，冊 2，頁 648）

又論歐陽脩〈蝶戀花〉（庭院深深）一首云：

這首詞雖然表面上是寫一個女子的苦悶，但他的寓意不限於此。從屈原〈離騷〉以來，就以美人香草寄託君臣，後代士大夫以男女寄託君臣的詩歌，指不勝屈。　（《唐宋詞欣賞》，冊 2，頁 649）

夏承燾肯定作者將家事、國事寄託於詞中的真摯情感。然而對於常州詞派，不解詞人填詞的背景與心態，妄用比興寄託，強加附會，夏承燾卻予以嚴厲的批判。1931 年 6 月 24 日《日記》載：「閱劉子庚講詞筆記，附會牽強，幾如痴人說夢。張惠言嘗欲注飛卿詞，若成書，則又一劉子庚矣。」（冊 5，頁 212）1936 年 4 月 16 日《日記》載：「五代詞本無寄託，馮氏（馮煦）以常州詞派說詞，不免張皇。」（冊 5，頁 442）1941 年 9 月 1 日夏承燾過吳庠談詞，《日記》載：

過吳眉翁談詞，謂北宋已有寄託，東坡「我欲乘風歸去」為不忘愛君。王安禮「不管華堂朱戶，春風自在楊花」為誚安石。予意詩人比興之例，其來甚古，唐五代詞，除為歌妓作者之外，亦必有寄託。惟飛卿則斷無有。後人以〈士不遇賦〉說其〈菩薩蠻〉，可謂夢話。常州派論寄託，能令詞體高深，是其功，然不可據以論詞史。　（冊 6，頁 332）

夏承燾實事求是，擅長以清儒治群經子史之法治詞，舉凡校勘、目錄、版本、箋注、考證等方法，無不採用，對於劉毓盤、馮煦諸家不經考證而強加附會之說，一向鄙棄。他與吳庠談詞，承認唐五代詞除了專為歌妓所作外，必有寄託之作。然張惠言論溫庭筠〈菩薩蠻〉（小山重疊金明滅）乃「此感士不遇也。篇法仿彿〈長門賦〉，而用節節逆敘。此章從夢曉後，領起『懶起』二字，含後文

情事。『照花』四句，〈離騷〉『初服』之意。」〔註123〕卻被夏承燾批評為「夢話」，重重的被打了一巴掌。夏承燾論張惠言《詞選‧序》，批評得更加具體：

> 張氏……要求詞能「與詩賦之流同類而風誦」，……使讀者知道詞在
> 文學並非「小道」，這對當時和後來的詞風都有相當大的影響。但他
> 為了要提高詞的地位，說了許多過分誇張的議論，如引《說文》「意
> 內而言外」一語來解釋「曲子詞」的「詞」；說溫庭筠〈菩薩蠻〉的
> 內容似〈感士不遇賦〉……，此等皆開後來常州派詞人附會說詞的
> 風氣。又他意在立說，而往往疏於考史；把溫庭筠上比屈原，已屬
> 儗人不倫；說韋莊幾首〈菩薩蠻〉都是晚年留蜀思唐之作，而不知
> 韋詞大都作於五十歲及第之前流浪江湖之時；說馮延巳〈蝶戀花〉
> 是排間異己者之言，歐陽脩〈蝶戀花〉「殆為韓（琦）范（仲淹）而
> 作」，也都是無根臆說。 （《月輪山詞論集》，冊2，頁409～410）

論陳廷焯《白雨齋詞話》亦云：

> 清初朱彝尊諸人稱誦姜、張「清空」之作，其流弊是內容空泛。常
> 州詞人尊奉溫、韋，提倡比興，由重形式而走向重內容，本是他們
> 論詞可肯定處。但張惠言、陳廷焯諸人都勇於立論而疏於考核，因
> 之多附會失實的話，這也是常州詞論家共同的缺點。 （《月輪山詞
> 論集》，冊2，頁412）

夏承燾肯定常州詞派以「比興寄託」提高詞體地位的功勞，但「意在立說，疏於考史」，濫用寄託，穿鑿比附的弊病，令夏承燾深感憂心。其〈唐宋詞發展的幾個階段及其風格〉有云：

> 前人好拿楚辭來比唐、宋詞；如宋人詩云「〈離騷〉寂寞千年後，〈戚
> 氏〉（柳永詞）淒涼一曲終。」清人詩云：「絕代風流《乾䐁子》（溫
> 庭筠著），前身應是屈靈均。」拿柳、溫比屈原，原是儗人不倫。但
> 詞體表情，悱惻纏綿，的確得〈騷〉意為多。南宋愛國詞人像辛棄
> 疾諸家，他們的人格和遭遇，都和屈原相近似，用這種文體表達其
> 幽憤沉憂，正是上接〈離騷〉的傳統。 （〈唐宋詞發展的幾個階段
> 及其風格〉，冊8，頁98）

夏承燾謂「南宋詞家真能繼承屈原精神的，第一要數到辛棄疾。」（〈《楚辭》與宋詞〉，冊8，頁114）其〈摸魚兒〉：「更能消、幾番風雨。匆匆春又歸去。

〔註123〕〔清〕張惠言：《張惠言論詞》，見唐圭璋編：《詞話叢編》，冊2，頁1609。

惜春長恨花開早，何況落紅無數。春且住。見說道、天涯芳草迷歸路。怨春不語。算只有殷勤，畫簷蛛網，盡日惹飛絮。　　長門事，準擬佳期又誤。蛾眉曾有人妒。千金縱買相如賦，脈脈此情誰訴。君莫舞。君不見、玉環飛燕皆塵土。閒愁最苦。休去倚危樓，斜陽正在，煙柳斷腸處。」〔註124〕是孝宗淳熙六年（1179），辛棄疾四十歲時所作。辛棄疾自紹興三十二年（1162）渡淮水來歸南宋，十七年期間，他主張抗金以恢復中原的意見，始終未被朝廷採納。朝廷不把他放在抗敵的最前線，而是派遣他擔任閒職，滿腔的才能和抱負，只能悶藏在心底。此首〈摸魚兒〉即是辛棄疾以〈離騷〉中的美人香草，寫對國家的憂憤、對身世的感嘆，為自己的失意叫屈。「蛾眉曾有人妒」數句，正如〈離騷〉「眾女嫉予之蛾眉兮，謠諑謂予以善淫」，言自己遭忌、小人得志、國勢危殆的情形。辛棄疾的政治經歷與失意心境，與屈原正好相似，這豈是溫庭筠、柳永諸家，發個人牢騷於閨怨、娟情之作可相比擬。而當宋室覆亡，遺民面對更為殘酷的異族統治，他們以血淚交織而成的篇什，也道出了沉痛的故國之思，如劉辰翁〈蘭陵王‧丙子送春〉，夏承燾謂「這首詞蒼涼淒楚，俯仰無端，可說是《楚辭》中〈哀郢〉〈懷沙〉的遺響。」（冊8，頁116）另如彭元遜〈六醜‧楊花〉、趙文〈鶯啼序‧春晚〉、鄧光薦〈滿江紅‧和王昭儀題壁〉等皆是血淚鑄成，哀怨無窮之作，與屈原作《楚辭》的心境相近。夏承燾云：

> 只有具有現實主義、愛國主義的精神，而不是從個人利害出發的崇
> 高感情的作家，才能接受屈原偉大的文學傳統。宋詞因為能繼承《楚
> 辭》而提高它在文學史上的地位，《楚辭》也因為有宋詞作它的後繼
> 更見出它偉大的感召力。這是作家們人格的相互感應，不僅是形式
> 的摹仿和情調的揣摩。只有能接受古典作家人格精神的感召，才能
> 接受作品藝術的影響，才能有新的輝煌的創造。　　（冊8，頁118）

常州詞派為提高詞體氣格，好以比興寄託論詞，因而將詞與《詩經》、《楚辭》相比附，此一主張本身並沒有太大問題，但卻犯了嚴重的疏忽，即僅重視寫作手法的相似，而忽視詞人創作的精神內涵。《楚辭》好以女性自比，以女子口吻訴述心情，這與晚唐五代以來，詞體婉約杳眇的風格有其很大的關係。溫庭筠填詞，專為歌妓而作，用女性聲口，描摩女性魅態，間有抒發個人失意落魄的心境，又以「蘭」、「荃」，為詞集命名為《蘭畹》、《金荃》，故清‧周

〔註124〕辛棄疾〈摸魚兒〉，見唐圭璋編：《全宋詞》（北京：中華書局，1998年11月），
　　　　　冊3，頁1867。

之琦詩云:「方山憔悴彼何人,《蘭畹》、《金荃》托興新;絕代風流《乾膜子》,前身應是楚靈均。」〔註125〕然這樣的作品實與《楚辭》的創作精神天差地遠。夏承燾認為溫庭筠等花間詞人的作品,情調雖近似《楚辭》,但思想內容卻是不配繼承屈原的。但是對於南渡詞人、抗金名將或南宋遺民等以血淚鑄成的作品,夏承燾則是認同他們的詞中所蘊含的寄託功能,他們的歷史環境與政治遭遇,近似於屈原,面對苦難時代,那種欲言又止的沉悶,僅有透過填詞,才得以暫時聊慰。

夏承燾〈論有寄託的詠物詞〉一篇,將詠物詞分為三類,第一類是單純描寫事物形象,第二類是搬弄典故,第三類是有寄託的詠物詞。〔註126〕屈原〈離騷〉用「美人」、「香草」寄託君臣關係、〈橘頌〉通篇以「橘」寄託作者人品,已然成為後世寄託手法的典範。宋詞中也不乏這類作品,如蘇軾〈卜算子·黃州定慧院寓居作〉「揀盡寒枝不肯棲,寂寞沙洲冷」,道盡自己身陷憂讒畏譏的情緒中。陸游〈卜算子·詠梅〉「無意苦爭春,一任群芳妒。零落成泥碾作塵,只有香如故」,以梅花象徵自己高潔品格。又如辛棄疾〈喜遷鶯·晉臣賦芙蓉詞見壽,用韻為謝〉下片「休說。搴木末。當日靈均,恨與君王別。心阻媒勞,交疏怨極,恩不甚兮輕絕。千古離騷文字,芳至今猶未歇。都休問,但千杯快飲,露荷翻葉」〔註127〕,為了寄託自己遭忌的身世之感,遂將屈原自比,以屈原「信而見疑,忠而被謗」的委屈,道出自己不能實現報國壯志的苦悶。以上都是有所寄託的詠物詞,是一般單純寫物所無法比擬的境界。至於宋末的《樂府補題》,以龍涎香、蟹、蟬、白蓮等為題,填了一系列的詠物詞,雖然只是當時宋遺民用以表達對封建王朝的留戀情感,作風也深微隱晦,與辛棄疾等豪放詞人大異,但他們寫故國之思、淪亡之痛,卻與《楚辭》有相同之處。夏承燾曾致函張爾田,論及《樂府補題》云:

> 《補題》之作,殆即在至元發陵之時,諸詞人聞見較切,故隱痛倍深。……以詞語度之,大抵龍涎香、蓴、蟹以託宋帝,故賦香而屢曰「驪宮」、「鷩蟄」,賦蓴、蟹亦屢曰「秦宮」、「鬢影」。……蟬與

〔註125〕〔清〕周之琦〈心日齋十六家詞錄〉,見王偉勇:《清代論詞絕句初編》(臺北:里仁書局,2010年9月),頁178。

〔註126〕夏承燾〈論有寄託的詠物詞〉,收錄於《夏承燾集·唐宋詞欣賞》,冊2,頁719。

〔註127〕陸、辛二詞,見唐圭璋編:《全宋詞》冊3,頁1586、1935。

白蓮，以喻后妃，故賦蟬疊用「齊姬」、「故宮」，賦蓮亦沓稱「霓裳」、
「太液」。　（《詞學論札・與張孟劬論《樂府補題》書》，冊8，頁
262～263）

汪兆鏞〈碧山樂府書後〉引朱彝尊言「騷人〈橘頌〉之遺音」〔註128〕是矣。
〔註129〕

夏承燾為邵祖平《詞心》為序云：

> 詞自初起，託體至卑，《雲謠》《花間》，大率倡優儇士戲弄之為。常
> 州詞人以飛卿〈菩薩蠻〉比董生〈士不遇賦〉，或且已上儗屈〈騷〉，
> 皆過情之譽也。後主、正中，伊鬱悄忱，始孕詞心。兩宋坡、稼以
> 還，于湖、蘆川、碧山、須溪之作，沉哀激楚，乃與〈匪風〉〈下泉〉
> 不相遠。蓋身世際遇為之，非偶然矣。夫有身世際遇，乃有真性情。
> 有真性情，則境界自別。　（《詞學論札》，冊8，頁251）

總之，寄託的功能將詞體的地位，攀高至與《詩經》、《楚辭》同列而語，但絕
非寫作技巧的延伸、仿用而已，而是必須蘊含作者的情感內涵，在作品中抒
發現實主義、愛國主義的精神。

五、「以詞存史」的詞史功能

詹安泰曾說：「能於寄託中以求真情意，則詞可當史讀，……作者之性情、
品格、學問、身世，以及其時之社會情況，有非他種史料所得明言者，反可於
詞中得知也。」〔註130〕「以詞存史」觀念，乃「詩史觀」之延伸，「詩史」〔註
131〕一詞源自杜甫在安史之亂中用詩歌記錄其流離隴蜀的生活經歷，指具有

〔註128〕 首倡《樂府補題》主旨具有寄託意義的是浙西詞派宗主朱彝尊。朱氏在《曝
書亭集》卷36〈樂府補題序〉云：「頌其詞可以觀志意所存，雖有山林友朋
之娛，而身世之感別有淒然言外者，其騷人〈橘頌〉之遺音乎。」〔清〕朱
彝尊《曝書亭集》（上海：上海古籍出版社，2010年12月《清代詩文集彙
編》冊116），卷36。頁303。關於《樂府補題》歷來研究，可參王信霞：
〈《樂府補題》研究三百年〉，《閩江學院學報》第29卷第1期（2008年2
月），頁74～81。

〔註129〕 夏承燾〈論有寄託的詠物詞〉，《夏承燾集・唐宋詞欣賞》，冊2，頁719～722。

〔註130〕 詹安泰著、詹伯慧編：《詹安泰詞學論集》（汕頭：汕頭大學出版社，1997年
10月），頁227。

〔註131〕 〔唐〕孟棨《本事詩》：「杜逢祿山之難，流離隴蜀，畢陳於詩，推見至隱，
殆無遺事，故當時號為『詩史』」。（北京：北京出版社出版，2001年6月），
頁3535。

紀實性與敘事性的特徵，同時表露作者憂國憂民、兼濟天下的思想情懷，是具有寫實主義，並反映歷史，與史事相互參證的詩歌。「詩史說」後經詩學理論批評家的推揚，成為文學批評史的重要詩學理論，並影響到詞學批評領域。明、清異代之際，陳維崧《今詞苑・序》提出「選詞所以存詞，其即所以存經存史也」〔註132〕的概念。若將詩、詞並列而語，二者俱以感舊懷古、憂時歎世。倘若詞體立意不高、流連於風花雪月、個人失意潦倒的境地，終究流於浮艷之途，不能與經、史並稱。反之，如果詞體意格提高，即可取之與經、史並肩，詞遂能掙脫「小道」的枷鎖，而回歸於儒家政教傳統的地位。朱彝尊亦云：

> 詞雖小技，昔之通儒鉅公往往為之，蓋有詩所難言者，委曲倚之於聲。其辭愈微，而其旨益遠。善言詞者，假閨房兒女之言，通之於〈離騷〉變雅之義，此尤不得志於時者所宜寄情焉耳。〔註133〕

其後，周濟、謝章鋌等人又分別針對此觀念進一步闡釋，從而奠定了「詞史說」作為詞學批評的文學理論。周濟《介存齋論詞雜著》云：

> 感慨所寄，不過盛衰，或綢繆未雨，或太息厝薪，或已飢已溺，或獨清獨醒，隨其人之性情學問境地，莫不有由衷之言。見事多，識理透，可為後人論世之資。詩有史，詞亦有史，庶乎自樹一幟矣。〔註134〕

謝章鋌《賭棋山莊詞話續編》云：

> 予嘗謂詞與詩同體，粵亂以來，作詩者多，而詞頗少見。是當以杜之〈北征〉、〈諸將〉、〈陳陶斜〉，白之〈秦中吟〉之法運入減偷，則詩史之外，蔚為詞史，不亦詞場之大觀歟。
>
> 今日者，孤枕聞雞，遙空唳鶴，兵氣漲乎雲霄，刀瘢留於草木。不得已而為詞，其殆宜導揚盛烈，續饒歌鼓吹之音，抑將慨嘆時艱，本〈小雅〉怨誹之義。人既有心，詞乃不朽，此亦倚聲家未闢之奇也。〔註135〕

〔註132〕〔清〕陳維崧〈今詞苑序〉（又名《詞選序》），陳振鵬標點、李學穎校補：《陳維崧集》（上海：上海古籍出版社，2010年12月），卷1，頁55。

〔註133〕〔清〕朱彝尊〈陳緯雲《紅鹽詞》序〉，《曝書亭集》，卷40，頁331。

〔註134〕〔清〕周濟：《介存齋論詞雜著》，唐圭璋：《詞話叢編》，冊2，頁1630。

〔註135〕〔清〕謝章鋌：《賭棋山莊詞話續編》，唐圭璋：《詞話叢編》，冊4，頁3529、3567。

縱使陳維崧、朱彝尊和周濟、謝章鋌等人所謂的「詞史觀」不完全一致，但就文學作品的思想內涵而言，均是將詞的體格提高，將其價值意義堪與《詩經》、《楚辭》、《左傳》、《國語》、《史記》、《漢書》等相比肩，並達到尊體的目的。〔註136〕詞體發展至清代，由於政治環境、歷史背景、學術思潮的催化，文人多藉詞以抒發難言之隱，假閨房兒女之言，通之於〈離騷〉變雅之義，詞遂於有清一代得以中興。陳維崧提出詞史觀念，指出詞能存經存史的學術價值，周濟、謝章鋌的詞史說更注重詞作為反映現實，以及詞人兼濟天下的文學精神。而後，詞史觀念已成為詞學批評中論及詞作是否能具有史實精神的標準之一。如丁紹儀《聽秋聲館詞話》評陶樑〈百字令〉云：「昔人稱少陵韻語為詩史，此詞正可作詞史讀。」譚獻《篋中詞》評蔣春霖〈踏莎行‧癸丑三月賦〉：「詠金陵淪陷事，此謂詞史」〔註137〕詞發展至清光緒、宣統二帝以降，西方列強加強對中國的侵略，京師一度淪陷，中國內外的政治衝突日益嚴重，晚期常派詞人的詞史意識更為強烈，如王鵬運〈滿江紅‧送安曉峰侍御讁戍軍臺〉：

> 荷到長戈，已禦盡、九關魑魅。尚記得、悲歌請劍，更闌相視。慘淡烽煙邊塞月，蹉跎冰雪孤臣淚。算名成、終竟負初心，如何是。　　天難問，憂無已。真御史，奇男子。只我懷抑塞，愧君欲死。寵辱自關天下計，榮枯休論人間世。願無忘、珍惜百年身，君行矣。〔註138〕

這首詞作於光緒二十年（1894））中日甲午戰爭時，安曉峰曾上疏痛斥李鴻章投降誤國，並指責慈禧太后挾制光緒皇帝，後被革職發配軍臺。王鵬運寫這首詞為他送行，一方面對安曉峰的行為給予高度讚賞，另一方面對投降派的卑劣行徑進行猛烈抨擊，指責權奸為魑魅，禍國殃民，罪不可赦。最後王鵬運勉勵安曉峰不要計較個人得失，以天下大計為重。全詞指陳時事，針砭時

〔註136〕侯雅文：〈論清代「詞史」觀念的形成與發展〉認為陳維崧所謂的「詞史」，只是典籍的概稱，並不特指何書，但大抵是非純文學類的經籍和史籍。而周濟專以《詩經》、《楚辭》兩部經典推衍詞史觀念，並非史籍，而是純文學作品。此說可再行商榷，於此提供參考。《國立編譯館館刊》，卷30，頁289。

〔註137〕〔清〕丁紹儀《聽秋聲館詞話》評陶樑〈百字令〉，唐圭璋：《詞話叢編》，冊3，頁2723。〔清〕譚獻《篋中詞》評蔣春霖〈踏莎行‧癸丑三月賦〉（臺北：鼎文書局，1971年9月），卷5，頁283。

〔註138〕陳水雲、笪聖騫注，王衛星注譯：《新譯清詞三百首》（臺北：三民書局，2016年4月），頁481。

弊，可謂接踵辛棄疾填詞存史之法而來。〔註139〕

　　夏承燾生長於國共內戰、日軍侵華的時代，曾提出詞要接受新時代的要求，必須蛻變它數百年來「豔科」的舊面目，才能充分反映現實。他於 1929年 8 月 26 日《日記》載：

> 思中國詞中風花雪月、滴粉搓酥之辭太多，以外國文學相比，其真有內容者，亦不過若法蘭西人之小說。求若拜倫〈哀希臘〉等偉大精神，中國詩中當難其匹，詞更卑靡塵下矣。東坡之大，白石之高，稼軒之豪，舉不足以語此。以後作詞，試從此闢一新途徑。王靜安謂李後主詞「有釋迦、基督代人類負擔罪惡意」，此語於重光為過譽。中國詞正少此一境也。　　（冊 5，頁 114）

〈哀希臘〉出自《唐璜》，是拜倫後期最重要的一部長詩，堪稱與歌德《浮士德》相媲美的詩篇。作為希臘異族的拜倫在他後來的生命歲月裡選擇了與希臘人民站在一起、並共同抵禦外辱，正與詩中主角唐璜的遭遇及心境相契合。夏承燾仰其思想之偉大，若要詞體擺脫風花雪月、滴粉搓酥之藩籬，勢必另闢新境，書寫歷史、反映現實。他編選的《宋詞繫》，強調「一國之事繫一人之本」，前言有云：

> 蘆溝橋戰役起，予方寓杭州纂《樂府補題考》，書成而杭州陷。頃者避地滬瀆，寇氛益惡，懼國亡之無日，爰取宋人詞之足鼓舞人心、砥礪節概者，鈎稽史事為之註，以授從游諸子。並取詩大序「一國之事繫一人之本」，名之《宋詞繫》。　　（冊 3，頁 479）

蘆溝橋戰役，發生於 1937 年 7 月 7 日，為中國抗日戰爭全面爆發的起點。夏承燾特意選張元幹、朱敦儒、張孝祥、范成大、辛棄疾、陳亮、姜夔、史達祖、劉克莊、劉辰翁、文天祥、汪元量等二十四位（含佚名 1 位）詞人作品，作為鼓舞人心、砥礪節概之用，並引「一國之事繫一人之本」，作為詞選名稱。夏承燾選詞的依據與立場顯而易見。其〈評李清照的詞論〉有云：

> 汴京覆亡的前後，一切有民族氣節的知識分子，都奮起號呼抗敵救亡。在這個嚴重緊張的時代要求一切文學形式都分擔起這個抗敵救亡的責任。和李清照同時的張元幹、張孝祥諸作家，就都運用這文學形式來反映當時的現實，並拿它向對敵投降分子進行鬥爭。他們

〔註139〕祝東：〈從「詩史」到「詞史」──論杜甫詩史觀對清代詞史觀的影響〉，《杜甫研究學刊》（2015 年第 2 期），頁 101。

用「橫放傑出」的風格，激切高昂的聲調，寫出許多鼓舞人心的作品，這是他們不可磨滅的文學業績。　　（冊 2，頁 256）

宋詞反映民族衝突的作品，最早的一首詞是范仲淹的〈漁家傲〉；到了南渡初期，第一個以詞作為向投降分子抗爭武器的詞人，即是張元幹，其送胡銓、寄李綱的兩首〈賀新郎〉，可說是當時政治抗爭的號角。張孝祥在建康留守席上作的〈六州歌頭〉和詠采石戰役的〈水調歌頭〉，亦是其例。在烽火連天、哀鴻遍野的慘酷現實面前，唯有激昂的聲調足以反映時代。〔註 140〕其中能「以詞存史」，夏承燾最為讚賞的宋代詞人，便是辛棄疾。夏承燾〈辛詞論綱〉論之曰：

民族矛盾是他們那個歷史時代的特徵。反映這個特徵，表達他們匡復大業的精神毅力的，在宋詞裡不僅辛棄疾一家。而辛棄疾因為投身這場鬥爭，那個時代廣大人民鬥爭的精神力量也就給他的鼓舞教育特別大，所以他的詞篇在這方面能突出於當時各家之作。　　（《月輪山詞論集》，冊 2，頁 271）

〈評李清照的詞論〉又曰：

《稼軒長短句》，在內容方面，反映了當時的主要矛盾——宋與金的矛盾；在形式方面，不但打破詩詞的界限，並且拿辭賦、散文以及書札、語錄等等體裁來作詞，由其取精用宏，乃能騰天躍淵。　　（《月輪山詞論集》，冊 2，頁 259）

辛棄疾身陷於時代的戰鬥之中，藉著詞體的創作，將宋金民族的衝突、恢復中原的志向，以及兼濟天下的精神，投寄於慷慨哀歌中。與他年代同時或稍後的陳亮、劉過、劉克莊、元好問、劉辰翁，甚至是清代的陳維崧、文廷式等人，無不受到辛棄疾的影響，如夏承燾論陳亮「號召同仇九域同，龍川硬語自盤空」（冊 2，頁 549）；論元好問「手挽黃河看砥柱，亂流橫地一峰尊」（冊 2，頁 559）；論陳子龍「慷慨英游攜手路，拜鵑詩就戴頭來」（冊 2，頁 571），均肯定其詞作中「以詞存史」的愛國精神。

　　夏承燾論詞，站在「詞史」的立場，肯定民族志士在詞篇中的政治表述。而對於自身的遭遇，夏承燾也時常身陷國事蜩螗之中而難以置身事外，其現實主義的愛國精神，可自《日記》、作品一窺究竟。如 1931 年 11 月 15 日「閱報，黑龍江馬占山旅長部，又戰勝日本軍。甲午涼山之後，此為快舉，思為一詞記之。」（冊 5，頁 244）〈賀新涼·閱馬占山將軍嫩江捷報〉詞云：

〔註 140〕夏承燾〈辛詞論綱〉，《夏承燾集·月輪山詞論集》，冊 2，頁 271。

沉陸今何說。看神州、衣冠夷甫，應時輩出。一夜江鵝鴨亂，堅壘如雲虛設。這奇恥、定須人雪。空半誰翻雙嶺旆，比伏波、銅柱尤奇絕。還一擊，敵魂奪。　　邊聲隴水同嗚咽。念龍沙、頭顱餘幾，陣雲四合。夢踏長城聽戰鼓，萬里瓦飛沙立。正作作、天狼吐舌。絕域孤軍何能久，恐國殤、歌裡歸難得。望北塞。劍花裂。　　（《天風閣詞集》，冊 4，頁 291～292）

事後，馬占山變節，又題詩嘆息曰：「傳檄初看涕淚傾，臨危何意墮家聲？少卿降虜終非計，三嘆重刪苦戰行。」（冊 4，頁 292）1935 年 7 月 29 日，夏承燾感華北淪陷一事，得詞「未到春秋，已擾亂一天風絮」二句。1940 年 4 月 8 日，檢得去年冬所填舊詞一闋，調寄〈賀新郎〉，記「滬寓西鄰一漢奸伏誅，東鄰一抗戰志士殉難」事，詞云：

餘氣歸應詫。舊門庭、雀羅今夕，鶴軒前夜。依舊梅梢團圓月，來照翠屏幽榭。卻不見、淡蛾如畫。三十功名空自負，負靈山吩咐些兒話。屋山雀，嘆飄瓦。　　東鄰客祭欒公社。聽夜夜、羽聲慷慨，微聲哀吒。同灑車前三步血，或落溝渠飄瀉。或吒作、飛霜盛夏。最苦西家翁如鸛，過街頭蒙面愁無帕。君莫問，翁欲啞。　　（《天風閣詞集》，冊 4，頁 157）

1949 年 5 月 3 日中共攻占杭州後，夏承燾有〈杭州解放歌〉一詩，道出作者面對中共新時局，奮發有為的激動心情：

半年前事似前生，四野哀鴻四塞兵。醉裡哀歌愁國破，老來奇事見河清。著書不作藏山想，納履猶能出塞行。昨夢九州鵬翼底，昆侖東下接長城。　　（《天風閣詩集》，冊 4，頁 53）

進入新時代的文人，緊接著是面對一連串的思想改造與自我否定。1950 年 8 月 16《日記》有載：「新局勢於吾輩雖不利（將否定吾輩），而大局遠景甚好。」又謂：

吾人出身於自私虛偽之小資產階級，應如何配合此時代革命之道德，尤其身為國文教師，應如何不失學生信仰……。吾人生當其時，應如何自慶自勉，不辜負此大時代。　　（冊 7，頁 114）

這說明他在接受新政權的同時，將改造自身、奉獻時代的精神已經內化為自覺的意識。這在夏承燾於 1950 年 12 月偕學生參加嘉興土地改革時所作的〈作

雜詠十二首〉，體現得十分明顯，組詩中「老姜自歉是粗才，一語令人心眼開。近覺讀書真細事，工夫日炙雨淋來」（其二）、「田頭三五牧牛兒，能唱是誰養活誰。汗下令人慚月俸，耳明為汝悟風詩」（其四）、「芒鞋泥腳最乾淨、日日村童坐滿床」（其五）等句，正從詩歌創作角度，將杜甫關注現實、關懷民生疾苦的精神延續下來，以因應新時代的發展導向。以上列舉數例，以證夏承燾寫實主義的愛國精神，並非紙上談兵，而是真真切切的實踐於創作之中，藉由詩、詞反映大時代下的國家與社會現況，他身為知識分子的真實心境和感受如實的呈現在創作之中，體現以詩、詞存史的功能。諸如此類的作品，不勝枚舉，筆者另以第六章專論夏承燾的創作實踐。

六、「花間尊前」的娛樂功能

　　詞體一旦與民間詞分道揚鑣後，遂由巷陌新聲轉為士大夫雅奏，進入以作閨音、裁豔語的階段，成為遊戲於「花間」與「尊前」，用以娛賓遣興、聊佐清歡的娛樂載體。而這類文體的娛樂功能，早在唐五代時已有明確的定位，歐陽炯《花間集‧序》即是最為直接證據。他以「綺筵公子，繡幌佳人，遞葉葉之花箋，文抽麗錦；舉纖纖之玉指，拍案香檀。不無清絕之辭，用助嬌嬈之態」，指出詞體是花間酒邊合樂演唱的歌辭，流行於豪門貴族之間，詞多為「應歌」而作，填詞即在「庶使西園英哲，用資羽蓋之歡；南國嬋娟，休唱蓮舟之引」。〔註141〕因此，詞人填詞基本上是圍繞在風花雪月，兒女情思的氛圍中展開，揚棄「蓮舟之引」的民間化，而加諸裁花剪葉，鏤玉雕瓊的富貴氣，使詞能「聲聲而自和鶯歌」，「字字而偏偕鳳律」，達到聲情婉約、詞體纖豔的風貌。汪莘《方壺詩餘‧自序》：「唐宋以來詞人多矣，其詞主乎淫，謂不淫非詞也。」所謂「淫」，說明詞用以寫豔情、記豔事的這一特點；詞在文人手上，遂得以與言志之詩劃分界線，而有其獨特的社交娛樂功用。縱使《花間集》中有部分作品，間接受到民歌感染，而出自作者的真情流露，如韋莊〈菩薩蠻〉「人人盡說江南好，游人只合江南老」、顧夐〈訴衷情〉「換我心，為你心，始知相憶深」；抑或描寫地方風貌，如歐陽炯〈南鄉子〉「兩岸人家微雨後，收紅豆，樹底纖纖抬素手」、李珣〈南鄉子〉「乘彩舫，過蓮塘，棹歌驚起睡鴛鴦」等，其影響力仍無法取代側豔之辭的地位。

　　詞傳至南唐，仍用以協絲竹、佐清歡，正如陳世修《陽春集‧序》評馮延

〔註141〕〔五代〕歐陽炯《花間集‧序》，施蟄存：《詞籍序跋萃編》，頁631。

巳云:「公以金陵盛時,內外無事,朋僚親舊,或當燕集,多運藻思,為樂府新詞,俾歌者倚絲竹而歌之,所以娛賓而遣興也。」〔註142〕南唐詞依舊以詞作為娛賓遣興之用;後來李煜有「變伶工之詞而為士大夫之詞」(王國維《人間詞話》),馮延巳有「鬱抑惝恍」、「旨隱詞微」〔註143〕之作,卻扭轉不了詞用以作為娛樂、應歌的目的,此風氣一直延續至北宋詞壇,如歐陽脩作〈采桑子〉,聲稱作詞的目的是「因翻舊闋之辭,寫以新聲之調,敢陳薄技,聊佐清歡」〔註144〕。晏殊宴會時「必以歌樂相佐,談笑雜出」〔註145〕。宋代詞集《家宴集》,陳振孫《直齋書錄解題》卷二十一謂「為其可以侑觴,故名《家宴》也。」〔註146〕可見詞體的娛樂功用,對於宋代詞壇來說,是一種普遍的現象。娛樂功能遂使詞體走向「婉約」風格,並臻於評論家口中的「本色」、「正宗」地位。

　　夏承燾站在詞體發展的脈絡看,認為民間詞過渡至文人詞的階段,是「詞的發展史上第一個變局」,是「詞的變格」(冊8,頁89)。唐代民間詞,如同眾多支流匯合的河道,作者身分不一,題材廣泛,內容豐富,風格多元;然詞在溫庭筠等文人手上,卻走向封閉的港灣,婉約的風格因而產生。龍榆生論曰:「詞所依的聲多是出於歌臺舞榭,依著它的曲調填的詞多是交給十七八女郎兒執紅牙版唱的。」〔註147〕夏承燾亦云:「本來晚唐、北宋的文人詞大都是為妓女歌唱而作的。」〔註148〕又云:

> 詞在民間初起的時候,本來是抒情文學,後來這種文學傳入宮廷、豪門與文人之手,他們閹割了它的思想內容,只拿它作為娛樂調笑的工具,〈宮中調笑〉這個調名就明顯地說明了轉變。晚唐五代文人

〔註142〕〔宋〕陳世脩〈陽春集序〉,見王鵬運刊刻:《陽春集》「四印齋」本(上海:上海古籍出版社,2002年3月《續修四庫全書》,冊1721),頁278。

〔註143〕王鵬運《半塘定稿・鶩翁集》評馮詞:「鬱伊倘恍,義兼比興」,卷1,頁393。「旨隱詞微」出自馮煦《陽春集・序》:「其詞隱、其詞微。」施蟄存:《詞籍序跋萃編》,頁17。

〔註144〕歐陽脩〈西湖念語〉,見〔宋〕曾慥:《樂府雅詞》(臺北:臺灣商務印書館,1986年3月《景印文淵閣四庫全書》冊1489),卷上。

〔註145〕丁傳靖輯:《宋人軼事彙編》(北京:中華書局,1981年9月),卷7,頁292。

〔註146〕〔宋〕陳振孫:《直齋書錄解題》(北京:學苑出版社,2009年6月),卷21,頁325。

〔註147〕龍榆生:《龍榆生詞學論文集》,頁48~49。

〔註148〕陸蓓容編:《大家國學夏承燾卷》(天津:天津人民出版社,2008年1月),頁279。

作詞，大部分是為了宮廷、豪門的娛樂。……雖然溫庭筠的詞裡也許也有他自己的生活情感，但是他的創作動機主要是為應歌。（〈不同風格的溫、韋詞〉，冊 2，頁 626）

文人倣民間歌曲而作新詞，盛於晚唐、五代。由於他們大半是拿它作為消遣娛樂的玩藝兒的，內容也就千篇一律。由於他們專在文字形式上作工夫，體裁也就逐漸定型化，小令的形式於是便在他們的手裡完成。經過溫庭筠、馮延巳諸人的加工提高，在文字技巧方面，它對後來文人詞影響原是很大的。但論內容，那就遠不及敦煌曲子了。　　（〈唐宋詞敘說〉，冊 8，76）

詞歷晚唐五代，發展至北宋初年，詞風軟靡，一方面是延續前朝「花間」、「尊前」作閨音、裁豔語的特性；另一方面，夏承燾則認為與政治策略有關。夏承燾《瞿髯論詞絕句》論北宋詞風云：

九重心事共誰論，酒畔兵權語吐吞。說與玉田能信否，陳橋驛下有詞源。　　（冊 2，頁 522）

「九重城闕煙塵生，千乘萬騎西南行」（白居易〈長恨歌〉），「九重」為君王居住之地。此指宋太祖為加強中央集權，同時避免將士黃袍加身，使類似澶州兵變和陳橋兵變的歷史重演，所以在酒宴之中，威脅利誘雙管齊下，暗示高階軍官交出兵權。太祖並云：「人生駒過隙爾，不如多積金，市田宅以遺子孫，歌兒舞女以終天年。君臣之間無所猜嫌，不亦善乎？」〔註 149〕勸石守信、高懷德等將士於家中多置歌妓舞伶，日夜飲酒相歡以終天年。

因此，北宋權貴蓄妓風氣普遍，詞風也為之軟靡。前朝的花間詞風，正順應宋初填詞的走向，而被奉為詞的鼻祖，為文人詞奠定審美風範，此一影響也延續至整個宋詞壇。李之儀嘗主張填詞「大抵以《花間集》中所載為宗」；論詞則須「專以《花間》所集為準。」〔註 150〕劉克莊強調「長短句當使雪兒春鶯輩可歌，方是本色。」〔註 151〕鮦陽居士《復雅歌詞・序》云：「溫李之徒，率然抒一時之情致，流為淫豔猥褻不可聞之語。吾宋大興，宗工巨儒文力妙於天下者，猶祖其遺風，蕩而不知所止。脫於芒端，而四方傳唱，敏若風

〔註 149〕　〔元〕脫脫等撰：《宋史》（臺北：鼎文書局新校本，1983 年 11 月），卷 250，頁 8810。

〔註 150〕　〔宋〕李之儀〈跋吳師道小詞〉，張惠民：《宋代詞學資料匯編》，頁 200。

〔註 151〕　〔宋〕劉克莊撰：《後村先生大全集・翁應星樂序》（臺北：臺灣商務印書館，1967 年《四庫叢刊景舊抄本》），卷 97，頁 890。

雨，人人歆豔嚼味於朋游尊俎之間，以是為相樂也。」〔註152〕近人吳熊和亦云：「宋人奉《花間集》為詞的鼻祖，作詞固多以《花間》為宗，論詞亦常以《花間》為準」。〔註153〕曲子詞經花間、尊前兩時期的淬煉，傳至宋詞壇，詞體依舊以娛樂功能為主，不脫豔科藩籬。

所以會有如此結果，一方面是因為時代背景之故，「仁宗朝，中原息兵，汴京繁庶；歌臺舞席，競睹新聲」；至南宋偏安已定，國力衰微，士人只求苟延殘喘。時代背景造就詞人創作心態，因此有「詞為豔科，故遭時尚」〔註154〕之謂。一方面則是詞體本身的屬性和特徵，即在「無謂」的應歌過程中逐漸生成，應歌賦予了詞體「廣會眾賓」或燕集「朋僚親舊」中的社交功能，在「用資羽蓋之歡」或「娛賓而遣興」中的娛樂功能，以及在社交與娛樂中的抒情功能。社交、娛樂與抒情三大功能，便決定了詞體諸多藝術要素的取捨與組合。〔註155〕

即便是「以詩為詞」、「要非本色」的蘇軾，也無法全然擺脫這一定律，如〈江城子·湖上與張先同賦，時聞彈箏〉、〈訴衷情·送述古，迓元素〉、〈菩薩蠻·西湖席上代諸妓送陳述古〉、〈南鄉子·席上勸李公擇酒〉、〈菩薩蠻·席上和陳令舉〉等，均屬席間應酬之作。另如黃庭堅〈鵲橋仙·席上賦七夕〉、陳師道〈西江月·席上勸彭舍人飲〉、辛棄疾〈最高樓·醉中有索四時歌者，為賦〉、吳文英〈聲聲慢·飲時貴家，即席三姬求詞〉等，不勝枚舉，說明了兩宋詞壇的應歌模式從未間斷。

特別注意的是，詞作為娛樂的載體，於應歌、侑觴之間進行；但應歌之作不全然純屬娛樂，因為應歌之詞的主體內涵和表現形態，有代替歌者言情，同時又有作者直抒己情的部分。〔註156〕這類作品的層次與格調，絕對比純屬娛樂的應歌之作來得高明。即葉嘉瑩所說：「所謂詞者，始自歌筵酒席間不具

〔註152〕〔宋〕鮦陽居士《復雅歌詞·序》，施蟄存：《詞籍序跋萃編》，頁658。

〔註153〕吳熊和：《唐宋詞通論》，頁169。

〔註154〕胡雲翼1926年出版的《宋詞研究·宋詞發達的因緣》中說：「我們看宋朝的時代背景是不是適宜於詞的發達呢？自然是適宜的。……既是國家平靖，人民自競趨於享樂。詞為豔科，故遭時尚。」（臺中：文听閣出版社，2011年12月），頁30。

〔註155〕沈松勤：〈論宋詞本體的多元特徵〉，《南開學報》（哲學社會科學版）（2005年第6期），頁24。

〔註156〕沈松勤：《唐宋詞社會文化學研究》：「既是代歌者言情，又是作者直抒己情，使音樂上的歌唱主體與文本中的創作主體融為一爐。」（杭州：浙江大學出版社，2001年1月），頁202。

個性之豔歌變而為抒寫一己真情實感之詩篇。」〔註 157〕夏承燾對於這樣的作品，自然也給予高度的肯定，當他評論與溫庭筠時代相近的韋莊詞、李煜詞時，認為他們的作品是逐漸脫離音樂，而賦予獨立的生命內涵。他們將詞重新帶回抒情的道路，詞的地位也因此而提高。因此，詞作為抒情自遣的文學載體，與娛賓遣興之作，是有程度上的差別。即使是專為樂工、歌妓填寫歌辭的柳永，仍有某些篇什是抒發情志而寫的作品。

夏承燾對於單純作為娛樂功能的應歌之詞，一向不予認同，尤其他論周邦彥，即從人品氣格以及周邦彥靠攏蔡京及其黨羽關係入手，給予嚴厲批判。《瞿髯論詞絕句》評之曰：

> 崇寧殘局鬧笙歌，亡國哀音論不苛。氣短大江東去後，秋娘庭院望
> 斜河。　　（冊 2，頁 532）

「崇寧」為宋徽宗在位（1101～1126）第二年年號，徽宗朝在蔡京一手主導之下，置大晟府，以修訂新樂。府中網羅一批懂音樂、善填詞，人稱「大晟詞人」的音樂家，當中以周邦彥成就最高、影響最大。夏承燾「崇寧殘局鬧笙歌」一句，交代崇寧時期大晟府上之所好，下之所趨的笙歌景象，一方面反映了徽宗時期詞曲音樂繁盛的現象，一方面也論定了大晟詞人的人品格調。夏承燾「氣短大江東去後，秋娘庭院望斜河」一句，將蘇軾與周邦彥兩人並論，一方面肯定蘇軾橫放傑出的填詞氣概，一方面以「氣短」二字，為周邦彥「秋娘庭院」的格局深覺可惜。（夏承燾評論周邦彥及其詞，詳參第四章第二節）夏承燾《日記》1929 年 9 月 12 日即載：「燈下閱清真詞，覺風雲月露亦甚厭人矣。欲詞之不亡於今日，不可不另闢一境界。」〔註 158〕〈天風閣讀詞札記〉亦云：

> 美成詞重藝術技巧，缺乏社會內容，則時代際遇限制之。宋徽宗時
> 蔡京當權，美成依附蔡京，成為帝王權門一清客。此種人生活，多
> 是涉足歌樓妓院，飲酒作樂，嚴重脫離實際生活，故其詞作不能反
> 映當時社會矛盾，民生疾苦。〔註 159〕

夏承燾明顯偏愛開闊的詞界，對於「風雲月露」之格，不予認同；然對於蘇軾狎妓之作，夏承燾《日記》1965 年 7 月 4 日載「點讀東坡詞完，玩弄妓詞之

〔註 157〕葉嘉瑩：《唐宋詞名家論稿》（北京：北京大學出版社，2008 年 4 月），頁 25。
〔註 158〕夏承燾《天風閣學詞日記》，《夏承燾集》，冊 5，頁 118。
〔註 159〕夏承燾：〈天風讀詞札記〉，1938 年至 1949 年點讀三過，1988 年由吳无聞整理，刊於《河北大學學報》（1988 年第 3 期），頁 75。

多，幾乎同於柳七，此始料不及。」（冊 7，頁 1057）亦給予嚴苛的評論。據此，夏承燾對於詞體的娛樂功能，顯然是不認同的，這與夏承燾一生遭逢國共內亂、日軍侵華、文化大革命等政治巨變息息相關，因此他在評論詞體本身，或論及詞人及其作品時，是將己身愛國憂民的主觀意識與詞學觀訴諸於其中。

第三節　詞的樂律

一、詞樂之研究

宋人詞集中，間繫譜字者，惟南宋官修《樂府混成集》〔註 160〕、張樞《寄閒集》〔註 161〕、楊纘《圈法美成詞》〔註 162〕以及姜夔《白石道人歌曲》。除姜夔一集外，餘皆亡佚，莫可究詰。故關於詞樂的研究，即聚焦於姜夔詞譜上。夏承燾〈姜夔詞譜學考績〉一文云：

> 白石旁譜，係詞樂之一線，百餘年來，遞有通學。茲篇序次諸家，略附平亭，妄蘄為此學考其總績。江淹曰：「雖不足品藻淵流，庶亦無乖商榷。」詞家宏雅，盍引正之。　（《月輪山詞論集》，冊 2，頁 370）〔註 163〕

《白石道人歌曲》中〈越九歌〉十首，旁綴律呂字譜；另十七首詞則注當時俗字譜（以下按夏承燾用語習慣，簡稱《白石詞譜》），元明以來，無人可解。至清代，始有方成培、凌廷堪、戈載、戴長庚、陳澧、張文虎、鄭文焯諸人予以疏通考證。至近代則有唐蘭作〈白石道人歌曲旁譜考〉，厥功尤大。夏承燾根據諸家對旁譜之認識，歸納出四境，即清代以來詞譜研究的四個階段。夏承燾云：

> 方成培首以朱子〈琴律說〉相校，粗得面目，此一境也。方氏由未見
> 《詞源》全書，致不明南北宋樂紀異同，猶多誤認。嘉慶間，元鈔本

〔註 160〕〔宋〕周密著：《齊東野語》稱《樂府混成集》一書「巨帙百餘，古今歌詞之譜，靡不備具。」（臺北：新興書局，1978 年《筆記小說大觀》），卷 10，頁 2188。

〔註 161〕張樞，張炎之父，《詞源》謂：「先人曉暢音律，有《寄閒集》，旁綴音譜，刊行於世，每作一詞，必使歌者按之，稍有不協，隨即改正。」唐圭璋編：《詞話叢編》，冊 1，頁 256。

〔註 162〕〔宋〕張炎《詞源》謂：「近代楊守齋精於琴，故深知音律，有《圈法周美成詞》。」見唐圭璋編：《詞話叢編》，冊 1，頁 267。

〔註 163〕《月輪山詞論集》所收〈姜夔詞譜學考績〉，乃夏承燾於 1962 年據 1932 年發表之原稿而改寫。

《詞源》上下卷出，戈載得以稍稍補苴方氏之遺，此二境也。顧《詞
源》初見，訛奪雜出。廷堪考樂，未遑董理。秦、戈校刻，亦未精到。
逮張文虎校《守山閣本》成，以勘姜詞，乃漸啟此學，此三境也。《事
林廣記》在中土不易見，清季重自日本流入，其〈樂星圖譜〉、〈音樂
舉要〉二卷，載管色譜字綦詳，《姜譜》於是多一旁證。文焯《斠律》，
略釋一二。晚得唐蘭，乃集其成焉。此四境也。　　（冊2，頁387）

夏承燾指出詞樂研究的第一階段，始於清代方成培。其《香研居詞麈》云：
「培初覽白石道人自製曲旁譜，雖意為工尺之節，而終不能曉。及見朱子此
條，乃稍辨之。若非朱子言之，則後人無由識此矣。〔註164〕」《朱子文集》中
的〈琴律說〉〔註165〕載有宋代俗樂譜，而前人不曾引用；至清代方成培據此
解釋《白石詞譜》，下開詞樂研究之先，功不可掩。然當時方氏不見《詞源》
全書，又不明南北宋樂紀之異同，而執北宋《樂髓新經》〔註166〕以疑姜詞，
遂有不少誤解。如論姜夔詞中「起調」、「畢曲」、「住字」〔註167〕的情形時，
不知《白石詞譜》起調不盡在第一韻，時有落在第二、第三韻文義停頓處者。
其餘如論「折字」〔註168〕、論「側商調」〔註169〕，皆附會之說，因此夏承燾

〔註164〕〔清〕方成培：《香研居詞麈·宋俗樂譜》（北京：中華書局《叢書集成初編》，
　　　　　1985年），卷4，頁56。
〔註165〕〔宋〕朱熹著、陳俊民校編：《朱子文集·正集·雜著·琴律說》（臺北：德
　　　　　富文教基金會2000年2月），卷66，頁3346～3357。
〔註166〕即《景祐樂髓新經》，宋仁宗（趙禎）撰的樂律學著作。書成於景祐二年（1035），
　　　　　已佚，佚文散見於《玉海》所引《律志》及謝賜《景祐新經狀》等。
〔註167〕昔人所謂「起調」者，曲之起聲一字也。「畢曲」者，曲之收聲一字也。「起
　　　　　調」、「畢曲」所以限定一曲之管色，如黃鐘商管色用「四字」，則屬黃鐘商
　　　　　之各調皆用「四」字起調，「四」字畢曲。「畢曲」即「住」字也。《夏承燾
　　　　　集·月輪山詞論集》，冊2，頁373～374。
〔註168〕方成培《香研居詞麈》論「側折字」之見，見卷3，頁39。「折」、「掣」、「反」、
　　　　　「大住」、「小住」等，均為姜夔十七譜中的譜字。所謂「折字」即「ㄣ」，
　　　　　任銘善云：「折字有有二義，其一與掣字對言，其一則包折掣二者為名。折
　　　　　掣對言者，《事林廣記》云：『折聲上生四位，掣聲下隔一宮』；《詞源》云：
　　　　　『反掣用時須急過，折拽悠悠帶漢音』是也。包折掣而言者，《事林廣記》
　　　　　云『宮調結聲以清濁高下折與不折以辨之』是也。」又云：「折字之義，為
　　　　　〈越九歌〉作，與十七調旁譜無與也。」夏承燾採任銘善之說。參任銘善〈論
　　　　　白石詞譜中的折字〉、羅庶園〈折字說略〉，二文收錄於《夏承燾集·唐宋詞
　　　　　論叢》，冊2，頁104～111。又參王耀華：《中國傳統音樂樂譜學》（齊魯書
　　　　　社，2006年12月），頁166～167。
〔註169〕方成培《香研居詞麈》論「側商調」之見，見卷2，頁18。所謂「側商調」，

以「粗得面目」評之。至元鈔本《詞源》上下卷一出，戈載據此有所闡發，此為詞樂研究的第二階段。然夏承燾卻指出戈載摽竊《詞塵》內容，亦沿方成培之誤，斥之「清人治姜詞，蓋以戈氏為最陋，不足為戴（長庚）、陳（澧）輿臺也。」（冊 2，頁 375）後經戴長庚、張文虎之考校，於譜字的辨析更加明白，夏承燾並推舉張文虎為治《白石詞譜》中「最精核者」（冊 2，頁 379），此為第三階段。張文虎之後，鄭文焯著有《詞源斠律》，卻橫生枝節，夏承燾即斥之「清人校譜之書，以鄭氏為最後，亦以鄭氏為最多妄言矣」（冊 2，頁 384）。民國之後，於《姜譜》有重大發明者當推唐蘭。唐蘭〈白石道人歌曲旁譜考〉一文，以《姜譜》、《詞源》、《事林廣記》相校，詳析詞拍之真相，夏承燾謂「誠足使長庚失步，文虎變色，為詞家疏鑿手矣」（冊 2，頁 385），此乃詞樂研究之第四階段。

夏承燾站在前人研究詞樂的基礎上，對姜夔旁譜的研究又得以更深入探析。其〈白石道人歌曲旁譜辨〉（即〈姜夔詞譜學考績〉）一文初稿寫於 1933 年，改寫於 1962 年，係針對唐蘭〈白石道人歌曲旁譜考〉一文提出六點疑義。〈重考唐蘭《白石歌曲旁譜考》〉一文寫於 1933 年 5 月，重申唐蘭考辨之失。〔註 170〕另一方面，唐蘭亦於《燕京學報》第 20 期，跋夏承燾〈白石道人歌曲旁譜辨〉一文，就夏承燾所提出的疑義一一答覆。〔註 171〕兩人一來一往的商榷，旁譜真相愈加明瞭。

夏承燾首先提出的問題，是針對《白石詞譜》中「一字一音」的說法表

姜夔〈琴曲・側商調〉序云：「琴七弦散聲，具宮、商、角、徵、羽者為正弄。慢角、清商、宮調、慢宮、黃鐘調是也。加變宮、變徵為散聲者，曰側弄、側楚、側蜀、側商是也。側商之調久亡，唐人詩云：側商調裡唱〈伊州〉。予以此語尋之，〈伊州〉大食調黃鐘律法之商，乃以慢角轉弦，取變宮、變徵散聲，此調甚流美也。蓋慢角乃黃鐘之正，側商乃黃鐘之側，它言側者同此；然非三代之聲，乃漢燕樂爾。」見〔宋〕王灼《碧雞漫志》，唐圭璋編：《詞話叢編》，冊 1，頁 100〜101。

〔註 170〕夏承燾〈重考唐蘭《白石歌曲旁譜考》〉一文指出六點疑義：一、音節皆記聲字之下，與其解「打」號矛盾；二、合「尖勾」為「尖尺」，以「尖一」為「下一」，辨譜未精；三、以「ㄅ、ㄉ、ㄙ、ㄋ、ㄐ、ㄓ」為聲字，與宮調用字數不符；四、以ㄌ為「小住」，位置不合；五、以ㄐ為掣，與《詞源》、《事林廣記》違戾；六、以ㄥ為「折」，與姜夔折字法不同。冊 8，頁 53〜55。

〔註 171〕唐蘭跋文係針對夏承燾提出之以ㄥ為「折」、以ㄌ為「小住」、合「尖勾」為「尖尺」，以「尖一」為「下一」等問題一一答覆，見夏承燾：《夏承燾集・月輪山詞論集・姜夔詞譜學考績》附錄，冊 2，頁 396。

示懷疑。戴長庚以為姜夔是為「節其繁音」，故「一律歌一言」，以遵循大樂；
〔註172〕許之衡以「姜詞琴聲」之說，解釋「一字一音」的合理性。〔註173〕夏
承燾則論定《白石詞譜》非琴曲，「僅記主腔」而已。夏承燾之所以言之鑿鑿，
除根據張爾田、馬敘倫二先生之論外，另一個重要的證據即是親眼看到潘懷
素所展示的樂譜。張爾田寄吳眉孫函云：

> 白石製譜之時，意存簡略，但注發聲之首一字，而其中間之聲若何
> 抗墜，或何曲折，任樂工節刊之，不全注歟。　　（冊2，頁390）

夏承燾又云：

> 張先生謂姜譜「但注發聲之首一字」，當指主腔。二十年前予在上海
> 與馬夷初先生（敘倫）論姜譜，馬先生亦謂一字一音則等於吟誦，
> 必不可歌，疑白石僅寫一主腔，其花腔由歌者自由增加。潘懷素先
> 生旋示予在北京所錄京音樂原譜與繁譜之異同，乃證成古譜只寫主
> 腔之說。　　（冊2，頁391）

夏承燾從友人潘懷素居處，見北京智化寺京音樂譜一事，同時也在〈答任二
北論白石詞譜書〉一信中提及（冊2，頁103），「一字一聲」之疑問遂得到定
論。

　　此外，姜夔十七譜失拍的情形，亦是詞樂研究上匪夷所思的問題。唐蘭
據此提出「宋詞本無拍」之論，其〈白石道人歌曲旁譜考〉云：「近人皆言白
石詞譜無拍不可歌，殊不知宋曲譜不必畫拍，以一句為一拍也。」〔註174〕此
說雖屬創論，卻遭夏承燾舉證否決，並致函吳梅加以商榷，此一過程清楚的
載錄於《日記》中（冊5，頁240、242～243、245～246）。夏承燾又舉《詞
源》、《事林廣記》、《碧雞漫志》以及宋詞之例，指出拍眼的四種情形：一、一
句一拍者；二、一字一拍者；三、數字一拍者；四、幾句幾字一拍不明，而謂
慢曲必十六拍，引、近六均拍者。夏承燾云：

〔註172〕〔元〕馬端臨：《文獻通考》：「神宗元豐三年，詔劉几、范鎮、楊傑詳定大
　　　　樂。初傑言大樂之失：『一曰歌不永言，聲不依永，律不和聲』……今歌者
　　　　或詠一言而濫及數律，或章句已闋而樂音未終，所謂『歌不永言』也。請節
　　　　其繁聲，以一聲歌一言。」（臺北：臺灣商務印書館，1987年）卷130，頁
　　　　1158。
〔註173〕許之衡：《中國音樂小史》：「白石《旁譜》所註，疑用琴曲歌辭法？故為一
　　　　字一音者。……白石旁譜，當是有意矯俗而非隨俗者，似不用宋燕樂法也。」
　　　　（臺北：臺灣商務印書館，1996年5月），頁169。
〔註174〕唐蘭：〈白石道人歌曲旁譜考〉，《東方雜誌》第28卷20號。

　　此四者任何一說，舉不能賅宋詞之全。豈同一詞體，本有數種懸殊

之拍，亦時代地域不同，拍亦異數耶。　　（冊 2，頁 394）

張爾田曾向夏承燾表示：「一句一拍其始也。至一字一拍，已為繁矣。崑曲且

一字作數十折者。音愈演則愈繁，故宋詞縱可歌，其聲亦必不美。」（冊 5，

頁 308）故宋詞拍數不同，或由時代演化，不可以一概全。姜譜是否失拍，若

其有拍，又屬以上四說中的何種，夏承燾始終無法定論。

　　1953 年，中央音樂學院民族音樂研究所在西安民間發現大批鼓樂社的

樂譜七十餘本，曲調近千首，這是繼朱熹〈琴律說〉、張炎《詞源》、張元靚

《事林廣記》、王驛德《曲律》之後的重要依據，其記譜方式與《白石詞譜》

相同，正可與之互為表裡。〔註 175〕楊蔭瀏從中央音樂學院得此文獻，寄給

夏承燾，夏承燾「驚為奇觀」（冊 2，頁 128），為此撰成〈姜白石詞譜與校

理〉一文，即透過新發現的民間音樂文獻與歷史音樂文獻互相參照，以求對

白石詞譜有所印證。夏承燾又根據新、舊材料，總結了校勘白石譜的四種方

法：

　　（一）據白石道人歌曲旁譜的「用字表」，訂其誤衍和缺省

　　（二）據「起調」、「畢曲」以訂誤

　　（三）以上、下段對勘

　　（四）以朱（朱彊村）、陸（陸鍾輝）、張（張奕樞）三家刻本互校

　　　　　（冊 2，頁 99）

夏承燾係以譜字的對譯為基礎，通過朱熹〈琴律說〉、張炎《詞源》、張元靚

《事林廣記》、西安樂譜以及三家刻本〔註 176〕，進行文字對勘，各個擊破，

從而歸納出《白石詞譜》的用字情形。再根據詞的分句、分片、對偶等格式，

結合平仄四聲的韻律，進而勘定譜字的正誤。南宋周密《齊東野語》卷十稱

《樂府混成集》一書「卷帙百餘，古今歌詞之譜，靡不具備。」此書倘能重見

〔註 175〕楊蔭瀏致夏承燾函：「前年夏間，在訪問西安鼓樂時，發現其所用樂譜，工

　　　　　尺字與姜譜同。」（冊 2，頁 129）

〔註 176〕夏承燾是以朱祖謀《彊村叢書》本為主，輔以張奕樞、陸鍾輝兩刊本，以及

　　　　　厲鶚手錄《白石道人歌曲》一冊。見《夏承燾集·姜白石詞編年箋校·自序》：

　　　　　「姜詞刊本以朱氏彊村叢書出於江炳炎手鈔本者為最上，茲據以為主，校以

　　　　　張奕樞、陸鍾輝兩刊本。……近見袁克文所藏厲樊榭手錄白石道人歌曲一

　　　　　冊……與朱、張、陸三家同出於樓儼（敬思）所藏本，雖非厲氏手筆，亦有

　　　　　較三家本更近宋刻真面者，爰為一一補校。」冊 3，頁 5。

天日，則《白石詞譜》音節上的各種疑難，或許就能豁然開朗。而在此書問世之前，唯一能做的即是對僅有的《白石詞譜》下一番校勘的工夫，整理出一個近於真相的定本，才能在正確的道路上摸索前進。故夏承燾提出校勘姜夔詞譜的四種方法，透過比勘參照，盡可能歸納出一套合理的解釋。在〈白石十七譜譯稿〉一文中，夏承燾將《白石道人歌曲》中的十七首作品標注宮調，俗字譜譯成工尺譜，以四行成列，如〈揚州慢〉第一字「淮」、右方則有「久」、「六」、「五」，分別為俗字譜、今工尺、宋工尺，如下圖所示：

工尺表示音的高低，孫玄齡、劉東升《中國古代歌曲》稱「宋代俗字譜，以特定的俗字符號表示音高，無節奏符號，只偶然應用表示延長或頓挫的符號。」〔註177〕

─────────────────

〔註177〕孫玄齡、劉東升編：《中國古代歌曲》（北京：人民音樂出版社，1990 年 3 月）。

夏承燾一一列出音高，惟記在工尺下方或右方的符號，如「ㄣ」、「ㄋ」、「ㄐ」、「ㄉ」、「ㄌ」、「ㄖ」、「ㄈ」、「ㄋ」等字，都沒有譯出，對於全面認識《白石詞譜》還有一段距離需要努力。夏承燾之後，楊蔭瀏、陰法魯《宋姜白石創作歌曲研究》於 1957 年出版，是繼夏承燾〈白石十七譜譯稿〉之後研究姜白石俗字譜歌曲的又一著作。楊氏採用五線譜的形式，將音高、節奏精確地標示出來，對於認識《白石詞譜》，有了突破性的發現。〔註178〕這一點乃夏承燾所望塵莫及的。隨後，學界陸續發表對於《白石詞譜》的高見，陳東、曾美月〈姜白石歌曲十七首研究綜述〉一文，針對樂譜名稱、譜字考釋、音階、唱名法和絕對音高標準、宮調系統、起調畢曲、增四度問題、節奏節拍、四聲陰陽與平仄、譯譜等問題，將各家說法予以耙梳整理，並歸納出民國以來研究《白石詞譜》的三階段：

> 第一是對姜白石歌曲音高譜字的考釋，這個階段主要集中在二十世紀二、三十年代，以唐蘭、夏承燾等為代表；第二是對姜白石歌曲與節拍節奏相關音長符號的考釋和具有實質性的譯譜工作，這個階段主要集中在二十世紀五、六十年代，以丘瓊蓀、楊蔭瀏為代表；二十世紀八十年代至今，是對姜白石歌曲十七首研究的第三個階段，這個階段的研究主要集中在對楊蔭瀏譯譜的一些不同看法、對白石歌曲的音長符號、節奏、曲式結構、曲調發展手法等方面的研究。〔註179〕

夏承燾對詞樂的研究被視為第一階段。他是吸收了古代、近代、同代學人的研究結果，引用古籍文獻及近代考古新發現的材料，折衷論斷的成果，詞樂及字譜的研究，顯然已撥雲見日。儘管夏承燾的研究，未能全面解析《白石詞譜》，卻奠定民國初期詞樂字譜研究的堅實基礎。丘瓊蓀、楊蔭瀏諸人，互相參酌補正，後輩繼起則更有發明。

二、詞律之研究

清·萬樹《詞律》但辨平仄四聲，不及宮調律呂，而被譏誚為「不明樂律

〔註178〕趙玉卿：《姜白石俗字譜歌曲研究》（上海：上海音樂學院博士論文，2010 年 6 月），頁 74。

〔註179〕陳東、曾美月：〈姜白石歌曲十七首研究綜述〉，《中國音樂》（2005 年第 3 期），頁 59。

即不足言詞律」〔註180〕夏承燾〈詞律三義〉一篇，除了是為萬樹《詞律》等說法辯誣而作外，亦是為了澄清宋詞協律的真相。於是分別從「宋詞不盡依宮調聲情」、「宋詞不依月用律」、「宋詞不用中管調」等角度著墨，夏承燾云：

> 夫詞固協樂之文；然文人作此，往往不盡如樂工所為；且詞家談樂律，多好誇炫，《詞源》「五音相生」諸篇，借古樂妝點，實與唐宋詞樂不盡關切。今舉三義，以見宋詞協律真相，不專為萬氏辨誣也。
>
> （《唐宋詞論叢》，冊2，頁5）

首先，夏承燾指出「宋人填詞但擇腔調聲情而不盡顧宮調聲情」（冊2，頁6）之論。夏承燾言及填詞的技巧，論曰：「詞調聲情有高亢沉鬱之別，有歡愉愁苦之殊，下筆之前，須先細心揣摩，以蘄聲情相合」（《詞學論札·填詞四說》，冊8，頁4），主張詞調與聲情相稱的重要性。然宋詞卻有不少特例，說明宋人填詞不盡依宮調聲情的情形。如小石調「綺旎媚嫵」〔註181〕、「傷乎柔靡」〔註182〕，秦觀愛用此調；而柳永《樂章集》「夢應三刀，橋名萬里，中和政多暇。仗漢節、攬轡澄清，高掩武侯勳業，文翁風化」句，乃送人守蜀之作。周邦彥《片玉集》有「州夾蒼崖，下枕江山是城郭」句，為行役懷歸之作。吳文英《夢窗詞》有「頑老情懷，都無歡事，良宵愛幽獨。歡畫圖難倣，橘村砧思，笠簑有約，蓴洲漁屋」句云云。〔註183〕以上三例皆調寄〈一寸金〉，註明為小石調，卻全非旖旎柔媚之豔詞。其《日記》1938年12月21日亦載：

> 燈下閱瞿安《曲學通論》，思《中原音韻》所分曲調聲情，當有沿宋詞之舊者，而檢《樂章》、《片玉》、《夢窗》〈一寸調〉，三書皆以屬小石，而皆非旖旎嫵媚之作，知宋詞于此，亦不拘守。（冊6，頁67）

夏承燾又舉柳永〈黃鶯兒〉、〈玉女搖仙佩〉、〈雪梅香〉、〈早梅芳〉、〈鬥百花〉、〈甘草子〉等詞調為例。以上諸調同屬「正宮」，據《中原音韻》，「正宮」適合「惆悵雄壯」之聲情，然除〈早梅芳〉（海霞紅）一首乃酬獻貴人者外，其

〔註180〕夏承燾〈詞律三義〉引用文字，《夏承燾集》，冊2，頁5。

〔註181〕〔元〕陶宗儀：《南村輟耕錄》（臺北：木鐸出版社，1982年5月），卷27，頁338。

〔註182〕〔宋〕孔平仲：《續集·談苑》載：「元祐中，秘閣上巳日集西池，王仲至有詩，張文潛和最工，云：『翠浪有聲黃繳動，春風無力彩旌垂。』秦少遊云：『簾幙千家錦繡垂。』仲至笑曰：『又待入小石調也。』」（明萬曆繡水沈氏尚白齋刻本），頁6。

〔註183〕以上三詞，見唐圭璋編：《全宋詞》，冊1，頁25、冊2，頁614、冊4，頁2878。

餘皆為旖旎柔媚之豔詞，如〈黃鶯兒〉：「暖律潛催，幽谷暄和，黃鸝翩翩，乍遷芳樹。觀露溼縷金衣，葉映如簧語。曉來枝上綿蠻，似把芳心、深意低訴。」〈玉女搖仙佩〉：「且恁相偎倚。未消得、憐我多才多藝。願嬭嬭、蘭心蕙性，枕前言下，表余深意。為盟誓。今生斷不孤鴛被。」〈鬥百花〉：「長是夜深，不肯便入鴛被。與解羅裳，盈盈背立銀釭，卻道你但先睡。」〔註184〕夏承燾判別詞調聲情的方法有三：一、據唐宋人記載。二、據唐宋人詞。三、據調中聲韻字句。（冊2，頁4～5）此處夏承燾舉證的方法，即是歸納了宋人作品，以證明宋人填詞「不盡依宮調聲情」。這一情形，不僅發生在不熟稔音律的詞人身上，亦發生在柳永、周邦彥這類深解詞樂的詞人身上。

所謂「月律」，自古已有，即律與曆相附會，以十二律應十二月，故稱。《後漢書・順帝紀》載：「（陽嘉二年）冬十月庚午，行禮辟雍，奏應鐘，始復黃鐘，作樂器，隨月律。」李賢注云：

> 正月律中太簇，二月律中夾鐘，三月律中姑洗，四月律中仲呂，五月律中蕤賓，六月律中林鐘，七月律中夷則，八月律中南呂，九月律中無射，十月律中應鐘，十一月律中黃鐘，十二月律中大呂。〔註185〕

《宋史・樂志一》載：

> 伏見今年荊南進甘露，京兆、果州進嘉禾，黃州進紫芝，和州進綠毛龜，黃州進白兔。欲依月律，撰〈神龜〉、〈甘露〉、〈紫芝〉、〈嘉禾〉、〈玉兔〉五瑞各一曲，每朝會登歌首奏之。〔註186〕

宋人填詞，倚聲而作，聲必協律而後可歌。律呂依所屬宮調，而聲情各異，故有依月用律之例。楊纘〈作詞五要〉云：

> 律不應月，則不美。如十一月調須用正宮，元宵詞必用仙呂宮為宜也。

王灼《碧雞漫志》載：

> 崇寧間，建大晟樂府。……政和初，招試補官，置大晟樂府製撰之職。新廣八十四調，患譜弗傳，（万俟）雅言請以盛德大業及祥瑞事跡制詞實譜。有旨依月用律，月進一曲。自此新譜稍傳。

〔註184〕以上三詞，見唐圭璋編：《全宋詞》，冊1，頁13、14。
〔註185〕〔南朝宋〕范曄：《後漢書・順帝紀》，卷6，頁，263。
〔註186〕〔元〕脫脫等撰：《宋史・樂志》，卷126，頁2942。

張炎《詞源》：

> 迄於崇寧，立大晟府，命周美成諸人討論古音，審定古調，淪落
> 之後，少得存者。由此八十四調之聲稍傳。美成諸人又復增演慢
> 曲、引、近，或移宮換羽，為三犯、四犯之曲，按月律為之，其
> 曲遂繁。〔註187〕

以上三則史料，乃宋人填詞「依月用律」的記載。楊纘通曉音律，可惜自度曲
已亡佚，其詞是否依月用律，不得而知；而〈作詞五要〉卻語焉不詳，關於
「元宵詞必用仙呂宮」一條，則有待商榷。「仙呂」乃「夷則宮」俗名，屬七
月律，不應用來填元宵詞。蔡楨《詞源疏證》疑其有誤字，方成培《詞塵》謂
「仙呂」乃「南呂」之訛。〔註188〕夏承燾甚至與吳梅、張爾田通信論及此問
題，吳梅謂「疑仙呂即太簇宮之別名」、「中管圖說備載鄭世子《樂律全書》，
童伯章謂即啞觱篥」〔註189〕（冊6，頁90），張爾田謂：

> 宋詞非不用中管，特用之者少耳。頗疑仙呂宮則中管仙呂宮，亦為
> 南呂宮，為八月正律；此豈以元宵踏月與中秋賞月相同，故假借用
> 之歟。　　（《月輪山詞論集》，冊2，頁8～9）

蔡楨、方成培、吳梅訛誤之論，夏承燾均予以反駁；以「中管調」的視角剖析
宋人依月用律的情形，儘管夏承燾認為「仍無以盡決此疑」（冊2，頁8～9），
卻也啟發了夏承燾。

　　夏承燾據張炎《詞源》「五音宮調配屬圖」〔註190〕指出正月太簇、三月
姑洗、五月蕤賓、八月南呂、十月應鍾，均為中管調，而中管調較頭管（即吳
梅所謂「啞觱篥」）短一半，聲高一倍，不宜吹奏，故宋詞不用中管調；若依
月律填詞，則此五個月之詞皆不可歌。〔註191〕然根據王灼、張炎之論，「依

〔註187〕〔宋〕楊纘〈作詞五要〉、王灼《碧雞漫志》、張炎《詞源》，見唐圭璋編：
　　　　《詞話叢編》，冊1，頁268、87、255。
〔註188〕〔宋〕張炎著、蔡楨疏證：《詞源疏證》（臺北：學海出版社，1988年1月），
　　　　頁72。〔清〕方成培：《香研居詞塵》，頁37。
〔註189〕明‧朱載堉（1536～1611），字伯勤，號句曲山人，青年時自號「狂生」、「山
　　　　陽酒狂仙客」，又稱「端靖世子」，明代著名的律學家、曆學家、音樂家。其
　　　　《樂律全書》是一部樂舞律曆類書，一共四十八卷。童伯章（1865～1931），
　　　　原名斐，江蘇宜興芳橋鄉人，清末舉人。平生以教育為職志，兼精音樂。民
　　　　國時，任省立常州高級中學校長，兼任國文教員；後任上海光華大學中文系
　　　　教授。
〔註190〕〔宋〕張炎《詞源》，唐圭璋編：《詞話叢編》，冊1，頁245。
〔註191〕就夏承燾考證，周邦彥詞中僅〈秋蕊香〉、〈一絡索〉、〈蕙蘭芳引〉、〈丁香結〉、

月用律」之法是當時大晟樂府所要遵循的規範；考周邦彥《片玉詞》，其作品四時兼備〔註192〕，若全然遵守依月用律的規則，則一大部分的詞皆不宜歌唱，如此豈不怪哉！再者，夏承燾考周邦彥《片玉詞》，逐一以其宮調核對詞中節令，大都不合月律，即說明宋人「依月用律」之法並非常態。〔註193〕夏承燾云：

> 本出大晟諸人附會古樂，詞家佇興之作，但求腔調諧美，何必守此功令。張炎、楊纘之書，張皇幽邈，以此自炫，由今觀之，亦緣飾之辭，不足信也。　（冊2，頁10）

夏承燾以科學方式舉證歷歷，揭示宋人填詞「不盡依宮調聲情」。

　　〈《白石道人歌曲》校律〉一文，是夏承燾對姜夔《白石道人歌曲》音律的全面整理。他以《彊村叢書》為底本，校以張奕樞、陸鍾輝各本，間雜宋明選本，如《花庵詞選》、《花草粹編》諸書。不依舊刻次序，而是編年排比，進而耙梳各詞宮調，其中不乏創見。如校〈揚州慢〉詞時，指出：「姜詞實無一寄煞之調」（冊2，頁322），糾正了戈載，鄭文焯等人之謬。〔註194〕並指明：「此詞領句虛字皆用去聲，『過』、『自』、『漸』、『縱』、『念』五字是」（冊2，頁324）。又如〈霓裳中序第一〉詞中「襯字」之例，夏承燾論曰：

> 宋元人和此調者，周密、尹煥、詹玉、羅志仁、陰法孫，於「笛裡關山」句皆多一字。於「多病卻無氣力」句，皆少一字。姜白翁於「況紈扇漸疏」句少一字，此增減襯字例，宋元詞常有，杜文瀾校《詞律》疑為姜詞脫誤，非也。　（《月輪山詞論集》，冊2，頁326）

再如〈惜紅衣〉校律時，夏承燾指出：

〈氏州第一〉、〈解蝶躞〉、〈華胥引〉七首依月用律。參夏承燾：《夏承燾集・唐宋詞論叢》，冊2，頁7。宋詞使用中管調，且確為依月用律者，僅万俟詠〈春草碧〉一闋，《欽定詞譜》記載：「調見《大聲集》，自注中管高宮」。万俟詠一詞用以賦春草，正符合月律規範。夏承燾：《夏承燾集・唐宋詞論叢》，冊2，頁10。閻汝賢《詞牌彙釋》引文（1963年5月），頁298。

〔註192〕〔宋〕陳元龍《詳注周美成詞片玉集》以四時之景排比，春為卷一至卷三、夏為卷四、秋為卷五至卷六、冬為卷六。（上海：上海古籍出版社，2002年3月《續修四庫全書》），頁559～560。

〔註193〕夏承燾：《夏承燾集・唐宋詞論叢》，冊2，頁10。

〔註194〕夏承燾云：「鄭文焯校本謂：『起調用「一」字，寄煞丂，即夾鐘清聲』。是認丂為『高五』，大誤。鄭氏解姜譜，屢用『寄煞』之說，皆沿戈載《七家詞選》之誤。」（冊2，頁322）

> 吳文英、李萊老、張炎填此皆入聲。文英守白石四聲最嚴，此調除
> 數字陽上作去，平入相代外，餘皆相符，張、李二家未能如爾也。
> 以吳、張、李三家之作校此詞四聲，其「換日」、「睡」、「細」、「破」、
> 「浪」、「半」、「外」、「共」、「問」、「甚」諸字皆不可通融。「破」、
> 「半」、「共」三字尤要。　　（《月輪山詞論集》，冊 2，頁 334）

又如夏承燾引姜夔〈湘月〉詞中「一葉夷猶」四字，與史達祖〈壽樓春〉「因
風飛絮，照花斜陽」、「湘雲人散，楚蘭魂傷」二句，以及吳文英〈探芳新〉「歎
年端、連環轉，爛漫遊人如繡」諸句，指出詞中嚴禁連用雙聲疊韻字，是元、
明之後的事。周德清《中原音韻・作詞十法》謂「不可用雙聲疊韻語」〔註 195〕
是也。而劉熙載《藝概》謂「詞句中用雙聲疊韻之字，自兩字外，不可多用」
〔註 196〕的概念，也是元以後的填詞習慣。

　　關於〈《白石道人歌曲》校律〉一文辯證的內容，詳參夏承燾《月輪山詞
論集》，此不贅述。夏承燾採用科學的比較方法，將《白石道人歌曲》中歷來
爭議之處標明，又輔以其他詞家作品進行考證，除了辨明姜夔用律的情形外，
也梳理了宋代詞家填詞用律的習慣與原則，此乃夏承燾在詞律考辨上的卓越
貢獻。

第四節　詞的創作

　　夏承燾《詞例》自成書到定稿，歷經三十餘年，是夏承燾費心尤多的一
部詞體研究著述，然《詞例》手稿卻因文革浩劫而不見天日，龍榆生曾勸夏
承燾「世變不可知，宜先著手了之」（冊 6，頁 247），沒想到卻一語成讖。迨
至吳蓓主編《夏承燾全集》出版，《詞例》遂得以問世，夏承燾對詞的「創作」
論誠能一目瞭然。惟《詞例》一編，係據夏承燾手稿影印出版，雖能為詞學史
「存真」，卻需花費許多心力進行校勘。筆者於 2018 年 10 月始獲此書，本論
文又完稿在即，便來不及逐字耙梳，本節僅就夏承燾的理論主張以及〈填詞
四書〉中的「調」、「聲」、「韻」、「片」予以析論：

〔註 195〕〔元〕周德清著、李惠綿箋釋：《中原音韻箋釋・作詞十法》（臺北：國立臺
　　　　灣大學出版社，2016 年 1 月），頁 557～558。
〔註 196〕〔清〕劉熙載《藝概・詞概》，唐圭璋編：《詞話叢編》，冊 4，頁 3703。

一、理論主張

（一）文義究重於聲律

夏承燾將「選調」視為填詞的第一道程序，強調詞情與聲情相稱，但他並不是絕對拘泥於詞調的規範。他曾說：

> 用調固須依其字句，每調幾句，每句幾字，不得隨意增減，但有時亦不妨稍稍通融，加襯一二字，以足文義者。　（冊8，頁6）

> 一切形式總是為內容服務的，我們掌握詞調的聲情，是為了更好地表達詞的內容，決不應死守詞的格調而妨礙它的思想感情。

> 大作家能運用一種形式縱橫無礙地寫多種情感，而不會困於格律之下。我們說選調，原要揣摩聲情，但不能以揣摩所得的聲情來衡量大作家具體的作品。反之，我們有時卻要以大作家具體的作品為標準，來衡量某些詞調的聲情。　（《唐宋詞欣賞·填詞怎樣選調》，冊2，頁725）

擇調固然是填詞的第一道程序，但夏承燾認為真正好的作品，是以內容情感為主，而不是因樂造文的，決不應死守詞的格調而妨礙詞人的思想感情。大作家如蘇軾、辛棄疾，他們以奔放的才情與真摯的情感所創作的作品，早已凌駕於詞體形式之上，而不會侷限在格律之下。如〈滿江紅〉一調，聲情激越，宜寫豪放情感，但辛棄疾〈滿江紅〉上片：「敲碎離愁，紗窗外、風搖翠竹。人去後、吹簫聲斷，倚樓人獨。滿眼不堪三月暮，舉頭已是千山綠。但試將、一紙寄來書，從頭讀」〔註197〕，以嫵媚語抒寫離情別緒，有別於「怒髮衝冠，憑闌處、瀟瀟雨歇。抬望眼，仰天長嘯，壯懷激烈。三十功名塵與土，八千里路雲和月」〔註198〕的慷慨激烈，然辛詞內容真摯，哀而不傷，調寄〈滿江紅〉何嘗不可。又如〈六州歌頭〉本是鼓吹曲，演奏則磅礡而緊迫，其間大量三字句韻腳，更是繁音促節，適合抒發壯烈激越的情懷。韓元吉〈六州歌頭〉上片：「東風著意。先上小桃枝。紅粉膩。嬌如醉。倚朱扉。記年時。隱映新妝。面臨水岸。春將半。雲日暖。斜橋轉。夾城西。草軟莎平跋馬，垂楊渡、玉勒爭嘶。認娥眉凝笑，臉薄拂燕支。繡戶曾窺。恨依依。」〔註199〕文

〔註197〕辛棄疾〈滿江紅〉，《全宋詞》，冊3，頁1888。
〔註198〕岳飛〈滿江紅〉，《全宋詞》，冊2，頁1246。
〔註199〕韓元吉〈六州歌頭〉，《全宋詞》，冊2，頁1402。

字綺錯媚婉，極為工致，內容則歌詠桃花以抒寫柔情，故有不切聲情之譏；夏承燾卻認為一種詞調，亦可有多種聲情，以〈六州歌頭〉寫幽隱之情，只要詞家運用恰當即可。另如周邦彥，儘管精通音律，講究聲調，但內容空虛，成就便不及蘇軾、辛棄疾。因此揣摩聲情，不應為聲情而聲情，而走上周邦彥一派的歧路。

唐宋詞字聲的使用，由疏而密，由辨平仄而四聲，而五聲陰陽，斟酌字聲的高低抑揚、輕重緩急，以文字配合音樂，此乃詞體聲律發展的過程，蓋字聲辨析愈明，合樂之功愈顯。然一詞的優劣高下，並非完全依四聲的安排決定，夏承燾論曰：

> 予謂此事有專家非專家之分，專家之中復有派別之分，同派作家復有時代先後之分。沈括不以詞名，朱子亦視詞為餘事，不能執其說以繩周、吳之作，此專家非專家之分也。蘇、辛才氣奔放，不顧拗盡天下嗓子。周、吳則不憚辨析豪芒，此派別之分也。清真、玉田並號知樂，清真在北宋推為集大成矣，而玉田《詞源》猶譏其「於音譜且間有未諧」，此同派復有時代先後之分也。（《月輪山詞論集‧唐宋詞字聲之演變》，冊 2，頁 81）

詞辨四聲，乃詞體發展過程中自然演進的準則，或謂詞可勿守四聲，拗句可改為順句者，如明人《嘯餘譜》之所為；或嚴守四聲而一字不苟者，如方千里、楊澤民諸家之和清真。夏承燾指出「前者出於無識妄為，世已盡知其非；後者似乎嚴謹循法，而其弊必至以拘手禁足之格，還後人因噎廢食之爭，是名為崇律，實將亡詞也。」（冊 2，頁 82）不守四聲，改拗為順，為「破詞體」者；而死守四聲卻落入了「誣詞體」之失，二者如何取捨，不可不慎。夏承燾云：

> 詞固然是合樂文學，更重要的，它是抒情文學。南宋人如方千里、楊澤民諸家因為要嚴守周邦彥的字聲，結果妨礙了文學的內容情感，這就走上錯誤的道路了。（《詞學論札‧唐宋詞聲調淺說》，冊 8，頁 133）

> 予謂四聲與宮調樂律本非一事，守四聲不足為盡樂……。但詞既失樂，離樂工之器而為文士紙上之物，則其需要文字聲調也更切，此與漢、魏賦家之研煉浮切，永明周、沈之發明四聲，同一理勢。……若夫字字死拘舊譜，不能觀其會通，因之守聲而礙文，存跡而喪神，

則作者之過，不得歸咎於四聲。 （《月輪山詞論集・四聲繹說》，
冊 2，頁 429）

詞儘管是配合音樂而演唱的文體，但當它從伶人歌妓之口轉為士人的案頭文
學之後，反而作為詞人言志、抒情之用。因此，在形式與內容的取捨上，夏承
燾始終傾向於內容這端，所謂「文義究重於聲律」（冊 8，頁 13），表明詞體
創作不該死守四聲，牽絆作品的情感思想，以致「守聲而礙文，存跡而喪神」。
此乃夏承燾論及四聲運用之前，首要強調的重點。

（二）開拓詞壇創作新境

　　形式技巧乃填詞的骨幹，內容情感則是作品的血肉。夏承燾所強調的內
容，是必須結合歷史，反映時代，為社會、政治而服務，具有寫實精神的作
品。其《瞿髯論詞絕句》最後一首：

蘭畹花間百輩詞，千年流派我然疑。吟壇拭目看新境，九域雞聲唱
曉時。 （冊 2，頁 587）

夏承燾從花間談及毛澤東詞，藉《蘭畹集》〔註 200〕批判軟媚柔靡的詞風，並
引陸游「書生有淚無揮處，尋見祥符九域圖」（〈書歎〉）之典，以及化用毛澤
東〈浣溪沙〉「一唱雄雞天下白」〔註 201〕之句，宣示開拓詞壇新境的必要性。
吳无聞註解云：

我們要「批判地吸收其中一切有益的東西，作為我們從此時此地的
人民生活中的文學藝術原料創作作品的時候的借鑑」。詞壇上絢麗
多彩、百花齊放的心境，只有在社會主義的新中國、在革命文藝路
線指引下才能實現。〔註 202〕

吳无聞引用毛澤東於延安文藝座談的談話內容，說明夏承燾欲開拓的詞壇新
境。毛澤東指出：

一切種類的文學藝術的源泉究竟是從何而來的呢？作為觀念形態的
文藝作品，都是一定的社會生活在人類頭腦中的反映的產物。革命的
文藝，則是人民生活在革命作家頭腦中的反映的產物。人民生活中本

〔註 200〕 《蘭畹》，詞集名，孔方平選，今亡佚，「蓋取其香而弱也」（無名氏詞評），
　　　　　吳无聞《瞿髯論詞絕句》引，見《夏承燾集》，冊 2，頁 548。
〔註 201〕 〈浣溪沙・和柳亞子先生〉：「長夜難明赤縣天。百年魔怪舞蹁躚。人民五億
　　　　　不團圓。　一唱雄雞天下白，萬方樂奏有于闐。詩人興會更無前。」高汗
　　　　　平編著：《毛澤東詩詞鑑賞》，（臺北縣：稻田出版社，2007 年 10 月），頁 152。
〔註 202〕 吳无聞注《瞿髯論詞絕句》，見《夏承燾集》，冊 2，頁 588。

　　來存在著文學藝術原料的礦藏，這是自然形態的東西，是粗糙的東
　　西，但也是最生動、最豐富、最基本的東西；在這點上說，它們使一
　　切文學藝術相形見拙，它們是一切文學藝術的取之不盡、用之不竭的
　　唯一的源泉。這是唯一的源泉……。我們必須繼承一切優秀的文學藝
　　術遺產，批判地吸收其中一切有益的東西，作為我們從此時此地的人
　　民生活中的文學藝術原料創作作品的時候的借鑑。〔註203〕

毛澤東〈在延安文藝座談會上的講話〉被視為中國文藝史上具有劃時代意義
的重要文獻，是中國文學轉向為工農兵服務的革命文學的理論綱領和實踐宣
言；並將「五四」以來的中國新文學運動推向一個嶄新的歷史階段，且深刻
的影響著整個現代文學的發展方向。〔註204〕夏承燾處於這般社會背景下，毛
澤東的觀點不免體現在他的日常生活中，如《日記》載夏承燾閱讀毛澤東於
延安文藝座談會上的講話內容（冊7，頁112、頁809），或記載友人或演講者
針對毛澤東及延安文藝座談發表的感想（冊7，頁158、239、258、262）。而
毛澤東在延安座談會上強調「馬列主義」〔註205〕的觀念，也根深柢固的影響
著夏承燾與當代學人，毛澤東說道：

　　一個自命為馬列主義的革命作家，尤其是黨員作家，必須有馬列主
　　義的常識。……文藝工作者應該學習文藝創作，這是對的，但是馬
　　列主義是一切革命者都應該學習的科學，文藝工作者不能是例外。
　　此外還要學習社會，就是要研究社會上的各個階級，它們的相互關
　　係和個別狀況，它們的面貌和它們的心理。只有把這些弄清楚了，
　　我們的文藝才能有豐富的內容和正確的方向。〔註206〕

〔註203〕1942年5月2日至23日，中共中央宣傳部在延安召開三次文藝座談會，第
　　　　一次是5月2日，毛澤東作了引言，第三次是5月23日，毛澤東作了結論
　　　　性的報告，此為〈在延安文藝座談會上的講話〉的內容，是毛澤東文藝思想
　　　　正式確立的標誌。黃曼青：《毛澤東文藝思想與中國文藝實踐》（武漢：華中
　　　　師範大學出版社，2002年10月），頁163～164。〈在延安文藝座談會上的講
　　　　話〉5月23日內容，見2019年1月16日網頁檢索 https://www.marxists.org/
　　　　chinese/big5/nonmarxists/mao/19420502.htm。
〔註204〕黃曼青：《毛澤東文藝思想與中國文藝實踐》，頁164。
〔註205〕馬克思列寧主義（俄語：Маркси́зм-ленини́зм），簡稱馬列主義或馬列。嚴格
　　　　地說，它是指由列寧發展起來的馬克思主義流派。中國共產黨就將馬列主義
　　　　定為指導思想之一。
〔註206〕毛澤東著、姜義華編：《毛澤東著作選》（臺北：臺灣商務印書館，1999年3
　　　　月），頁274～275。

俄國的十月革命，為中國帶來了馬克思列寧主義，為當時苦苦探尋出路的中國人民指明了前進方向，中國共產黨遂應運而生。自此，中國共產黨將馬列主義作為指導人民思想的主軸之一，為中國革命、建設、改革提供了強大的思想武器。此外，毛澤東在延安座談上提到，文藝工作者學習文藝之外，仍須貫徹馬列主義，以「為千千萬萬勞動人民，為這些國家的精華、國家的力量、國家的未來服務」〔註207〕。在夏承燾《日記》中，不乏提及馬列主義融入課程的記載，如1958年2月25日「夕孔成九來，勉予三年內基本上以馬列主義講課，五年內又紅又專」（冊7，頁667）〔註208〕；同年3月4日「小組討論教學貫徹馬列主義，午後舉予漫談古典文學為例」（冊7，頁668）；同年6月13日，則有學生向夏承燾反映教學「脫離政治，馬列學說學習不夠」、「若不學習馬列學說，危害性更大」等問題（冊7，頁685、686）；1959年8月2日載學生吳熊和向夏承燾建議「多寫論文對青年有益，老先生只要能實事求是，即暗合馬列主義」、「是文學上現象、歷史上存在過的事實，皆須研究」（冊7，頁759）。可見馬列主義不僅作為中國社會改革、建設的政治思想，亦瀰漫在整個教育、學術、文化、藝術之中。基於此一思想，毛澤東於1965年7月在上海召集高校教師討論古典文學研究，指出三大重點：

> （一）不但大作家名作品須研究，無名作家作品亦須研究；（二）有民族節操之作家須研究；（三）注意有民間風格及民間作品。 （冊7，頁1062）

從《日記》的載錄，可看出夏承燾似乎不全然將馬列主義融入課程中，以致學生有所質疑，甚至有「脫離政治」的批判，這或許是夏承燾「為文藝而文藝」的態度。但我們可從夏承燾的詞學觀中，論定毛澤東所說的三點，無疑是夏承燾一直以來所遵循的研究道路，當他論及詞壇創作的新境，也沿著毛澤東的步伐而展開，肯定能與時俱進、反映現實、直抒胸懷，且能為人民、農

〔註207〕列寧：《列寧全集‧黨的組織和黨的出版物》（北京：人民出版社，1987年10月），卷12，頁97。

〔註208〕1957年10月9日，毛澤東指出：「政治和業務是對立統一的，政治是主要的，是第一位的，一定要反對不問政治的傾向；但是，專搞政治，不懂技術，不懂業務，也不行。我們的同志，無論搞工業的，搞農業的，搞商業的，搞文教的，都要學一點技術和業務。我看也要搞一個十年規劃。我們各行各業的幹部都要努力精通技術和業務，使自己成為內行，又紅又專。」「紅」是指正確的政治觀點，「專」是指專業知識及技能。參毛澤東著：《毛澤東文集‧關於農業問題》（北京：人民出版社，1998年8月），頁309。

工服務的作品。夏承燾在詞的創作上，也提出兩點主張：一、詞體創作勢必尋找未來的出路；二、如何應付當前時代的需要。這兩點主張，正呼應了毛澤東所宣示的文藝精神。

二、填詞技巧

（一）填詞之前，先要選調

夏承燾在論詞體創作時，最主要的依據，即是針對詞是與音樂結合的這一特點來展開論述的。在〈詞的形式〉一文中，指出唐宋詞形式的幾項特點，首先指出的即是「選調」的重要性。夏承燾謂「填詞之前，先要選調」（冊2，頁606）、「作詞之重『選調』，非選調名，乃選調的聲情。」（冊8，頁4）所謂「選調」，是指選取與詞人所想要表達的感情一致的詞調，不可以單憑調名的字面意義去選擇。夏承燾論曰：

> 詞是一種配合音樂的文學，它本為歌唱而作。詞調是規定一首詞的音樂腔調的。選一個最適合表達自己創作感情的詞調，是填詞的第一步工序。　（《唐宋詞欣賞・填詞怎樣選調》，冊2，頁723）

> 選調主要是選擇調子的聲調感情，不應該單憑調名的字面去選擇。正確地選擇詞調，纔能恰當地表達作品的思想感情。　（《唐宋詞欣賞・詞的形式》，冊2，頁606）

> 詞調聲情有高亢沉鬱之別，有歡愉愁苦之殊，下筆之前，須先細心揣摩，以蘄聲情相合。　（《詞學論札・填詞四說》，冊8，頁4）

填詞之前先要選調，以達到詞情與聲情的和諧，如張炎《詞源》云：「作慢詞，看是甚題目，先擇曲名，然後命意。」〔註209〕楊守齋〈作詞五要〉云：「作詞之要有五：第一要擇腔。腔不韻則勿作，如〈塞翁吟〉之衰颯；〈帝臺春〉之不順；〈隔蓮浦〉之寄煞；〈鬥百草〉之無味是也。」〔註210〕沈括《夢溪筆談・樂律》亦云：「唐人填曲，多詠其曲名，所以哀樂與聲尚相諧會。今人則不復知有聲矣，哀聲而歌樂詞，樂聲而歌怨詞。故語雖切而不能感動人情，由聲與意不相諧故也。」〔註211〕這一觀點固然是老生常談，卻是不容忽視的道理。夏承燾的詞友龍榆生在《倚聲學》中一樣凸顯選調何以

〔註209〕〔宋〕張炎《詞源》，見唐圭璋編：《詞話叢編》，冊1，頁258。
〔註210〕〔宋〕楊守齋〈作詞五要〉，見唐圭璋編：《詞話叢編》，冊1，頁267～268。
〔註211〕〔宋〕沈括撰、胡道靜校注：《新校正夢溪筆談》，卷5，頁62。

重要的主張，龍榆生論曰：

> 填詞既稱倚聲之學，不但它的句度長短，韻位疏密，必須與所用曲
> 調（一般叫作詞牌）的節拍恰相適應，就是歌詞所要表達的喜、怒、
> 哀、樂，起伏變化的不同情感，也得與每一曲調的聲情恰相諧會，
> 這樣才能取得音樂與語言、內容與形式的緊密結合，使聽者受其感
> 染，獲致「能移我情」的效果。〔註212〕

詞之所以感人，在於歌詞所表達的情感，與音樂的聲情相配合，透過高低起
伏、抑揚頓挫、舒緩快慢的節奏，彰顯詞人欲表達的思想感情，所謂「能移我
情」，正是詞情與聲情相稱的創作境界。

至於如何選調，夏承燾列舉三點：

一、從聲、韻方面探索，這包括字聲平拗和韻腳疏密等等。

二、從形式結構方面探索，包括分片的比勘和章句的安排等等。

三、排比前人許多同調的作品，看他們用這個調子寫哪種感情的最
多，怎樣寫得最好。　（《唐宋詞欣賞·填詞怎樣選調》，冊2，
頁724）

辨別詞調聲情的方法，亦有三術：

一、據唐宋人記載。

二、據唐宋人詞。

三、據調中聲韻字句。　（《詞學論札·填詞四說》，冊2，頁4～5）

上述六項方法，可總結為兩大類，一為根據史料記載或詞人作品加以歸納；
二為根據詞調的形式（聲、韻、字句等）加以判斷。關於第一類，詞調下若有
註明宮調者，可參考元·陶宗儀《南村輟耕錄》所錄：

> 仙呂宮唱清新綿邈、南呂宮唱感嘆傷悲、中呂宮唱高下閃賺、黃鐘
> 宮唱富貴纏綿、正宮唱惆悵雄壯、道宮唱飄逸清幽、大石唱風流醞
> 藉、小石唱旖旎嫵媚、高平唱條拗滉漾、般涉唱拾掇坑塹、歌指唱
> 急併虛歇、商角唱悲傷宛轉、雙調唱健捷激裊、商調唱悽愴怨慕、
> 角調唱嗚咽悠揚、宮調唱典雅沉重、越調唱陶寫冷笑。〔註213〕

〔註212〕龍榆生：《倚聲學：詞學十講》，頁23。

〔註213〕〔元〕陶宗儀：《南村輟耕錄》（臺北：木鐸出版社，1982年5月），卷27，
頁338。

若無註明宮調者，可根據史料記載，如宋‧程大昌《演繁露》載：「〈六州歌頭〉，本鼓吹曲也。近世好事者倚其聲為弔古詞，音調悲壯；又以古興亡事實之聞，其歌使人悵慨，良不與豔辭同科。」〔註214〕〈六州歌頭〉現存最早的作品為賀鑄所作「少年俠氣」一闋，全首 39 句，其中 23 句為三言，最長不過五言；34 句押韻，又以東、董、凍三聲同協。字句短、韻位密、字聲宏亮，即知賀鑄就是以這種繁音促節、亢爽激昂之聲抒寫自己的豪情壯志，配合了〈六州歌頭〉一調「悲壯慷慨」的聲情。〔註215〕抑或根據唐宋人作品予以歸納統計，如〈相見歡〉、〈賀新郎〉二調多寫悲情，而不寫樂事。關於第二類，夏承燾曾舉〈西江月〉一調為例，此為雙調五十字，上、下片各四句，每片二、三句用平聲韻，上、下兩結用與平聲韻同部的仄聲韻。夏承燾認為「仄聲字音重，又放在兩片的末了，最好用沉重的語氣來振動全首。」（冊 2，頁 727）然唐五代詞人填此調者，多屬兒女情詞，聲調婉轉，少用重語；至蘇軾作〈西江月‧重陽棲霞樓作〉，其上、下片末句「今日淒涼南浦」、「俯仰人間今古」，略有沉重之感。而夏承燾認為運用此調最恰當的詞人，為辛棄疾莫屬，其〈西江月‧遣興〉：「近來始覺古人書。信著全無是處」、「只疑松動要來扶。以手推松曰去」諸句，夏承燾指出「份量很重，可以鎮紙」，「運用散文句法，更覺有拗勁」（冊 2，頁 727）。夏承燾又舉〈千秋歲〉為例，就字面意義，此調恐有誤導詞人作為獻壽之用，然就其協韻方式，卻適合鬱伊悵惘之詞。夏承燾引龍榆生之論謂：

> 此調（〈千秋歲〉）之聲情悲抑，在於協韻甚密，而所協之韻，又為「厲而舉」之上聲與「清而遠」之去聲。其聲韻既促，又於不協韻之句，亦不用一平聲字於句尾以調劑之，既失雍和之聲，乃宜為悲抑之作。〔註216〕

若能從唐宋人的記載或唐宋詞人的作品中，歸納詞調聲情的使用習慣，即可斷定某調屬於某種聲情；然若無法從中得知時，就得根據聲、韻、字句等形式自行揣度。夏承燾云：

〔註214〕〔宋〕程大昌：《演繁露正續》（臺北：新文豐出版公司，1984 年 6 月），冊 2，卷 16，頁 446。
〔註215〕夏承燾：《詞學論札‧唐宋詞聲調淺說》，《夏承燾集》，冊 8，頁 127。
〔註216〕夏承燾引前人之言，見《夏承燾集‧詞學論札‧填詞四說》，冊 8，頁 4。龍榆生：《龍榆生詞學論文集‧研究詞學之商榷》，頁 90。

大抵用韻均勻者，聲情寬舒；用韻過疏過密者聲情非弛慢即促數。
多用三五七字句相間者聲情較和諧；多用四字句六字句排偶者聲情
較重墜；字句平仄相間均勻者聲情安詳；多作拗句者聲情雄勁。詳
加揣量，乃無聲情扞格之弊，否則「粉黛飾壯士，笙匏佐鼙鼓」，貽
笑方家矣。　　（《詞學論札・填詞四說》，冊8，頁5）

（二）用韻與聲情的配合

熟知各種詞調的聲情，並掌握聲情使用的技巧，乃創作過程中非常重要
的步驟。而詞韻的使用，如各部韻的寬窄〔註217〕、韻情及押韻方式，也足以
影響一調原本的聲情。明・王驥德《曲律》云：

如東鍾之洪、江陽皆來蕭豪之響，歌戈佳麻之和，韻之最美麗者；
寒山桓歡先天之雅，庚青之清，尤侯之幽，次之；齊微之弱，魚模
之混，真文之緩，車遮之用雜入聲，又次之；支思之萎而不振，聽
之令人不爽；至侵尋監咸廉纖，開之則非其字，閉之則不宜口吻，
勿多用可也。〔註218〕

王易《詞曲史・構律第六》亦云：

東董寬洪，江講爽朗，支紙縝密，魚語幽咽，佳蟹開展，真軫凝重，
元阮清新，蕭篠飄灑，歌哿端莊，麻馬放縱，庚梗振屬，尤有盤旋，
侵寢沉靜，覃感蕭瑟，屋沃突兀，覺藥活潑，質術急驟，勿月跳脫，
合盍頓落，此韻部之別也。〔註219〕

詞曲聲韻之理，本無二致，上述所指，已將十九部的韻情全數涉及。而押韻
的方式，夏承燾〈詞韻約例〉一文歸納為十一類：

一、一首一韻；二、一首多韻；三、以一韻為主，間協他韻；四、
數部韻交協；五、疊韻；六、句中韻；七、同部平仄通協；八、四
聲通協；九、平仄韻互改；十、平仄韻不得通融；十一、協韻變例

〔註217〕王偉勇：《詞學面面觀》：「詞韻十九部中，除入聲獨用外，韻字較寬較多的，
　　　　要算第三部的「支思」韻、第六部的「真文」韻、第七部的「寒山」韻、第
　　　　十一部的「庚青」韻、第十四部的「覃鹽」韻；偏窄偏少的，要算第五部的
　　　　「皆佳」韻、第九部的「歌戈」韻、第十部的「佳麻」韻；至於第十三部「侵」
　　　　韻獨用，選擇的空間就更窄了！」頁289。
〔註218〕〔明〕王驥德：《曲律》，收錄於《百部叢書集成》（冊54，第七函），冊2，
　　　　卷3，頁30。
〔註219〕王易：《詞曲史・構律第六》（臺北：廣文書局，1988年8月），頁283。

（長尾韻、福唐獨木橋體、通首以同字為韻）。　　（冊 2，頁 24～
　　25）

夏承燾自述撰寫此篇文章之前，尚無專文述及之，乃詞壇上歸納押韻方式的
第一人。然根據此十一類，大抵可精簡成單韻、多韻、平仄通協等三大類。掌
握用韻的技巧，亦能凸顯詞人欲表達的聲情效果。如〈念奴嬌〉、〈賀新郎〉、
〈滿江紅〉三調，用入聲韻者得以「盡情發洩壯烈之懷抱」，改用上、去韻者，
往往「鬱而不宣，無裂石之奇聲，而有沉抑之情態。」〔註220〕因此韻部的使
用，也必須恰如其當，才能將不同的情感適時的表達出來。夏承燾《作詞法
入門》曰：

> 大抵用平聲韻者，聲情常寬舒，宜於和平婉轉之詞；用上聲韻者，
> 聲情多高亢，宜於慷慨豪放之詞；用去聲韻者，聲情沉著，宜於鬱
> 怒幽怨之詞；用入聲韻者，聲情遒峭，宜於清勁或激切之詞。又用
> 韻均勻者，聲情寬舒，用韻過疏過密者，聲情非弛慢即促數。一韻
> 到底者，聲情較簡單，一調換數部韻者，聲情較曲折。〔註221〕

龍榆生〈研究詞學之商榷〉亦云：

> 詞雖脫離音樂，而不能不承認其為最富於音樂性之文學。即其句度
> 之參差長短，與語調之疾緩輕重，協韻之疏密清濁，比類而推求之，
> 其曲中所表之聲情，必猶可睹。〔註222〕

詞樂失傳後，詞由伶工歌女口中的音樂，轉為文人雅士案頭上的文學，少了
管弦律呂的規範，詞人仍可藉由句法、押韻、字聲的使用以及誦吟的方式，
揣摩詞調原有的聲情，以表現不同層次的情感。釐析用韻的各種技巧，對於
詞體的創作仍是不容忽視的環節。

（三）四聲的講究與運用

　　詞協樂以歌唱，則平仄需推敲、四聲需講究，除了擇調行腔外，也必須

〔註220〕龍榆生：〈填詞與選調〉，《詞學季刊》第 3 卷第 4 號（上海：上海書店，1985
　　　　年 12 月），頁 8～9。
〔註221〕夏承燾《作詞法入門》，見收於《詞學研究》（臺北：信誼書局，1978 年 7 月），
　　　　頁 11。按：今出版《夏承燾集》（杭州：浙江古籍出版社，1997 年），並未
　　　　見此書名，然八冊錄有《讀詞四說》，內容與《作詞法入門》頗有相同處，
　　　　卻又不見「辨詞調與聲情」之文字，可見此書蓋亦摭採夏氏論詞意見以成書
　　　　者。
〔註222〕龍榆生：《龍榆生詞學論文集・研究詞學之商榷》，頁 89。

嚴守平仄、辨五音、分陰陽，用文字的聲調來加強音樂的聲調，彌補樂譜失傳之憾。張炎《詞源》說道：「蓋五音有唇齒喉舌鼻，所以有輕清重濁之分，故平聲字可為上入者此也。聽者不知宛轉遷就之聲，以為合律，不詳一定不易之譜，則曰失律。」〔註223〕劉熙載云：「詞家既審平仄，當辨聲之陰陽，又當辨收音之口法。取聲取音，能以協為尚。」〔註224〕此一觀點直到二十世紀仍是詞學家重視的議題，如吳梅《詞學通論》云：

> 詞之為道，本合長短句而成，一切平仄，宜各依本調成式。五季兩宋，創造各調，定具深心。蓋宮調管色之高下，雖立定程，而字音之開齊撮合，別有妙用。〔註225〕

劉永濟《詞論》云：

> 詞者音內而言外，音屬宮調，言指歌詞，宮調內而難知，歌詞外而易見。……文學之美，有聲有色。聲成於平上去入，而極於清濁、陰陽，沈休文所謂宮羽相變、低昂舛節者，是也。詞家於此，尤為擅場，即辨五聲，覆嚴上、去。一聲或咳，則一句落腔；一句或乖，則全篇失調。〔註226〕

夏承燾亦云：

> 作詞須守平仄四聲就是以文字的聲調相應地配合樂曲的聲調，以文字本身的音樂性加強樂曲的音樂性。如果一首詞的字聲不能和樂譜密切配合，唱起來必然拗口。宋代一般詞人對審音用字都很注意，緊要處往往一字一聲不敢輕下。　（《詞學論札·唐宋詞聲調淺說》，冊8，頁129）

> 詞之樂律雖非字聲所能盡，而字聲和諧亦必能助樂律之美聽。即四聲之分愈嚴，則合樂之功益顯。　（《月輪山詞論集·四聲繹說》，冊2，頁427）

故填詞除了遵平仄，還得依四聲、分陰陽，如此方能合律精嚴，使詞「別有聲情」，不至於淪為「長短句不葺之詩」（冊2，頁429）。

　　相較於龍榆生探討字聲與詞調聲情的關係，夏承燾則側重於詞字聲的演

〔註223〕〔宋〕張炎《詞源》，見唐圭璋編：《詞話叢編》，冊1，頁256。
〔註224〕〔清〕劉熙載《藝概·詞概》，見唐圭璋編：《詞話叢編》，冊4，頁3702。
〔註225〕吳梅：《詞學通論·論平仄四聲》，頁8。
〔註226〕劉永濟：《詞論》（臺北：龍田出版社，1982年1月），頁2～5。

變。1940 年發表〈唐宋詞字聲之演變〉一文，將四聲的運用與演變，分為六個階段：1. 溫庭筠已分平仄。2. 晏殊漸辨去聲，嚴於結句。3. 柳永分上去，尤嚴於入聲。4. 周邦彥善用四聲，益多變化；其施於警句者，有似元曲之「務頭」。5. 方千里、楊澤民、陳允平諸家拘泥四聲。6. 宋季詞家辨五音、分陰陽。〔註 227〕夏承燾云：

> 大抵自民間詞入士夫手中之後，飛卿已分平仄，晏、柳漸辨上去，三變偶謹入聲，清真益臻精密。惟其守四聲者，猶僅限於警句與結拍。自南方方（千里）、吳（文英）以還，拘墟過情，乃滋叢弊。逮乎宋季，守齋（楊纘）、寄閒（張樞）之徒，高談律呂，細剖陰陽，則守之者愈難，知之者亦尟矣。　（冊 2，頁 52）

1958 年 6 月，夏承燾於《語文學習》中發表〈唐宋詞聲調淺說〉一文，再度重申此議題。針對夏承燾以科學歸納的方法，所勾勒出的四聲演變之跡，可得出四點結果：1. 唐宋詞家嚴於字聲者，以溫庭筠、晏殊為最先。2. 柳永明「上去」，而嚴於入聲。3. 周邦彥用四聲益多變化；南宋方、楊諸家則拘泥四聲。4. 宋季詞家始辨五音、分陰陽。夏承燾將唐宋詞人的作品予以排列比勘，得出「陽上作去」、「入派三聲」的情形，「不始於元曲，宋詞實已有知」（冊 2，頁 12）之論。夏承燾又云：

> 大抵四聲之分陰陽清濁，不由時代古今之殊，實由地域南北之異，非古疏而今密，實南密而北疏。　（冊 2，頁 14）

大抵詞自民間轉入士大夫手中之後，格律由疏而密，由辨平仄而四聲，而五聲陰陽，四聲演變的過程，經夏承燾的歸納整理，一目了然。

　　四聲入詞，使詞別有聲情，然非字字死守。夏承燾填詞之初，頗受格律所限，而有顛倒字詞之謬，如寫於 1927 年的〈齊天樂・重到杭州〉一闋有「人間何世」句，夏承燾為求格律，擬改為「甚人間世」，即受到錢名山反對，謂「人間何世忽改為甚人間世，不知何意？出入不細，不免為萬紅友一輩所誤。」〔註 228〕迨至 1939 年，夏承燾加入午社後，多次與社員論辨，主張詞不宜死守四聲，並著有《四聲平亭》一書。社員吳庠稱：

〔註 227〕夏承燾〈唐宋詞字聲之演變〉，見《夏承燾集・唐宋詞論叢》，冊 2，頁 52。
〔註 228〕夏承燾〈齊天月・重到杭州〉，參《夏承燾集・天風閣詞集後編》，冊 4，頁 289。錢名山之論，見沈迦編撰：《夏承燾致謝玉岑手札箋釋》引《錢名山研究資料集》，頁 71～72。

大著《四聲平亭》……謂死守四聲，一字不許變通者，名為崇律，
實將亡詞，尤為大聲疾呼，發人深省。〔註229〕

可見當時夏承燾論詞、填詞，已不再拘泥四聲。夏承燾又云：

作詞於平仄之外，有時須辨四聲，兼及陰陽、但非每詞如此，亦非
詞中字字如此，其法差同元曲之「務頭」，……大抵詞中上去兩聲，
分別最嚴；入聲上聲有時可作平聲用；只去聲自成一種，不可通融。
宋人作《樂府指迷》，謂「去聲字」，萬紅友至云：「論聲雖以一平對
三仄，論歌則當去對平上入。」 （《詞學論札・填詞四說》，冊8，
頁8～9）

詞中須嚴守四聲的地方，大抵就是這一調音律最美聽的地方。……
一調中音律最緊要的部分，要求字聲的配合更嚴密。它的位置在一
詞中沒有一定，以在結尾處的比較多。……除結句外，詞中的拗句
有時也必須謹守四聲，不能隨意改拗為順。因為這些拗句也是音律
吃緊處。 （《詞學論札・唐宋詞聲調淺說》，冊8，頁131～132）

宋詞四聲大抵施於警句及結拍（此或為元曲「務頭」所從出），非必
字字依四聲；其字字依四聲如前舉〈繞佛閣〉、〈春草碧〉者，大抵
專家偶然涉興，否則，方、楊輩之盲填死押也。今觀《中原音韻》
所載元曲小令作法，其用陰陽四聲，灼然無疑矣，何嘗有一曲而全
首死拘四聲者乎？ （《月輪山詞論集・四聲繹說》，冊2，頁428）

樂譜失傳後，詞家僅能嚴守字聲的變化，配合樂譜原本抑揚頓挫的聲調；然就
夏承燾觀點，大可不必字字死守四聲，而是在音律吃緊處嚴辨四聲即可，如詞
的結句、拗句之處。夏承燾的理論依據，即以元代作曲之法呼應詞中對四聲的
安排，引元・周德清《中原音韻》論元曲之「務頭」云：「要知某調某句某字是
務頭，可施俊語於其上。」〔註230〕又引清・萬樹《詞律》云：「尾句尤為吃緊，
如〈永遇樂〉之『尚能飯否』、〈瑞鶴仙〉之『又成瘦損』，『尚』、『又』必仄，
『能』、『成』必平，『飯』、『瘦』必去，『否』、『損』必上，如此然後發調，末
二句若用平上，或平去、或去去、上上、上去，皆為不合。」〔註231〕說明詞、

〔註229〕吳庠致夏承燾書，參楊傳慶編著：《詞學書札萃編》（天津：南開大學出版社，
2015年9月），頁313。
〔註230〕〔元〕周德清著、李惠綿箋釋：《中原音韻箋釋》，頁573。
〔註231〕〔清〕萬樹：《詞律・發凡》（臺北：臺灣中華書局，1981年6月），頁7。

曲中四聲的使用規則可互為表裡。

　　夏承燾又舉周邦彥為例，如〈瑣寒窗〉上、下片第六句：「灑空堦、夜闌未休」、「想東園、桃李自春」之「未」、「自」兩字作去聲。〈宴清都〉上、下片第八句：「算過盡、千儔萬侶」、「歎帶眼、都移舊處」之「算過盡」、「歎帶眼」三字為去、去、上。又如〈紅林檎近〉二首下片結語：「夜長莫惜空酒觴」、「放杯同覓高處看」之「惜」、「覓」二字；〈花犯〉上、下片結語：「更可惜、雪中高樹，香篝熏素被」、「但夢想、一枝瀟灑，黃昏斜照水」之「雪」、「一」二字，皆作入聲。〔註232〕凡此在全詞中，當為音節吃緊處，故上、下片相對，四聲不得通融，才能合乎高下抑揚、參差變化的聲情。

（四）分片與換頭

　　詞依段落有單調、雙調、三疊、四疊之分，除單調外，每段前後各職起、承、轉、合之司。夏承燾論曰：

> 上下片的關係要做到不脫不黏，似斷非斷，似承非承，既有聯繫而又不混同。因此，最難做的是第二片的開頭，它有個專門的名字叫做「過變」。這意思就是說，它是上下片音律的過渡起變化的地方。在這裡唱起來特別好聽，因此，要用精彩的句子，表達豐富的感情。
>
> （《唐宋詞欣賞·詞的形式》，冊2，頁606）

詞中「過片」，又稱「過遍」、「過拍」、「過變」、「換頭」，往往居於上下片交替的中間位置，是音律之過渡，必須用精彩的句子，似承似轉，以表達豐富的情感內容。在夏承燾之前，有張炎提出「過片不要斷了曲意」之論，張炎論曰：

> 作慢詞，看是甚題目，先擇曲名，然後命意。命意既了，思量頭如何起，尾如何結，方始選韻，而後述曲。最是過片，不要斷了曲意，須要承上接下。如姜白石詞云：「曲曲屏山，夜涼獨自甚情緒。」於過片則云：「西窗又吹暗雨。」此則曲之意脈不斷矣。詞既成，試思前後之意不相應，或有重疊句意，又恐字面粗疏，即為修改。〔註233〕

姜夔〈齊天樂·詠蟋蟀〉下片以「西窗又吹暗雨，為誰頻斷續，相和砧杵」一句承接上片「曲曲屏山，夜涼獨自甚情緒」末句，下起「候館迎秋，離宮弔

〔註232〕周邦彥〈瑣寒窗〉、〈宴清都〉、〈紅林檎近〉、〈花犯〉，見唐圭璋編：《全宋詞》，冊2，頁595、604、608、609、610。

〔註233〕〔宋〕張炎《詞源》，見唐圭璋編：《詞話叢編》，冊1，頁258。

月，別有傷心無數」之情緒。過片之處，似承似起，詞意無盡。元‧陸輔之
《詞旨》云：

> 製詞須布置停勻，血脈貫串。過片不可斷意，如常山之蛇，救首救
> 尾。

清‧周濟《宋四家詞選目錄序論》在談到過片時說：

> 古人名換頭為過變，或藕斷絲連，或異軍突起，皆須令讀者耳目振
> 動，方成佳製。

清‧沈祥龍《論詞隨筆》則稱：

> 詞換頭處謂之過變，須辭意斷而仍續，合而仍分。前虛則後實，前
> 實則後虛，過變乃虛實轉捩處。

清‧劉體仁《七頌堂詞繹》曰：

> 中調長調轉換處，不欲全脫，不欲明黏，如畫家開闔之法，須一氣
> 而成，則神味自足，以有意求之，不得也。〔註234〕

在詞的上、下片交接處，要做到「不脫不黏，似斷非斷，似承非承」的地步，
在章法結構上要做到若斷若續的有機聯繫，才能使詞意完整而又有波瀾起伏
之姿。

　　夏承燾於《詞例》中將分片的情形，列舉二十項，包含：三片、上下片字
句、上下片字數同句讀不同、分片〇例、合二片為一片、單片改雙片、一片分
二段、加一疊、作半首、改一片、分片〇、破上下界限、改上下片不整為整、
上下片〇差最少、上下片文義全〇、上下片句相呼應、下片另詠一事、片之
名義、雙拽頭、詞中用二三字短韻處多是〇〇，分片須或異。〔註235〕每項之
下，舉唐宋詞為例，以明此例始於何時。針對詞中過片的情形，夏承燾於《詞
例》中列舉二十一項，包含：改換頭即改宮調、換頭改句、換頭增減字句、換
頭改字句、換頭改平仄、換頭韻、換頭短韻、換頭移韻、換頭改韻、換頭增減
韻、換頭不變、換不變入〇變、換頭、么篇換頭、換〇〇最少、換頭韻字句皆
變、換頭〇〇〇、換頭聲好、同調而換頭不同、雙拽頭〇分段、三字短句作結

〔註234〕〔元〕陸輔之：《詞旨》（北京：中華書局，1991年《叢書集成初編》），頁3。
　　　　〔清〕周濟《宋四家詞選目錄序論》、〔清〕沈祥龍《論詞隨筆》、〔清〕劉體
　　　　仁《七頌堂詞繹》，見唐圭璋編：《詞話叢編》，冊2，頁1646；冊5，頁4051；
　　　　冊1，頁619～620。
〔註235〕吳蓓主編：《夏承燾全集‧詞例‧片例》，頁109～157。按：影印原稿部分字
　　　　體無法確認，以「〇」表示。

者。〔註236〕前十二項有文字說明，後九項則不見內容。

　　至於換頭特例，夏承燾〈填詞四說〉列出七種特殊情形：一、下片另詠一物一事者。如辛棄疾〈感皇恩・讀《莊子》有所思〉一闋，上片讀《莊子》，下片言及朱熹。〔註237〕此正是周濟所言「異軍突起」之過片。而這也必須才情高明的詞人，才能駕馭的技巧。沈義父《樂府指迷》云：「過片多是自敘，若才高者方能發起別意。然不可太野，走了原意。」〔註238〕二、全混上下片界限者。如蔣捷〈虞美人・聽雨〉一闋，將「少年」、「壯年」、「而今」的人生三階段並列，不顧換頭章法，將上下片界限打破。〔註239〕三、上片結句引起下片者。如辛棄疾〈念奴嬌・賦梅花〉上片結語「尚餘花品，未吮今古人物」，帶出下片「楚兩龔、白香山、李太白」等人物。〔註240〕四、以下片申說上片者。如程垓〈四代好〉上片結句：「憑畫闌、那更春好花好，酒好人好」，下片分說「春好」、「花好」、「酒好」、「人好」，即以下片申說上片之例。〔註241〕五、上下文義並列者。如歐陽脩〈生查子〉上片言「去年元夜時」、下片言「今年元夜時」，文義上下並陳。〔註242〕六、上下片文義相反者。如呂本中〈采桑子〉上、下片各以「恨君不似江樓月」、「恨君卻似江樓月」二句展開論述。〔註243〕七、上片問下片答者。如元・劉敏中〈沁園春〉上片以「石汝來前」

〔註236〕吳蓓主編：《夏承燾全集・詞例・換頭例》，頁159～185。按：影印原稿部分字體無法確認，以「○」表示。

〔註237〕辛棄疾〈感皇恩・讀莊子有所思〉：「案上數編書，非莊即老。會說忘言始知道。萬言千句，自不能忘堪笑。朝來梅雨霽，青青好。　一壑一丘，輕衫短帽。白髮多時故人少。子雲何在，應有玄經遺草。江河流日夜，何時了。」《全宋詞》，冊3，頁1917。

〔註238〕〔宋〕沈義父《樂府指迷》，見唐圭璋編：《詞話叢編》，冊1，頁279。

〔註239〕蔣捷〈虞美人・聽雨〉：「少年聽雨歌樓上。紅燭昏羅帳。壯年聽雨客舟中。江闊雲低、斷雁叫西風。　而今聽雨僧廬下。鬢已星星也。悲歡離合總無情。一任階前、點滴到天明。」《全宋詞》，冊5，頁3444。

〔註240〕辛棄疾〈念奴嬌・賦梅花〉：「未須草草，賦梅花，多少騷人詞客。總被西湖林處士，不肯分留風月。疏影橫斜，暗香浮動，□□春消息。尚餘花品，未吮今古人物。　看取香月堂前，歲寒相對，楚兩龔之潔。自與詩家成一種，不係南昌仙籍。怕是當年，香山老子，姓白來江國。謫仙人，字太白，還又名白。」《全宋詞》，冊3，頁1917。

〔註241〕程垓〈四代好〉，見唐圭璋編：《全宋詞》，冊3，頁1992。

〔註242〕歐陽脩〈生查子〉，見唐圭璋編：《全宋詞》，冊1，頁124。按：夏承燾將此首歸為朱淑真作。

〔註243〕呂本中〈采桑子〉，見唐圭璋編：《全宋詞》，冊2，頁935。

問石，下片以石作答。〔註244〕

　　唐宋詞中過片的作用，在於承接上意，同時引出下文，「不要斷了曲意」為最基本的要求。然詞人填詞，會因其時代背景、身世遭遇、情思意蘊、審美追求等因素，而在作品中呈現出不同的內容與風格，詞人填詞用以起、結的手法，自然也會有所不同。因此，除了承上啟下的過片技巧外，也會出現一氣呵成、直貫到底，使上下片渾融為一體的過片手法；也會因為作者心思的藕斷絲連，而出現似離實合、似脫似黏的手法；又或者因為詞人心思的跳躍，而使下片不再順承前情，另轉而別發一意的技巧。夏承燾對於這些特例，認為詞人偶爾涉興，有「生新之趣」，但多作便索然無味。〔註245〕

〔註244〕劉敏中〈沁園春〉，見唐圭璋編：《全金元詞》（北京：中華書局，1994 年 11
　　　　月），下冊，頁 757～758。
〔註245〕夏承燾：《夏承燾集‧詞學論札》，冊 8，頁 37～43。

第四章 夏承燾對歷代詞人之批評（一）

第一節 唐五代詞人

一、溫庭筠、韋莊

　　後蜀·趙崇祚編《花間集》，選錄溫庭筠、皇甫松、韋莊、和凝、孫光憲等十八位作家。〔註1〕就歐陽炯《花間集·序》，是知此編選錄之目的，乃偏重於應歌，題材多為兒女艷情、離思別緒、綺情閨怨之屬，風格傾於柔媚婉轉、婉約含蓄，濃艷華美之格，此以溫庭筠為代表。另一方面，仍不容忽視詞體係由民間歌曲過渡到文人創作的歷程，故《花間集》中仍不乏以民歌手法歌詠真摯情感或描寫地方風物之例，如牛希濟〈生查子〉：「新月曲如眉，未有團圝意。紅豆不堪看，滿眼相思淚。　終日劈桃穰，人在心兒裏。兩朵隔牆花，早晚成連理。」〔註2〕以紅豆象徵相思，此乃民歌慣用的雙關手法。又如歐陽炯〈南鄉子〉：「路入南中。桄榔葉暗蓼花紅。兩岸人家微雨後。收紅豆。樹底纖纖抬素手。」〔註3〕「桄榔葉」、「蓼花」、「紅豆」乃南方特有風物，

〔註1〕據《花間集》所錄，包括：溫庭筠、皇甫松、韋莊、薛昭蘊、牛嶠、張泌、毛文錫、牛希濟、歐陽炯、和凝、顧夐、魏承班、孫光憲、鹿虔扆、閻選、尹鶚、毛熙震、李珣等十八家。

〔註2〕《花間集》作品，亦收入曾昭岷、王兆鵬等編：《全唐五代詞》，上冊，頁547。

〔註3〕曾昭岷、王兆鵬等編：《全唐五代詞》，上冊，頁452。

歐陽炯以平淡語句，寫少女採擷紅豆的情景，勾勒出一幅富有生命氣息的生活圖像。花間詞人當中，以民歌手法抒發真摯情感的詞人，即以韋莊為代表。

溫庭筠（812～870，又名岐，字飛卿）、韋莊（836～910，字端己）二人，乃花間詞之中堅，前人往往將二人並論為「溫韋」，以為詞風類似。夏承燾則認為兩人風格「大同小異」，「溫詞較密，韋詞較疏；溫詞較隱，韋詞較顯」（冊2，頁632）；並指出「他們是代表著兩種不同的詞風，……作品風格的不同決定於他們兩人的不同的生活遭遇。」（冊2，頁623）夏承燾論及溫、韋詞，首先自「知人」切入，從作者的生平遭遇、經歷行實予以探討。夏承燾〈不同風格的溫、韋詞〉一文，指出溫庭筠以沒落貴族之姿，雖一生潦倒，卻依靠貴族生活，為宮廷、豪門填詞，甚至受令狐綯所託，代唐宣宗填詞，且《舊唐書·溫庭筠傳》記載溫庭筠流落妓院「能逐絃吹之音，為側豔之詞」〔註4〕，他為了適應歌者與聽眾的身分，詞的形式就傾向於綺靡華麗，因為不敢直抒胸臆，風格就轉向於婉轉、隱約，此無非繼承了六朝宮體的傳統。夏承燾論溫庭筠的特色有二，一是「外表色彩綺靡華麗」、二是「表情隱約細緻」。其作品如〈更漏子〉：「柳絲長，春雨細。花外漏聲迢遞。驚塞雁，起城烏。畫屏金鷓鴣。　　香霧薄。透簾幕。惆悵謝家池閣。紅燭背，繡帷垂。夢長君不知。」〔註5〕此闋用字遣詞，色彩斑斕，道出失眠者因思念而感到孤獨的心境；下片點明「惆悵」的主因，也隱微曲折。〈夢江南〉：「梳洗罷，獨倚望江樓。過盡千帆皆不是，斜暉脈脈水悠悠。腸斷白蘋洲」，〔註6〕一字一句層層堆疊，緊扣作者想要表達的情感，如電影場景一般，每一個道具、每一個畫面都起了決定性的作用，溫庭筠以含蓄筆法寫景語，卻也全是情語。夏承燾所謂「密而隱」即是。

溫庭筠確實是將詞體由民間轉入文人創作的一代大家，他以暗示、聯想的手法，將五言、七言所不能言盡的情感寫入詞中；然他過分重視形式，因此倍受批評。夏承燾云：

> 他（溫庭筠）過分講究文字聲律，因而產生了許多流弊，使詞這種新文學趨向格律化，使它成為文人的專用品，逐漸遠離人民。同時，

〔註4〕〔後晉〕劉昫等：《舊唐書·溫庭筠傳》（臺北：鼎文書局新校本，1985年3月），卷190，頁5079。

〔註5〕曾昭岷、王兆鵬等編：《全唐五代詞》，上冊，頁104。

〔註6〕曾昭岷、王兆鵬等編：《全唐五代詞》，上冊，頁123。

由於文人的階級意識和生活的限制，作品內容日益空虛，遠不及敦煌民間詞的廣博深厚。這是溫庭筠的缺點，也是後來花間派詞的缺點。　（《唐宋詞欣賞》，冊 2，頁 626）

夏承燾論詞絕句評溫庭筠云：

朱門鶯燕唱花間，紫塞歌聲不慘顏。昌谷樊川搖首去，讓君軟語作開山。　（《瞿髯論詞絕句》，冊 2，頁 518）

溫庭筠作為花間派的開山詞人，風格濃豔婉媚，為繡幌佳人所喜，朱門之內人人爭唱。與溫庭筠同時，年長數歲的晚唐詩人李賀（790～816 年，字長吉，有《昌谷集》）、杜牧（803～852，字牧之，號樊川，有《樊川集》）兩人，詩風均較溫庭筠開闊，夏承燾以為用「軟語」寫歌詞，李、杜兩人均敬謝不敏，遂搖首而去，於是溫庭筠便成了此文體的開山祖。

韋莊同為沒落貴族之後，五十九歲中進士，晚年仕途始開，然在此之前，大半日子幾乎過著漂泊窮困的生活，奔走四方。《太平廣記》引《朝野僉載》稱之「數米而炊，秤薪而爨」。〔註 7〕如此經歷，也使得他的詞受到了民間作品的影響，而顯得直白抒情。詞如〈菩薩蠻〉：「人人盡說江南好。遊人只合江南老。春水碧於天。畫船聽雨眠。　鑪邊人似月。皓腕凝雙雪。未老莫還鄉。還鄉須斷腸」〔註 8〕，直寫江南風光，引人入勝，風格顯得疏朗明快。〈女冠子〉：「四月十七。正是去年今日。別君時。忍淚佯低面，含羞半斂眉。　不知魂已斷，空有夢相隨。除卻天邊月，沒人知」〔註 9〕，此闋韋莊寫情人別後的相思之情，情感直率，明白如話，與溫庭筠慣用的含蓄手法極為不同。又如〈思帝鄉〉：「春日遊。杏花吹滿頭。陌上誰家年少，足風流。　妾擬將身嫁與，一生休。縱被無情棄，不能羞」〔註 10〕，清・賀裳《皺水軒詞筌》論此闋云：「小詞以含蓄為佳，亦有作絕語而妙者。如韋莊『誰家年少足風流。……』之類是也。」〔註 11〕韋莊這類酣恣淋漓之作，與敦煌曲子詞「枕前發盡千般願，要休且待青山爛」（〈菩薩蠻〉）及漢代民間樂府「我欲與君相知，長命無絕衰」（〈上邪〉）那般真率坦白的風格相似；在晚唐五代文人詞鏤

〔註 7〕〔宋〕李昉等編：《太平廣記・廉儉》（北京：中華書局，1994 年 4 月），卷 165，頁 1210。

〔註 8〕曾昭岷、王兆鵬等編：《全唐五代詞》，上冊，頁 153。

〔註 9〕曾昭岷、王兆鵬等編：《全唐五代詞》，上冊，頁 169。

〔註 10〕曾昭岷、王兆鵬等編：《全唐五代詞》，上冊，頁 167。

〔註 11〕〔清〕賀裳《皺水軒詞筌》，唐圭璋：《詞話叢編》，冊 1，頁 697。

玉雕瓊、裁花剪葉的詞篇中，能有韋莊這類直抒胸臆、一吐為快之作，尤其亮眼，故夏承燾以「疏而顯」稱之。儘管韋莊仍有「獨上小樓春欲暮。愁望玉關芳草路。消息斷，不逢人，卻斂細眉歸繡戶。　　坐看落花空歎息。羅袂濕斑紅淚滴。千山萬水不曾行，魂夢欲教何處覓」〔註12〕這類近似溫詞之作，然大體上論其創作氣息，仍有文人詞風與民間詞風之差別。此乃取決於他們兩人不同的生活遭遇。〔註13〕

此外，夏承燾尚指出「唐宋詞人兼擅詩詞兩種文學的，他的詞風往往和他的詩風相近似」（冊2，頁638），溫、韋二家即是代表。溫庭筠詩從梁陳宮體、六朝詩賦而來，講究對仗，字句雕琢，用語偏於濃豔，題材側重風情，往往以含蓄隱晦之筆法，道出深沉幽靜之情感。如〈湘宮人歌〉：「池塘芳草溼，夜半東風起。生綠畫羅屏，金壺貯春水。黃粉楚宮人，芳花玉刻鱗。娟娟照棋燭，不語兩含矉。」〈照影曲〉：「景陽妝罷瓊窗暖，欲照澄明香步懶。橋上衣多抱彩雲，金鱗不動春塘滿。黃印額山輕為塵，翠鱗紅稗俱含矉。桃花百媚如欲語，曾為無雙今兩身。」〔註14〕溫庭筠擅長將客觀物象與深沉情感融為一體，呈現出一種不動聲色的靜態美。其詩風如此，詞風亦是如此。韋莊詩相對溫庭筠而言，則顯得樸素平直，用語淺白如話，內容則善於抒情。其膾炙人口的〈秦婦吟〉與白居易〈長恨歌〉、〈琵琶行〉風格近似。〈秦婦吟〉乃藉長安婦人口吻，描寫黃巢攻占長安以後發生的戰亂，抒發了韋莊目睹黃巢之亂，與親人一度失散後的心路歷程。句中「家家流血如泉沸，處處冤聲聲動地。舞伎歌姬盡暗捐，嬰兒稚女皆生棄」〔註15〕，如實道出戰亂之後的蕭條與悲痛，這是在溫庭筠詩詞中，怎麼也見不到的現實寫照。夏承燾謂「端己詩學白居易」（〈韋端己年譜〉〔註16〕，冊1，頁3），據《太平廣記》：「韋莊幼時，常在華州下邽縣僑居，多與鄰巷諸兒會戲。及廣明亂後，再經舊里。追思往事，但有遺蹤，因賦詩以記之。又途次逢李氏諸昆季，亦

〔註12〕曾昭岷、王兆鵬等編：《全唐五代詞》，上冊，頁171。

〔註13〕夏承燾：《夏承燾集・唐宋詞欣賞》，冊2，頁628。

〔註14〕溫庭筠〈湘宮人歌〉、〈照影曲〉，見〔清〕清聖祖敕撰：《全唐詩》（臺北：明倫出版社，1971年10月），卷575，冊9，頁6697～6698。

〔註15〕韋莊〈秦婦吟〉，見陳尚君輯：《全唐詩補編》，頁36。

〔註16〕夏承燾於1929年著手撰〈韋端己年譜〉之際，恰逢陳思亦有〈韋浣花年譜〉，因之中輟；1932年陳思過世後，謝玉岑從其家乞得手稿郵示夏承燾，僅是十餘頁草創未成之作。夏承燾遂整理舊稿，重寫〈韋端己年譜〉。夏承燾：《夏承燾集・唐宋詞人年譜・韋端己年譜》，冊1，頁30。

嘗賦感舊詩。」〔註17〕韋莊〈下邽感舊〉云：「昔為童稚不知愁，竹馬閒乘繞縣遊。曾為看花偷出郭，也因逃學暫登樓。招他邑客來還醉，儻得先生去始休。今日故人何處問，夕陽衰草盡荒丘。」〔註18〕下邽（今陝西渭南縣附近）同為白居易故里，韋莊詩學白居易，固因身世相近，幼時環境感染之故。

二、馮延巳

五代詞以西蜀、南唐為兩大中心，前者多承溫、韋而來，以《花間集》為西蜀詞人作品之集結；後者以馮延巳（903～960，字正中）、李璟（916～961，字伯玉）、李煜（937～978，字重光）鼎足而立，填詞不向花間詞人取徑，而是自成一格，《人間詞話》云：「馮正中詞雖不失五代風格，而堂廡特大，開北宋一代風氣。與中後二主詞皆在花間範圍之外。」〔註19〕

夏承燾對於南唐君臣的研究甚早，於 1928 年確定治學方向後，即翻閱史書及各家別集，以考訂詞人著述，李煜、馮延巳二家均在所列書目之中。〔註20〕對於南唐君臣年譜之編纂，則自 1934 年 8 月 31 日始。《日記》載：

> 二主年譜自八月卅一著手，逾時半月，而舊輯事實猶未排比定妥，本月殆難脫稿。予為各詞人譜，皆詳於考索行事，錙銖不遺。二主遺聞最多，當有所去取以見義例。大約中主詳於拓境致敗，有南唐不振之因。後主詳於事宋苦心及二后奢華情狀，附列馮正中事，則詳其保大、昇元間宋齊丘、陳覺、馮氏兄弟與韓熙載、江文蔚、常夢錫、徐鉉門戶黨派之爭。二主史實，人所熟聞。正中此節，治詞者所罕知，當暢發之。（1934 年 9 月 16 日，冊 5，頁 319～320）
> 夜改馮正中年譜畢。自去年八月卅一日與南唐二主年譜同時著手，幾五閱月矣，甚殫心力，詞人各譜，最愛此種。　（1935 年 1 月 24 日，冊 5，頁 358）

夏承燾原計畫將馮延巳行實，附列於南唐二主年譜之後，但馮延巳及黨派之爭的來龍去脈，為人所罕知，夏承燾遂於《南唐二主年譜》之外，獨立編纂《馮正中年譜》，以暢明始末。年譜編纂過程甚為辛苦，如 1934 年 10 月 31 日《日記》載：「作正中、二主年譜。繙書一、二小時，落筆只得百餘字，辛

〔註17〕〔宋〕李昉等編：《太平廣記‧幼敏類》，卷 175，頁 1306。
〔註18〕〔清〕清聖祖敕撰：《全唐詩》，卷 700，冊 10，頁 8054。
〔註19〕〔清〕王國維《人間詞話》，唐圭璋：《詞話叢編》，冊 5，頁 4243。
〔註20〕夏承燾：《夏承燾集‧天風閣學詞日記》1928 年 7 月 23 日，冊 5，頁 7。

勤甚矣。」（冊 5，頁 332）1934 年 12 月 30 日「作後主年譜。平均每日只得一頁，用心甚勞，不敢多也。」（冊 5，頁 351）1935 年 2 月 11 日「改南唐二主年譜三本完。自去年八月卅一日與馮正中年譜同時著手，逾時六月餘，上半太繁，可刪削者尚多。」（冊 5，頁 363）《馮正中年譜》於 1935 年 4 月發表於《詞學季刊》第 2 卷第 3 號；《南唐二主年譜》於 1935 年 7 月至 1936 年 9 月陸續發表於《詞學季刊》第 2 卷第 4 號、第 3 卷第 1 號至 3 號。〔註 21〕南唐君臣中，夏承燾用心最多者，蓋屬馮延巳與李煜。

　　夏承燾評論馮延巳其人其詞，蓋有二端：一是為馮延巳人品翻案；二為闡明馮延巳的詞學成就。夏承燾《馮正中年譜·後記一》云：

> 馮煦為四印齋刊本《陽春集》序，謂其「俯仰身世，所懷萬端，揆之六義，比興為多。其憂生念亂，意內言外，跡之唐五季之交，猶韓致堯之於詩」。張惠言《詞選》則斥其專蔽固嫉，又敢為大言，謂「〈蝶戀花〉數章，蓋為排間異己而作」。陳文焯《白雨齋詞話》，雖極稱其詞忠愛纏綿，而亦鄙其人為無足取。予嘗細讀《陽春集》及《南唐書》，以為馮煦阿其宗人，且以讀唐詩者讀唐詞，比正中於韓偓，固近於譽；張陳惑於南唐朋黨攻伐之辭，斥為憸夫，亦屬過詆。
>（冊 1，頁 69～70）

> 茲排比正中行年，並考南唐孫晟，宋齊丘黨獄之曲折，偶亦訂正通鑑及馬陸兩家書之失照。世之治南唐史事者，倘或有所取裁，不僅匡張陳諸家之邊見而已也。　（冊 1，頁 70）

關於馮延巳生平，最早見於史虛白次子某〔註 22〕所撰的《釣磯立談》。至宋代，歐陽脩《新五代史》、司馬光《資治通鑑》、馬令、陸游二家《南唐書》等均受其影響，其中又以《資治通鑑》及二部《南唐書》為要。史學家筆下的馮延

〔註 21〕夏承燾在投稿《詞學季刊》之前，係有意將《南唐二主年譜》寄予開明書店出版。見 1935 年 7 月 16 日《日記》載「發南唐二主年譜校樣，寄開明書店葉聖陶」（冊 5，頁 394）；1937 年 1 月 16 日《日記》載「昨榆生寄來新刻黃季剛目知錄札記及二主年譜校稿，校過即寄開明書店。」（冊 5，頁 488）

〔註 22〕《釣磯立談》一卷，作者或題南唐·史虛白、或論定為其次子作。〔清〕紀昀等編：《四庫全書總目提要》（石家莊：河北人民出版社，2000 年 3 月），卷 66，頁 1785。〔宋〕史虛白子某：《釣磯立談》（北京：中華書局，1985 年《叢書集成初編》），頁 30。〔宋〕龍袞《江南野史》，見《中國野史集成》委員會、四川大學圖書館編：《中國野史集成》（成都：巴蜀書社，1993 年 11 月），冊 4，卷 8，頁 567。

巳，人際交游方面，是結黨營私、狎侮朝士，素有「五鬼」之稱；政治才能方面，是諂佞妄誕、躁進無能、苛政暴斂、重失民心。〔註23〕《釣磯立談》載「及宋子嵩用意一變，群憸人乘資以聘，二馮、查、陳遂有五鬼之目。望風塵而投款者，不可以數計。」〔註24〕司馬光《資治通鑑》載：「宋齊丘待陳覺素厚，唐主亦以覺為有才，遂委任之。馮延巳、延魯、魏岑，雖齊邸舊僚，皆依附覺，……。更相汲引，侵蠹政事，唐人謂覺等為『五鬼』。」〔註25〕《釣磯立談》中的「五鬼」，指宋齊丘、馮延巳、馮延魯、查文徽、陳覺五人。其後《新五代史》、《資治通鑑》、馬令及陸游《南唐書》等，均載《釣磯立談》五鬼說，不同的是，除原本五人外，又加上魏岑一人，而宋齊丘為此五鬼之首。南唐「五鬼」奸險狡詐，專攻心計，其「邪佞用事」、「侵蠹政事」、「侵損時政」之舉措，歷代史籍自當不留情面的嚴厲攻擊，馮延巳在政治上的惡名因而遠播。如馬令《南唐書》載：「元宗多與宗戚近臣曲宴，如馮延巳、陳覺、魏岑之徒，喧笑無度，景達每呵責之。」〔註26〕陸游《南唐書》論曰：「延巳負其材藝，狎侮朝士。」〔註27〕馮延巳交結朋黨，與宋齊丘、陳覺諸人工於心計、狎侮朝士、排斥眾臣。朝中江文蔚、常夢錫等人，則以陰險弄權，壅塞聰明，排斥忠良，勾結群小等罪名彈劾之。史書中的馮延巳，同時也與孫晟、韓熙載一黨針鋒相對。如《資治通鑑》載：「晟素輕延巳，謂人曰：『金盃玉盌，乃貯狗屎乎！』」〔註28〕《宋史・韓熙載傳》記載：「韓熙載……，李昇僭號，為祕書郎，令事其子景於東宮。景嗣位，遷虞部員外郎、史館修撰。熙載自言：『受昇知遇，不得顯位，是以我屬嗣君也。』遂上章，言事切直，景嘉納之。又改吉凶儀禮不如式者十數事，大為宋齊丘、馮延巳所忌。」〔註29〕

　　以上所述，均為史籍所載，夏承燾考訂馮延巳生平，卻為其政治表現與

〔註23〕薛乃文：《馮延巳詞接受史》（臺北：花木蘭出版社，2012年3月），下冊，「馮延巳詞的批評接受——人品與詞品」，頁167～187。

〔註24〕〔宋〕史虛白子某：《釣磯立談》，頁11、15。

〔註25〕〔宋〕司馬光：《資治通鑑》（北京：中華書局，1996年7月），卷283，頁9249。

〔註26〕〔宋〕馬令：《南唐書》（北京：中華書局，1985年《叢書集成初編》），卷7，頁49。

〔註27〕〔宋〕陸游：《南唐書》（北京：中華書局，1985年《叢書集成初編》），卷11，頁238。

〔註28〕〔宋〕司馬光：《資治通鑑》，卷290，頁9476。

〔註29〕〔元〕脫脫等撰：《宋史》（臺北：鼎文書局新校本，1983年11月），卷478，頁13866。

人格品行翻案。夏承燾《馮正中年譜》有云：

> 宋人野記之述南唐事者，《釣磯立談》外，有龍袞《江南野史》、陳
> 彭年《江南別錄》、鄭文寶《江表志》、闕名《江南餘載》、闕名《五
> 國故事》及路振《九國志》六種。而除《釣磯立談》外，無有苛論
> 正中者。　（冊 1，頁 37）

《資治通鑑》、《南唐書》所錄馮延巳相關記載，多根據《釣磯立談》而來，然
翻閱相關野史，除《五國故事》及《九國志》不載馮延巳事外，《江南野史》
確實沒有《釣磯立談》那般洋洋灑灑之論。夏承燾指出三點，其一云：

> 鄭文寶南唐舊臣，其《江表志》自序，謂徐鉉、湯悅之《江南錄》，
> 事多遺落，筆削不無高下。因以耳目所及，補其遺漏。其書之詳慎
> 可知。嘗誚《江南錄》不罪宋齊丘為失直筆，其於兩黨無偏阿又可
> 知。今書中於齊丘、陳覺、李徵古等皆無恕辭，獨無一語及正中。
> （冊 1，頁 38）

筆者查鄭文寶《江表志》所載，夏承燾所言甚是。又鄭文寶《南唐近事》，僅
錄二則與馮延巳相關史料，謂：「馮延巳鎮臨川，聞朝議已有除替，一夕夢通
舌生毛。翊日有僧解之曰：『毛生舌間，不可剃也，相公其未替乎？』旬日之
間，果已寢命。」又謂：「常夢錫為翰林學士，剛直不附，貴近側目。或謂曰：
『公罷直私門，何以為樂？』常曰：『垂幬痛飲，面壁而已。』蓋馮、魏擅權之
際也。」〔註30〕其中並無偏激之語。其二云：

> 闕名之《江南餘載》，即以鄭文寶《江表志》為稿本。……止謂正中
> 以舊恩至顯。　（冊 1，頁 38）

今見《江南餘載》云：「馮延巳自元帥府掌書記，為中書侍郎，登相位時論少
之。延魯之敗，御史中丞江文蔚上疏請黜延巳，上曰：『相從二十年賓客故寮，
獨此人在中書，亦何足怪，雲龍鳳虎自古有之，且厚於舊人，則於斯人亦不
得薄矣。』」〔註31〕馮延巳之記載，僅此而已。其三云：

> 陳彭年十餘載即與後主子仲宣游處，於南唐時事，見聞必真。其《江
> 南別錄》謂：「延魯急於趨進，欲以功名圖重位，乃興建州（閩）之
> 役，延巳曰：『是以文行飾身，忠信事上，何用行險以要祿。』延魯

〔註30〕〔宋〕鄭文寶：《南唐近事》（北京：中華書局，1985 年《叢書集成初編》，冊
　　　　3856），頁 10、13。
〔註31〕〔宋〕闕名：《江南餘載》，見《中國野史集成》，冊 4，頁 421～422。

曰：『兄自能如此，弟不能憒憒待尋資宰相也。』」　　（冊1，頁38）
《江南別錄》載馮延巳與馮延魯兩兄弟之對話，凸顯馮延魯急於趨進，以圖
名利之事，對於馮延巳，則沒有半句批判。夏承燾最後云：

> 合此之推，正中之為人，約略可知。其餘朋黨攻伐之辭，則應存疑
>
> （冊1，頁38）

夏承燾替馮延巳人格翻案，認為《釣磯立談》所論，乃出自朋黨攻伐之辭，不
可盡信，而司馬光、歐陽脩、馬令、陸游等人，卻不明所以，大多依據《釣磯
立談》定論，難免受其侷限。

夏承燾謂「前人論正中詞者，往往兼及其為人」，最早兼論馮延巳人品與
其文學成就者，一為宋代徐鉉，一為宋代陳世脩。徐鉉論曰：「某官馮延巳，
君子之儒，多文為富，發之為直氣，播之為雄文。」〔註32〕徐鉉時代與馮延
巳同時，強調馮延巳「君子之儒」的風範，肯定馮延巳的人格品行，與諸多史
籍所載「諂佞小人」之說大相逕庭。在君子之儒的人格基礎上，徐鉉又稱馮
延巳「發之為直氣，播之為雄文」的創作精神，是君子之所為，全然給予馮延
巳最高的評價。陳世脩為《陽春集》作序，論之云：

> 公以金陵盛時，內外無事，朋僚親舊，或當燕集，多運藻思，為樂府
> 新詞，俾歌者倚絲竹而歌之，所以娛賓而遣興也。日月寖久，錄而成
> 編。觀其思深辭麗，均律調新，真清奇飄逸之才也。噫，公以遠圖長
> 策翊李氏，卒令有江介地，以居鼎輔之任，磊磊乎才業何其壯也。及
> 乎國已寧，家已成，又能不矜不伐，以清商自娛，為之歌詩以吟詠性
> 情，飄飄乎才思何其清也。核是之美，萃之於身，何其賢也。〔註33〕

陳世脩〈序〉稱馮延巳「居鼎輔之任，磊磊乎才業何其壯也」、「為之歌詩以吟
詠性情，飄飄乎才思何其清也」，〈序〉末又云「核是之美，萃之於身，何其賢
也」，認為馮延巳才業磊壯、才思清飄，美德萃於一身，全面肯定馮延巳的人
品與詞品。

迄至清代，對於馮延巳人品與詞品之論題，看法各異。如馮煦（1842～？）
〈陽春集序〉云：

〔註32〕〔清〕董誥：《欽定全唐文》（臺北：文友書局，1972年8月），卷879，「駕
　　　　部郎中馮延巳兼起居郎屯田郎中閻居常兼起居舍人制」條，頁11596。
〔註33〕〔宋〕陳世脩〈陽春集序〉，見〔清〕王鵬運刊刻：《陽春集》「四印齋」本（上
　　　　海：上海古籍出版社，2002年3月《續修四庫全書》），頁278。

翁俯仰身世，所懷萬端，繆悠其辭，若顯若晦。揆之六藝，比興為
多。……其旨隱，其詞微，類勞人思歸，羈臣屏子，鬱伊惝怳之所
為。

馮煦以「勞人思歸、羈臣屏子」比喻馮延巳詞，認為馮延巳因懷有家國身世之
慨，故其詞始能義兼比興、若隱若晦，此乃鬱伊惝怳之詞人作為。馮煦又云：

周師南侵，國勢岌岌，中主既眛本圖，汶闇不自強，強鄰又鷹瞵而
鶚睨之，而務高拱，溺浮采，芒乎芴乎，不知其禍及也。翁具才略，
不能有所匡救，危苦煩亂之中，鬱不自達者，一於詞發之。其憂生
念亂，意內而言外，跡之唐五季之交，韓致堯之於詩，翁之於詞，
其義一也。世亶以靡曼目之，誣巳。〔註34〕

馮煦自馮延巳所處的南唐局勢切入，從政治危急之局面，談到君王昏眛無能、
高拱享樂。馮延巳身處危苦煩亂之中，憂生念亂，發於詞而意內言外，有所
寄託，將馮延巳比之於韓偓（844～923，字致堯），謂馮延巳「所懷萬端，繆
悠其辭」，能在危苦煩亂、鬱不自達之際，發之於詞，有韓偓「志節皎皎」之
美德。文末，馮煦斥責世人誣蔑馮延巳之眼光，卻僅一語帶過。針對馮煦之
論，夏承燾以為馮煦有「阿其宗人」之嫌，且「比正中於韓偓，固近於譽」
也。

次如張惠言（1761～1802）論馮延巳〈鵲踏枝〉（誰道閑情拋擲久、幾日
行雲何處去、六曲闌干偎碧樹）三闋云：

忠愛纏綿，宛然〈騷〉、〈辨〉之義。延巳為人，專蔽嫉妒，又敢為
大言。此詞蓋以排間異己者，其君之所以信而弗疑也。〔註35〕

張惠言提出「意內言外」、「比興寄託」之詞論，指出詞體本是里巷歌謠、男女
相詠之作，是緣情而發，通過微言，而達到感染的作用，此乃賢人君子性情
之正，儒家教化下的文學產物，故張惠言強調詞體創作，是道德規範下「幽
約怨悱」的自然抒發。基於此論點，張惠言解讀馮延巳〈鵲踏枝〉諸闋，點名
馮延巳專蔽善妒、大言不慚之短，實與「賢人君子」之說不同，然最後卻以君
臣相惜之情、寄託比興之說，賦予馮延巳詞「忠愛纏綿」、「騷辨之義」的高度
評價，論定其詞為「排間異己之作」。張氏之論，言過其實，難免牽強。再如
陳廷焯《白雨齋詞話》云：

〔註34〕〔清〕馮煦〈陽春集序〉，〔清〕王鵬運刊刻《陽春集》「四印齋」本，頁277。
〔註35〕〔清〕張惠言：《詞選》（臺北：廣文書局，1979年6月），卷1，頁21。

馮正中〈蝶戀花〉四章，忠愛纏綿，已臻絕頂。然其人亦殊無足取，
尚何疑於史梅溪耶。詩詞不盡能定人品，信矣。〔註36〕

陳廷焯一方面肯定其詞忠愛纏綿，臻於絕頂的藝術價值，一方面提出詞人道
德不高，無足取焉的事實，以呼應其所謂「詩詞不能盡定人品」〔註37〕的詞
學觀念。馮延巳與史達祖正是詞品高而人品低之例。〔註38〕張惠言、陳廷焯
等常州詞派論詞，強加附會比興寄託之義，以達到政治寓意的功用。故賦予
馮詞「忠愛纏綿」、「騷辨之義」的高度評價。對照其人品，則是惑於朋黨攻伐
之辭的影響，而責斥馮延巳為憸夫。夏承燾卻視之為譸訛不實之論。

　　至於馮延巳的詞學成就，夏承燾指出：

詞到南唐一班文人手中，就多多少少表現一些士大夫的思想感情，
這就超出於花間詞的豔科綺語。……他的《陽春集》裡，這類句子
還不少，如〈鵲踏枝〉「公子歡筵猶未足，斜陽不用相催促」，〈菩薩
蠻〉「和淚試嚴妝，落梅飛曉霜」等等。這些詞外表雖然都還是寫男
女情愛，卻另有寓意。

馮煦謂馮延巳「俯仰身世，所懷萬端，繆悠其辭，若顯若晦。」就
是說延巳詞頗多「旨隱詞微」之作。　　（冊2，頁648）

馮延巳身為一國之相，位於統治階級之列，過著歌酒昇平的生活，然其詞卻
另有寓意，故有「旨隱詞微」之評論。近代張爾田（1874～1945）於〈曼陀羅
龕詞序〉云：

正中身仕偏朝，知時不可為，所為〈蝶戀花〉諸闋，幽咽惝恍，如
醉如迷，此皆賢人君子不得志發憤之所為作也。〔註39〕

〔註36〕　〔清〕張惠言：《詞選》，卷5，頁3894。

〔註37〕　〔清〕陳廷焯《白雨齋詞話》提出「詩詞原可觀人品，而亦不盡然」之觀點，
認為詩、詞可觀人品，卻不全如此的觀點，或有詞品高而人品低，或有詞品
低而人品高者。見唐圭璋編：《詞話叢編》，冊4，卷5，「詩詞與人品」，頁
3894。

〔註38〕　《白雨齋詞話》云：「獨怪史梅溪之沉鬱頓挫，溫厚纏綿，似其人氣節文章，
可以並傳不朽；而乃甘作權相堂吏，致與耿檉、董如璧輩並送大理，身敗名
裂。其才雖佳，其人無足稱矣。」見唐圭璋編：《詞話叢編》，冊4，卷5，頁
3894。

〔註39〕　〔清〕張爾田〈曼陀羅龕詞序〉，見〔清〕沈曾植著：《曼陀羅龕詞》（民國14
年（1925）商務印書館排印本）。另參史雙元編：《唐五代詞紀事會評》（合肥：
黃山書社，1995年12月），頁595～596。朱孝臧編、張爾田補錄：《滄海遺
音集》（臺北：世界書局，1962年），頁1。

張爾田通過〈蝶戀花〉數闋的觀察，認為此乃馮延巳身處偏朝，不逢時遇之作，即是此位賢人君子不得志時，發憤而為的作品，詞中所蘊含的幽咽惝悅之情，正是馮延巳政治生涯中，無奈又悲淒的真切寫照。這般富有士大夫階級情感的填詞風格，擺脫花間窠臼，下啟北宋詞風。沈雄《蓉城集》即云：「《陽春詞》尚饒蘊藉，堪與李氏齊驅。」〔註40〕南唐詞人中，以詞學風格論之，李煜、馮延巳可謂並駕齊驅，然若以詞學發展論之，馮延巳實當之無愧。馮煦〈陽春集序〉云：「詞雖導源李唐，然太白、樂天興到之作，非其專詣。逮及季葉，茲事始鬯。溫、韋崛興，專精令體。南唐起於江左，祖尚聲律。二主倡於上，翁（馮延巳）和於下，遂為詞家淵藪。」〔註41〕陳秋帆《陽春集箋·自序》云：「推本言之，當時詞人，求其風格高軼，含蓄蘊藉，堂廡特大，為宋人楷模，應推延巳。北宋諸賢，得其一端，足以名世。」〔註42〕王強《唐宋詞講錄》亦云：「他（馮延巳）承前人傷春怨別的小詞之傳統，又開有宋一代之風氣，是個詞史上承先啟後的人物。」〔註43〕推崇之極可見矣。

　　夏承燾於《唐宋詞欣賞》中引劉熙載《詞概》論及馮延巳承先啟後的詞學成就，所謂「馮延巳詞，晏同叔得其俊，歐陽永叔得其深。」〔註44〕晏、歐二家沾溉馮延巳詞風，前者得馮延巳之俊朗，後者得馮延巳之深婉。唯晏、歐二家創作個性、審美情趣不同，得益處亦不盡相同。晏殊生長於太平盛世，過著雍容安逸的生活，其詞有一種嫻靜幽美的風度、溫潤富貴的氣象，晏殊捕捉到馮詞「俊」的表現，並非巧合，而是詞人創作個性使然。歐陽脩與晏殊同是江西人，就地域言，同屬一派，直承馮延巳詞風。然歐陽脩生平際遇與晏殊大大不同，雖貴為一代儒宗，卻缺少晏殊達觀圓融的處事態度，常因直言論事遭到貶謫，發之於詞，便形成了不同於晏殊的詞風。劉熙載謂歐陽脩得馮詞之深，「深」即是一種深摯婉切的風格。劉熙載分別指出晏殊、歐陽脩二家詞的風格特色，然無論俊朗或深婉，均出自南唐馮延巳一家，馮詞之於宋初晏、歐的影響，脈絡分明，夏承燾謂「北宋詞風，實承

〔註40〕〔清〕毛師彬《蓉城集》，見收於《古今詞話·詞評》，唐圭璋：《詞話叢編》，冊1，卷上，頁972。

〔註41〕〔清〕馮煦〈陽春集序〉，見〔清〕王鵬運刊刻：《陽春集》「四印齋」本，頁277。

〔註42〕陳秋帆：《陽春集箋·自序》（民國二十二年（1933）南京書店排印本），頁1。

〔註43〕王強：《唐宋詞講錄》（北京：崑崙出版社，2003年3月），頁12。

〔註44〕〔清〕劉熙載《詞概》，唐圭璋：《詞話叢編》，冊4，頁3689。夏承燾《夏承燾集·唐宋詞欣賞》，冊2，頁647。

南唐遺緒」（冊2，頁647）是矣。

三、李煜

　　李煜（937～978，字重光，號鍾隱）詞風有前、後二期之別。前期長於宮中，二十五歲嗣位於金陵，縱豪奢、耽聲色，享盡榮華，詞中自有富貴氣。如〈玉樓春〉「晚妝初了明肌雪。春殿嬪娥魚貫列」、〈菩薩蠻〉「畫堂南畔見。一向偎人顫。奴為出來難。教君恣意憐」〔註45〕，內容均是描寫宮廷娛樂、豔情的生活，與西蜀花間詞無太大差異。李煜四十歲時面臨國破家亡，淪為階下囚，終日以淚洗面，詞中盡是家國血恨。如〈虞美人〉「春花秋月何時了。往事知多少」、〈烏夜啼〉「剪不斷。理還亂。是離愁。別是一番滋味在心頭」、〈清平樂〉「離恨恰如春草，更行更遠還生」。〔註46〕李煜一身文采，卻生於帝王之家，不通政治，卻沉淪於政治的硝煙之中。王國維《人間詞話》謂：「詞人者，不失其赤子之心者也。故生於深宮之中，長於婦人之手，是後主為人君所短處，亦即為詞人所長處。」〔註47〕在面對生命的坎坷，他能以率真的性情、悲涼的語調，道出他所思所想的故國。夏承燾〈南唐詞〉云：

　　　　李煜後半生所作的這些詞，是以前文人詞從來不曾有過的作品，這
　　　　不僅是李煜個人作品的大轉變，也是晚唐五代整個文人詞的大轉
　　　　變。　　（《唐宋詞欣賞》，冊2，頁645）

觀晚唐、五代以來詞體發展，詞中抒情成分越來越濃厚，李煜尤其明顯，蓋決定於作者本身的實際遭遇，而有前人所沒有的生命體悟。夏承燾又云：

　　　　民間詞自晚唐轉入文人手中之後，一二百年以來，逐漸向麗詞方向
　　　　發展，幾乎走向末路。把它救拔出來，以詞作為抒情的工具，帶它
　　　　重新走上抒情的道路並提高詞的地位的，在韋莊以後，李煜功績可
　　　　算是最大。　　（《唐宋詞欣賞》，冊2，頁645）

夏承燾認為詞一旦失去作者真摯的情感，而傾向於雕琢華麗的外在形式，將是詞體發展的末路。而李煜係繼韋莊之後，重新讓詞走上抒情的道路上，使詞體地位逐漸攀高的關鍵人物。

　　夏承燾《瞿髯論詞絕句》論李煜詞云：

〔註45〕曾昭岷、王兆鵬等編：《全唐五代詞》，上冊，頁759、754。

〔註46〕曾昭岷、王兆鵬等編：《全唐五代詞》，上冊，頁741、767、747。

〔註47〕〔清〕王國維《人間詞話》，唐圭璋：《詞話叢編》，冊5，頁4242。

櫻桃落盡破重城，揮淚宮娥去國行。千古真情一鍾隱，肯拋心力寫
詞經。　　（冊2，頁521）

夏承燾於1930年11月24日《日記》作有〈秋日理書，各題一絕〉八首論詩、
論詞之絕句，其中論李煜云：「櫻桃落後破重城，揮淚宮娥別國行。千古真情
一鍾隱，誰鐫心血寫詞經。」（冊5，頁172）正是此首論詞絕句的原型。《苕
溪漁隱叢話》引《西清詩話》云：「南唐後主圍城中作長短句，未就而城破。
『櫻桃落盡春歸去，蝶翻金粉雙飛。子規啼月小樓西。曲欄金箔，惆悵卷金
泥。　　門巷寂寥人去後，望殘煙草低迷。』余嘗見殘稿，點染晦昧，心方危
窘，不在書耳。」〔註48〕開寶八年（975年）十一月二十七日夜半，南唐國都
金陵被攻破，李煜被擄為人質，禁錮於宋室。李煜去國時作〈破陣子〉：「四十
年來家國，三千里地山河。鳳閣龍樓連霄漢，瓊枝玉樹作煙蘿。幾曾識干戈。
一旦歸為臣虜，沈腰潘鬢消磨。最是倉皇辭廟日，教坊猶奏別離歌。垂淚對
宮娥。」〔註49〕由南唐建國寫到亡國，由輝煌歲月寫到落魄的囚徒生涯，末
句「最是倉皇辭廟日，教坊猶奏別離歌。垂淚對宮娥」，將李煜的悔恨、痛苦、
無奈、徬徨娓娓道盡。

夏承燾另一首論詞絕句云：

淚泉洗面枉生才，再世重瞳遇可哀。喚起溫韋看境界，風花揮手大
江來。　　（冊2，頁521）

《新五代史》稱李煜為「一目重瞳子」。〔註50〕宋‧王銍《默記》卷下載李煜
降宋後，曾寫信給舊宮人云：「此間日夕，只以眼淚洗面」〔註51〕足見南唐滅
亡後李煜的苦痛。李煜在政治上昏庸無度，但在文學上卻有「詞中之帝」的
美名。降宋之後的作品，哀傷身世，自訴衷曲，把詩歌言志抒懷的傳統引進
詞中，「恰似一江春水向東流」（〈虞美人〉），洗盡了宮體娼風，卸去了風月脂
粉，跳脫了花間詞人用於宴席應歌、樂筵按曲的窠臼。李煜以自身經歷和生
活體悟，一字一句，如泣如訴地道出家國之慨、身世之哀。夏承燾〈唐宋詞發

〔註48〕〔宋〕胡仔《苕溪漁隱叢話》引《西清詩話》，唐圭璋：《詞話叢編》，冊1，
　　　頁161。
〔註49〕曾昭岷、王兆鵬等編：《全唐五代詞》，上冊，頁764。
〔註50〕〔宋〕歐陽脩撰、徐無黨注：《新五代史附十國春秋》（臺北：鼎文書局新校
　　　本，1980年10月），卷62，頁777。
〔註51〕〔宋〕王銍《默記》引龍袞《江南錄》（臺北：木鐸出版社，1982年5月），
　　　卷下，頁44。

展的幾個階段及其風格〉云：

> 他超越了花間派，而直接繼承唐代民間抒情詞和盛唐絕句的傳統，
> 來寫他哀怨殘酷的生活經歷。　（《詞學論札》，冊 8，頁 90）

與溫庭筠、韋莊等晚唐五代詞家相較，後主詞的境界更加開闊，已非「豔科」所能涵蓋。《人間詞話》說：「詞至李後主而眼界始大，感慨遂深，遂變伶工之詞而為士大夫之詞。周介存置諸溫、韋之下，可謂顛倒黑白矣。『自是人生長恨水長東』、『落花流水春去也』，《金荃》、《浣花》，能有此氣象耶。」〔註52〕夏承燾甚至認為李煜下開蘇軾「大江東去」之豪放詞風。夏承燾亦指出「李煜詞的風格，和唐詩，尤其是和絕句有密切的關係」，特點有二：一為聲調諧婉不作拗體；二為詞意明暢不作隱晦語。李煜詞以明暢語言，抒寫個人生命體驗，如唐人絕句，感情真摯而又明白如話，如此直接的表達方式，可謂突破了花間詞派金雕玉琢而又含蓄蘊藉的藩籬。夏承燾〈南唐詞〉云：

> 他的詞擺脫了花間派的窠臼，創造了他自給的獨特風格。他不僅為
> 當時的詞打開了新的境界，而且對詞的發展起了很大的推動作用。
>
> （《唐宋詞欣賞》，冊 2，頁 646）

李煜詞改革了花間詞派擅於塗飾雕琢的流弊，用清麗的語言、白描的手法和高度的藝術渲染力，將情感真誠的表達出來，給人深刻的藝術感受。南唐詞發展至李煜筆下，已與花間詞風涇渭分明，詞人有意為之，將主體精神形之於筆墨。詞體的功能，也由歌者應歌之用，轉為文人遣懷之用，這是詞人對詞體功能不同於花間詞人的重新體現。

李煜在歷史上被視為一位亡國之君，但在詞壇的成就上，卻是詞中之帝。夏承燾〈唐宋詞敘說〉論曰：

> 李煜是用這種文學抒寫自己的感情、表現沒落貴族的悲哀的第一
> 人，尤其是他亡國之後。他用凝鍊樸摯的現實主義的藝術手法，把
> 詞從漸漸陷入浮豔深淵的境地裡救拔出來。他寫自己亡國後被迫害
> 的情況，也恰好反映了統治階級內部矛盾所產生的殘酷的事實。這
> 是李煜詞的歷史意義，也是它所以高出於當時一般文士作品的原
> 因。　（《詞學論札》，冊 8，頁 76）

王國維對李煜的評價甚高，以「神秀」評之，甚至比之釋迦、基督，《人間詞話》論之曰：

〔註52〕〔清〕王國維《人間詞話》，唐圭璋：《詞話叢編》，冊 5，頁 4242。

> 尼采謂：「一切文學，余愛以血書者」。後主之詞，真所謂以血書
> 者也。宋道君皇帝〈燕山亭〉詞亦略似之。然道君不過自道身世
> 之戚，後主則儼有釋迦、基督，擔荷人類罪惡之意，其大小固不
> 同矣。〔註53〕

李煜後期的作品，確實是抒寫亡國後血淚交織的心境，若比之有「釋迦、基督，擔荷人類罪惡之意」，夏承燾認為有過譽之嫌。1929 年 8 月 26 日《日記》載：

> 王靜安謂李後主詞「有釋迦、基督代人類負擔罪惡意」此語於重光
> 為過譽。　　（冊5，頁115）

李煜這位詞中之帝將人間的愁與恨一肩扛起，王國維將他比之釋迦、基督，本無不可，畢竟李煜所肩負的一己之悲恨，也正能呼應人類之悲恨。正如葉嘉瑩有云：「其實《人間詞話》的意思，不過是一種借喻的說法而已。……所謂『擔荷人類罪過』，亦不過喻言後主詞中所表現者雖為其個人一己之悲哀，然而卻足以包含了所有人類的悲哀，正如釋迦、基督以個人一己而擔荷了所有人類的罪惡。」〔註54〕王國維「罪過」二字下得太重，以致夏承燾誤讀王國維之意，而別有看法。

第二節　北宋初期詞人

夏承燾《瞿髯論詞絕句》論宋初詞風云：

> 九重心事共誰論，酒畔兵權語吞吐。說與玉田能信否，陳橋驛下有
> 詞源。　　（冊2，頁522）

「陳橋驛」係宋太祖趙匡胤發動兵變奪取後周政權的地方。西元 960 年，趙匡胤在趙普、石守信等策劃下，借口北漢和遼要會師南下，率軍北上防禦，行至陳橋驛，將士們把黃袍加諸於趙匡胤身上，擁立他作皇帝。夏承燾此絕句直指宋太祖趙匡胤執政後，為了鞏固政權，以杯酒釋兵權，消弭諸臣窺伺帝位之雄心，故勸石守信等將帥飲宴行樂，狎以歌女娼妓，以娛晚年。帝王政策上行而下效，與宋初詞風軟靡嫵媚不無關聯。就連身為隱士的林逋，也

〔註53〕〔清〕王國維《人間詞話》，唐圭璋：《詞話叢編》，冊5，頁4243。
〔註54〕葉嘉瑩：《唐宋詞名家論集·論溫庭筠、韋莊、馮延巳、李煜四家詞》（臺北：國文天地雜誌社，1987 年 11 月），頁98。

有〈相思令〉「君淚盈。妾淚盈。羅帶同心結未成。江邊潮已平」〔註55〕這般
豔體詞，足見當時詞壇風氣。故夏承燾論之云「誰與老逋和妍唱，南鄰忍笑
水仙王」（冊2，頁523），就連南鄰水仙王〔註56〕也忍俊不禁。然在北宋仍有
不少詞家擺脫軟靡詞風，值得夏承燾點頭稱道，以下分析之：

一、范仲淹

北宋仁宗即位後，國家逐漸轉強富為貧弱，表面上雖是一片升平景象，
時局卻是危機四伏；文學風氣仍然延續唐五代以來軟靡柔弱的餘息。因此慶
曆新政、古文運動紛紛起而抵制，詞壇風向，也一變低沉婉轉之調，而為慷
慨激昂之歌。范仲淹（989～1052，字希文，諡文正），北宋政治家、文學家、
軍事家，在朝推動慶曆新政，在邊關戍守國土，人稱「小范老子，胸中有數萬
甲兵」。金人元好問論之云：「文正范公，在布衣為名士，在州縣為能吏，在邊
境為名將，在朝廷則又孔子之所謂大臣者。求之千百年間，蓋不一二見，非
但為一代忠臣而已。」〔註57〕北宋寶元三年（1040），范仲淹自越州改任陝西
經略副使兼知延州（今陝西延安），擊抗西夏之際，有〈漁家傲〉詞數闋，內
容慷慨悲涼，道出邊地生活的艱辛，表現出范仲淹抵禦外患、報國立功的壯
烈情懷和思念家鄉的矛盾心情。今僅存一闋，詞云：「塞下秋來風景異。衡陽
雁去無留意。四面邊聲連角起。千嶂裡。長煙落日孤城閉。　　濁酒一杯家萬
里。燕然未勒歸無計。羌管悠悠霜滿地。人不寐。將軍白髮征夫淚。」〔註58〕
歐陽脩嘗譏為「窮塞主之詞」〔註59〕。夏承燾論詞絕句論范仲淹曰：

> 羅胸兵革酒難溫，未勒燕然夢叩閽。莫怪人嗤窮塞主，歌圍舞陣正
> 勾魂。　　（冊2，頁524）

〔註55〕唐圭璋編：《全宋詞》，冊1，頁7。

〔註56〕夏承燾《瞿髯論詞絕句・題解》引《西湖志纂》：「水仙王廟本伍子胥祠。胥
　　　　浮尸江上，吳人稱為水仙。見《越絕書》。……廣潤龍王廟，在寶石山。乾道
　　　　間安撫周淙徙於蘇堤第四橋，名水仙廟，遂以龍王為水仙矣。」後世亦以水
　　　　仙王為女神。（冊2，頁524）又參〔清〕梁詩正、沈德潛撰：《西湖志纂》（臺
　　　　北：臺灣商務印書館，1978年《四庫全書珍本》），卷3，頁34。

〔註57〕〔金〕元好問撰、姚奠中主編：《元好問全集・范文正公贊》（太原：山西人
　　　　民出版社，1990年6月），卷38，頁69。

〔註58〕〔宋〕范仲淹〈漁家傲〉，見唐圭璋編：《全宋詞》，冊1，頁11。

〔註59〕〔宋〕魏泰《東軒筆錄》：「范文正公守邊日，作〈漁家傲〉樂歌數闋，皆以
　　　　『塞下秋來』為首句，頗述邊鎮之苦，歐陽公嘗呼為『窮塞主之詞』。」（北
　　　　京：中華書局，1997年12月），卷11，頁126。

首二句「羅胸兵革酒難溫，未勒燕然夢叩闍」，點出范仲淹〈漁家傲〉，詞有
「濁酒一杯家萬里。燕然未勒歸無計」之句。塞外之地，寒風蕭瑟，滿目荒
涼，牧馬悲鳴，號角四起。范仲淹用漢朝大將竇憲大破北匈奴，窮追北單于，
登燕然山刻下「刻石勒功」而還〔註60〕之典，以示誓死殺敵之決心。范仲淹
奉命於危難之間，有家欲歸卻歸不得，然面對遠在萬里之外的故鄉，又是何
等的感慨與思念，一杯濁酒，是無法消弭內心的鄉愁。論詞絕句三、四句「莫
怪人嗤窮塞主，歌圍舞陣正勾魂」，點出五代、宋初以來，詞用以侑酒應歌的
娛樂功能，就連歐陽脩之作也是如此。在「綺筵公子、繡幌佳人」，醉生夢死
之間，范仲淹的邊塞詞，有如回歸至敦煌民間詞一般樸質寫實；在一片豔情
委靡中，當能異軍突起，而下開蘇軾、辛棄疾等豪放詞派之先聲。夏承燾〈唐
宋詞發展的幾個階段及其風格〉評論范仲淹云：

> 〈漁家傲〉「塞下秋來風景異」一首，以高騫風骨，寫他邊塞軍中的
> 真實生活，又能站在人民一邊，為被驅役的兵士作呼吁，他真正能
> 繼承民間詞的傳統（敦煌作品寫民族矛盾中兵士苦楚的很多）。在北
> 宋初期詞中，它是詞中一異彩，是蘇辛一派豪放詞的開端。　（《詞
> 學論札》，冊8，頁91）

夏承燾〈范仲淹的邊塞詞〉亦云：

> 他開始以唐人邊塞詩入詞，使詞從溫（庭筠）、馮（延巳）的宮廷豪
> 門，柳永的都會市場而擴大到邊塞的廣闊天地。文人詞中反映封建
> 時代人民被奴役的痛苦，具有很強的現實主義精神的，也始見於范
> 仲淹的作品。……北宋詞壇出現這樣感情深厚、氣概闊大的小令，
> 是五代以來婉約柔靡的詞風轉變的開端，是蘇軾、辛棄疾豪放詞的
> 先驅。　（《唐宋詞欣賞》，冊2，頁651）

從詞史角度看，范仲淹一掃花間派柔靡無骨的詞風，為蘇辛豪放詞導夫先路。
1938年3月22日《日記》載：

> 點范文正詞，高健清剛，為蘇辛開山。　（冊6，頁15）

但是對於詞體題材偏限於兒女相思、侑酒言歡的宋初詞壇而言，范仲淹的邊
塞詞似乎格格不入，而遭到歐陽脩譏為「窮塞主之詞」，這也是無可厚非的事
實。清·賀裳《皺水軒詞筌》針對此事論之曰「歐詞不如范詞」，又曰：

〔註60〕〔南朝宋〕范曄：《後漢書·竇融列傳》（臺北：鼎文書局新校本，1987年11
　　　　月），卷23，頁814。

> 宋以小令為樂府，被之管弦，往往傳於宮掖。范詞如「長煙落日孤
> 城閉，羌管悠悠霜滿地，將軍白髮征夫淚」，令「綠樹碧簾相掩映，
> 無人知道外邊寒」者聽之，知邊庭之苦如是，庶有警惕。此深得采
> 薇出車、楊柳雨雪之意。若歐詞止於諛耳，何所感耶。〔註61〕

《詩經》〈采薇〉一詩，寫西周時期一位飽嘗服役之苦的戍邊戰士，在歸途中
的所思所想。詩中表達士兵轉戰邊陲的艱苦生活，以及愛國戀家、憂時感傷
的心情。宋代小令流傳於宮廷，唯范仲淹這類邊塞之詞，能讓宮廷中人知塞
外之苦楚。正如〈采薇〉一詩的寫實精神。

二、柳永

　　夏承燾對於宋初詞家，尤其重視柳永（約 984～1053，原名三變，字景
莊，後改名柳永，字耆卿）的詞史地位，自 1928 年夏承燾確定治詞方向後，
即關注柳永及其詞，如 1928 年 8 月 15 日《日記》載：「作《詞林年譜》。歐
公、韓琦、范仲淹諸人，勘校官歷，心極厭之。不如考訂易安、三變一言一跡
之饒趣，因歎文人而顯宦為多事。下若康與之、若舒信道當時辛苦爭得富貴，
徒貽後人厭惡。豈料自有千秋者，反在淺斟低唱間耶。」（冊 5，頁 24）所謂
「自有千秋」、「淺斟低唱」者，正直指柳永而言。夏承燾又擬仿江昱注《山中
白雲詞》、《蘋洲漁笛譜》之例，為柳永詞疏證，並與其餘諸大家，合為《十
種宋人詞疏證》（1929 年 8 月 30 日，冊 5，頁 116）。又精「讀《樂章集》、
《片玉集》，思數年內盡批各大家詞，兩月批一種，兩年各畢十種，以後每年
重閱一過，以為常課」（1938 年 3 月 13 日，冊 6，頁 12）。1940 年代，夏
承燾陸續撰成〈唐宋詞字聲之演變〉、〈詞律三義〉、〈四庫全書詞籍提要校議・
樂章集〉，通過對柳永詞的研究與其詞調的運用，解決了詞樂與聲律的相關課
題。1964 年 8 月 9 日，夏承燾擬定《唐宋詞人年譜續編》目錄，將《柳三變
繫年》列入第一項。（冊 7，頁 979）蓋柳永之生平，《宋史》無傳，其詞人行
實多散見於筆記、詩話、詞話、雜史之中，夏承燾將柳永生平繫年列為《唐宋
詞人年譜續編》之首項，可見夏承燾考定詞人行實以及對柳永的重視。此外，
夏承燾晚年完成《瞿髯論詞絕句》百首，間有論柳永（與歐陽脩合論）一首，
稱之「風花中有大詞家」，可見夏承燾對柳永評價之高。

　　綜觀夏承燾對柳永及其詞的探討，主要著重於柳永深諳音律的音樂性，

〔註61〕〔清〕賀裳《皺水軒詞筌》，唐圭璋：《詞話叢編》，冊 1，頁 707。

以及柳詞「井水傳歌」、「淺斟低唱」的民間性兩大層面。就音樂性而言，夏承燾儼然將柳永視為宋初詞體中樂律、四聲之典範；就民間性而言，夏承燾認為柳永詞雅俗兼備，而富有市井氣：

（一）宋初詞體中樂律、四聲之典範

夏承燾對柳永詞中的音樂性討論，包含字聲、詞韻、詞律等部分。其〈四庫全書詞籍提要校議〉論柳永《樂章集》〔註62〕，引〈浪淘沙〉（夢覺）：「愁極。再三追思，洞房深處，幾度飲散歌闌，香暖鴛鴦被，豈暫時疏散，費伊心力。」〔註63〕「幾度飲散歌闌」之「闌」字，陳振孫《直齋書錄解題》謂「闌」字當作「闋」，與韻腳「力」字相協；然夏承燾指出，「闋」字屬第十八部，「力」屬第十七部，柳詞用韻，第十七、十八韻區分嚴謹，不應有此例。又柳永〈望遠行〉（長空降瑞）上片「亂飄僧舍，密灑歌樓」、下片「皓鶴奪鮮，白鷴失素」二句應兩兩對仗，但柳詞平仄不符，《詞律》謂「此調通用仄聲，玩其聲響，應以平字居下，此必『密灑』二句在上。」〔註64〕然夏承燾指出，詞體本有平仄相倒之情形，引柳永〈引駕行〉上片「泛畫鷁翩翩」與下片「念吳邦越國」相對，而平仄相倒。〔註65〕又引蘇軾〈行香子〉上片「攜手江村，梅雪飄裙」，下片「尋常行處，題詩千首」之例，證詞體自有平仄相倒之習，以駁《詞律》之見。〔註66〕詞體之外，詩中亦常見平仄顛倒的情形，如「香稻啄餘鸚鵡粒，碧梧棲老鳳凰枝」（杜甫〈秋興〉）、「裙拖六幅湘江水，鬢掩巫山一段雲」（李群玉〈同鄭相并歌姬小飲戲贈詩〉），

〔註62〕該文於 1947 年 12 月 25 日寫成，參夏承燾：《夏承燾集‧天風閣學詞日記》，冊 6，頁 745。

〔註63〕〔宋〕柳永〈浪淘沙〉（夢覺），見唐圭璋編：《全宋詞》，冊 1，頁 26。

〔註64〕〔宋〕柳永〈望遠行〉（長空降瑞），見唐圭璋編：《全宋詞》，冊 1，頁 43。〔清〕萬樹撰；杜文瀾、恩錫校：《詞律》（臺北：世界書局，2009 年 4 月），卷 7，頁 195。

〔註65〕〔宋〕柳永〈引駕行〉：「虹收殘雨。蟬嘶敗柳長堤暮。背都門、動消黯，西風片帆輕舉。愁睹。**泛畫鷁翩翩**，靈鼉隱隱下前浦。忍回首、佳人漸遠，想高城、隔煙樹。　　幾許。秦樓永晝，謝閣連宵寄遇。算贈笑千金，酬歌百琲，盡成輕負。南顧。**念吳邦越國**，風煙蕭索在何處。獨自個、千山萬水，指天涯去。」見唐圭璋編：《全宋詞》，冊 1，頁 35。

〔註66〕蘇軾〈行香子‧冬思〉：「**攜手江村。梅雪飄裙**。情何限、處處消魂。故人不見，舊曲重聞。向望湖樓，孤山寺，湧金門。　　**尋常行處，題詩千首**，繡羅衫、與拂紅塵。別來相憶，知是何人。有湖中月，江邊柳，隴頭雲。」見唐圭璋編：《全宋詞》，冊 1，頁 303。

可見詩體自有此例。〔註67〕

　　夏承燾〈唐宋詞字聲之演變〉〔註68〕歸納比較詞家同調作品字聲的安排，將詞人對於四聲的運用與要求，分為六個階段：（一）溫庭筠已分平仄。（二）晏殊漸辨去聲，嚴於結句。（三）柳永分上去，尤嚴於入聲。（四）周邦彥善用四聲，益多變化；其施於警句者，有似元曲之「務頭」。（五）方千里、楊澤民、陳允平諸家拘泥四聲。（六）宋季詞家辨五音、分陰陽。〔註69〕蓋唐宋詞由配樂而漸與音樂分離，轉為字聲的要求，由疏而密，由分平仄而守四聲，辨五音而遵陰陽。若字聲辨析愈明，則其合樂之功益顯，專家研索益精矣。其中，關於柳永詞「分上去，尤嚴於入聲」的情形，夏承燾給予了中肯的評價，認為柳永作長調，往往有十餘字間稠疊，用四、五字去聲者之例；使用去聲的情形，更甚於晏殊。

　　夏承燾並指出柳永詞有兩大特色：一為「上去」之辨：「去上」、「上去」連用，柳永雖非第一人，但到他手上，變小令而為長調，音繁律細，此例遂盛；亦有上、去聲分用，而作「去平平上」、「去平上」之例。二為入聲之不苟。戈載《詞林正韻·凡例》云：「入為瘂音，欲調曼聲，必諧三聲，故凡入聲之正次清音轉上聲，正濁作平，次濁作去。」〔註70〕故「入派三聲」之例，宋詞已先有之，至近人則嚴守入聲。夏承燾檢視柳永《樂章集》，乃知入聲之例，萌於柳永，不始於周邦彥。夏承燾云：

　　　　蓋三變閩人，閩音明辨四聲，非如北產溫、韋，僅分平仄。北宋初
　　　　年小令勢盡，三變演為長調，不但變體，抑且闡音，故能傳唱一時。
　　　　（《唐宋詞論叢》，冊2，頁63）

又夏承燾於1940年3月31日參加午社第九次集社，《日記》載：

　　　　從子有處假得《閩詞徵》首卷。子有謂閩人除上聲不分陰陽外，餘
　　　　七聲皆甚分明。此可證三變辨上去辨入之例也。　　（冊6，頁189）

〔註67〕夏承燾〈四庫全書詞籍提要校議〉，見《夏承燾集·唐宋詞論叢》，冊2，頁183～184。

〔註68〕夏承燾〈唐宋詞字聲之演變〉完稿於1940年4月，正值夏承燾與午社成員論「詞守四聲」之辨，其〈四聲平亭〉一文亦於4月完稿，然〈四聲平亭〉卻未收入《夏承燾全集》中。筆者疑為同一篇作品而更名之。

〔註69〕夏承燾〈唐宋詞字聲之演變〉，見《夏承燾集·唐宋詞論叢》，冊2，頁52。詳見本文第三章第四節〈詞的創作·四聲的講究與運用〉。

〔註70〕〔清〕戈載：《詞林正韻·凡例》（臺北：文史哲出版社，1980年10月），頁34。

午社社友林葆恒（字子有）與柳永同為閩人，閩音不但四聲昭然，平、去、入皆分陰陽，可作為柳永之時已嚴於辨上、去，辨入聲之一證。又《日記》中常有夏承燾析論柳詞之例，如：

> 終日翻《樂章集》，拗調多不分四聲，順調若〈木蘭花慢〉等，領句字必用去聲。大抵三變先嚴去聲，清真乃辨上去。　　（1939 年 8 月 4 日，冊 6，頁 119）

> 思鄭叔問謂清真守入聲字，疑不始自周。燈下翻三變集校之，果亦有數處，不如清真之多耳。　　（1940 年 3 月 21 日，冊 6，頁 187）

> 校《樂章集》，《樂章集》守四聲者不多，有時於去聲特嚴。〈小鎮西〉一調，去聲尤多，此何故耶。　　（1939 年 8 月 8 日，冊 6，頁 121）

　　夏承燾〈詞律三義〉〔註 71〕一文多舉柳永詞以力證「宋人填詞但擇腔調聲情，而不盡依宮調聲情」之論。如〈一寸金〉屬小石調，屬柔靡之音，柳永「夢應三刀，橋名萬里，中和政多暇。仗漢節、攬轡澄清，高掩武侯勳業，文翁風化」一闋，卻是送人守蜀之作。又舉柳永〈黃鶯兒〉、〈玉女搖仙佩〉、〈雪梅香〉、〈早梅芳〉、〈鬥百花〉、〈甘草子〉等詞調為例。以上諸調同屬「正宮」，據《中原音韻》，「正宮」適合「惆悵雄壯」之聲情，然除〈早梅芳〉（海霞紅）一首乃酬獻貴人者外，其餘皆為旖旎柔媚之豔詞。柳永深解詞樂，夏承燾以柳詞為例，足見宋人填詞「不盡依宮調聲情」。〔註 72〕

　　夏承燾治詞，透過柳永對於詞樂、詞律等基本概念的運用，詳考格律、比對字聲、考察用韻，以及所擇宮調之聲情等，進而推論詞體字聲、格律發展的情形，對於二十世紀詞律、聲韻的研究，提供了明確方向。柳永詞在周邦彥之前，可謂站穩詞體音律第一把交椅。

（二）柳永詞雅俗兼備，而富有市井氣

　　柳永及其詞，歷來褒貶不一，宋人多言柳詞近俗，「雖協音律，而詞語塵下」〔註 73〕；或謂「其詞雖極工致，然多雜以鄙語，故流俗人尤喜道之」〔註 74〕；

〔註 71〕夏承燾〈詞律三義〉作於 1947 年 11 月，1956 年 2 月改定，見《夏承燾集‧唐宋詞論叢》，冊 2，頁 5～11。

〔註 72〕關於「宋人填詞不盡依宮調聲情」之論，詳見本文第三章第三節〈詞的樂律‧詞律之研究〉。

〔註 73〕〔宋〕李清照〈詞論〉，見於徐北文主編：《李清照全集評注》，頁 245。

〔註 74〕〔宋〕徐度《卻掃編》，見張惠民編：《宋代詞學資料彙編》，頁 145。

也云柳永「長於纖豔之詞，然多近俚俗，故市井之人悅之」〔註75〕。所有人皆讚賞柳永深諳音律的特長，以及藝術技巧的高明，但對於柳永淺近俚俗的詞格，多是貶抑。

夏承燾《瞿髯論詞絕句》論之云：

> 鳳庭淚眼亂紅時，井水傳歌到四陲。壇坫從他笑歐柳，風花中有大家詞。　（冊2，頁525）

夏承燾將歐陽脩、柳永並舉。首句指歐陽脩〈蝶戀花〉：「淚眼問花花不語，亂紅飛過鞦韆去。」〔註76〕次句指柳永歌詞傳播之廣，深入民間。葉夢得《避暑錄話》記載：「柳永，字耆卿，為舉子時多游狹邪，善為歌辭。教坊樂工每得新腔，必求永為詞，始行於世，於是聲傳一時。……余仕丹徒，嘗見一西夏歸明官云：『凡有井水之處，即能歌柳詞，言其傳之廣也。』」〔註77〕歐陽脩貴為朝廷高官，其身段與位階，難以接觸下層社會。詞僅是文人手中的遊戲小品，多抒寫兒女之情或流連光景之作，與晚唐五代詞風沒太大差異，於是詞仍是娛賓遣興的娛樂工具而已。柳永則多年沉淪下僚，游蕩於秦樓楚館，故其詞流行於市井之間，傳播性強，也沾染了濃厚的市民意識，如實反映都市的繁華、旅人的離思以及歌妓的悲愁。柳永〈鶴沖天〉詞云：

> 黃金榜上。偶失龍頭望。明代暫遺賢，如何向。未遂風雲便，爭不恣意狂蕩。何須論得喪。才子詞人，自是白衣卿相。　煙花巷陌，依約丹青屏障。幸有意中人，堪尋訪。且恁偎紅倚翠，風流事、平生暢。青春都一晌。忍把浮名，換了淺斟低唱。〔註78〕

正是其生平寫照。夏承燾於1938年3月20日《日記》載：

> 山谷、三變詞皆大半為應歌而作，偏重聲律而不大顧文字，其情狀與今日俗曲相同。　（冊6，頁14）

1938年3月22日《日記》載：

> 點子野詞，長調在清真、白石之間。詩人之詞，與三變雅俗懸殊。（冊6，頁15）

〔註75〕〔宋〕黃昇：《花庵詞選·唐宋諸賢絕妙詞選》（臺北：曾文出版社，1975年），頁93。

〔註76〕歐陽脩〈蝶戀花〉（庭院深深深幾許）一闋，《全宋詞》列入存目詞，互見於馮延巳《陽春集》。唐圭璋編：《全宋詞》，冊1，頁162。

〔註77〕〔宋〕葉夢得：《避暑錄話》，見張惠民編：《宋代詞學資料匯編》，頁142。

〔註78〕〔宋〕柳永〈鶴沖天〉，見唐圭璋編：《全宋詞》，冊1，頁52。

相較於晚唐、五代、宋初詞家，柳永詞為教坊歌妓作新聲，仍是「逐絃吹之音，為側豔之詞」，為應歌而作。然其題材擴大，雅俗兼備；體製則變小令而為長調，由含蓄轉為鋪敘，對於詞體的發展有所貢獻。故夏承燾評之為「風花中有大家詞」，是知對柳永詞的充分肯定。

第三節　北宋中晚期詞人

一、蘇軾

夏承燾以專篇評論蘇軾（1037～1101，字子瞻）及其詞，包含《瞿髯論詞絕句》六首（含一首與蔡松年合論）、〈四庫全書詞籍提要校議〉論《東坡詞》一則、三篇詞作賞析分論〈江城子・密州出獵〉、〈水調歌頭〉（明月幾時有）、〈江城子・乙卯正月二十日夜記夢〉（〈江城子〉又作〈江神子〉）。此外，亦曾為龍榆生《東坡樂府箋》為序一篇。其中〈四庫全書詞籍提要校議〉論《東坡詞》一則，係將蘇軾詞視為詞體之「正」，與「變」體相對，已見本文第三章第一節〈詞的本質・詞體正變〉所述，此處不再贅引。以下就評論內容分論之：

（一）意外貶謫與人生感悟

蘇軾因烏臺詩案，於神宗元豐三年（1080）二月至元豐七年（1084）四月間（值蘇軾 44 至 49 歲），「責授檢校水部員外郎，黃州團練副使，本州安置，不得簽書公事」（王文誥按語），遭貶黃州擔任團練副使。夏承燾《瞿髯論詞絕句》論蘇軾第二首云：

> 黃州未赦逐臣回，赤壁簫傳窈窕哀。攬轡排閣隨夢去，清江白月放
> 船來。　　（冊 2，頁 527）

首二句「黃州未赦逐臣回，赤壁簫傳窈窕哀」，指出蘇軾貶黃州時，曾寫下前、後〈赤壁賦〉及〈念奴嬌・赤壁懷古〉詞。〈前赤壁賦〉有「客有吹洞簫者」、「歌窈窕之章」句；據蘇轍為蘇軾撰墓誌銘，謂蘇軾少時侍母讀〈范滂傳〉，故有效范滂「登車攬轡，慨然有澄清天下之志」[註79]的氣概。然而

[註79]　〔宋〕蘇轍：《欒城集・亡兄子瞻端明墓誌銘》（臺北：河洛圖書出版社，1975
　　　　年 10 月），後集卷 22，頁 217。〈范滂傳〉見〔南朝宋〕范曄撰：《後漢書・
　　　　黨錮列傳》，卷 67，頁 2203。

當蘇軾意外遭貶至黃州，據吳无聞解釋，夏承燾係指蘇軾已不見當年「排闥」的氣勢，也沒有少時「奮厲有當世志」的氣概。《瞿髯論詞絕句》論蘇軾第三首云：

> 落手扁舟與浩然，柏臺不死乞誰憐。黃州學問我能說，獅吼聲邊豬肉禪。　（冊 2，頁 528）

「柏臺」即御史臺，蘇軾有「柏臺霜氣夜淒淒，風動琅璫月向低」一詩，乃蘇軾身陷烏臺詩案在獄中所作的絕命詩。〔註 80〕蘇軾最後死罪可免，活罪卻難逃，歷經憂患後，貶至黃州，先前熱衷於政治的情緒，亦隨著貶謫遭遇而逐漸沉澱，正如〈前赤壁賦〉中所謂「駕一葉之扁舟，舉匏尊以相屬」，夏承燾以為頗有消極出世之想。「獅吼聲」典出《傳燈錄》：「釋迦牟尼佛……分手指天地作師子吼聲。」〔註 81〕蘇軾曾作「忽聞河東獅子吼，拄杖落手心茫然」一詩（〈寄吳德仁兼簡陳季常〉）。〔註 82〕「豬肉禪」，指出蘇軾與陳襄論禪一事，蘇軾云：「公之所談，譬之飲食龍肉也，而僕之所學，豬肉也，豬之與龍，則有間矣，然公終日說龍肉，不如僕之食豬肉，實美而真飽也。」〔註 83〕夏承燾以「獅吼聲邊豬肉禪」點明蘇軾貶黃州後學佛談禪一事，其消極出世之念可以想見。

烏臺詩案後的黃州貶謫生活，使蘇軾的人生觀、藝術創作、審美情趣都發生了深刻的變化。在流放之前，寫下「是處青山可埋骨，他年夜雨獨傷神」一詩〔註 84〕，格調淒婉哀絕；然貶謫黃州後，卻成為他超脫悟道的重要轉捩點。吳无聞為《瞿髯論詞絕句》註解內容，僅指出蘇軾消極出世之想，而未能就蘇軾超脫放曠的生命境界予以詮解。實際上蘇軾是在人生低潮處，透過參禪以及大自然的洗禮，體悟隨遇而安的人生智慧，故有「人間如夢，一尊還酹江月」（〈念奴嬌‧赤壁懷古〉）句。然他並非真正消極出世，待哲宗繼位，

〔註 80〕〔宋〕蘇軾著〈予以事繫御史臺獄獄吏稍見侵自度不能堪死獄中不得一別子由故作二詩授獄卒梁成以遺子由，二首之一〉，見〔宋〕王十朋註：《東坡詩集註（臺北：臺灣商務印書館，1985 年 9 月《景印文淵閣四庫全書》），卷 7，頁 118。

〔註 81〕釋道原：《景德傳燈錄》（臺北：新文豐出版公司，1986 年 4 月），卷 1，頁 16。

〔註 82〕〔宋〕蘇軾：《蘇東坡全集‧寄吳德仁兼簡陳季常》，卷 15，頁 209。

〔註 83〕〔宋〕蘇軾：《蘇東坡全集‧答畢仲舉書》，卷 74，頁 201。

〔註 84〕〔宋〕蘇軾著〈予以事繫御史臺獄獄吏稍見侵自度不能堪死獄中不得一別子由故作二詩授獄卒梁成以遺子由，二首之一〉，見〔宋〕王十朋註：《東坡詩集註》，卷 7，頁 117。

宣仁太后聽政，復用舊黨，蘇軾遂被調回朝中，擔任禮部郎中，其滿腹的政治理想，並沒有因為參禪悟道而掩沒。夏承燾指出：

> 蘇詞最大的不良影響，還是他的頹廢出世的佛老思想，尤其是他表達這種思想的特殊手法。〔註85〕

夏承燾以「消極」、「頹廢」論之，那些蘊含佛老思想的作品，在反映現實的深度和廣度上，是不如那些大聲疾呼、慷慨激昂的愛國詞篇。夏承燾此一觀點，無疑是受到中共建國以後時代風氣的影響，而以社會批評的角度來審視蘇軾的詞風。

（二）人生經歷與創作風格

夏承燾《瞿髯論詞絕句》中涉及蘇軾詞風者有三首，第一首云：

> 獵餘豪氣勒燕然，月下悼亡憶弟篇。一掃風花出肝肺，密州三曲月經天。　（冊2，頁526）

此絕句係肯定蘇軾出任密州時期的詞風。蘇軾於神宗熙寧八年（1075）出任山東密州太守，曾寫下〈江城子·密州出獵〉、〈江城子·乙卯正月二十日記夢〉〔註86〕、〈水調歌頭·丙辰中秋，歡飲達旦，大醉。作此篇，兼懷子由〉三闋，情感真摯，動人肺腑。首句「獵餘豪氣勒燕然」指〈江城子·密州出獵〉一闋，詞云：

> 老夫聊發少年狂。左牽黃。右擎蒼。錦帽貂裘，千騎卷平岡。為報傾城隨太守，親射虎，看孫郎。　酒酣胸膽尚開張。鬢微霜。又何妨。持節雲中，何日遣馮唐。會挽雕弓如滿月，西北望，射天狼。〔註87〕

夏承燾將此闋視為蘇軾最早的豪放詞，藉梁·張充、三國·孫權、漢·魏尚之典，抒發為國抗敵的豪情壯志。〔註88〕夏承燾論云：

〔註85〕夏承燾：〈詩餘論——宋詞批評舉例〉，《文學評論》（1966年第1期），頁63。
〔註86〕按：蘇軾〈江城子·乙卯正月二十日記夢〉一闋詞題，夏承燾《瞿髯論詞絕句》誤作「乙卯正月三十日記夢」，見《夏承燾集》，冊2，頁526。
〔註87〕蘇軾〈江城子·密州出獵〉，唐圭璋編：《全宋詞》，冊1，頁299。
〔註88〕〔唐〕姚思廉撰：《梁書·張充傳》：「張充……出獵，左手臂鷹，右手牽狗。」（臺北：鼎文書局新校本，1993年1月），卷21，頁328。「親射虎，看孫郎」即孫權射虎之典。《漢書·馮唐傳》載漢文帝時，雲中太守魏尚獲罪被削職，馮唐諫文帝不該為了小過失罷免魏尚，文帝遂派他持節赦免魏尚。卷50，頁2314。

這首詞一洗綺羅香澤之態，突破了晚唐以來兒女情詞的侷限。詞中不但描寫了打獵時的壯闊場景，同時也表現了他要為國殺敵的雄心壯志。　（《唐宋詞欣賞》，冊2，頁655～656）

「月下悼亡憶弟篇」指「記夢」、「懷子由」二闋，前者乃悼念亡妻王弗之作，後者乃為蘇轍而作。二詞如下：

> 十年生死兩茫茫。不思量。自難忘。千里孤墳，無處話淒涼。縱使相逢應不識，塵滿面，鬢如霜。　　夜來幽夢忽還鄉。小軒窗。正梳妝。相顧無言，惟有淚千行。料得年年斷腸處，明月夜，短松岡。

> 明月幾時有，把酒問青天。不知天上宮闕，今夕是何年。我欲乘風歸去，又恐瓊樓玉宇，高處不勝寒。起舞弄清影，何似在人間。　　轉朱閣，低綺戶，照無眠。不應有恨，何事長向別時圓。人有悲歡離合，月有陰晴圓缺，此事古難全。但願人長久，千里共嬋娟。〔註89〕

王弗於宋英宗治平二年（1065）過世，葬於四川眉山，至蘇軾作此詞，生死相隔已有十年之久。「千里孤墳」，指出王弗墓距離密州十分遙遠，蘇軾連上墳祭祀也難如登天。「料得年年斷腸處」，將極為痛切的思念之情表達得淋漓盡致。夏承燾論云：

> 這首詞用白描手法，語言自然，不加雕琢。……晚唐、北宋人的詞，幾乎篇篇寫婦女，而且多半以謔浪遊戲筆墨出之。真正把婦女作為一個平等的人來看待，尊重他，並且寫出她的品格，這樣的詞並不多見。……這篇〈江城子〉悼亡詞，寫夫婦真摯愛情，也可與杜甫的「今夜鄜州月」五律詩比美。　（《唐宋詞欣賞》，冊2，頁658）

〈水調歌頭〉一闋向來膾炙人口，胡仔《苕溪漁隱叢話》謂「中秋詞，自東坡〈水調歌頭〉一出，餘詞盡廢。」〔註90〕此詞表現蘇軾政治處境上的失意，以及與蘇轍分離兩地的惆悵之情。然詞中又見超然達觀的思想，淡化了宦途上的憂患與紛擾。夏承燾論云：

> 五代北宋士大夫的詞集中，也有一些包含人生哲學意味的詞，到蘇

〔註89〕〈江城子・乙卯正月二十日記夢〉、〈水調歌頭・丙辰中秋，歡飲達旦，大醉。作此篇，兼懷子由〉，見唐圭璋編：《全宋詞》，冊1，頁300、279。

〔註90〕〔宋〕胡仔纂集，廖德明校注：《苕溪漁隱叢話・後集》（臺北：木鐸出版社，1982年8月），卷39，頁321。

軾才有了進一步的發展。⋯⋯詞裡雖有出世與入世的矛盾，情與理的矛盾，但最後還是以理遣情，不脫離現實，沒有悲觀失望的消極思想。　（《唐宋詞欣賞》，冊 2，頁 661～662）

以上「密州三曲」，豪放慷慨如「出獵」一首，纏綿蘊藉如「記夢」、「懷子由」二首，皆語出肺腑，情感真切，如皓月經天，一掃五代、北宋以來風花雪月之態。此乃夏承燾極為肯定的詞風。

《瞿髯論詞絕句》第四首云：

雪堂繞枕大江聲，入夢蛟龍氣未平。千載才流學豪放，心頭莊釋筆風霆。　（冊 2，頁 529）

此首論及蘇軾豪放超脫的詞風。當蘇軾貶官黃州以後，他的思想逐漸轉為「出世」的空靈境界。這可以從他在元豐四年（1081）躬耕隴畝，自號東坡居士；次年（1083）於長江邊築「雪堂」一事得到印證。其詩詞也常運用豪放的筆調表達超脫的情感。如〈西江月〉（照野瀰瀰淺浪）詞序云：「春夜蘄水中過酒家飲，酒醉，乘月至一溪橋上，解鞍曲肱少休，及覺，已曉。亂山蔥蘢，不謂塵世也。書此詞橋柱。」〔註 91〕可見蘇軾這一時期酒醉飯飽、曳杖行吟的生活形態。而生命的超脫、思想的覺悟，造就蘇軾猶如「蛟龍」般不凡的氣格，其創作上的審美情趣也隨之達到另一個境界，此正是深受佛、道影響的結果，故有「心頭莊釋筆風霆」之謂。林語堂《蘇東坡傳》謂：「從佛教的否定人生，儒家的正視人生，道家的簡化人生，這位詩人（蘇軾）在心靈識見中產生了他的混合的人生觀。」〔註 92〕蘇軾初以范滂為典範，「慨然有澄清天下之志」；而仕途的不遂與命運的乖舛，也讓蘇軾徹底覺悟人生的短暫與虛空，故以達觀超脫的心境，享受人生，熱愛生命，此乃廣泛吸收儒、釋、道思想後的感悟。

《瞿髯論詞絕句》第五首云：

茲游奇絕負南遷，尚欠龍神詞幾篇。萬斛莫誇泉湧地，么絃難譜浪黏天。　（冊 2，頁 529）

蘇軾於宋哲宗紹聖四年（1097）至元符三年（1100）遭貶儋州（今海南省儋州市）三年，《儋州志》記載：「蓋地極炎熱，而海風甚寒，山中多雨多霧，林木

〔註 91〕〈西江月〉（照野瀰瀰淺浪），唐圭璋編：《全宋詞》，冊 1，頁 284。
〔註 92〕林語堂著、宋碧雲譯：《蘇東坡傳》（臺北：遠景出版社，2004 年 12 月）。

陰翳，燥濕之氣鬱不能達，蒸而為雲，停而在水，莫不有毒。」〔註93〕蘇軾
又云：「垂老投荒，無復生還之望」〔註94〕，不論是地理環境的惡劣，生活的
艱苦，抑或與家人訣別的心境，都是將蘇軾逼迫至絕境的殘酷事實。然蘇軾
仍然可以在絕境之中苦中作樂，入鄉隨俗。此一時期，蘇軾作渡海詩數首，
皆邁絕一時，其中以〈六月二十日夜渡海〉「九死南荒吾不恨，茲游奇絕冠平
生」〔註95〕一詩，最為人所熟知。然詞中卻無一語寫海，夏承燾為之可惜。
「么絃」指配樂而唱的詞，儘管蘇軾曾自誇文才「如萬斛泉源，不擇地皆可
出」〔註96〕，然若要將大海磅礡之氣勢形之於詞篇中，絕非易事，故云「么
絃難譜浪黏天」。

　　夏承燾就蘇軾所到之密州、黃州、儋州三時期的詞風予以評論。認為密
州時期情感真切的作品，更甚於杭州時應酬冶游之作。黃州時期的詞風，乃
因道、佛思想的影響，文筆之間自有超脫凡俗的境界。至於貶謫儋州的作品，
多以詩來書寫渡海的題材，而詞中不見寫海，乃夏承燾甚覺可惜之處。

（三）「以詩為詞」的詞學成就

　　夏承燾於 1934 年 10 月為龍榆生《東坡樂府箋》為序一篇，論及蘇軾為
宋代詞壇的開創凡四：

> 杜、韓以議論為詩，宋人推波以及詞，若山谷、聖求、坦庵、竹齋
> 諸家之論禪，重陽、丹陽、磻溪、清庵諸羽流之論道，以及稼軒、
> 中庵、方壺、西崖之論文，徐鹿卿、陸牆東之論政，枝歧蛻壇，溯
> 其源實出於坡〈如夢令〉〈無愁可解〉，仲淹、半山，未足此數，此
> 其一也。

清・沈德潛《說時晬語》謂：「人謂詩主性情，不主議論。似也，而亦不盡然。
試思二《雅》中何處無議論？杜老古詩中，〈奉先〉、〈詠懷〉、〈北征〉、〈八哀〉
諸作，近體中，〈蜀相〉、〈詠懷〉、〈諸葛〉諸作，純乎議論。但議論須帶情韻
以行，勿近傖父面目耳。戎昱〈和蕃〉云：『社稷依明主，安危託婦人。』亦

〔註93〕〔清〕韓佑纂修：《儋州志》（海口市：海南出版社，2001 年 6 月）。
〔註94〕〔宋〕蘇軾：《蘇東坡全集・續集・與王敏仲書八首》，卷 4，頁 104。
〔註95〕〔宋〕蘇軾：《蘇東坡全集・後集・六月二十日夜渡海》，卷 7，頁 530。
〔註96〕〔清〕許昂霄：《詞綜偶評》：「東坡自評其文（指〈醉翁操〉並序）云『如
　　　　萬斛泉源，不擇地皆可出』，唯詞亦然。」唐圭璋編：《詞話叢編》，冊 2，
　　　　頁 1575。

議論之佳者。」〔註97〕以議論為詩，是最直接表達作者思想、觀點的敘述方式，若能以情韻行之，當不至淪為乾枯乏味的論說，詞體亦同。杜甫、韓愈以詩歌論道理、發議論，改變了詩歌的表達方式，下開宋代「以議論為詩」的先河。及詞，范仲淹、張先、晏殊等人的詞多少帶有議論的傾向；但大量的將人生思想、生命哲理帶入詞中，揮灑自如，議論得當，當推蘇軾一人。其〈如夢令〉：「水垢何曾相受。細看兩俱無有。寄語揩背人，盡日勞君揮肘。輕手。輕手。居士本來無垢」；「自淨方能淨彼。我自汗流呀氣。寄語澡浴人，且共肉身遊戲。但洗。但洗。俯為人間一切」二闋，全篇盡是議論口吻。又〈無愁可解〉作於神宗元豐七年（1084），蘇軾四十九歲貶黃州之際，此闋乃針對劉幾為花日新〈越調·解愁〉一曲所作俚詞有感而發之作。「展卻眉頭，便是達者」〔註98〕，通篇因愁而發想，勸人超脫憂愁。其他如「一蓑煙雨任平生」、「也無風雨也無晴」（〈定風波〉）、「人有悲歡離合，月有陰晴圓缺，此事古難全」（水調歌頭）、「世事一場大夢，人生幾度新涼」（〈西江月〉），這類例子不勝枚舉。詞用以議論，不論是論禪、論道，或論文、論政，或論人生、論哲理等，夏承燾認為皆可溯自蘇軾。

> 曹公、謝客，好摭經子入詩。在詞，則坡之〈醉翁操〉、〈西江月〉、〈浣溪沙〉為其權輿。後來龍洲、竹齋之用《語》、《孟》，稼軒、方壺之用《詩》、《騷》，清庵、虛靖之用《易》、《老》，以及方壺、衣絮之取義《淮南》，蘆川、稷雪之數典《詩疏》，雖落言筌，無嫌質實，《樂府指迷》以不用經典為清真冠絕者，非可持繩諸賢不羈之駕，此其二也。

夏承燾視蘇軾是引經、子諸典籍入詞的權輿，下開劉過（龍洲）、黃機（竹齋）、辛棄疾（稼軒）、劉敏中（方壺）、李道純（清庵）、張繼先（虛靖）、張元幹（蘆川）等人引《論語》、《孟子》、《詩經》、《離騷》、《周易》、《老子》、《淮南子》

〔註97〕〔清〕沈德潛：《說時晬語》（上海：上海古籍出版社，2010 年 12 月《清代詩文集彙編》），卷下，頁 246。

〔註98〕蘇軾〈無愁可解〉：「光景百年，看便一世。生來不識愁味。問愁何處來，更開解個甚底。萬事從來風過耳。何用不著心裡。你喚做、展卻眉頭，便是達者。也則恐未。　此理。本不通言，何曾道歡遊，勝如名利。道即渾是錯，不道如何即是。這裡元無我與你。甚喚做、物情之外。若須待醉了，方開解時，問無酒、怎生醉。」唐圭璋編《全宋詞》未收，另參石聲淮、唐玲玲：《東坡樂府編年箋注》（臺北：華正書局，2005 年 9 月），頁 400。

數典入詞之先河。蘇軾作詞，不至於達到「字字有來歷」的地步，但他時常引古籍經典作為依託。蘇軾〈醉翁操〉詞序「琅琊幽谷，山川奇麗，泉鳴空澗，若中音會」，出自《莊子・養生主》；詞句「荷蕢過山前」出自《論語・憲問》；「試聽徽外三兩絃」句，出自《淮南子・主術訓》。〔註99〕另如〈西江月〉（照野瀰瀰淺浪）「障泥未解玉驄驕」句，出自《世說新語・術解》；〔註100〕〈浣溪沙〉「長記鳴琴子賤堂」句出自《呂氏春秋・察賢》；〈浣溪沙〉（雪裡餐氈例姓蘇）「報恩應不用蛇珠」句出自《淮南子・覽冥訓》等皆是其例。〔註101〕

> 湯衡序《于湖詞》，謂元祐諸公，嬉弄樂府。寓以詩人句法，發自坡公。此殆指〈水調歌頭〉之檃括韓詩，〈定風波〉之裁成杜句。他如以〈歸去來兮辭〉諧〈哨遍〉，以《山海經》協〈戚氏〉，合文入樂，由坡之創製。繼起如石林、陽春、遯庵、道園、後村、竹山，皆有括淵明、李、杜之詩，馬遷、蘇、歐之文。吾鄉林正大《風雅遺音》，且裒為專集，固近緒餘，亦見創格，此其三也。

蘇軾以詩為詞之法，擴大了詞的表現方式，將詞從豔科的禁錮中予以解放，劉熙載《藝概》論曰：「東坡詞頗似老杜詩，以其無意不可入，無事不可言也。」〔註102〕對蘇軾而言，不論是以詩或以詞表達作者的所見所聞、所思所想，其

〔註99〕〈醉翁操〉詞序有「琅琊幽谷，山水奇麗，泉鳴空澗，若中音會」句，引《莊子・養生主》：「合於〈桑林〉之舞，乃中〈經首〉之會」；詞句「荷蕢過山前」出自《論語・憲問》：「子擊磬於衛。有荷蕢而過孔氏之門者，曰：『有心哉！擊磬乎！』既而曰：『鄙哉！硜硜乎！莫己知也，斯已而已矣。深則厲，淺則揭。』子曰：『果哉！末之難矣。』」「試聽徽外三兩絃」句，出自《淮南子・主術訓》：「鄒忌一徽，而威王終夕悲。」唐圭璋編：《全宋詞》，冊1，頁331。陳鼓應註譯：《莊子今註今譯》（臺北：臺灣商務印書館，2005年10月），頁105。謝冰瑩等編譯：《新譯四書讀本・論語》（臺北：三民書局，1991年2月），頁238。熊禮匯注譯、侯迺慧校閱：《新譯淮南子》（臺北：三民書局，1997年2月），卷9，頁390。

〔註100〕〔南朝宋〕劉義慶著、劉孝標注、余嘉錫箋疏：《世說新語箋疏・術解》：「王武子善解馬性。嘗乘一馬，著連錢障泥。前有水，終日不肯渡。王云：『此必是惜障泥。』使人解去，便徑渡。」（臺北：華正書局，1983年10月），頁705。

〔註101〕〔漢〕高誘注：《呂氏春秋・開春論・察賢》：「宓子賤治單父，彈鳴琴，身不下堂，而單父治。」（臺北：世界書局，1974年7月），卷21，頁278。熊禮匯注譯、侯迺慧校閱：《新譯淮南子・覽冥訓》引漢・高誘注文：「隋侯見大蛇傷斷，以藥傅之。後蛇於江中銜大珠以報之，因曰隋侯之珠。」卷6，頁280。

〔註102〕〔清〕劉熙載《藝概・詞概》，唐圭璋編：《詞話叢編》，冊4，頁3690。

中的審美情趣並沒有太大的差別。故蘇軾云：「頒示新詞，此古人長短句詩也」（〈與蔡景繁書〉）；「又惠新詞，句句警拔，詩人之雄，非小詞也」〈答陳季常三首〉；「微詞宛轉，蓋詩之裔」（〈祭張子野文〉）。以詩為詞，詞便能跳脫豔科俗體之格，而臻於風雅的境界。這般觀念也自然的實踐於蘇軾的詞中，不論是化用韓愈、杜甫詩篇、或櫽括〈歸去來兮辭〉、《山海經》等，都是以詩為詞的顯證。葉夢得（石林）、段克己（遯庵、遯庵）、虞集（道園）、劉克莊（後村）、蔣捷（竹山）諸詞人櫽括陶淵明、李白、杜甫詩及蘇軾、歐陽脩文章，乃深受蘇軾寓以詩人句法填詞的影響。

> 荊公、子野，始稍稍具詞題。然寥寥短語，引意而止。坡之〈西江月〉、〈滿江紅〉、〈定風波〉，皆繫詳序。〈水龍吟〉一章，尤斐然長言，自成體製。效之者稼軒、明秀、遺山、秋澗、蘋洲皆有二百餘字。方是閒之〈哨遍〉，明秀之〈雨中花〉，皆逾三百字。白石且以四百數十字序〈徵招〉。詩人製題之風，浸淫及詞。撢其朔亦必及坡，此其四也。　（《詞學論札》，冊8，頁243～244）

詞在發展的歷程中，從有調無題到有調有題的變化，進而又從有題無序到詞前有序的出現。而這一演變歷程，乃題材不斷擴大，風格日趨多樣，形式逐漸多元所帶來的影響。宋詞前的小序具有導讀、紀實、審美諸功能，其產生、發展既是詞學觀念演化的反映，更是詞作為敘事抒情載體的必然結果。〔註103〕在蘇軾之前，張先導其先路，其〈定風波令〉（西閣名臣奉詔行）、〈木蘭花〉（去年春入芳菲國）題有長序以記填詞經過。而大量且有意識的透過詞序，記載心路歷程的詞人，當自蘇軾開始。其〈西江月〉（照野瀰瀰淺浪）序云：「春夜蘄水中過酒家飲，酒醉，乘月至一溪橋上，解鞍曲肱少休，及覺，已曉。亂山蔥蘢，不謂塵世也。書此詞橋柱。」〈定風波〉（兩兩輕紅半暈腮）序云：「十月九日，孟亨之置酒秋香亭，有拒霜獨向君猷而開。坐客喜笑，以為非使君莫可當此花，故作是詞。」〔註104〕〈水龍吟〉一調，詞序達百字以上者有「古來雲海茫茫」、「夢回寒入羅衾」二首，達五十字以上者有「小舟橫截春江」、「斷崖千丈孤松」、「這番真個休休」三首。其他如〈水調歌頭〉（昵昵兒女語）、〈醉翁操〉（琅然）、〈滿庭芳〉（歸去來兮）諸篇，皆是其例。而後，辛棄疾、姜夔、周密、元好問、蔡松年（明秀）、劉學箕（方是閒）等人均有所沿襲。其中，辛棄疾629

〔註103〕趙曉嵐：〈論宋詞小序〉，《文學遺產》2002年第6期，頁38。
〔註104〕〈西江月〉〈定風波〉二詞，見唐圭璋編：《全宋詞》，冊1，頁284、288。

首詞中，有 537 首詞附有題、序，其中有序者 70 餘首，是宋人題序最多的詞家。〔註105〕姜夔 87 首詞中，除去組詞外，有題、序者 81 首，這可說是宋代名家詞中題序比例最高的詞人。正所謂「為情造文」，詞序具備的實錄功用，更可以真實的紀錄詞人的生命歷程與心靈感發。〔註106〕詞人作序風氣，蓋由詩序而來，或敘事說理，或抒情寫景，儼然是作者在詞之外得以自由揮灑的散文小品。發展至姜夔、周密等風雅派詞人，詞序更成為融情於景的美文，具備了高度的藝術風格。蘇軾為詞作題序，乃宋詞體製上的一大突破。

　　夏承燾論蘇軾對詞體之創製有以上四端，即以議論為詞、摭經子入詞、寓詩人句法入詞、題序之寫作等，均是「以詩為詞」的具體實踐。夏承燾又云：

> 要之令詞自晏、歐以降，其勢漸窮，耆卿閫其變於聲情，坡肆其奇
> 於文字。昔之以瑩冰暉露，不著跡象為尚者，至是泮為江河，而沛
> 然莫禦。蓋自凝而散，合其道於詩文矣。四端旨要，無以逾此。（《詞
> 學論札》，冊 8，頁 244）

宋詞發展至蘇軾筆下，得以大開局面，凡可以入詩的題材和情感，不論是人生哲學、談禪說理、議論闡述、嬉笑諧謔，都可以融入詞中，復與詩合，詞體的地位也擺脫了先前晚唐花間詞派以來側豔俗濫的牢籠，而逐漸成為文人用以抒情言志的文學載體。蘇軾「以詩為詞」，把前人視為酒邊、尊前的遊戲小品，提高到與文人正統文學的詩歌同等地位，這是蘇軾對詞體發展的一大貢獻。

（四）「蘇學盛於北」的影響

　　《瞿髯論詞絕句》第六首係論「蘇學盛於北」的情形，詩云：

> 坡翁家集過燕山，垂老聲名滿世間。並世能為蘇屬國，後身卻有蔡
> 蕭閑。　（與蔡松年合論，冊 2，頁 530）

《石洲詩話》卷五載：「蘇學盛於北，如蔡松年、趙秉文之屬，蓋皆蘇氏之支流餘裔。遺山崛起党、趙之後，器識超拔，始不盡為蘇氏餘波沾沾一得，是以開啟百年後文士之脈。則以有元一代之文，自先生倡導，未為不可，第以入元人，則不可耳。」〔註107〕蘇軾才學之盛，在北宋時已名聞遐邇，自蘇學北行，金人多效蘇軾，其中蔡松年（1107～1159，字伯堅，號蕭閑老人）係由南入北的異朝

〔註105〕按趙曉嵐〈論宋詞小序〉一文統計，頁 44。

〔註106〕趙曉嵐：〈論宋詞小序〉，頁 43。

〔註107〕〔清〕翁方綱：《石洲詩話》（北京：中華書局，1985 年《叢書集成初編》），
　　　　卷 5，頁 78。

宋儒，與吳激（生卒不詳，字彥高）齊名，元好問指出：「百年以來樂府推伯堅與吳彥高，號吳蔡體」〔註108〕。蔡松年著有《明秀集》，詞作尤負盛名，雋爽清麗。然因其出處問題，而心生「卻視高蓋車，身寵神已辱」、「自要塵網中，低眉受機械」〔註109〕的矛盾心理。詞中也不時流露仕金的悔恨之情，如〈念奴嬌〉：

> 離騷痛飲，問人生佳處，能消何物。江左諸人成底事，空想巖巖青壁。五畝蒼煙，一丘寒玉，歲晚憂風雪。西州扶病，至今悲感前傑。我夢卜築蕭閑，覺來巖桂，十里幽香發。　　磊胸中冰與炭，一酌春風都滅。勝日神交，悠然得意，離恨無毫髮。古今同致，永和徒記年月。〔註110〕

蘇學盛於北，後有蔡松年、吳激等人為之繼承，使金源有一代之文學。夏承燾「坡翁家集過燕山，垂老聲名滿世間」即肯定蘇學盛於北的正面影響。蘇軾曾自謂「如出使，能為蘇武」。〔註111〕西漢·蘇武（140B.C.～60B.C.，字子卿），官拜典屬國，故曰「蘇屬國」。天漢元年（100B.C.）蘇武奉命以中郎將持節出使匈奴，遂被扣留。匈奴多次威脅利誘，欲迫蘇武投降不成；後將他遷至北海（今貝加爾湖）邊牧羊。蘇武歷盡艱辛，留居異地十九年，始終不改節操。夏承燾「並世能為蘇屬國」一句，將蘇軾、蘇武並舉，在肯定兩人為國盡忠職守的志節；而曰「後身卻有蔡蕭閑」，似乎對蔡松年以宋人身分隨父降金，甚至官至右丞相，受封衛國公一事，感到悵惜。

二、周邦彥

　　夏承燾評論周邦彥（1056～1121，字美成，號清真居士）及其詞，主要針對其生平事跡及人品氣格著手；其次係自詞的藝術手法及詞壇地位切入：

（一）生平事跡及人品氣格

　　今所見周邦彥生平事跡，殆自南宋始，王灼《碧雞漫志》成書於南宋紹

〔註108〕〔金〕元好問：《中州集》（臺北：商務印書館，1967年《四部叢刊初編》），卷1，頁28。
〔註109〕蔡松年〈庚申閏月從師還自潁上，對新月獨酌〉十三首，見〔金〕元好問：《中州集》，卷1，頁29。
〔註110〕蔡松年〈念奴嬌〉，見〔金〕元好問：《中州樂府》（臺北：廣文書局，1970年3月《彊村叢書》），冊1，頁43～44。
〔註111〕蘇軾之語出處待查；另見夏承燾《瞿髯論詞絕句》吳无聞注。《夏承燾集》，冊2，頁530。

興年間，是有關周邦彥最早記載，列舉其中三條如下：

> 前輩云：「〈離騷〉寂寞千年後，〈戚氏〉淒涼一曲終。」〈戚氏〉，柳
> 氏（謂柳永）所作也，柳何敢知世間有〈離騷〉，惟賀方回、周美成
> 時時得之。
>
> 江南某氏者解音律，時時度曲，周美成與有瓜葛，每得一解，即為
> 製詞，故周集中多新聲。
>
> 崇寧間建大晟樂府，周美成作提舉官，而製撰官又有七。万俟詠雅
> 言，元祐詩賦科老手也，三舍法行，不復進取；放意歌酒，自稱大
> 梁詞隱。〔註112〕

王灼《碧雞漫志》將周詞與〈離騷〉同列而語，評價甚高，其仕履行實的論述
無多，僅謂周邦彥曾提舉大晟府、集中多新聲而已。王偁《東都事略》則有詳
盡記載：

> 周邦彥字美成，錢塘人也。性落魄不羈，涉獵書史。元豐中獻〈汴
> 都賦〉，神宗異之，自諸生命為太學正。紹聖中除祕書省正字。徽宗
> 即位，為校書郎遷考功員外郎、衛尉、宗正少卿，又遷衛尉卿，出
> 知隆德府，徙明州，召為祕書監，擢徽猷閣待制，提舉大晟府。未
> 幾，知真定，改順昌府，提舉洞霄宮。卒年六十六。邦彥能文章，
> 世特傳其詞調云。〔註113〕

自此之後，強煥〈題周美成詞〉、樓鑰〈清真先生文集序〉、陳郁《藏一話腴》、
陳振孫《直齋書錄解題》、潛說友《咸臨淳安誌》，元·脫脫等撰《宋史》及其
他南宋以降零星的筆記、雜錄等資料，均從周邦彥「獻〈汴都賦〉」、「妙解音
律」、「能自度曲」、「提舉大晟府」等事跡為中心加以論述。元、明、清以還，
周邦彥生平事跡、仕履行實的考述，亦多掇拾宋人牙慧。近人王國維《清真
先生遺事》、陳思《清真居士年譜》對周邦彥生平事跡詳徵博引，尤以《清真
先生遺事》一書，被奉為圭臬，遂為不少當代學者，如鄭騫、葉嘉瑩、羅慷
烈、薛瑞生、孫虹等，加以繼承、發揚，甚而考辨真偽，糾正舛誤。迄今針對
周邦彥是否提舉大晟府、黨派立場，以及作品繫年等問題，仍商榷不輟。

　　夏承燾論詞絕句二首，係針對周邦彥生平事跡進行評論，即從周邦彥人

〔註112〕〔宋〕王灼《碧雞漫志》，唐圭璋：《詞話叢編》，冊1，頁84、86、87。
〔註113〕〔宋〕王偁：《東都事略·文藝傳》（臺北：中央圖書館，1991年2月），卷
　　　　116，頁1803～1804。

品氣格，以及靠攏蔡京及其黨羽關係入手，屬負面評論。絕句第一首云：

> 崇寧殘局鬧笙歌，亡國哀音論不苛。氣短大江東去後，秋娘庭院望
> 斜河。　　（冊 2，頁 532）

「崇寧」為宋徽宗在位（1101～1126）第二年年號。崇寧元年（1102），周邦彥四十七歲，由從八品的校書郎一職，越過正常升遷途徑，遷至正七品的考功員外郎；〔註 114〕崇寧二年（1103），蔡京入左相；三年（1104），周邦彥遷至正六品的衛尉少卿；四年（1105）八月，徽宗朝在蔡京一手主導之下，置大晟府，以修訂新樂。《宋史·樂志》云：「朝廷舊以禮樂掌於太常，至是專置大晟府。……禮樂始分為二。」〔註 115〕府中網羅一批懂音樂、善填詞，人稱「大晟詞人」的音樂家，其中僅周邦彥、晁端禮（1046～1113，字次膺）、万俟詠（生卒不詳，字雅言，號大梁詞隱）、晁沖之（生卒不詳，字叔用）、田為（生卒不詳，字不伐）、徐伸（生卒不詳，字幹臣）、江漢（生卒不詳，字朝宗）等人，見錄於史籍，並有詞收於《全宋詞》之中；〔註 116〕南宋以來，史料上所討論的大晟詞人多不出此七人，當中以周邦彥成就最高、影響最大。自此以還，周邦彥與蔡京、劉昺等人的關係，自然是緊密結合。唯周邦彥是否真正擔任大晟府提舉，屬另一考辨問題，詳參薛瑞生《周邦彥別傳——周邦彥生平事迹新證》〔註 117〕，不再贅述。

宋徽宗在位二十六年，號稱太平盛世，表面上繁華似錦的朝政，給予君臣上下極度的自信與自滿，大晟府便成了點綴升平、歌功頌德的音樂機構，《續資治通鑑》載：

> 帝銳意製作以文太平。蔡京復每為帝言：「方今泉幣所積贏五千萬，
> 和足以廣樂，富足以備禮。」帝惑其說，而製作營築之事興矣。至
> 是京擢其客劉昺為大司樂，付以樂政。〔註 118〕

〔註 114〕據薛瑞生《周邦彥別傳——周邦彥生平事跡新證》考證，周邦彥按正常遷轉次序，應遷至集賢院校理一職，周邦彥卻越過正常管道，遷轉六階，進入具有優選意義的左曹（宋代戶部官制）。（西安：三秦出版社，2008 年 12 月），頁 587。

〔註 115〕〔元〕脫脫等撰：《宋史·樂志》，卷 129，頁 3002。

〔註 116〕諸葛憶兵：《徽宗詞壇研究》（北京：北京大學出版社，2001 年 9 月），頁 3～4。

〔註 117〕薛瑞生：《周邦彥別傳——周邦彥生平事跡新證》，頁 479～506。

〔註 118〕〔清〕畢沅撰：《續資治通鑑》（臺北：洪氏出版，1981 年 5 月），卷 88，冊 3，頁 2264。

蔡京善於奉迎，先後四次任相，達十七年之久，〔註119〕並藉政治上的強勢地位，建立以他馬首是瞻的官僚集團，任用親隨，廣披禮樂，藉大晟詞人頌揚祥瑞、粉飾承平。如万俟詠，王灼《碧雞漫志》卷二評其詞分五體：曰應制、曰風月脂粉、曰雪月風花、曰胭脂才情、曰雜類。又論之云：

> 崇寧間，建大晟樂府，……万俟詠雅言，元祐詩賦科老手也。……，政和初，招試補官，置大晟府製撰之職。新廣八十四調，患譜弗傳，雅言請以盛德大業及祥瑞事跡製詞實譜。有旨「依月用律，月進一曲」。〔註120〕

李昭玘〈晁次膺墓志銘〉論晁端禮云：

> 大晟樂即成，八音克諧，人神以和，嘉瑞繼至。宜德能文之士，作為辭章，歌詠盛德，鋪張宏休，以傳無窮。士於此時，秉筆待命，願備撰述，以幸附託，亦有日矣。公相太師，蔡魯公（蔡京）知公之才，以姓名聞上……（晁端禮）除大晟府按協聲律。〔註121〕

蔡絛《鐵圍山叢談》論田漢云：

> 為大晟府製撰使，遇祥瑞時時作為歌曲焉。〔註122〕

大晟府的功用，就是歌詠盛德、點綴聖恩而已，上位者好大喜功、昏憒自負，下位者便曲意迎合、群起仿效。所謂「將易俗以移風，因審音而知政」〔註123〕的設立宗旨，畢竟只是冠冕堂皇的空話。夏承燾一句「崇寧殘局鬧笙歌」，交代崇寧時期大晟府上之所好，下之所趨的笙歌景象，一方面反映了徽宗時期詞曲音樂繁盛的現象，一方面也論定了大晟詞人的人品格調。

　　周邦彥四十歲之前，獻〈汴都賦〉而任太學正，後歷任廬州（今安徽合肥）教授、溧水（今江蘇南京）縣令；四十歲之後，還朝回京任國子主簿、選人改官後不久，即受到徽宗與蔡京集團青睞，歷秘書省正字、校書郎、為考

〔註119〕徽宗崇寧二年（1103）入左相，崇寧五年（1106）罷相；大觀元年（1107）入左相，大觀三年（1109）罷相；政和二年（1112）入右相，政和七年（1117）遷左相，至宣和二年（1120）致仕，前後任相達17年之久。

〔註120〕〔宋〕王灼：《碧雞漫志》，唐圭璋編：《詞話叢編》，冊1，頁84、87。

〔註121〕〔宋〕李昭玘：《樂靜集·晁次膺墓志銘》（臺北：臺灣商務印書館，1986年7月《景印文淵閣四庫全書·集部》冊109），卷28，頁395。

〔註122〕〔宋〕蔡絛：《鐵圍山叢談》，施蟄存，陳如江輯錄：《宋元詞話》（上海：上海書店，1999年2月），頁128。

〔註123〕〔宋〕傅察：《忠肅集·代周文翰謝賜大晟樂表》（臺北：臺灣商務印書館，1986年7月《景印文淵閣四庫全書》冊1099），卷上，頁717。

功員外郎、衛尉少卿、禮議局檢討等職〔註124〕，周邦彥實難以與蔡京及其集團人物切割。蔡京、蔡攸父子及童貫等人，向來被歷史論斷為北宋走向滅亡的關鍵人物，周邦彥更不可能明哲保身，所譜新聲不乏被視為「亡國之音」，如元・趙文《青山集》卷二〈吳山房樂府序〉：

> 觀周美成詞，其為宣和、靖康也無疑矣。聲音之為世道邪，世道之為聲音邪，有不自知其然而然者矣，悲夫！美成號知音律者，宣和之為靖康也，美成其知之乎？「綠蕪凋盡臺城路」、「渭水西風，長安亂葉」，非佳語也。「憑高眺遠」之餘，「蟹螯」、「玉液」已自陶寫，而終之曰「醉倒山翁，但愁斜照斂」，觀此詞，國欲緩亡，得乎？渡江後，康伯可未離宣和間一種風氣，君子以是知宋之不能復中原也。近世辛幼安，跌蕩磊落，猶有中原豪傑之氣，而江南言詞者宗美成，中州言詞者宗元遺山，詞之優劣未暇論，而風氣之異，遂為南北強弱之占，可感已。〈玉樹後庭花〉盛，陳亡；《花間》麗情感，唐亡；清真盛，宋亡，可畏哉！〔註125〕

北宋宣和二年（1120），宋、金結盟攻遼；遼亡後，卻助長金人勢力。宣和七年（1125），金軍分東、西兩路南下攻宋，徽宗見情勢危急，乃禪位於太子趙桓，是為宋欽宗，改國號為靖康。靖康元年（1126）金人逼宋議和，簽下宣和合約；不久即爆發靖康之禍，金人南下攻陷北宋首都汴京（今河南開封），擄走徽宗、欽宗，北宋滅亡。周邦彥雖於宣和三年（1121）逝世，然所譜新聲卻開始流傳於朝廷、民間，此時正逢國運衰亡之際，若與跌蕩磊落、豪傑雄邁之辛棄疾、元好問相較，清真詞中「綠蕪凋盡臺城路」、「渭水西風，長安亂葉」、「醉倒山翁，但愁斜照斂」〔註126〕等句，不免令人有「清真盛，宋亡」之想。南宋・張侃《揀詞》即斥之為「亡國哀音」〔註127〕，可見此乃周邦彥為後人詬病之處。夏承燾以「亡國哀音論不苛」評周詞，可視為對周邦彥人

〔註124〕 薛瑞生：《周邦彥別傳──周邦彥生平事跡新證・周邦彥年表》，頁582～592。

〔註125〕 〔元〕趙文：《青山集・吳山房樂府序》（臺北：臺灣商務印書館，1985年9月《景印文淵閣四庫全書》冊1195），卷2，頁13。

〔註126〕 周邦彥〈齊天樂〉（綠蕪凋盡臺城路），唐圭璋編：《全宋詞》，冊2，頁605。

〔註127〕 夏承燾《瞿髥論詞絕句》謂張侃〈揀詞〉視周邦彥詞為「亡國哀音」，然查今所見張侃〈跋揀詞〉（拙軒詞話）一篇，則無此說。（《瞿髥論詞絕句》，頁532）。〔宋〕張侃：《張氏拙軒集》（臺北：臺灣商務印書館，1986年7月《景印文淵閣四庫全書・集部》冊216），卷5，頁428～432。

品氣格與求宦仕履的質疑。

夏承燾「氣短大江東去後，秋娘庭院望斜河」一句，以蘇軾〈念奴嬌‧赤壁懷古〉「大江東去，浪淘盡、千古風流人物」句，與周邦彥〈拜星月〉「夜色催更，清塵收露，小曲幽坊月暗。竹檻燈窗，識秋娘庭院」〔註128〕相較。「秋娘」借指歌妓，「秋娘庭院」正是「妓院」。周邦彥此闋乃詞人追寫往事，記初到曲坊尋訪伊人的情景，相思之情，悠然不盡。潘游龍《古今詩餘醉》即以「一晌留情」、「一縷相思」論之，陳廷焯《雲韶集》亦以「迤邐寫來，入微盡致」評之。與蘇軾〈念奴嬌〉一較，自有不同風貌。〔註129〕

蘇軾長周邦彥廿歲，兩人同生於宋仁宗朝，卒於宋徽宗朝，一為舊黨，一為擁護王安石變法，兩人政治立場不一，亦無交游痕跡；值得一提的是，周邦彥叔父周邠與當時任杭州通判的蘇軾為知交，兩人多唱酬之作，蘇軾有〈次韻述古過周長官夜飲〉、〈病中獨遊淨慈，謁本長老，周長官以詩見，仍邀遊靈隱，因次韻答之〉等詩（周長官即指周邠）即可一證。周邦彥早年或許因叔父之故，間接受到蘇軾薰陶，畢竟，蘇軾詞風不僅止於豪放一格，或清麗舒徐，或粗豪、或韶秀。〔註130〕然夏承燾此處將兩人並論，確實是站在豪放的基調上加以論斷，一方面肯定蘇軾橫放傑出的填詞氣概，一方面以「氣短」二字，為周邦彥「秋娘庭院」的格局深覺可惜，亦有時代、政治不如前朝的感嘆。《瞿髯論詞絕句‧題解》即云：

> 周邦彥精通音律，曾創作不少新詞調。其詞精工穠麗，格律謹嚴，內容多寫閨情，羈旅，也有詠物之作。影響很大，有人譽為「詞家之冠」。也有人（如張侃）斥他的詞是「亡國哀音」。……可是在蘇軾開「大江東去」豪放詞風之後，周邦彥的詞還局限在「秋娘庭院」的狹窄範圍內，這是令人洩氣的。　　（冊2，頁532）

夏承燾《天風閣學詞日記》1929年9月12日即載：「燈下閱清真詞，覺風雲月露亦甚厭人矣。欲詞之不亡于今日，不可不另闢一境界。」〔註131〕夏承燾

〔註128〕周邦彥〈拜星月〉（夜色催更），唐圭璋編：《全宋詞》，冊2，頁613。

〔註129〕另參吳熊和主編：《唐宋詞匯評》（兩宋卷）（杭州：浙江教育出版社，2006年12月），冊2，頁1010。

〔註130〕〔宋〕張炎：「東坡詞如〈水龍吟〉詠楊花、詠聞笛，又如〈過秦樓〉、〈洞仙歌〉、〈卜算子〉等作，皆清麗舒徐，高出人表。」〔清〕周濟：《介存齋論詞雜著》：「人賞東坡粗豪，我賞東坡韶秀。」唐圭璋編：《詞話叢編》，冊1，頁267；冊2，頁1633。

〔註131〕夏承燾《天風閣學詞日記》，《夏承燾集》，冊5，頁118。

明顯偏愛蘇詞開闊之境界，對於周詞「風雲月露」之格早早生厭。然夏承燾
若以此否定周邦彥，似欠失公允。

夏承燾第二首論詞絕句云：

> 崇寧禮樂比伊周，江水難湔七字羞。歸魄梵村應有愧，錢塘長繞月
> 輪流。　（冊2，頁533）

此首乃接續夏承燾第一首絕句的聯章詩。宋·王明清《揮麈錄》載周邦彥獻
「化行〈禹貢〉山川內，人在周公禮樂中」一詩，以《尚書·禹貢》〔註132〕
與周公制禮作樂之事祝壽蔡京，云：

> 周美成邦彥，元豐初以太學生進〈汴都賦〉，神宗命之以官，除太
> 學錄。其後流落不偶，浮沉州縣三十餘年。蔡元長（蔡京）用事，
> 美成獻〈生日詩〉，略云：「化行禹貢山川內，人在周公禮樂中。」
> 元長大喜，即以祕書少監召，又復薦之，上殿契合，詔再取其本以
> 進。〔註133〕

徽宗大觀元年（1107）設議禮局於尚書省，周邦彥於前後數年，歷祕書省正
字、祕書省校書郎、考功員外郎、衛尉、宗正少卿兼議禮局檢討。政和元年
（1111），周邦彥以直龍圖閣知河中府。不久，周邦彥即出知隆德府（今山西
長治）、徙知明州（浙江鄞縣）。至政和七年（1117），周邦彥「拜祕書監，進
徽猷閣待制」〔註134〕。據王明清《揮麈錄》，周邦彥於神宗元豐時期進〈汴都
賦〉，除太學正一職後，三十餘年「流落不偶，浮沉州縣」。至徽宗政和時期，
蔡京當權，周邦彥阿諛獻詩，後以祕書少監召，又蒙薦舉，重進〈汴都賦〉
表，遂得徽宗賞識，此無疑是逢迎蔡京的結果。此事也為歷來詞論家詬病，
以為「化行〈禹貢〉山川內，人在周公禮樂中」一詩，乃博取功名利祿的諂媚
之辭。宋·胡仔《苕溪漁隱叢話》引《西清詩話》記載此事，有云：

> 《西清詩話》云：周邦彥美成上家公生日詩云：「化行禹貢山川外，
> 人在周公禮樂中」，時稱警策。〔註135〕

〔註132〕〈禹貢〉是《尚書》的其中一篇，是中國地理方物，兼均稅作品。整篇假託
　　　　上古三代時，夏國君主禹作寫，但一般研究指周朝戰國時代儒家所作。

〔註133〕〔宋〕王明清《揮麈錄·餘話》，《全宋筆記》（鄭州：大象出版社，2013年
　　　　7月），卷1，頁34。

〔註134〕〔宋〕脫脫等撰：《宋史》，卷444，頁13126。薛瑞生：《周邦彥別傳——周
　　　　邦彥生平事跡新證·周邦彥年表》，頁591。

〔註135〕〔宋〕胡仔纂集，廖德明校點：《苕溪漁隱叢話·前集》，卷25，頁173。

明‧瞿佑《歸田詩話‧周公禮樂》亦載：

> 蔡京當國，倡為豐亨豫大之說，以肆蠱惑。其生日，天下郡國皆有
> 饋獻，號「太師生辰綱」，富侈可知也。文士錦囊玉軸，競進詩詞，
> 獨喜周邦彥詩云：「化行禹貢山川外，人在周公禮樂中」。及燕山之
> 役，其子攸與童貫北征，京寄詩云：「百年盟誓宜深慮，六月師徒盍
> 少休；緇衣堂下風光美，及早歸來捧壽甌。」既知伐遼為非策，不
> 於朝廷明言之，而私以諭其子，誤國不忠甚矣，周公禮樂安在哉。
> 張商英拜相，唐子西作〈內前行〉云：「周公禮樂未要作，置身姚宋
> 亦不惡」，蓋謂周公未易學得，如姚宋亦可矣。詞旨輕重要當如是，
> 徒為媚竈語，何益之有。〔註136〕

徽宗時期，蔡京當權，朝廷上下，不乏應制之作，用以歌頌富足興盛的太平
景象。周邦彥「化行禹貢山川外，人在周公禮樂中」一詩，將崇寧禮樂比之周
公作樂，提高了大晟府地位，使雅正之聲澤披四海。然燕山之役，徽宗助金
伐遼，蔡京及其子蔡攸，可謂「誤國不忠」，豈能比擬周公之制禮作樂？周邦
彥投其所好，以頌天子之辭阿諛蔡京，攀附蔡氏集團，是為有過潘岳遠拜路
塵，清流為之齒冷〔註137〕的行為，遂為後人詬病。此乃周邦彥魂歸故里後，
始料未及的後果。

又，周邦彥詩並非原創，宋‧胡仔《苕溪漁隱叢話》引《復齋漫錄》云：

> 《復齋漫錄》云：《西清詩話》記其父蔡元長喜周邦彥祝壽詩云：「化
> 行禹貢山川外，人在周公禮樂中」，余以為此乃模寫東坡〈藏春塢
> 詩〉：「年拋造物甄陶外，春在先生杖屨中」是也。〔註138〕

宋‧陳善《捫蝨新話》亦云：

> 東坡〈藏春塢〉詩，有「年拋造物甄陶外，春在先生杖屨中」之句，
> 其後秦少游作〈俞待制挽詞〉，遂云「風生使者旌麾上，春在將軍俎
> 豆中。」人已謂其依傲太甚。今人只見周美成〈蔡相生辰詩〉云「化
> 行禹貢山川外，人在周公禮樂中。」相傳競以為佳，不知前輩已疊

〔註136〕〔明〕瞿佑：《歸田詩話‧周公禮樂》，周維德集校：《全明詩話》（濟南：齊
　　　　魯書社，2005年6月），冊1，中卷，頁27～28。

〔註137〕「拜路塵」用潘岳典。〔唐〕房玄齡等：《晉書‧潘岳傳》：「岳性輕躁，趨世
　　　　利，與石崇等諂事賈謐，每候其出，與崇輒望塵而拜。」後用以諷刺諂媚有
　　　　權勢的人。（臺北：鼎文書局新校本，1987年1月）卷55，頁1504。

〔註138〕〔宋〕胡仔纂集，廖德明校點：《苕溪漁隱叢話‧後集》，卷36，頁286。

用之矣。人之易欺如此。〔註139〕

周邦彥「化行禹貢山川內，人在周公禮樂中」一詩，既屬諂媚奉承之辭，又是因襲蘇軾、模仿秦觀之作，似無可取之處，故《瞿髯論詞絕句·題解》即云：

> 錢塘江雖然環繞周邦彥墓邊的月輪山奔流，也難洗去周邦彥阿諛宋徽宗崇寧禮樂的羞愧心情。　（冊2，頁533）

綜合夏承燾以上二首絕句，可知夏承燾對周邦彥仕履求宦的手段與人格，多有質疑；尤其，周邦彥靠攏蔡京、攀附蔡氏集團的後果，使得周邦彥所製新曲，有「亡國哀音」的批判，乃夏承燾深感嘆息之處。

（二）藝術手法及詞壇地位

夏承燾論及周邦彥填詞的藝術手法，見〈天風閣讀詞札記·片玉集〉及〈周邦彥的〈滿庭芳〉〉二篇。夏承燾指出：

> 美成上承飛卿、淮海、三變，其詞風有數種：一、綿密精麗，具有句法章法，為美成詞本色。二、騷雅，上承淮海，下開白石。三、受柳三變詞影響者。〔註140〕

周邦彥與溫庭筠、秦觀、柳永、賀鑄諸人，風格趨於婉約一派，而各有不同。溫庭筠限於小令，周邦彥則多作長調。柳詞雅俗兼具，俗詞有卑下委靡之譏，填詞多平實鋪敘；周邦彥則詞境高雅，「無一點市井氣」，善用側筆，鉤勒頓挫。秦觀「語工而入律」〔註141〕，周邦彥承秦觀之後，被稱之為「詞中老杜」（王國維語）。賀鑄好用晚唐詩，曾說「吾筆端驅使李商隱、溫庭筠，常奔命不暇」〔註142〕，而周邦彥多用盛唐李杜諸家語及六朝人辭賦。夏承燾指出周邦彥詞風有三大特色：一為「綿密精麗，具有句法章法」。其〈六醜·落花〉：

> 正單衣試酒，恨客裏、光陰虛擲。願春暫留，春歸如過翼。一去無跡。為問花何在，夜來風雨，葬楚宮傾國。釵鈿墮處遺香澤。亂點桃蹊，輕翻柳陌。多情為誰追惜。但蜂媒蝶使，時叩窗隔。東園岑寂。漸蒙籠暗碧。靜繞珍叢底，成歎息。長條故惹行客。似牽衣待話，別情無極。殘英小、強簪巾幘。終不似一朵，釵頭

〔註139〕〔宋〕陳善撰，查清華整理：《捫蝨新話·東坡秦少游周美成詩》，《全宋筆記》，卷7，頁63。
〔註140〕夏承燾：〈天風閣讀詞札記〉，《河北大學學報》（1998年第3期），頁71。
〔註141〕〔宋〕葉夢得：《避暑錄話》，見張惠言：《宋代詞學資料匯編》，頁143。
〔註142〕〔元〕脫脫等撰：《宋史·列傳·文苑》，卷443，頁13103。

顛臬，向人攲側。漂流處、莫趁潮汐。恐斷紅、尚有相思字，何
由見得。〔註143〕

夏承燾評為「頓挫動盪，美成極作」，論曰：

美成騷雅之作，不能過少游、白石。大開大闔，亦稍遜三變。惟此
種綿密精麗，為美成所獨具，他人不能到，即白石、夢窗，亦無有
也。〔註144〕

又如周邦彥〈蘭陵王·柳〉，夏承燾評之曰「〈六醜·落花〉之亞，綿密稍遜耳」。
論〈玉燭新·梅花〉曰「頓挫鉤勒，為美成所擅揚。」論〈花犯·梅花〉結句
「但但夢想、一枝瀟灑，黃昏斜照水」曰「推開挽回，便見動盪」。〔註145〕

周邦彥特色之二為「騷雅，上承淮海，下開白石」。作品如〈滿庭芳〉：

風老鶯雛，雨肥梅子，午陰嘉樹清圓。地卑山近，衣潤費鑪煙。
人靜烏鳶自樂，小橋外、新綠濺濺。憑欄久，黃蘆苦竹，擬泛九
江船。　　年年，如社燕，飄流瀚海，來寄修椽。且莫思身外，
長近尊前。顦顇江南倦客，不堪聽、急管繁絃。歌筵畔，先安簟
枕，容我醉時眠。〔註146〕

夏承燾論之曰「此詞騷雅。上片結句「擬泛九江船」，引起下片「飄流社燕」
一段感慨。過變曲斷意不斷。」論〈鎖窗寒〉「暗柳啼鴉，單衣佇立，小簾朱
戶」一闋，曰「此詞騷雅近白石，但色澤較濃耳。」論〈掃地花·春景〉下片
「春事能幾許。任占地持杯，掃花尋路。淚珠濺俎。歎將愁度日，病傷幽素。
恨入金徽，見說文君更苦。黯凝佇。掩重關、遍城鍾鼓」，曰「下片以景語結，
情韻不匱。白石〈八歸·送胡德華〉結句同此。」論〈渡江雲〉「晴嵐低楚甸，
暖迴雁翼，陣勢起平沙」詞，曰「此詞是淮海嗣音。淮海詞：『寒鴉數點，流
水繞孤村。』美成此詞與之同例。惟結語不稱起首豪健耳。」〔註147〕

周邦彥特色之三為「受柳三變詞影響」。作品如〈拜月星·秋思〉：

夜色催更，清塵收露，小曲幽坊月暗。竹檻燈窗，識秋娘庭院。笑
相遇，似覺瓊枝玉樹，暖日明霞光爛。水眄蘭情，總平生稀見。　　畫
圖中、舊識春風面。誰知道、自到瑤臺畔。眷戀雨潤雲溫，苦驚風

〔註143〕唐圭璋編：《全宋詞》，冊2，頁610。
〔註144〕夏承燾：〈天風閣讀詞札記〉，頁71。
〔註145〕夏承燾：〈天風閣讀詞札記〉，頁71～72。
〔註146〕唐圭璋編：《全宋詞》，冊2，頁602。
〔註147〕夏承燾：〈天風閣讀詞札記〉，頁72。

吹散。念荒寒、寄宿無人館。重門閉、敗壁秋蟲歎。怎奈向、一縷
相思，隔溪山不斷。〔註148〕

夏承燾論之曰「此係情詞，不脫三變影響，惟較近雅耳。」又如〈尉遲杯‧離
恨〉下片「如今向、漁村水驛，夜如歲、焚香獨自語。有何人、念我無憀，夢
魂凝想鴛侶」，夏承燾論之曰「大開大合，亦學柳三變」。〈一寸金‧江路〉起
句「州夾蒼崖，下枕江山是城郭」以及下片「自歎勞生，經年何事，京華信漂
泊。念渚蒲汀柳，空歸閒夢，風輪雨楫，終孤前約。情景牽心眼，流連處、利
名易薄。回頭謝、冶葉倡條，便入漁釣樂」，夏承燾論之曰「筆力雄健」、「學
柳三變大開大合章法」。〔註149〕

　　此外，夏承燾亦指出周邦彥填詞有「檃括」、「用典」、「以景語起筆」、「結
語用大筆」等特色。夏承燾論曰：

美成詞大部分為應歌而作，故常隱括前人詩賦為之。隱（按：宜作
「檃」，以下「隱」字皆同）括之體，前人有二類：馮延巳隱括白樂天
詩，為應歌。東坡（〈哨遍〉隱括〈歸去來辭〉），為抒情。承馮一派
者是美成、方回，承蘇一派者是稼軒。美成隱括唐詩、六朝賦為詞，
有徑用其字面者，改而提高者，有改而不及原作者。美成是隱括派
之集中作家。

美成用典，與詩人剪裁不同，如〈倒犯‧新月〉上片：「西窗悄。冒
霜冷貂裘，玉罌邀雲表。」「貂裘」用後漢東平王蒼來朝，帝以蒼冒
涉霜露，賜之貂裘典故。「玉罌邀雲表」用漢武帝作銅柱仙人掌擎玉
杯以承雲表之露典故。〈大酺‧春雨〉「流潦妨車轂」用〈荀子〉「涓
涓潦水，不壅不塞。轂既破碎，乃大其輻」事。

北宋淮海、方回，用辭用典，與詩分流。美成琢辭益工，運典益密
至夢窗更出色。

美成詞多以景起。至上片結句，引起下片。如其〈蘇幕遮〉詞「……
葉上初陽乾宿雨、水面清圓，一一風荷舉。　　故鄉遙，何日去。
家住吳門，久作長安旅。……。」上片以荷結。下片全從上結脫出
生情。

〔註148〕唐圭璋編：《全宋詞》，冊2，頁613
〔註149〕夏承燾：〈天風閣讀詞札記〉，頁73。

美成詞結語常用大筆，如〈蝶戀花‧秋思〉結云：「樓上闌干橫斗柄。露寒人遠雞相應。」〈早梅芳‧牽情〉「河陰高轉，露腳斜飛夜將曉。異鄉淹歲月，醉眼迷登眺。路迢迢，恨滿千里草。」均用重筆，意境闊大。〔註150〕

周邦彥精通音律，典麗精工，善於融化唐人詩句隱括入詞，在詞史發展上，以「本色」、「當行」盛行於世。南宋沈義父在《樂府指迷》中稱讚周詞為「冠絕」；張炎《詞源》也肯定了周邦彥「負一代詞名」的詞史地位。〔註151〕明人在本色論的基礎上，進一步發揮，認為周邦彥等人「柔情曼聲，摹寫殆盡」，乃「詞家所謂當行，所謂本色者也」。王世貞論詞以婉約為正，以豪放為變，因舉周邦彥為「詞之正宗」〔註152〕。清代周濟以「集大成」論清真詞，以「渾化」、「渾厚」稱許周詞，認為「後有作者，莫能出其範圍矣」。〔註153〕因此周邦彥填詞，下字運筆，皆有法度，為南宋詞人效法，夏承燾有云：

南宋大詞家，幾乎都受周詞影響。姜白石得其清空，吳夢窗得其密麗。美成所製詞調，白石、梅溪、夢窗、草窗諸家多用之，足見其影響之大。〔註154〕

南宋典雅一派詞家，多衍周邦彥而來，「遠祧清真，近師白石」，「問途碧山、歷夢窗、稼軒，以還清真之渾化」，〔註155〕已成為詞家學詞填詞的趨向。周邦彥詞在南北宋詞風轉變之下，處於關鍵的樞紐，《白雨齋詞話》論周邦彥「前收蘇、秦之終，復開姜、史之始。自有詞人以來，不得不推為巨擘」。〔註156〕周邦彥博采眾長，自成一宗，下開南宋典雅詞派，姜夔、史達祖、吳文英、周密諸人，均受周邦彥影響。

　　總之，夏承燾評論周邦彥人品，主要係自徽宗崇寧朝的政治風向切入，將周邦彥所譜新聲與北宋亡國一事連結，兼論周邦彥靠攏蔡京黨羽一事。論

〔註150〕夏承燾：〈天風閣讀詞札記〉，頁74。
〔註151〕〔宋〕沈義父《樂府指迷》、張炎《詞源》，卷下，見唐圭璋編：《詞話叢編》，冊1，頁278、255。
〔註152〕〔明〕何良俊〈草堂詩餘序〉，見施蟄存主編：《詞籍序跋萃編》（北京：中國社會科學出版社，1994年12月），頁670。〔明〕王世貞《藝苑卮言》，唐圭璋編：《詞話叢編》，冊1，頁385。
〔註153〕〔清〕周濟《介存齋論詞雜著》，唐圭璋編：《詞話叢編》，冊2，頁1632。
〔註154〕夏承燾：〈天風閣讀詞札記〉，頁75。
〔註155〕〔清〕周濟《宋四家詞選目錄緒論》，唐圭璋編：《詞話叢編》，冊2，頁1643。
〔註156〕〔清〕陳廷焯《白雨齋詞話》，唐圭璋編：《詞話叢編》，冊5，卷1，頁3787。

及填詞之藝術手法，予以高度肯定。然夏承燾對周邦彥的評論，實貶過於褒，夏承燾嘗評之云：

> 美成詞重藝術技巧，缺乏社會內容，則時代際遇限制之。宋徽宗時蔡京當權，美成依附蔡京，成為帝王權門一清客。此種人生活，多是涉足歌樓妓院，飲酒作樂，嚴重脫離實際生活，故其詞作不能反映當時社會矛盾，民生疾苦。〔註157〕

> 他的詞思想性不高。他生在北宋末年，那時朝政腐敗民不聊生，他的《清真詞》中卻無一語反映當時的社會現實。他作過「大晟樂府」（國立音樂機構）的提舉，訂律製曲，創作出許多新詞，對詞的發展起了推動的作用，這是成績的一面；但是另一方面，也起了為北宋末年統治者粉飾承平的作用。（《唐宋詞欣賞·周邦彥的〈滿庭芳〉》，冊2，頁665）

夏承燾肯定周邦彥訂律製曲、創作新詞的貢獻，視周邦彥為詞的發展起了推動的作用。然兩首論詞絕句卻隻字不提周邦彥的填詞技巧與詞史地位，以周邦彥「脫離實際生活」、「無一語反映社會現實」、僅起「粉飾承平的作用」，圍繞其政治生平進行嚴格批判。由此可見，夏承燾實將時代巨變下愛國憂民的主觀意識與詞學觀訴諸其中。

三、李清照

夏承燾曾於1937年7月撰成〈俞理初易安居士事輯後案〉，發表於《詞學季刊》未刊行的第3卷第4號中，後收入於《唐宋詞論叢》，改為〈易安居士事輯後語〉。1960年代前後，撰〈李清照詞的藝術特色〉、〈評李清照的詞論〉二篇，收入於《月輪山詞論集》；撰〈李清照的〈醉花陰〉和〈聲聲慢〉〉、〈李清照的豪放詞〈漁家傲〉見錄於《唐宋詞欣賞》。夏承燾晚年撰成《瞿髯論詞絕句》，百首中論李清照（1084～1155？，號易安居士）者有6首，份量居所有論詞對象之冠（夏氏論蘇軾，以六首論之，含一首與蔡松年合論）。王師偉勇曾於2014年6月發表〈夏承燾論詞絕句論「易安詞」詳析〉一文，就6首絕句予以析論。〔註158〕此節則擴大範圍，針對夏承燾對於李清照的全面研究，

〔註157〕夏承燾：〈天風閣讀詞札記〉，頁75。
〔註158〕析論結果計有三點發現：其一，此6首係以聯章形式呈現，先論其膽識，次論其愛國情操，三論其文學造詣，四論其詞學觀；第五首總結其為人，第六

深入耙梳探討。可知夏承燾論李清照，可自四方面著墨：一、〈金石錄後序〉署年考辨與李清照改嫁之誣；二、鬚眉氣概與愛國情操；三、「明白如話」與「能大能小」的藝術特色；四、詩詞「別是一家」的詞學理論。

（一）〈金石錄後序〉署年考辨與李清照改嫁之誣

　　清朝乾隆年間，兩淮鹽運使盧見曾（1690～1768，字澹園，又字抱孫，號雅雨）重刻趙明誠與李清照合著的《金石錄》時，係根據李清照生平事跡，推斷改嫁之事純屬烏有。盧見曾云：「觀其（李清照）洊經喪亂，猶復愛惜一二不全卷軸，如護頭目，如見故人，其惓惓德父（趙明誠字）不忘若是，安有一旦忍相背負之理。」〔註159〕王培荀《鄉園憶舊錄》亦載：「盧雅雨先生重刊《金石錄》，敘謂李易安作〈金石錄跋〉，時年已五十有二，必無更嫁之事。」〔註160〕俞正燮輯〈易安居士事輯〉，略以年代編次，間附考證，是第一篇全面輯考李清照生平事蹟之作。文中為李清照改嫁之事辨誣，內容較盧見曾更為詳盡。〔註161〕而後，陸心源（1838～1894，字剛甫、剛父，號存齋）〈易安事輯書後〉亦言「李易安改嫁，千古厚誣」；李慈銘〈書陸剛甫觀察〈儀顧堂題跋〉後〉一文，又從而證明改嫁一事為他人捏造。〔註162〕儘管不少學者出面為李清照辨誣，改嫁之事依舊莫衷一是，沒有定論。歷來相關評論，可參何廣棪《李清照改嫁問題資料彙編》。〔註163〕

　　夏承燾〈易安居士事輯後語〉，主要根據俞正燮〈易安居士事輯〉誤推李清照於元符二年適趙，不察〈金石錄後序〉中自云「建中辛巳」等等線索，而

首總結其文學。其二，夏氏論詞人，最重其人品；尤其置身動盪時代而能持志不移、獻身家國者，推崇備至。其三，吳无聞分「注釋」、「題解」兩目，箋注夏承燾《論詞絕句》百首，雖能揭其要旨，然仍有未注待補注、已注待補強、已注而疏誤等現象。王偉勇：〈夏承燾論詞絕句論「易安詞」詳析〉，《文與哲》（2014年6月），摘要，頁57。

〔註159〕〔清〕盧見曾《雅麗堂本金石錄》，見何廣棪：《李清照改嫁問題資料彙編》（臺北：花木蘭文化出版社，2009年9月），頁23。

〔註160〕〔清〕王培荀《鄉園憶舊錄》，見何廣棪：《李清照改嫁問題資料彙編》，頁39。

〔註161〕〔清〕俞正燮：《癸巳類稿‧易安居士事輯》，見何廣棪：《李清照改嫁問題資料彙編》，頁25～34。

〔註162〕〔清〕陸心源〈易安事輯書後〉、〔清〕李慈銘〈書陸剛甫觀察〈儀顧堂題跋〉後〉，參褚斌傑、孫崇恩、榮憲賓編：《李清照資料彙編》（北京：中華書局，2005年2月），頁138～142。

〔註163〕何廣棪：《李清照改嫁問題資料彙編》，頁1～434。

導致舉證錯誤之失。因此，夏承燾首先針對李清照〈金石錄後序〉寫作時間予以匡正：

> 李清照〈金石錄後序〉云：「余建中辛巳，始歸趙氏，⋯⋯侯年二十一。」又云：「余自少陸機作賦之二年，至過蘧瑗知非之兩歲，三十四年之間，憂患得失，何其多也。」按「建中辛巳」為宋徽宗建中靖國元年（1101），陸機為西晉文學家，二十歲作〈文賦〉，李清照十八歲時嫁趙明誠，故云「少二年」。蘧瑗，春秋時衛國大夫，年五十時而知四十九之非，故李清照作序時間「過蘧瑗知非之兩歲」，當為五十二歲。問題在於〈金石錄後序〉署年：「紹興二年玄黓歲壯月朔甲寅，易安室題」。〔註164〕紹興二年（1132），李清照若為五十二歲，則生於元豐四年（1081），當與趙明誠同歲，與〈金石錄後序〉內容不符。夏承燾又據洪邁《容齋四筆》卷五「時紹興四年也，易安年五十二矣」〔註165〕之文，推斷〈金石錄後序〉文末署年有誤。而《日知錄》載章邱刻本〈金石錄後序〉，「壯月朔」誤為「牡丹朔」，是知署年字譌，他本有然。而「紹興二年壯月（八月）朔」，干支實為戊子，而非甲寅。又王鵬運刻《漱玉詞》，載諸城舊藏李清照三十一歲小像，趙明誠題辭署年「政和甲午」，即政和四年（1114），逆推三十一年，李清照當生於元豐七年無誤。再者，據《宋史·本紀》，紹興五年八月，實為壬寅朔，署年當改為「紹興五年壯月（八月）玄黓朔甲寅」，「玄黓」（壬）用以紀朔，「甲寅」則以紀日是也。年月下稱朔、日下又繫干支的體例，在李清照之前，已有先例，如魯相瑛〈孔子廟碑〉云「元嘉三年三月丙子朔，廿七日壬寅。」史晨〈孔子廟碑〉云：「建寧二年三月癸卯朔，七日己酉。」〔註166〕《後漢書·隗囂公孫述列傳》稱：「漢復元年七月己酉朔。己巳，上將軍隗囂⋯⋯」，〔註167〕即與李清照之例尤近。而以紀年之「玄黓」紀朔日，亦有類似之例在先，如吳後主國山封禪文曰：「旃蒙協洽之歲，月次陬訾之舍。日惟重光大淵獻」，〔註168〕不曰辛亥，而用紀年之名

〔註164〕〔宋〕李清照〈金石錄後序〉，見徐北文主編：《李清照全集評注》，頁213～215。

〔註165〕〔宋〕洪邁：《容齋隨筆·四筆》（上海：上海古籍出版社，1978年7月），卷5，頁667。

〔註166〕〔清〕顧炎武：《日知錄》（臺北：文史哲出版社，1979年），卷21，「年月朔日子條」，頁579。

〔註167〕〔南朝宋〕范曄：《後漢書·隗囂公孫述列傳》，卷13，頁515。

〔註168〕〔清〕顧炎武：《日知錄》，卷21，「古人不以甲子名歲條」自注，頁572。

以紀日，亦為李清照署年之先例。據此，夏承燾論定李清照生於元豐七年甲子，十八歲嫁趙明誠，紹興五年乙卯，李清照五十二歲時作此序。〔註169〕

夏承燾此文一出，則有徐益藩、王仲聞、吳庠相繼獻疑。徐氏據〈金石錄後序〉中「過蘧瑗知非之兩歲」之語，以為是四十九過二年，推得李清照作序，當為五十一歲。自十八至五十一，首尾通數之，正為三十四年。李清照五十一歲，當為紹興四年，正符合洪邁《容齋四筆》「時紹興四年」之謂也，又該年又為甲寅，與文末署年一致。〔註170〕王仲聞同意徐氏之說，曾致函夏承燾商榷此事，謂：

> 宋人所云若干年，率連首尾各年在內，……自建中元年至容齋所云之紹興四年，首尾三十四年，與後序所云「三十四年之間」正合。

王仲聞又云：

> 傳本〈金石錄後序〉雖署紹興二年，而明鈔本《說郛》卷四十六瑞桂堂暇錄載後序全文則署為紹興四年，與《容齋四筆》合。〔註171〕

吳庠〈李易安金石錄後序署年記疑〉一方面同意夏承燾訂李清照作序之年為五十二歲，當為紹興五年；《容齋四筆》「紹興四年」當為「五年」之訛。另一方面，則提出質疑，謂：

> 瞿禪以紹興五年八月為壬寅朔，謂「玄黓」二字當移置「壯月」下，用以紀朔。然紀朔僅用歲陽，而紀日又用干支之甲寅，於例太創，於理似覺難安。

又謂：

> 古人臨文率稱名，不稱字。婦人對其夫，自稱為室，固屬罕見。而又置室字於易安下，甚不安。〔註172〕

因此，吳庠甚至懷疑〈金石錄後序〉文末署年一行，恐為後人補入。

其次，夏承燾列舉數證，以補充李清照改嫁之誣：證據一、俞正燮〈易安居士事輯〉指出，謝克家之子、趙明誠表侄謝伋作於紹興十一年《四六談麈》中稱李清照為「趙令人李，號易安」〔註173〕，時易安年六十（按夏承

〔註169〕夏承燾：《夏承燾集·唐宋詞論叢》，冊2，頁170～172。
〔註170〕夏承燾：《夏承燾集·唐宋詞論叢》，冊2，頁172～173。
〔註171〕夏承燾：《夏承燾集·唐宋詞論叢》，冊2，頁173。
〔註172〕吳庠〈李易安金石錄後序署年記疑〉，見夏承燾：《夏承燾集·唐宋詞論叢》，冊2，頁176。
〔註173〕〔宋〕謝伋《四六談麈》，見《百川學海》（民國十六年武進陶氏覆宋咸淳左

燾推論，為五十八），倘若改嫁為事實，豈能稱之「趙令人」。證據二、陸游《渭南文集‧夫人孫氏（蘇泂母）墓誌銘》記載孫氏十餘歲曾與「趙建康明誠之配李氏」〔註174〕往來，孫氏卒於紹熙四年（1193），年五十有三，故孫氏生於紹興十一年（1141），此時李清照已近六十，實無改嫁之可能。證據三、李慈銘引況周儀（周頤）語，從時間、行蹤上分析李清照與張汝舟可能未曾相遇，更遑論改嫁。若真為改嫁，「當在建炎三年（1129）明誠卒後紹興二年（1132）汝舟編管以前」。〔註175〕夏承燾考此四年間事，李清照於建炎三年十二月依弟迒於台州；建炎四年十二月，又偕迒至衢州紹興元年（1131）三月赴越，卜居土民鍾氏宅。若改嫁為真，當在此時至明年九月間（張汝舟九月除名，十月行遣），李清照已經年近五十歲，實不合情理。證據四、李心傳《建炎以來繫年要錄》記載張汝舟於紹興二年九月，為其妻李氏訴訟一事。〔註176〕李慈銘〈書陸剛甫觀察〈儀顧堂題跋〉後〉引李清照譏張九成之「桂子飄香」語為證，謂「足證其嫠居無事。若方與後夫爭訟此離，豈尚有此暇力弄狡獪乎。」〔註177〕按「桂子飄香」一詩，作於紹興二年三月，而張汝舟被訴訟的時間在九月，夏承燾認為，在訴訟之前並不致為此。又，莊綽作《雞肋編》，所記事止於紹興九年，其自序題「紹興三年二月九日」。卷中頁一載「時趙明誠妻李氏清照亦作詩以詆士大夫云云」，足證此時李清照未改嫁。〔註178〕

（二）鬚眉氣概與愛國情操

李清照幼有才藻，善屬詩文，尤以詞擅名，宋南渡後，被稱許為詞家婉約正宗之一。所作〈詞論〉，以婦女之流，評唐宋諸家之短長，膽識過人，卻遭惹非議。靖康之變後不久，李清照與趙明誠生死分離，落魄江湖而常懷京

　　　　圭原刻本），丁集，頁8。
〔註174〕〔宋〕陸游：《陸放翁全集》（臺北：河洛圖書出版社，1975年5月），上冊186，卷35，頁216。
〔註175〕〔清〕李慈銘〈書陸剛甫觀察〈儀顧堂題跋〉後〉況周儀（周頤）按語，參褚斌傑、孫崇恩、榮憲賓編：《李清照資料彙編》，頁141。
〔註176〕〔宋〕李心傳：《建炎以來繫年要錄》（臺北：臺灣商務印書館，1984年3月《景印文淵閣四庫全書》），卷58，頁767。
〔註177〕〔清〕李慈銘〈書陸剛甫觀察〈儀顧堂題跋〉後〉，見褚斌傑、孫崇恩、榮憲賓編：《李清照資料彙編》，頁141。
〔註178〕〔宋〕莊綽：《雞肋編》（北京：中華書局，2009年12月《唐宋史料筆記》），卷中，頁43。夏承燾：《夏承燾集‧唐宋詞論叢》，冊2，頁173～175。

洛舊事。夏承燾論詞絕句論李清照第一首曰：

> 目空歐晏幾宗工，身後流言亦意中。放汝倚聲逃伏斧，渡江人敢頌
> 重瞳。　（冊2，頁536）

李清照生於名門，父親李格非（生卒不詳，字文叔）為蘇軾門生，曾著《禮記
說》數十萬言；政治上則捲入黨爭，最終罷官而列入元祐黨籍。李清照不為
「寂寞深閨」的藩籬所限，其不受禮教束縛的個性，或許受到父親的影響，
故能直言無諱，尖銳地批判文壇大老。夏承燾「目空歐晏幾宗工」，即指李清
照大膽評論晏殊、歐陽脩、蘇軾諸人。〈詞論〉曰：

> 逮至本朝，禮樂文武大備。又涵養百餘年，始有柳屯田永者，變舊
> 聲作新聲，出《樂章集》，大得聲稱於世；雖協音律，而詞語塵下。
> 又有張子野、宋子京兄弟，沈唐、元絳、晁次膺輩繼出，雖時時有
> 妙語，而破碎何足名家！至晏元獻、歐陽永叔、蘇子瞻，學際天人，
> 作為小歌詞，直如酌蠡水於大海，然皆句讀不葺之詩爾，又往往不
> 協音律，何耶？〔註179〕

李清照一一點名北宋詞壇大家，「敢於說，敢於笑，敢於譏評有地位的男人。」
（〈李清照詞的藝術特色〉，冊2，頁246）如譏柳永、張九成「露花倒影柳三
變，桂子飄香張九成」。〔註180〕又評柳永之作，以為「雖協音律，而詞語塵
下」；評張先、宋祁、宋庠、沈唐、元絳、晁端禮諸人之作，以為「時時有妙
語，而破碎何足名家」；評晏殊、歐陽脩、蘇軾諸人之作，以為所作小歌調，
「皆句讀不葺之詩爾」。儘管李清照不是刻意衝撞禮教，但在當時的男性社會
中，已是越軌的行為了。

　　即因如此，李清照死後往往落人口實，甚至有晚年失節的批判。莊綽為
此已提出顧慮，其《雞肋編》載：

> 靖康初，罷舒王王安石配享宣聖，復置《春秋》博士，又禁銷金。時
> 皇弟肅王使虜，為其拘留未歸。種師道欲擊虜，而議和既定，縱其去，
> 遂不講防禦之備。太學輕薄子為之語曰：「不救肅王廢舒王，不禦大
> 金禁銷金，不議防秋治《春秋》。」……時趙明誠妻李氏清照，亦作
> 詩以詆士大夫云：「南渡衣冠欠王導，北來消息少劉琨」；又云：「南

〔註179〕〔宋〕李清照〈詞論〉，見於徐北文主編：《李清照全集評注》（濟南：濟南
　　　　出版社，2005年1月），頁240～241。
〔註180〕李清照〈斷句〉，徐北文主編：《李清照全集評注》，頁206。

遊尚覺吳江冷，北狩應悲易水寒。」後世皆當為口實矣！〔註181〕
李清照不畏權威，以詩詆毀士大夫，以〈詞論〉批判宋室詞壇名家，此般膽識
與行徑，李清照一世恐怕難以置身事外。宋人筆記中，如王灼《碧雞漫志》
載：

> 易安居士，京東路提刑李格非文叔之女，建康守趙明誠德甫之妻。
> 自少便有詩名，才力華贍，逼近前輩。在士大夫中已不多得，若本
> 朝婦人，當推文采第一。趙死，再嫁某氏，訟而離之，晚節流蕩無
> 歸。作長短句，能曲折盡人意，輕巧尖新，姿態百出，閭巷荒淫之
> 語，肆意落筆，自古搢紳之家能文婦女，未見如此無顧籍也。〔註182〕

胡仔《苕溪漁隱叢話‧前集》載：

> 近時婦人，能文詞如李易安，頗多佳句。小詞云：「昨夜雨疏風驟。
> 濃睡不消殘酒。試問捲簾人，卻道海棠依舊。知否知否。應是綠肥
> 紅瘦。」「綠肥紅瘦」，此語甚新。又〈九日〉詞云：「簾捲西風，人
> 似黃花瘦。」此語亦婦人所難到也。易安再適張汝舟，未幾反目，
> 有〈啟事〉與綦處厚云：「猥以桑榆之晚景，配茲駔儈之下材。」傳
> 者無不笑之。〔註183〕

又如晁公武《郡齋讀書志》載：

> 《李易安集》十二卷。右皇朝李格非之女，先嫁趙誠之，有才藻名。
> 其舅正夫相徽宗朝，……然無檢操，晚節流落江湖以卒。　（按：
> 「趙誠之」當是「趙明誠」之誤，《郡齋讀書志》衢州本有「後適張
> 汝舟不終」七字）〔註184〕

宋人筆記對於李清照的文采造詣，推為婦人第一；然其敢言不拘的行徑，卻
是不敢苟同，甚至傳出「晚節流蕩無歸」、「再適張汝舟，未幾反目」、「不終晚
節」等情事，所謂「身後流言亦意中」，李清照晚年失節，為後世訾議，亦是
意料中事。唐圭璋、潘君昭〈論李清照的後期詞〉闡述了李清照被誹謗的原
因：

> 在封建社會中，傾向進步的文人，總是屢受誣陷貶謫，有才難展，

〔註181〕〔宋〕莊綽：《雞肋編》，卷中，頁43。
〔註182〕〔宋〕王灼：《碧雞漫志》，見唐圭璋：《詞話叢編》，冊2，卷2，頁88。
〔註183〕〔宋〕胡仔：《苕溪漁隱叢話‧前集》，卷60，頁416～417。
〔註184〕〔宋〕晁公武《郡齋讀書志》，見何廣棪：《李清照改嫁問題資料彙編》，頁
　　　　5。

以致潦倒終生的。……南渡之初，……李清照就用詩筆表示了她的鮮明的政治態度，……當然是主和派所絕對不能容忍的；……因此，李清照的遭受打擊，乃是事態發展的必然結果。她的被誣為通敵，就顯然是一個惡毒的陰謀，至於因「改嫁」一事而引起的風波，則更明顯地是衛道者的製造輿論，蓄意中傷。……李清照暮年的飄零困頓，正是封建禮教對她施以無情打擊的結果。〔註185〕

　　李清照的名譽落得如此下場，然其愛國情操卻是毋庸置疑的。其〈烏江〉詩云：「生當作人傑，死亦為鬼雄；至今思項羽，不肯過江東。」〔註186〕據《史記‧項羽本紀》載，項羽垓下兵敗後，逃至烏江畔，烏江亭長欲助項羽渡江，項羽笑曰：「天之亡我，我何渡為！且籍與江東子弟八千人渡江而西，今無一人還，縱江東父兄憐而王我，我何面目見之？縱彼不言，籍獨不愧於心乎？」〔註187〕終乃自刎而死。李清照〈烏江〉一詩，論人生在世，氣節為要；守得氣節，則生可為人傑，死可為鬼雄，項羽（傳說項羽有「雙瞳」）即是一例。而以死明志，以謝江東父老的項羽，對比逃避苟安、怯敵渡江的南宋朝廷，李清照則給予嚴厲的批判。論詞絕句末兩句「放汝倚聲逃伏斧，渡江人敢頌重瞳」，點出一介婦人李清照的膽識與對南宋朝廷的失望，同時也充分表現李清照慷慨激烈的愛國熱情。然李清照晚年轉以倚聲填詞度日，其詞如〈菩薩蠻〉「故鄉何處是。忘了除非醉。沈水臥時燒。香消酒未消」〔註188〕，豈是「生當作人傑，死亦為鬼雄」之豪情可以比擬！這般轉變，正足以讓李清照晚年保全性命。

　　關於李清照的「鬚眉氣概」，夏承燾論詞絕句之二云：

　　西湖臺閣氣沉沉，霧鬢風鬟感不禁；喚起過江老宗澤，聽君打馬江
　　淮吟。　　（冊2，頁536）

「西湖臺閣氣沉沉」指南宋遷都杭州的小朝廷，死氣沉沉、苟安不振，毫無恢復中原之壯志。次句「霧鬢風鬟」，出於李清照賦元宵〈永遇樂〉詞，詞云：

　　落日熔金，暮雲合璧，人在何處。染柳煙濃，吹梅笛怨，春意知幾

〔註185〕唐圭璋、潘君昭〈論李清照的後期詞〉，見何廣棪：《李清照改嫁問題資料彙編》，頁76。
〔註186〕徐北文主編：《李清照全集評注》，頁167～168。
〔註187〕〔漢〕司馬遷：《史記》（臺北：鼎文書局新校本，1987年11月），冊1，卷7，頁336。
〔註188〕唐圭璋主編：《全宋詞》，冊2，頁927。

許。元宵佳節，融和天氣，次第豈無風雨。來相召、香車寶馬，謝
他酒朋詩侶。　　　中州盛日，閨門多暇，記得偏重三五。鋪翠冠兒，
撚金雪柳，簇帶爭濟楚。如今憔悴，風鬟霧鬢，怕見夜間出去。不
如向、簾兒底下，聽人笑語。〔註189〕

元宵佳節，本是一番熱鬧景象，李清照卻以「人在何處」的嘆息，抒發今昔盛
衰之感與身世之悲。「元宵佳節，融和天氣，次第豈無風雨」三句，則將本是
歡愉繁華的場面，轉為感慨憂愁的心境。然朝廷上下仍在香車寶馬、紙醉金
迷的歲月裡，呼朋結伴、相邀看燈，大晟樂府裡，也持續制禮作樂，以粉飾太
平。李清照獨坐簾兒底下，「聽人笑語」，所謂「霧鬢風鬟感不禁」，正是李清
照感慨之寫照。南宋遺民劉辰翁〈永遇樂〉詞序云：「余自乙亥（宋恭帝德祐
二年，1276）上元誦李易安〈永遇樂〉，為之涕下。今三年矣，每聞此詞，輒
不自堪。遂依其聲，又託之易安自喻，雖辭情不及，而悲苦過之。」〔註190〕

　　絕句後兩句，夏承燾以宗澤（1060～1128，字汝霖）比之李清照，旨在推
許李清照的愛國情操。《宋史‧宗澤傳》載：

澤前後請上還京二十餘奏，每為（黃）潛善等所抑，憂憤成疾，疽
發於背。儲將入問疾，澤矍然曰：「吾以二帝蒙塵，積憤至此。汝等
能殲敵，則我死無恨。」眾皆流淚曰：「敢不盡力！」諸將出，澤歎
曰：「『出師未捷身先死，長使英雄淚滿襟。』」翌日，風雨晝晦。澤
無一語及家事，但連呼「過河」者三而薨。〔註191〕

抗金名將宗澤，以討伐金人，恢復中原為志。為此請求宋高宗還京的奏疏，
每每被黃潛善等人壓制，宗澤憂憤成疾，背上發疽。臨終前，北伐未果，壯志
難伸，三呼「過河」，帶著遺憾而辭世。復讀李清照〈打馬賦〉附辭云：

佛貍定見卯年死，貴賤紛紛尚流徙；滿眼驊騮雜騄駬，時危安得真
致此；老矣誰能志千里，但願相將過淮水。〔註192〕

〔註189〕唐圭璋主編：《全宋詞》，冊2，頁931。

〔註190〕〔宋〕劉辰翁〈永遇樂〉詞：「璧月初晴，黛雲遠澹，春事誰主。禁苑嬌寒，
　　　　湖堤倦暖，前度遽如許。香塵暗陌，華燈明晝，長是懶攜手去。誰知道、斷
　　　　煙禁夜，滿城似愁風雨。　宣和舊日，臨安南渡，芳景猶自如故。緗帙流離，
　　　　風鬟三五，能賦詞最苦。江南無路，鄜州今夜，此苦又誰知否。空相對，殘
　　　　釭無寐，滿村社鼓。」見唐圭璋編：《全宋詞》，冊5，3229。

〔註191〕〔元〕脫脫等撰：《宋史》，冊14，卷360，頁11284～11285。

〔註192〕徐北文主編：《李清照全集評注》，頁259。

李清照感慨「烈士暮年」之餘，猶期待相將「過淮水」以收復失地的願望，與宗澤老病將死，三呼「過河」的精神不相上下，故為夏承燾所推崇。清·李漢章〈題李易安《打馬圖》並跋〉三首之一云：「國破家亡感慨多，中興漢馬久蹉跎；可憐淮水終難渡，遺恨還國說過河。南渡偷安王氣孤，爭先一局已全輸。廟堂只有和戎策，慚愧深閨《打馬圖》」〔註193〕即以李清照與宗澤相比，其巾幗之心，有「壓倒鬚眉」〔註194〕之豪情。沈曾植《菌閣瑣談》謂：「易安倜儻有丈夫氣，乃閨閣中之蘇、辛，非秦、柳也。」〔註195〕

　　夏承燾將李清照比之宗澤外，亦與岳飛相提並論，論詞絕句之五論曰：

　　中原父老望旌旗，兩戒山河哭子規；過眼西湖無一句，易安心事岳

　　王知。　　（冊2，頁539）

金人鐵騎南下，宋室江山淪陷，中原父老日日翹盼宋室旌旗能再度北揚；然國已破、家已亡，只聞「子規」〔註196〕落淚哭泣。因之夏承燾以「兩戒山河哭子規」句，意謂以江、淮為界，隔絕兩地（兩戒）之百姓，均期待朝廷揮軍北上，宋帝王朝鑾駕北歸。然南渡政權仍苟且不振、偏安一隅；國都臨安（即杭州）湖光山色、人文薈萃，終究是消磨了朝廷北返的銳志。正如孝宗淳熙（1174～1189）年間，林升〈題臨安邸〉詩云：「山外青山樓外樓，西湖歌舞幾時休；暖風薰得遊人醉，直把杭州當汴州。」〔註197〕又如宋理宗寶祐元年（1253）文及翁〈賀新郎·西湖〉詞云：「一勺西湖水。渡江來、百年歌舞，百年醉醉。回首洛陽花世界，煙渺黍離之地。更不復、新亭墮淚。」〔註198〕無論是朝廷或民間，已然沉溺於西湖美景之中，不復「新亭墮淚」〔註199〕矣！

〔註193〕此詩見引於徐北文評注〈打馬圖賦〉「集評」中，徐北文主編：《李清照全集評注》，頁267。

〔註194〕〔清〕李調元：《雨村詩話》：「蓋不徒俯視巾幗，直欲壓倒鬚眉」，唐圭璋編：《詞話叢編》，冊2，頁1431。

〔註195〕〔清〕沈曾植：《菌閣瑣談》，唐圭璋編：《詞話叢編》，冊4，頁3065。

〔註196〕《蜀王本紀》有蜀人「悲子規鳴而思望帝」之典故，〔漢〕揚雄撰：《蜀王本紀》，見收於《百部叢書集成》（臺北：藝文印書館，1968年），冊38，第5卷之5，頁1。

〔註197〕此詩見錄於北京大學古文獻研究所主編：《全宋詩》（北京：北京大學出版社，1995年11月），冊50，卷2676，頁31452。

〔註198〕唐圭璋編：《全宋詞》，冊5，頁3138。

〔註199〕《世說新語·言語》載：「過江諸人，每至美日，輒相邀新亭，藉卉飲宴。周侯中坐而歎曰：『風景不殊，正自有山河之異！』皆相視流淚。唯王丞相愀然變色曰：『當共戮力王室，克復神州，何至作楚囚相對！』」〔南朝·宋〕劉義

李清照於南渡後雖曾寓居杭州、金華一帶，眼見朝廷積弱不振，於「至今思項羽，不肯過江東」的激憤中，逐漸深鎖自我。岳飛亦嘗屯兵西湖，在高唱「壯志飢餐胡虜肉，笑談渴飲匈奴血」之餘，也僅能慨嘆「欲將心事付瑤琴，知音少，弦斷有誰聽。」〔註200〕夏承燾論岳飛云：「兩河父老寶刀寒，半壁君臣恨苟安。千載瑤琴絃迸淚，和君一曲髮衝冠。」（冊 2，頁 541）李清照、岳飛二人面對國家蜩螗的心情是一致的，他們均曾在西湖停留，作品中竟無一語提及「西湖」，遑論遊賞湖光、酣醉歌舞。所謂「易安心事岳王知」，李清照心繫家國的感情，也只有岳飛能夠體會了。

（三）「明白如話」與「能大能小」的藝術特色

夏承燾論詞，推崇自然質樸的民間詞風；論及李清照，尤其著重詞中「明白如話」的藝術特色。夏承燾〈李清照詞的藝術特色〉云：

> 李清照詞給人第一個印象是好懂──明白如話。……明白如話決不等於內容膚淺，只有用極尋常的語言而寫出深刻的感情，纔能使人一讀即懂而百讀不厭。……就李清照詞的思想內容分析她明白如話這風格的成因：一、是由於她有深沉的生活感受，所以不需要浮辭豔采；二、是由於她有坦率的情懷，沒有什麼不可告人之隱，所以敢直言無諱。　（《月輪山詞論集》，冊 2，頁 247）

李清照向來被視為詞中婉約一派，為李煜、秦觀後的詞家正宗。清·王士禎《倚聲前集·序》謂「（李）璟、（李）煜為之祖，至漱玉、淮海而極盛。」〔註201〕王又華《古今詞論》引沈去矜（沈去矜，名謙）曰：「男中李後主，女中李易安，極是當行本色。前此太白，故稱詞家三李。」〔註202〕綜觀李清照詞風，因靖康之亂而分野為前、後二期。前期的李清照與丈夫趙明誠志同道合、鶼鰈情深；然政治上的不快，也使得李、趙二府產生嫌隙。〔註203〕而傷春離別的情緒也時常困擾李清照，尤其趙明誠出仕後，更是沉重。如〈醉

慶：《世說新語箋疏》（臺北：華正書局，1983 年 10 月），上卷上，頁 92。

〔註200〕李清照詩、詞已見前引，茲不贅注。岳飛詞，一調寄〈滿江紅·寫懷〉，（怒髮衝冠），一調寄〈小重山〉（昨夜寒蛩不住鳴），見《全宋詞》，冊 2，頁 1246。

〔註201〕〔清〕王士禎《倚聲前集·序》，見況周頤《蕙風詞話》引，唐圭璋主編：《詞話叢編》，冊 5，頁 4545。

〔註202〕〔清〕王又華《古今詞論》，唐圭璋主編：《詞話叢編》，冊 1，頁 605。

〔註203〕李清照父親李格非，被列入元祐黨籍，趙明誠父親趙挺之則為新黨權要，位至宰相。

花陰〉下片「東籬把酒黃昏後。有暗香盈袖。莫道不消魂，簾捲西風，人比黃花瘦。」寫來超塵拔俗，表達了李清照深沉的思念。此外，李清照〈漁家傲〉「天接雲濤連曉霧。星河欲轉千帆舞。彷彿夢魂歸帝所。聞天語。殷勤問我歸何處。　　我報路長嗟日暮。學詩謾有驚人句。九萬里風鵬正舉。風休住。蓬舟吹取三山去。」〔註204〕十足展現詞人開闊的心境，梁啟超評曰：「此絕似蘇辛派」。〔註205〕

　　李清照早期生活尚屬安定，詞風係繼承南唐以來抒情婉約的傳統，〈詞論〉強調詩詞「別是一家」，要求填詞要協五音六律、運用故實，尚文雅、需典重云云，正可與李清照前期的詞相得益彰。靖康之變後，金人鐵騎南下，宋室南渡；趙明誠辭世，兩人生死分離，從此「飄流遂與流人伍」（李清照〈上韓公樞密〉二首之一），過著漂泊的艱難生活。因此，她的晚期創作，在時代的悲劇氛圍下，自然突破了〈詞論〉的枷鎖，而蘊含更深刻的情感。

　　靖康之變前、後時期豐富的生活體驗，讓李清照創作時充滿了深沉的感受，加上她坦率的人格情操，不需要無謂的浮辭豔采，也不必過分的雕琢藻飾，自然就能寫出真摯感人的作品。因此，李清照雖承襲詞體抒情傳統的特色，卻與溫庭筠過多塗飾的酒邊花間詞大相徑庭。而周邦彥以後，詞壇一味和韻周詞，以致文理欠通、語意費解的現象甚繁，如楊澤民〈丁香結〉「堪歎萍泛浪跡，是事無長寸」、方千里「比屋樂逢堯世。好相將載酒尋歌玄對」等，李清照則在這般風氣之下，堅持以「明白如話」的語言，道出她個人面對家國、面對時代變化的心聲。張端義《貴耳集》評李清照〈永遇樂〉（落日熔金）：「皆以尋常語度入音律。煉句精巧則易，平淡入調則難。」〔註206〕這與李清照早期在〈詞論〉中提及之「典重」、「故實」的創作傾向，已有所不同，此乃取決於詞人面對現實生活的深刻感受。

　　李清照詞的文學語言明白如話，所使用的音律聲調，亦是「明白好懂」（冊2，頁251），晚期作品尤是。〈詞論〉謂：「蓋詩文分平側，而歌詞分五音，又分五聲，又分六律，又分清濁輕重。」〔註207〕李清照以此證詩詞「別是一家」之論。然李清照不填僻調、拗調，亦有不合規律之處，如〈菩薩蠻〉

〔註204〕〈醉花陰〉、〈漁家傲〉，見唐圭璋主編：《全宋詞》，冊2，頁927、929。

〔註205〕〔清〕梁啟超《藝蘅館詞話》乙卷，見唐圭璋主編：《詞話叢編》，冊5，頁4308。

〔註206〕〔宋〕張端義《貴耳集》，見張惠民：《宋代詞學資料匯編》，頁162。

〔註207〕李清照〈詞論〉，見徐北文主編：《李清照全集評注》，頁245。

上、下片結句應作「仄平平仄平」，李清照〈菩薩蠻〉（風柔日薄春猶早）一闋，作「梅花鬢上殘」、「香消酒未消」、〈菩薩蠻〉（歸鴻聲斷殘雲碧）一闋，作「釵頭人勝輕」、「西風留舊寒」。可見李清照填詞，並非死守字聲。

　　夏承燾亦指出李清照詞「多用雙聲疊韻字」的特色。如〈聲聲慢〉：

　　尋尋覓覓，冷冷清清，悽悽慘慘戚戚。乍暖還寒時候，最難將息。三盃兩盞淡酒，怎敵他、晚來風急。雁過也，正傷心，卻是舊時相識。　　滿地黃花堆積。憔悴損，如今有誰堪摘。守著窗兒，獨自怎生得黑。梧桐更兼細雨，到黃昏、點點滴滴。這次第，怎一個、愁字了得。〔註208〕

上片「尋尋覓覓，冷冷清清，悽悽慘慘戚戚」，宋·張端義《貴耳集》論曰：「此乃公孫大娘舞劍手。本朝非無能詞之士，未曾有一下十四疊字者，用《文選》諸賦格。」下片「梧桐更兼細雨，到黃昏、點點滴滴」，論曰：「又使疊字，俱無斧鑿痕。」羅大經《鶴林玉露》論曰：「起頭連疊七字，以一婦人，乃能創意出奇如此。」清·徐釚《詞苑叢談》載：「首句連下十四個疊字，真似『大珠小珠落玉盤』也。」周濟《宋四家詞選目錄序論》：「雙聲疊韻字，要著意布置，有宜雙不宜疊，宜疊不宜雙處。重字則既雙且疊，尤宜斟酌。如李易安之『悽悽慘慘戚戚』三疊韻、六雙聲，是鍛鍊出來，非偶然拈得也。」〔註209〕歷來論〈聲聲慢〉者，無不為疊字而感到驚奇，而卻忽略了這闋詞中，舌聲、齒聲連用的情形。夏承燾指出舌聲有十五字：「淡、敵他、地、堆、獨、得、桐、到、點點滴滴、第、得」；齒聲四十二字：「尋尋、清清、悽悽慘慘戚戚、乍、時、最、將、息、三、盞、酒、怎、正傷心、是、時相識、積、憔悴損、誰、守、窗、自怎生、細、這次、怎、愁字」，占全詞字數半數以上，舌聲、齒聲交加重疊，不但讀來明白如話，亦有聲調之美，也表達了詞人憂鬱惆悅的心情。〔註210〕夏承燾論曰：

　　李清照詞就反映了婉約派在時代激流影響下的變化與發展。在婉約派這一詞派中，她的詞應該說是成就最高的，她是整個北宋詞中婉

〔註208〕〈聲聲慢〉，見唐圭璋主編：《全宋詞》，冊2，頁932。

〔註209〕〔宋〕張端義《貴耳集》、羅大經《鶴林玉露》，見張惠民：《宋代詞學資料匯編》，頁160、162。徐釚：《詞苑叢談》（臺北：文史哲版社，1989年6月），卷3，頁178。周濟《宋四家詞選序論》，唐圭璋主編：《詞話叢編》，冊2，頁1645。

〔註210〕夏承燾〈李清照詞的藝術特色〉，《夏承燾集》，冊2，頁251～252。

約詞派最恰當的代表人。……李清照詞的藝術特色不止「明白如話」
這一點，……但是「明白如話」卻是她的詞最顯著突出的一點。她
傳頌的名作，不但合了卷子聽得懂它的語言美，並且也聽得懂它的
聲調美。　（《月輪山詞論集》，冊 2，頁 252～253）

　　除了「明白如話」的藝術特色外，夏承燾論詞絕句指出李清照能大能小、
能豪能婉的文學造詣，夏承燾《瞿髯論詞絕句》論曰：

大句軒昂隘九州，么絃稠疊滿閨愁；但憐雖好依然小，看放雙溪舴
艋舟。　（冊 2，頁 537）

前揭李清照〈烏江〉一詩及〈打馬賦〉所附辭，境界豪闊，有不讓鬚眉之氣
概。其詩如〈上樞密韓肖胄詩〉二首之一：「子孫南渡今幾年，飄流遂與流人
伍。欲將血淚寄山河，去灑東山一抔土。」〈斷句〉：「南渡衣冠少王導，北來
消息欠劉琨」、「南游尚覺吳江冷，北狩應悲易水寒。」〔註 211〕道出故國淪
陷後的悲情，也譏斥統治階層的怯懦無能。

　　李清照存詞 49 闋中，慢詞僅有〈長壽樂〉、〈鳳凰臺上憶吹簫〉、〈永遇樂〉、
〈多麗〉、〈慶清朝慢〉、〈聲聲慢〉、〈念奴嬌〉、〈轉調滿庭芳〉、〈滿庭芳〉9 闋。
劉熙載《藝概》所謂：「齊梁小賦，唐末小詩，五代小調，雖小卻好，雖好卻
小，蓋所謂兒女情多，風雲氣少也。」〔註 212〕夏承燾評之為「但憐雖好依然
小」。李清照又「好」又「小」之詞，與「大句軒昂」之詩，正是不分軒輊。
小令〈武陵春〉：

風住塵香花已盡，日晚倦梳頭。物是人非事事休。欲語淚先流。
　　聞說雙溪春尚好，也擬泛輕舟。只恐雙溪舴艋舟。載不動、
許多愁。〔註 213〕

〈武陵春〉「只恐雙溪舴艋舟。載不動、許多愁」，如細絃稠疊，充滿閨愁，委
婉動人，正是宋詞又「好」又「小」的特質。

　　陳廷焯《白雨齋詞話》論之曰：「兩宋詞家各有獨至處，流派雖分，本原
則一，惟方外葛長庚、閨中之李易安，別於周、秦、姜、史、蘇、辛外，獨樹
一幟，而亦無害其為佳，可謂難矣。」〔註 214〕李清照以閨秀之姿，於周邦彥、

〔註 211〕〈上樞密韓肖胄詩〉、〈斷句〉諸詩，見徐北文主編：《李清照全集評注》，頁
　　　　196、206。
〔註 212〕〔清〕劉熙載《藝概‧詞概》，見收於唐圭璋：《詞話叢編》，冊 4，頁 3710。
〔註 213〕唐圭璋編：《全宋詞》，冊 2，頁 931。
〔註 214〕〔清〕陳廷焯《白雨齋詞話》，唐圭璋主編：《詞話叢編》，冊 4，頁 3909。

秦觀、姜夔、史達祖、蘇軾、辛棄疾之外，獨樹一幟，一方面繼承了南唐以來抒情詞的傳統，一方面又在悲劇性的時代氛圍下，表現出個人深沉的感受。特別注意的是，李清照詞風少了詩篇中振奮人心的軒昂氣勢，這大抵與李清照堅持詩詞「別是一家」的態度有關。

（四）詩詞「別是一家」的詞學理論

李清照〈詞論〉，原見收於胡仔《苕溪漁隱叢話》以及魏慶之《詩人玉屑》，原文節錄如下：

> 逮至本朝，禮樂文武大備。又涵養百餘年，始有柳屯田永者，變舊聲作新聲，出《樂章集》，大得聲稱於世；雖協音律，而詞語塵下。又有張子野、宋子京兄弟，沈唐、元絳、晁次膺輩繼出，雖時時有妙語，而破碎何足名家！至晏元獻、歐陽永叔、蘇子瞻，學際天人，作為小歌詞，直如酌蠡水於大海，然皆句讀不葺之詩爾，又往往不協音律，何耶？
>
> 蓋詩文分平仄，而歌詞分五音，又分五聲，又分六律，又分清濁輕重。且如近世所謂〈聲聲慢〉、〈雨中花〉、〈喜遷鶯〉，既押平聲韻，又押入聲韻。〈玉樓春〉本押平聲韻，又押上去聲，又押入聲。本押仄聲韻，如押上聲則協；如押入聲，則不可歌矣。王介甫、曾子固文章似西漢，若作一小歌詞，則人必絕倒，不可讀也。乃知別是一家，知之者少。後晏叔原、賀方回、秦少游、黃魯直出，始能知之。又晏苦無鋪敘；賀苦少典重；秦即專主情致，而少故實，譬如貧家美女，雖極妍麗豐逸，而終乏富貴態；黃即尚故實，而多疵病，譬如良玉有瑕，價自減半矣。〔註215〕

李清照一方面就詞體的音樂性言之，針對「不協音律者」，強調詩文但分平仄，歌調須分五音、五聲、六律、清濁、輕重。〔註216〕另一方面就文學性言之，針對柳永「辭語塵下」；張先、宋祁諸家「有妙語而破碎」；晏殊、歐陽脩、蘇軾「句讀不葺之詩」；賀鑄「少典重」；晏幾道「無鋪敘」；秦觀「專主情致而

〔註215〕〔宋〕李清照〈詞論〉，見於徐北文主編：《李清照全集評注》，頁240～241。

〔註216〕五音（宮、商、角、徵、羽）、五聲（陰平、陽平、上、去、入）、六律（古代音樂有十二律，相當於今鍵盤樂器之十二音鍵。又區分為陰、陽，陰六為呂，陽六為律，六律即指黃鐘、太簇、姑洗、蕤賓、夷則、無射）、清濁（音階之高低）、輕重（指唇、齒、喉發音部位所發音量之大小）。

少故實」、黃庭堅「尚故實而多疵病」等現象，提出詞體必須風格高雅、渾成，遣詞典重，創作鋪敘，情致、故實兼備。進而提出詩詞「別是一家」的口號，以達到「尊體」的目的。夏承燾《瞿髯論詞絕句》論李清照之四云：

> 掃除疆界望蘇門，一脈詩詞本不分；絕代易安誰繼起，渡江只（按：
> 「只」宜作「隻」）手合黃秦。　　（冊 2，頁 538）

蘇軾「以詩為詞」，「無意不可入，無事不可言」，提升詞體的境界，擴大詞體的題材，為詞家「指出向上一路」，「新天下耳目」，在詞的發展史上具有開創性的意義。然這般傾向卻與傳統上「要眇宜修」的特性相矛盾，遂而引起宋代詞壇眾多非議，拿「教坊雷大使」比喻，譏笑他「要非本色」。李清照是其中一位，詩詞「別是一家」的口號，即是針對蘇軾而發。夏承燾指出這一現象，卻不予認同，認為「一脈詩詞本不分」，且提出兩大要點：一、詞體的創作，勢必尋找未來的出路；二、如何應付當前時代的需要。夏承燾〈評李清照的詞論〉一文云：

> 由於詞從晚唐五代以後到北宋末年，二百多年間，都掌握在封建文
> 士裏，局限於《花間》、《尊前》「艷科」的面目，辭藻日益繁富而
> 內容日益貧乏，長此以往，齊梁宮體沒落的景況就是它將要來臨的
> 命運。柳永、蘇軾兩家先後崛起，一面從民間吸取新氣息，一面合
> 詩於詞，從詞的內容和形式上，打破它狹窄的規模，開闢廣闊的道
> 路，這都是必要的舉措，也是必然的趨勢。此其一。
>
> 汴京覆亡的前後，一切有民族氣節的知識分子，都奮起號呼抗敵救
> 亡。……。和李清照同時的張元幹、張孝祥諸家，就都運用這種文
> 學形式來反映當時的現實，並拿它向對敵投降分子進行鬥爭。……
> 此其二。
>
> 可是李清照對這兩個問題的態度卻並不如此：她以「詞語塵下」貶
> 斥柳永，若不僅斥他的語言俚俗而兼指內容頹靡，這還是合理的批
> 判。至於要求作詞須分五音、六律以合樂，那卻像是和大晟樂府裏
> 的侍從文人作共鳴的論調了。　　（《月輪山詞論集》，冊 2，頁 256～
> 257）

李清照撰寫〈詞論〉的時間，根據原文「逮至本朝，禮樂文武大備，又涵養百餘年」，又無一語涉及靖康之變，加上李清照南渡後作品與〈詞論〉所及相矛

盾，故夏承燾論定此篇乃李清照南渡前之作。既然如此，李清照要求作詞須分五音、六律以合樂的論點，正符合當時詞壇的風氣，夏承燾不能過分苛責之。

論詞絕句三、四句「絕代易安誰繼起，渡江只手合黃秦」（按：「只手」應作「隻手」，指憑一人之力，喻指獨力完成），稱李清照的詞學成就，能揉合黃庭堅與秦觀之詞風。在夏承燾之前，已有清·沈曾植《菌閣瑣談》論及：

> 易安跌宕昭彰，氣調極類少游，刻摯且兼山谷，篇章惜少，不過窺豹一斑。閨房之秀，文士之豪也。才露大鋒，被謗殆亦因此。自明以來，墮情者，醉其芳馨；飛想者，賞其神駿，易安有靈，後者當許為知己。〔註217〕

沈曾植以「氣調極類少游（秦），刻摯且兼山谷（黃）」，以「氣調」、「刻摯」分別評論秦觀、黃庭堅，遂為吳无聞注解採用。然何謂「氣調」、「刻摯」，沈曾植並無深入解釋。今觀李清照〈詞論〉論秦、黃二家之語，考察其兼取之道，可知其一二。

秦觀係以詞人而作詩，黃庭堅則以詩人而填詞，正是夏承燾所謂「詩詞本不分」者流。然在李清照看來，「秦即專主情致，而少故實，譬如貧家美女，雖極妍麗豐逸，而終乏富貴態；黃即尚故實，而多疵病，譬如良玉有瑕，價自減半矣」（〈詞論〉），詩詞混搭，各有其失。如胡仔《苕溪漁隱叢話·後集》稱：「少游詞雖婉美，然格力失之弱。」晁補之稱：「黃魯直間作小詞，固高妙，然不是當行家語，是著腔子唱好詩。」〔註218〕清·賀裳《皺水軒詞筌》並論秦、黃之優劣云：

> 少游曼聲以合律，寫景極淒惋動人。然形容處殊無刻肌入骨之言，去韋莊、歐陽炯諸家，尚隔一塵。黃九時出俚語，如「口不能言，心下快活」，可謂儓父之甚。然如「釵罥袖，雲堆臂，燈斜明媚眼，汗浹薔騰醉」，前三語猶可入畫，第四語恐顧（虎頭）、陸（疑作「鹿」為是，指鹿虔扆）不能著筆耳。黃又有「春未透，花枝瘦，正是愁時候」，新俏亦非秦所能作。〔註219〕

〔註217〕〔清〕沈曾植《菌閣瑣談》，見唐圭璋編：《詞話叢編》，冊4，頁3608。
〔註218〕此評語見錄於〔宋〕吳曾：《能改齋漫錄》卷16，唐圭璋《詞話叢編》輯錄時改為《能改齋詞話》，冊1，卷1，頁125。
〔註219〕〔清〕賀裳：《皺水軒詞筌》，見唐圭璋主編：《詞話叢編》，冊1，頁696。

至於李清照詞風，揉合秦、黃兩家特色，主情致又尚故實，尚故實而避粗率，故能在秦、黃二家之上，形成「曲折盡人意，輕巧尖新，姿態百出」（王灼《碧雞漫志》）的「易安體」。清·彭遜遹《金粟詞話》云：

> 李易安「被冷香銷新夢覺，不許愁人不起」，「守著窗兒，獨自怎生得黑」，皆用淺俗之語，發清新之思，詞意並工，閨情絕調。〔註220〕

清·李調元《雨村詞話》云：

> 易安在宋諸媛中，自卓然一家，不在秦七、黃九之下。詞無一首不工，其鍊處可奪夢窗（吳文英）之席，其麗處真參片玉（周邦彥）之班。蓋不徒俯視巾幗，直欲壓倒鬚眉。〔註221〕

清·況周頤《蕙風詞話》云：

> 李易安時代，猶稍後於（朱）淑貞。即以詞格論，淑貞清空婉約，純乎北宋。易安筆情近濃至，意境較沉博，下開南宋風氣，非所詣不相若，則時會為之也。〔註222〕

要而言之，李清照詞的特色在於「用淺俗之語，發清新之思」、「情近濃至，意境較沉博」，正可補秦、黃二家之缺失，又能形塑一己之特色。

　　總之，夏承燾論李清照及其詞，早年已關注李清照的生平考辨，撰成〈俞理初易安居士事輯後案〉一文，予以辯駁；而後陸續關注李清照的人格精神、藝術特色與詞學理論，給予高度的評價。《瞿髯論詞絕句》總論李清照的文學地位云：

> 易安曠代望文姬，悲憤高吟新體詩；倘使倚聲共南渡，黃金合鑄兩蛾眉。　　（冊2，頁540）

夏承燾以漢末蔡琰（生卒年不詳，字文姬）與李清照相提並論，二人同為歷史上傑出的女性作家，雖隔世代，卻足與仰望相攀。「悲憤」一則言蔡琰，一則言李清照。蔡琰〈悲憤詩〉以五言體形式，反映漢末離亂中人民所受的痛苦。〔註223〕李清照係隨宋室南渡，飽含流離顛沛之感慨，所作詩詞別見風貌。

〔註220〕〔清〕彭遜遹：《金粟詞話》，唐圭璋主編：《詞話叢編》，冊1，頁721。按：所引調，一調寄〈念奴嬌·春情〉，一調寄〈聲聲慢〉。
〔註221〕〔清〕李調元：《雨村詞話》，唐圭璋主編：《詞話叢編》，冊2，卷3，頁1431。
〔註222〕〔清〕況周頤：《蕙風詞話》，唐圭璋主編：《詞話叢編》，冊5，卷4，頁4497。
〔註223〕蔡琰〈悲憤詩〉，見錄於《後漢書·列女傳·董祀妻傳》，冊4，卷84，頁2801～2802。吳无聞「題解」云：「蔡琰的〈悲憤詩〉，是五言體。五言詩在《詩經》四言形式上發展而成。東漢末年，正是五言詩的成熟期。〈悲憤詩〉不

吳无聞「題解」論曰：

> 如果蔡文姬和李清照一起經驗南渡之亂，一起倚聲填詞，她的作品
> 可與李清照的《漱玉詞》比美。詞壇後學當用黃金為這兩位女作家
> 鑄像以事之。　（冊 2 頁 540）

金・元好問〈論詩絕句〉三十首之八：「沈宋橫馳翰墨場，風流初不廢齊梁。論功若准平吳例，合著黃金鑄子昂。」〔註 224〕前兩句肯定沈佺期、宋之問於初唐詩壇的貢獻。後兩句轉稱能一掃六朝纖弱靡麗之風，首倡高雅沖淡之音的陳子昂，其貢獻堪媲美輔佐越王句踐平滅吳國之范蠡。而句踐感念范蠡平吳之功，在范蠡離去後，特叮囑良工鑄范蠡金像，置於座側，以示沒齒難忘之意。夏承燾綜論蔡琰和李清照「黃金合鑄兩蛾眉」，實是以此典故肯定二人之詩詞造詣與文學地位。〔註 225〕

第四節　南宋愛國詞人

夏承燾曾說：「凡是偉大的作家，他們多數是站在時代前線的戰士。凡是偉大的文學作品，他們多數是時代的號角。」（冊 8，頁 172）夏承燾評論南宋愛國詞人，始終能站在歷史背景的觀點上，探討其民族思想及政治態度，亦不抹煞詞中的藝術性，故能在內容與形式上取得平衡，給予高度評價。以下就夏承燾論及之南宋愛國詞人予以析論。

一、辛棄疾

探析夏承燾對辛棄疾的研究思路、歷史定位、藝術風格以及接受的情形，可從《瞿髯論詞絕句》、諸篇詞論文章、《日記》以及夏承燾的詞風之中一窺

僅在形式上是新體，尤其在內容方面，反映出漢末離亂中人民所受的痛苦。」見《夏承燾集》，冊 2，頁 540。

〔註 224〕施國祈輯注《遺山集》，見收於《元好問研究資料彙編》（臺北：文史哲出版社，1990 年 12 月），上冊，頁 523。

〔註 225〕吳无聞引元・趙孟頫〈詠史詩〉為之注，詩云：「酒酣研劍氣如雲，屠狗吹簫盡策勳；漢室功臣誰第一，黃金合鑄紀將軍。」〔元〕趙孟頫：《松雪齋文集》（臺北：臺灣學生書局，1985 年 2 月），卷 5，頁 224。按：趙孟頫一詩，係用以論興復漢室之功臣，與夏承燾之論點無關。王師偉勇指出夏氏「黃金合鑄」句，乃據金・元好問〈論詩絕句〉三十首之八而來。參王偉勇：〈夏承燾論詞絕句論易安詞詳析〉，頁 79～80。

究竟，以下就四端論之：

（一）就研究思路而言

夏承燾的研究思路可分兩部分說明：（1）採用社會批評方法，強調知人論世的重要性。夏承燾指出欲瞭解《稼軒詞》，必須先瞭解辛棄疾所在的歷史背景、政治態度、生活感情，如此才能體會詞中所蘊含的精神與藝術性。夏承燾論曰：

> 在辛棄疾一生及其前前後後的一兩百年時間裡，即從北宋末年到南宋末年，歷史上的大事，那就是漢族反抗女真族侵略的鬥爭。在民族矛盾上升為主要矛盾的時期，反抗女真族侵略就成為當時的中心思想。這個時代的中心思想貫串著辛棄疾一生的全部精力和行動，陶鑄了他的整個人格，他也為了實現這個時代的中心思想而貢獻出他的整個生命。

> 唐、宋詞人的作品，大多和作者的身世歷史沒有什麼關係。惟有辛棄疾，若不瞭解其身世，便會妨礙我們瞭解其作品。（《詞學論札・讀詞隨筆》，冊 8，頁 170）

宋代詞人所處的時代，最大的特徵就是他們必須面臨民族的衝突；而在詞中反映這種特徵的當然不只辛棄疾一人，然因為他「是一位忠貞的民族志士」、「是一位身冒矢石的戰士」、「是一位戰略家」，〔註 226〕這三種身分的重疊，才能演奏出磅礡動人的美聲，其成就便能凌駕於其他詞家之上。夏承燾又論曰：

> 正因為辛棄疾能夠站在時代的前列，所以他的詞縱橫奇變，突過蘇軾，為詞體開闢許多未曾有過的新境，唱出時代的最強音。（《詞學論札・讀詞隨筆》，冊 8，頁 172）

歷史背景、政治態度、生活情感等因素，造就了辛棄疾豪放的詞風。當他面對民族衝突、朝廷軟弱的時局，所展現而出的不平氣概與長期被扼抑的幽憤，便成就了他豪放沉鬱的稼軒詞風，如此才能讀懂「起望衣冠神州路，白日銷殘戰骨。歎夷甫、諸人清絕」（〈賀新郎・用前韻送杜叔高〉）；「汗血鹽車無人顧，千里空收駿骨。正目斷、關河路絕」（〈賀新郎・同父見和，再用前韻〉）；「長安父老，新亭風景，可憐依舊。夷甫諸人，神州沉陸，幾曾回首」（〈水龍

〔註 226〕夏承燾：《詞學論札・讀詞隨筆》，《夏承燾集》，冊 8，頁 171。

吟・為韓南澗尚書壽甲辰歲〉）等詞篇中所表達的弦外之音。〔註 227〕《瞿髯論詞絕句》論辛棄疾四首中有兩首，一方面結合辛棄疾晚年的心境，一方面化用了辛詞詞句，針對辛棄疾的晚年與作品予以析論，二首如下：

> 人居平土魚歸海，禹跡蒼茫在兩間。誰會詞人飢溺意，大江東下望金山。
>
> 學種東家樹幾株，登樓身已要人扶。誰憐火色鳶肩客，臨逝方承急召書。　（冊 2，頁 546～547）

夏承燾引〈生查子・題京口郡治塵表亭〉：「悠悠萬世功，矻矻當年苦。魚自入深淵，人自居平土。　　紅日又西沉，白浪長東去。不是望金山，我自思量禹」〔註228〕一詞，說明辛棄疾晚年不忘救國之志，把拯救同胞的責任自比夏禹治水。〔註 229〕然而當辛棄疾病篤「身已要人扶」〔註 230〕之際，儘管朝廷下了詔書要起用他主持軍政，辛棄疾已病老無法赴任了。夏承燾化用辛棄疾晚年退隱上饒時所作〈鷓鴣天・有客慨然談功名，因追念少年時事戲作〉「追往事，歎今吾。春風不染白髭鬚。都將萬字平戎策，換得東家種樹書」〔註231〕一詞，表達對辛棄疾平生胸襟的慨嘆。

　　（2）「古為今用」的批評意識。「古為今用」是馬克思主義關於研究歷史的指導方針，這是在馬克思過世後，由恩格斯（Engels）在 1884 年所提出的概念。〔註 232〕毛澤東也以「古為今用」作為批判繼承歷史遺產的口號，他說

〔註 227〕唐圭璋編：《全宋詞》，冊 3，頁 1889、1890、1868。

〔註 228〕唐圭璋編：《全宋詞》，冊 3，頁 1971。

〔註 229〕據鄧廣銘編年，乃宋寧宗嘉泰四年（1204）三月任鎮江知府所賦，此時辛棄疾已屆晚年，全詞引夏、禹治平水土的典故，抒發報國壯志。《瞿髯論詞絕句》中「飢溺」一詞，出自《孟子・離婁》：「禹思天下有溺者，由己溺之也。稷思天下有飢者，由己飢之也。是以如是其急也。」又《孟子・滕文公》載：「當堯之時，水逆行，氾濫於中國，蛇龍居之。民無所定，⋯⋯使禹治之。禹掘地而注之海，驅蛇龍而放之菹。水由地中行，江淮河漢是也。險阻既遠，鳥獸之害人者消，然後人得平土而居之。」參鄧廣銘：《稼軒詞編年箋注》（臺北：華正書局，2007 年 2 月），頁 547～548。史次耘註譯：《孟子今註今譯》（臺北：臺灣印書館，1984 年 1 月），頁 228、154。

〔註 230〕杜甫〈暮秋枉裴道州手札，率爾遣興，寄近呈蘇渙侍御〉有「此身已愧須人扶」句，陳師道挽司馬光詩亦有「政雖隨日化，身已要人扶」句。〔宋〕釋惠洪：《冷齋夜話》（鄭州：大象出版社，2013 年 6 月《全宋筆記》），卷 2，頁 36。

〔註 231〕唐圭璋編：《全宋詞》，冊 3，頁 1943～1944。

〔註 232〕弗雷德里希・恩格斯（Freiderich Engels）（1820～1895），是馬克思的伙伴，

「學習我們的歷史遺產，用馬克思主義的方法給以批判的總結」，又指出「清理古代的文化發展過程，剔除其封建性的糟粕，吸收其民主性的精華，是發展民族新文化提高民族自信心的必要條件」。〔註 233〕夏承燾在毛澤東的批判繼承、古為今用的宣示下，不免受其影響，對於唐五代以來的文人詞，一向不以為然，認為文人詞在「各體舊文學裡，是最缺乏生命力的」（冊 8，頁 170），又曰：

> 這些反映舊社會有閒階級思想感情的文人詞，和今天勞動人民的好
> 尚自然是格格不入的。在文學遺產中，文人詞似乎是最不符合今天
> 的要求了。　（《詞學論札·讀詞隨筆》，冊 8，頁 170）

夏承燾論詞，與他所處的馬克思主義的時代緊緊扣合，唯有表現出豪邁氣概、愛國熱忱的思想，才能得到夏承燾的認同。在夏承燾所鄙視的文人詞中，有不少例外，尤其在北宋末年民族衝突爆發後，文人在異族壓迫的激烈抗爭下，發之於詞，使詞有了新的內容、新的生命。「花間、尊前『淺斟低唱』的詞，到此一變和大時代的脈搏一同跳動，這是宋詞的最高成就。」（冊 8，頁 80）夏承燾所推舉的愛國詞人中，當以辛棄疾為首。夏承燾論曰：

> （辛棄疾）能從個人利害的圈子裡跳出來，投身到民族鬥爭的時代
> 熔爐中去，過著火辣辣的戰鬥生活，這不正是我們今天要學習的戰
> 鬥精神嗎？
>
> 他能夠感覺到時代的脈搏，並緊緊地把握住它，把它溶入他的詞中。
> 他對詞這種文體，起到擴展它、推進它、完善它的作用。……若只
> 摹仿辛詞的字句聲調作舊詞，那麼，舊詞的時代已經過去了，那就
> 學不到辛棄疾之所以為辛棄疾的真精神了。　（《詞學論札·讀詞隨
> 筆》，冊 8，頁 173）

辛棄疾作品中的真精神，是時代背景下民族意識的反映，對夏承燾來說，能夠緊緊把握不同時代的歷史脈搏，才能為詞體開闢新境，為「吟壇建鼓旗」（《瞿髯論詞絕句》）。正如他在 1939 年 12 月為鄧廣銘《稼軒詞編年箋注》作

同為馬克思主義的領袖。其〈家庭·私有制和國家的起源〉一文揭示原始公
社制度發展的規律及其滅亡的原因，樹立了「古為今用」的典範。參馬興榮：
〈建國三十年來的詞學研究〉，《詞學》第 1 輯（上海：華東師範大學出版社，
1981 年 11 月），頁 26。

〔註 233〕毛澤東著：《毛澤東選集》（北京：人民出版社，1991 年），頁 533～534、707
～708。

序時，也不忘強調此書出版對中國抵抗日本起了鼓舞的作用，序云：

> 李杜以降，詩之門戶盡闢矣，非縱橫排戛，不能開徑孤行為昌黎也。
> 詞至東坡，《花間》、《蘭畹》夷為九旭五劇矣，其突起為深陵奧谷、
> 為高江急峽，若昌黎之為詩者，稼軒也。……今之詞家，好標舉夢
> 窗，其下者幽闇弇陋，尤甚於郊島。得恭三茲編以鼓舞之，蔚為風
> 會，國族精魂將怙以振滌，豈第稼軒功臣，與洪顧比肩也哉！（載
> 於 1940 年 1 月 30 日《日記》，冊 6，頁 174）

1959 年，在外國漢學家施華茲的鼓動之下，夏承燾曾經同意撰寫辛棄疾歷史
小說，藉此普及大眾，以宣揚民族精神，可惜此事只開了個頭而未能完成（冊
6，頁 770、780）。但無論如何，夏承燾以當時社會的標準評論辛棄疾，藉辛
棄疾強調詞之為詞的社會「寫實功能」，以及以詞存史的「詞史功能」，對於
政治動亂下的民國時期，具有濃厚的社會意義。

（二）就歷史定位而言

夏承燾指出辛棄疾繼承屈原的「詩騷精神」，是「集宋詞之大成」。關於
宋詞中沿用「楚辭體」的詞人，當推辛棄疾為第一，如〈水調歌頭〉：「余既滋
蘭九畹，又樹蕙之百畝，秋菊更餐英」；〈木蘭花慢〉（可憐今夕月）一闋序云：
「中秋飲酒，將旦，客謂前人詩詞有賦待月無送月者，因用〈天問〉體賦」；
〈山鬼謠〉（問何年）一闋序云：「兩巖有石狀怪甚，取〈離騷〉〈九歌〉名曰
〈山鬼〉，因賦〈摸魚兒〉，改今名」等均是其例。〔註 234〕然單就形式上的仿
效，離屈原的精神思想仍有隔閡。辛棄疾之所以能凌駕其他作者之上，夏承
燾認為就在於他真正繼承了屈原的詩騷精神。夏承燾論曰：

> 只有具有現實主義、愛國主義的精神，而不是從個人利害出發的崇
> 高感情的作家，才能接受屈原偉大的文學傳統。（《詞學論札·《楚
> 辭》與宋詞》，冊 8，頁 118）

夏承燾在〈讀辛棄疾的詞〉、《楚辭》與宋詞——為辛棄疾逝世七百五十周
年紀念作〉、〈讀詞隨筆·關於辛棄疾〉諸篇中，無不將辛棄疾與屈原並論，
並舉〈摸魚兒〉（更能消幾番風雨）一闋為例，指出詞中除了化用美人香草
的字面意義外，內容則是國族之憂，身世之感，「可以說是遙接《楚辭》的
傳統」（冊 8，頁 106）。1959 年 8 月 5 日《日記》載施華茲請教夏承燾如何

〔註 234〕唐圭璋編：《全宋詞》，冊 3，頁 1913、1912、1886。

著手漢學，夏承燾建議從唐詩宋詞入門，又云：「宋詞先讀稼軒。稼軒集宋詞之大成，猶詩中之杜甫。」（冊7，頁760）另於〈談范開的〈稼軒長短句序〉〉一文論曰：

> 辛棄疾一生的熱情幽憤都發之於詞，有許多名作是可以比之屈〈騷〉、杜詩而無愧。　（《詞學論札》，冊8，頁154）

於〈讀詞隨筆·關於辛棄疾〉論曰：

> 他的作品可以說是直接〈離騷〉，他的人品可以說是屈原以後第一人，這在漢魏樂府、唐詩、元曲的許多作家裡，是很難找到可以與他倫比的，他就是辛棄疾。　（《詞學論札》，冊8，頁170）

> 杜甫無疑是唐詩的集大成者。因為在杜甫後面的韓愈、白居易諸大家，都未能超過杜甫。宋詞的發展，到蘇軾已大闢疆土，他幾乎做到無事無語不可以入詞的境地。蘇軾自然是一位了不起的大作家。但是在蘇軾後面，出現了一位超越於他的辛棄疾。所以我認為，集宋詞之大成者，應推辛棄疾。　（《詞學論札》，冊8，頁172）

夏承燾將辛棄疾視為「集宋詞之大成」，為「詩中之杜甫」，作品「遙接《楚辭》傳統」，其主要的原因，就在於他作品中蘊含了夏承燾所極力推崇的思想性與文學性。

（三）就藝術風格而言

　　夏承燾於〈辛詞論綱〉一文中，針對辛詞的藝術風格，歸納成四大點：（1）善於創造生動的形象。例如「疊嶂西馳，萬馬回旋，眾山欲東」（〈沁園春·靈山齊庵賦，時築偃湖未成〉）；「疇昔此山安在，應為先生見挽，萬馬一時來」（〈水調歌頭·題張晉英提舉玉峯樓〉）；「青山欲共高人語。聯翩萬馬來無數」（〈菩薩蠻·賞心亭為葉丞相賦〉）等，〔註235〕用生動的形象意態描寫靜態的自然界景物，一切現象都在跳躍奔騰，展現詞人豪氣洋溢的生氣。

　　（2）善於運用浪漫的手法表達豐富的想像。辛棄疾多次運用《楚辭》、《莊子》寓言入詞，藉此寫出他對醜惡現實的憎恨。例如「聽兮清珮瓊瑤些。明兮鏡秋毫些。君無去此，流昏漲膩，生蓬蒿些。虎豹甘人，渴而飲汝，寧猿猱些」（〈水龍吟·用些語再題瓢泉〉）；「子固非魚，噫。魚之為計子焉

〔註235〕唐圭璋編：《全宋詞》，冊3，頁1934、1931、1881。

知。河水深且廣，風濤萬頃堪依。有網罟如雲，鵜鶘成陣，過而留泣計應非」（〈哨遍〉）等。又如他的詠花詞〈喜遷鶯‧晉臣賦芙蓉詞見壽，用韻為謝〉「休說。搴木末。當日靈均，恨與君王別。心阻媒勞，交疏怨極，恩不甚兮輕絕」，〔註236〕藉楚辭體寫出了滿腔的牢騷與不平。夏承燾認為辛棄疾那般浪漫的想像和出色的表達方式，都是他在生活現實的土壤上開出來的花朵。

（3）多樣化的風格。夏承燾《瞿髯論詞絕句》論辛棄疾的第一首「青兕詞壇一老兵。偶能側媚亦移情。好風只在朱闌角，自有千門萬戶聲。」（冊2，頁545）這是對辛棄疾側媚之詞的認同，如〈粉蝶兒‧和晉臣賦落花〉：「昨日春如，十三女兒學繡。一枝枝、不教花瘦。甚無情，便下得，雨僝風僽」，便有一種旖旎而又豪放的情調。〈臨江仙〉：「金谷無煙宮樹綠，嫩寒生怕春風。博山微透暖薰籠。小樓春色裡，幽夢雨聲中」〔註237〕一詞，婉約穠麗，有如秦觀、晏幾道的小令。夏承燾〈唐宋詞發展的幾個階段及其風格〉論曰：

> 辛棄疾好像要倒全部詞史，他能為蘇軾、李清照、能為柳永、周邦彥，也能為溫、韋花間體，他不僅以詩為詞，並且以文為詞，以論以賦為詞；但最成功的卻是豪放其內而婉約其外的像〈摸魚兒〉這一類作品。　（《詞學論札》，冊8，頁97）

夏承燾曾以「肝腸似火，色貌如花」八字評論辛棄疾〈摸魚兒〉（更能消幾番風雨）一闋，而這八字亦可以拿來形容辛棄疾能豪能婉、能剛能柔的藝術手法。

（4）高度運用語言的能力（文學語言、口語語言兩部分）。舉凡一切文人所運用的各種文學體裁，辛棄疾都能運用入詞，而呈現出「以文為詞」的表現手法。夏承燾也指出「辛詞用口語，從其豐富詞的語言一點觀之，可以肯定。從其生活面之廣、藝術性之強、採用民間口語表達其特有感情與內容觀之，也可肯定。」也因為辛棄疾擁有極高的藝術技巧及真摯的情感，當他大量的將歷史語彙、民間語彙交融組織而成為他的作品時，便能信手拈來。〔註238〕以上是夏承燾認為辛詞特別突出的四點特色。

〔註236〕唐圭璋編：《全宋詞》，冊3，頁1894、1946、1935。
〔註237〕唐圭璋編：《全宋詞》，冊3，頁1919、1959。
〔註238〕夏承燾：《月輪山詞論集‧辛詞論綱》，《夏承燾集》，冊2，頁278～286。

（四）就夏承燾詞中的稼軒詞風而言

夏承燾詞中所蘊含的「稼軒風」，也表露夏承燾對辛棄疾的鍾愛。他在 1929年 11 月 28 日《日記》載〈題稼軒詞〉一首，詩云：

> 幽窗一卷稼軒詞。風雪刁刁燈火遲。小倦支頤夢何許，聽笳夜度二
> 陵時。　（冊 5，頁 136）

此首表露了夏承燾早年閱讀《稼軒詞》的心境。晚年撰成《瞿髯論詞絕句》，論辛棄疾四首之四云：

> 金荃蘭畹各聲雌，誰為吟壇建鼓旗。百丈龍湫雷鏊底，他年歸讀稼
> 軒詞。　（冊 2，頁 548）

表露了夏承燾不喜《金荃》、《蘭畹》這類軟媚的詞風，而主張以豪放詞風為詞壇樹立鼓旗。夏承燾「早年妄意合稼軒、白石、遺山、碧山為一家」的作詞傾向，自始至終都不曾背離。如寫於 1921 年的〈清平樂・鴻門道中〉：「吟鞭西指，滿眼興亡事。一派商聲笳外起，陣陣關河兵氣。」寫於 1925 年的〈鷓鴣天・鄭州阻兵〉：「鼓角嚴城夜向闌，樓頭眉月自彎彎。夢魂險路轆轤曲，草木軍聲寒戰山。」（冊 4，頁 125）在一片煙硝的政治型態下，夏承燾往往以詞表達他深沉的憂患意識與愛國熱忱，無不酷肖杜甫、陸游、辛棄疾這類愛國詩人詞家的社會寫實作品。夏承燾於 1957 年作〈太常引・新得元刊稼軒長短句影印本，適為稼軒逝世七百五十周年〉一詞云：

> 淒其歲晚說淵明，呂葛是平生。酒後夢幽並，奈落日樓頭雁聲。
>
> 　鑒湖煙雨，鵝湖風雪，相弔幾英靈。高詠有誰聽？但驚落空山
> 大星。　（《天風閣詞集前編》冊 4，頁 216）

1961 年作〈水龍吟・謁辛稼軒墓〉云：

> 墳頭萬馬迴旋，一筇來領群山拜。長星落處，夜深猶見，金門光怪。
> 化鶴何歸，來孫難問，長城誰壞。料放翁同甫，相逢氣短，平戎業，
> 論成敗。　　莫恨沂蒙事去，恨平生馳驅江介。詞源倒峽，何心更
> 戀，長湖似帶。試聽新吟，煙花萬疊，山河兩戒。待明年來仰，祁
> 連高塚，兀雲峰外。　（冊 4，頁 224）

夏承燾一面融入了辛棄疾的典故，一面也張揚了辛棄疾豪邁的詞風。在歷代詩人詞家之中，夏承燾最推崇的是藝術水平極高，而且帶有強烈的憂國憂民意識以及民族精神的作家，其中屈原、杜甫、辛棄疾、陸游、陳亮等均是其

例，尤其對辛棄疾的研究成果以及接受程度，當屬第一。

二、其他

辛棄疾之外，夏承燾推崇的愛國詞人包含張元幹、岳飛、陸游、張孝祥、陳亮、劉過、劉克莊、劉辰翁、文天祥、陳經國諸詞家，其《瞿髯論詞絕句》論陳亮四首（含一首與朱熹合論）最多，其次為論岳飛三首，其餘諸家各論一首。主要論及詞家的人品與志節、悲壯慷慨的詞風、生硬粗豪的缺失，又兼及詞作真偽問題。分述如下：

（一）詞家的人品與志節

夏承燾一向推崇大聲疾呼、主戰的南宋愛國詞人，論及張元幹（1091～1170，字仲宗，號蘆川居士、真隱山人），有云：

> 格天閣子比天高，萬闋投門惘彼曹。一任纖兒開笑口，堂堂晚蓋一
> 人豪。 （冊2，頁534）

據《宋史》載，宋高宗為秦檜親筆手書「一德格天」〔註239〕匾額，當時文人紛紛獻詩奉承，張元幹即有〈瑞鶴仙・壽〉「倚格天峻閣。舞庭槐陰轉，盆榴紅爍」〔註240〕一詞，當是獻給秦府的壽詞。然張元幹與主戰派胡銓、李綱友好，《四庫全書・蘆川詞提要》云：

> 紹興八年十一月，待制胡銓謫新州，元幹作〈賀新郎〉詞以送，坐
> 是除名。又李綱疏諫和議，亦在是年十一月，綱斯時已提舉洞霄宮，
> 元幹又有寄詞一闋。今觀此集，即以此二闋壓卷，蓋有深意。其詞
> 慷慨悲涼，數百年後尚想其抑塞磊落之氣。〔註241〕

張元幹寫下兩首〈賀新郎〉分寄給胡銓、李綱，詞有「目盡青天懷今古，肯兒曹、恩怨相爾汝。舉大白，聽金縷」、「十年一夢揚州路。倚高寒、愁生故國，氣吞驕虜。要斬樓蘭三尺劍，遺恨琵琶舊語」〔註242〕等句，風格豪邁，悲憤蒼涼，表現傷時感事的真實情感。夏承燾以「一任纖兒開笑口，堂堂晚蓋一人豪」，表示張元幹的晚節，可以彌補過去奉承秦檜的過失。夏承燾《唐宋詞

〔註239〕〔元〕脫脫等撰：《宋史・本紀》：「冬十月乙亥，帝書『一德格天之閣』賜
秦檜，仍就第賜宴。」卷30，頁563。
〔註240〕唐圭璋編：《全宋詞》，冊2，頁1096。
〔註241〕施蟄存編：《詞籍序跋萃編》，頁188。
〔註242〕唐圭璋編：《全宋詞》，冊2，頁1073。

人年譜續編‧張元幹年譜》又稱之「平生忠義自矢，不屑與奸佞同朝」〔註243〕，足證夏承燾對張元幹人品的肯定。

　　秦檜力主和議，陷害忠良，卻得到皇帝親賜的「一德格天」匾額；而奮勇殺敵、抗金名將岳飛（1103～1142，字鵬舉）反而以逆賊之名遭到賜死，這是何等諷刺！夏承燾《瞿髯論詞絕句》論岳飛第一首即為此而慨嘆：

　　　　兩河父老寶刀寒，半壁君臣恨苟安。千載瑤琴弦迸淚，和君一曲髮
　　　　衝冠。　　（冊2，頁541）

岳飛抗戰主張屢屢受到主和派的阻撓而不得實現，最終以莫須有罪名遭到殺害。一代忠臣殞落，足令人怒髮衝冠。夏承燾「千載瑤琴弦迸淚」化用岳飛〈小重山〉：「欲將心事付瑤琴。知音少，絃斷有誰聽」〔註244〕句，謂知音何處可尋，面對南宋小朝廷依舊苟安的局面，英雄的憤慨也只能寄託於琴聲之中了。吳无聞注解云：

　　　　岳飛的志事，以及他的慷慨悲憤的作品，對當時以及千百年後的愛
　　　　國者都起鉅大的鼓舞作用。　　（《瞿髯論詞絕句》，冊2，頁541）

夏承燾一生處於社會動盪的混亂時局下，青壯年時期，曾有投筆從戎的想法，一心想獻身於國家，效法岳飛奮勇抵抗的精神。然抗戰勝利後，面臨一連串的思想改造與文化大革命的衝擊，夏承燾的內心反而歸於平淡，儘管愛國之志不變，卻少了早期高昂憤慨的激情。岳飛將萬般無奈付之瑤琴，正也呼應了夏承燾在時代巨變下的心路歷程。

　　夏承燾有《龍川詞校箋》一編，《瞿髯論詞絕句》論及陳亮（1143～1194，字同甫，號龍川先生）的人品與志節者有四首，詩云：

　　　　號召同仇九域同，龍川硬語自盤空。菜根嚼出成宮徵，笑看搖頭一
　　　　遁翁。

　　　　永康高論震江關，難解微言友好間。天外梅花先動色，一枝的爍照
　　　　蓬山。

　　　　香影孤山莫浪傳，梅邊知己有龍川。看花心事排闥句，展卷光芒八
　　　　百年。

〔註243〕夏承燾著、吳蓓主編：《夏承燾全集‧唐宋詞人年譜續編》（杭州：浙江古籍
　　　　出版社，2017年5月），頁322。
〔註244〕唐圭璋編：《全宋詞》，冊2，頁1246。

芒鞋京口客談兵，京樣佳人忽眼青。風痹一翁應匿笑，文中龍虎學
鶯聲。　（冊2，頁548～551）

淳熙十五年（1188），陳亮自永康（今浙江省金華永康市，乃陳亮故鄉）赴鉛
山（今江西省鉛山縣）訪好友辛棄疾，並邀請當時隱居於武夷山的朱熹參加「鵝
湖之會」，策劃抗戰；然朱熹不出，覆信有「留取閑漢在山裏咬菜根」〔註245〕
語，對照朱熹隱居深山，作一遁翁（朱熹晚號遁翁），陳亮與辛棄疾二豪惺惺
相惜，共議國家大事的態度，更為夏承燾肯定。尤其陳、辛二人同遊鵝湖後，
作〈賀新郎〉數首相互酬唱。〔註246〕如辛棄疾：「把酒長亭說。看淵明、風流
酷似，臥龍諸葛。何處飛來林間鵲，蹙踏松梢微雪」；陳亮：「老去憑誰說。看
幾番、神奇臭腐，夏裘冬葛。父老長安今餘幾，後死無讎可雪」；「離亂從頭說。
愛吾民、金繒不愛，蔓藤纍葛。壯氣盡消人脆好，冠蓋陰山觀雪。虧殺我、一
星星髮」等諸詞，豪氣縱橫，所流露的慷慨激情之聲，更受到夏承燾推崇。

　　陳亮提倡「事功之學」，曾在宋孝宗時上書，主張積極改革，進行北伐。
「永康高論震江關」即是對陳亮志節的肯定。而關於陳亮作品中具有「微言」
的特色，宋・陳振孫，《直齋書錄解題》云：「永康陳亮同父……外集皆長短
句，極不工，而自負以為經綸之意具在是，尤不可曉也」。〔註247〕葉適〈龍川
文集序〉云：「予最鄙且鈍，同甫微言，十不能解一二，猶以為可教者」。〔註
248〕〈書龍川集後〉又云：

　　同甫集……又有長短句四卷，每一章就，輒自歎曰「平生經濟之懷，
　　略已陳矣」，余所謂微言，多此類也。若其他文，海涵澤聚，天霽風
　　止，無狂浪暴流，而回漩起狀，縈映妙巧，極天下之奇險，固人所
　　共知，不待余言也。〔註249〕

〔註245〕〔宋〕朱熹：《晦庵集・答陳同父書》（臺北：臺灣商務印書館，1985年9月
　　　　　《景印文淵閣四庫全書》），卷28，頁604。
〔註246〕按辛棄疾〈賀新郎〉（把酒長亭說）序云：「陳同父自東陽來過余，留十日，
　　　　　與之同游鵝湖，且會朱晦菴於紫溪，不至，飄然東歸。既別之明日，余意中
　　　　　殊戀戀，復欲追路。至鷺鷥林，則雪深泥滑，不得前矣。獨飲方村，悵然久
　　　　　之，頗恨挽留之不遂也。夜半，投宿泉湖吳氏四望樓，聞鄰笛悲甚，為賦賀
　　　　　新郎以見意。又五日，同父書來索詞。心所同然者如此，可發千里一笑。」
　　　　　唐圭璋編：《全宋詞》，冊3，頁1889。
〔註247〕〔宋〕陳振孫，《直齋書錄解題》，卷18，頁293。
〔註248〕〔宋〕葉適：《水心集・龍川文集序》（臺北：中華書局，1981年6月），卷
　　　　　12，頁4。
〔註249〕〔宋〕葉適：《水心集・書龍川集後》，卷29，頁5。

陳亮在強調事功的觀點上，往往將政治思想帶入作品中。故知所謂「平生經濟之懷，略已陳矣」、「自負以為經綸之意具在是」，乃是以詞抒發一己「經邦濟世」的胸懷。近人張文潛〈論陳亮詞的風格，兼述對「微言」二字的看法〉一文認為陳亮在作品中對朝廷進行褒貶，寄意深遠，尤其透過流連光景的小詞闡發國家大計，最難能可貴。〔註250〕若不解陳亮作詞的取向，自有「難解微言」的困惑，而嫌之過於粗率。

　　陳亮有〈詠梅〉詩四首，這是繼林逋詠梅詩之後的佳作。夏承燾「香影孤山莫浪傳，梅邊知己有龍川」指的就是林逋和陳亮。陳亮〈詠梅〉第四首「欲傳春信息，不怕雪埋藏」〔註251〕，吳无聞題解云：「不但寫出梅花性格，也寫出了陳亮自己的性格，這是梅花詩的千古絕唱，不愧是梅花的知己。」〔註252〕其〈浪淘沙·梅〉一詞中有「牆外紅塵飛不到，徹骨清寒」〔註253〕之句，以梅花的清高自比，更凸顯陳亮的高風亮節。陳亮一方面以詩詞詠梅，一方面則在詩詞中展現他積極抗敵的愛國精神，夏承燾「看花心事排閶句，展卷光芒八百年」一句，指出陳亮強調事功的主張，他曾說「天下大勢之所趨，天地鬼神不能易，而易之者人也」〔註254〕，這樣「事在人為」、「人定勝天」的思想，是對當時以朱熹為代表的理學家的一種反動。陳亮提出「盈宇宙者無非物，日用之間無非事」之論，指出「事物」為天地間最重要者。又說「道」非先天地而有，而是在「事物」之中。〔註255〕此般思想距夏承燾所處時空，已有八百年之久，依舊震懾人心，恰好符合當時在社會主義思潮下的中國。

　　陳亮主戰的愛國精神，往往透過上書而付之實踐。〈上孝宗皇帝第一書〉中有云：「南師之不出，於今幾年矣。河洛腥膻，而天地之正氣抑鬱而不得泄，豈以堂堂中國，而五十年之間無一豪傑之能自奮哉！」又云：「今世之儒士，

〔註250〕張文潛：〈論陳亮詞的風格，兼述對「微言」二字的看法〉，《福建師範大學學報》（哲學社會科學版）1988年2期，頁55～56。
〔註251〕〔宋〕陳亮：《陳亮集》（臺北：河洛圖書出版社，1976年3月），卷17，頁204。
〔註252〕夏承燾著、吳无聞注：《瞿髯論詞絕句》，冊2，頁550～551。
〔註253〕唐圭璋編：《全宋詞》，冊3，頁2104。
〔註254〕〔宋〕吳子良：《林下偶談·陳龍川省試》（臺北：臺灣商務印書館，1986年7月《景印文淵閣四庫全書》），卷3，頁505。
〔註255〕〔宋〕陳亮：《陳亮集·六經發題》，卷10，頁120。又陳亮與朱熹曾密切書信往返，論辨事功之學，參鄭吉雄：〈陳亮的事功之學〉，《臺大中文學報》第6期（1994年6月），頁267～275。

自以為得正心誠意之學者，皆瘋痺不知痛癢之人也。舉一世安於君父之讎，而方低頭拱手以談性命，不知何者謂之性命乎！」〔註256〕〈戊申再上孝宗皇帝書〉亦云：

> 臣請為陛下論天下之形勢……臣嘗疑書冊不足憑，故嘗一到京口、建業，登高四望，深識天地設險之意，而古今之論為未盡也。京口連岡三面，而大江橫陳，江傍極目千里，其勢大略如虎之出穴，而非若穴之藏虎也……臣雖不到采石，其地與京口股肱建業，必有據險臨前之勢，而非止於靳靳自守者也。〔註257〕

陳亮在宋孝宗即位後，上書高談復國之志，又親往金陵、京口查探軍事地形。據夏承燾《龍川詞校箋》，〈念奴嬌·登多景樓〉、〈念奴嬌·至金陵〉二詞乃作於此行，二詞如下：

> 危樓還望，嘆此意、今古幾人曾會。鬼設神施，渾認作、天限南疆北界。一水橫陳，連崗三面，做出爭雄勢。六朝何事，只成門戶私計。　因笑王謝諸人，登高懷遠，也學英雄涕。憑卻長江管不到，河洛腥膻無際。正好長驅，不須反顧，尋取中流誓。小兒破賊，勢成寧問疆場。

> 江南春色，算來是、多少勝遊清賞。妖冶廉纖，只做得，飛鳥向人偎傍。地闊天開，精神朗慧，到底還京樣。人家小語，一聲聲近清唱。　因念舊日山城，個人如畫，已作中州想。鄧禹笑人無限也，冷落不堪惆悵。秋水雙明，高山一弄，著我些悲壯。南徐好住，片帆有分來往。〔註258〕

〈念奴嬌·登多景樓〉「一水橫陳，連崗三面，做出爭雄勢」句，即出自〈戊申再上孝宗皇帝書〉「京口連岡三面，而大江橫陳，江傍極目千里，其勢大略如虎之出穴，而非若穴之藏虎也」。此首指出南宋朝廷當以此處地利之優勢，出兵北伐、收復河山，非僅作為防禦胡人南侵的天然屏障而已。而又藉由六朝的歷史，痛快淋漓的直斥當朝「門戶私計」。最後以「正好長驅，不須反顧，尋取中流誓」之氣勢大聲疾呼朝廷奮勇抗敵。而〈念奴嬌·至金陵〉一首以「京樣佳人」對比山河淪落之蒼涼，道出陳亮壯志未酬的無奈與悲慨。當他

〔註256〕〔宋〕陳亮：《陳亮集·上孝宗皇帝第一書》，卷1，頁2～8。
〔註257〕〔宋〕陳亮：《陳亮集·戊申再上孝宗皇帝書》，卷1，頁16。
〔註258〕唐圭璋編：《全宋詞》，冊3，頁2097～2098。

在朝面對那些空舉性理之學，「癱痪不知痛癢」的理學家，他更期許自己當個「人中之龍，文中之虎」（陳亮自贊辭），在詞中將其民族精神揮灑自如，夏承燾「芒鞋京口客談兵，京樣佳人忽眼青，風痹一翁應匼笑，文中龍虎學鶯聲」即是此意。

　　此外，夏承燾論詞絕句有「天外梅花先動色，一枝的爍照蓬山」二句，道出陳亮作品傳至日本一事。日本松崎慊堂《慊堂日曆》記天保八年（1830）作〈水調歌頭〉，「仿陳同甫壽朱子（朱熹）體，奉和嚴師述齋公七秩初度」。〔註 259〕十九世紀，日本學者倡導經世之學，《陳龍川文鈔》、《陳龍川集》先後在日本刊行，正是中日文學交流的鐵證。〔註 260〕

　　文天祥（1236～1283，初名雲孫，字天祥，以字行，號文山）、陳經國（1218～1243 一作陳人傑，字剛父，號龜峰）二家存詞不多，但均飽含憂國憂民的心思。夏承燾論詞絕句論文天祥曰：

> 宮廷老婦署名降，縲絏孤臣意慨慷。驛路一詞同斧鉞，幾人生死欠
> 商量。　　（冊 2，頁 565）

「宮廷老婦」指南宋謝道清太后。宋恭帝德祐二年（1276），元兵長驅直入，南宋京城臨安（杭州）陷落，太后和妃嬪被俘，太后遂署名降元。昭儀王清惠亦在遣行之列，夜宿於夷山驛館，寫下〈滿江紅〉一闋，娓娓道出滿腹愁恨與思念。「縲絏孤臣」指文天祥。謝太后、王清惠被俘的三年後，即祥興二年（1279），文天祥抗元失敗，隨後被俘，在解送北上的途中，見到王清惠〈滿江紅〉結句「問嫦娥、於我肯從容，同圓缺」句，嘆曰：「夫人於此欠商量矣」〔註 261〕，因此代作〈滿江紅〉。王清惠原詞如下：

> 太液芙蓉，渾不似、舊時顏色。曾記得、春風雨露，玉樓金闕。名
> 播蘭簪妃后裡，暈潮蓮臉君王側。忽一聲、鼙鼓揭天來，繁華歇。
>
> 龍虎散，風雲滅。千古恨，憑誰說。對山河百二，淚盈襟血。

〔註 259〕吳无聞《瞿髯論詞絕句·題解》記載，《夏承燾集》，冊 2，頁 550。

〔註 260〕夏承燾著、吳无聞注：《瞿髯論詞絕句》，冊 24，頁 550。

〔註 261〕〔清〕徐釚：《詞苑叢談》卷六：「至正丙子正月十八日，元兵入杭。宋謝、全兩后以下皆赴北，有王昭儀名清惠者，題〈滿江紅〉於驛壁云：『太液芙蓉，渾不是、舊時顏色……願嫦娥相顧肯從容，隨圓缺』。文丞相讀至末句，嘆曰：『惜哉！夫人於此少商量矣』。為之代作二首」。見〔清〕徐釚著，王百里校箋：《詞苑叢談校箋》（北京：人民文學出版社，2005 年 12 月），頁 337～338。

客館夜驚塵土夢，宮車曉碾關山月。問（一作「願」）嫦（一作「姮」）娥、於我肯從容，同圓缺。〔註262〕

文天祥代作詞云：

試問琵琶，胡沙外、怎生風色。最苦是、姚黃一朵，移根仙闕。王母歡闌瓊宴罷，仙人淚滿金盤側。聽行宮、半夜雨淋鈴，聲聲歇。

彩雲散，香塵滅。銅駝恨，那堪說。想男兒慷慨，嚼穿齦血。回首昭陽離落日，傷心銅雀迎秋（一作「新」）月。算妾身、不願似天家，金甌缺。〔註263〕

王清惠昭儀隨太后北行，題〈滿江紅〉於驛壁，為中原士大夫傳誦，結句為文天祥所諷，遂而代作。本事見載於周密《浩然齋雅談》、沈雄《古今詞話》、吳衡照《蓮子居詞話》、陳霆《渚山堂詞話》等，而陳霆以為乃宮人張瓊英作。〔註264〕夏承燾《宋詞繫》收錄此首，題為王清惠所作。〔註265〕

據吳无聞題解，王清惠「問嫦娥、於我肯從容，同圓缺」中的「嫦娥」或指謝太后，意謂願與太后同生死，並非希冀見容於元廷。文天祥指末句「欠商量」而代作，恐有斥責謝太后降元一事，尤其「回首昭陽離落日，傷心銅雀迎秋月」句，寓意可見。〔註266〕另據《詞苑叢談》，文天祥實代作二首，另一首〈滿江紅·和王夫人滿江紅韻，以庶幾後山妾薄命之意〉一闋，同和王清惠原韻，詞云：

燕子樓中，又捱過、幾番秋色。相思處、青年如夢，乘鸞仙闕。肌玉暗消衣帶緩，淚珠斜透花鈿側。最無端、蕉影上窗紗，青燈歇。　　曲池合，高臺滅。人間事，何堪說。向南陽阡上，滿襟清血。世態便如翻覆雨，妾身元是分明月。笑樂昌、一段好風流，菱花缺。〔註267〕

〔註262〕唐圭璋編：《全宋詞》，冊5，頁3344。

〔註263〕唐圭璋編：《全宋詞》，冊5，頁3305。

〔註264〕〔清〕陳霆：《渚山堂詞話》，唐圭璋主編：《詞話叢編》，冊1，頁359。

〔註265〕夏承燾：《夏承燾集·宋詞繫》：「《絕妙好詞箋續鈔》引《東園友聞》云：此詞或傳張瓊英所作。按《文山集》、《水雲詞》皆云王昭儀，《友聞》不知所據。」冊3，頁529。

〔註266〕夏承燾著、吳无聞注：《瞿髯論詞絕句·題解》，冊2，頁565。

〔註267〕據《詞苑叢談》，文天祥代作有二首，第二首即〈滿江紅·和王夫人滿江紅韻，以庶幾後山妾薄命之意〉，參〔清〕徐釚編著，王百里校箋：《詞苑叢談校箋》，卷6，頁337～338。唐圭璋：《全宋詞》，冊5，頁3305。

夏承燾《宋詞繫》謂此闋乃文天祥借矢志守節的關盼盼自喻，文天祥有〈燕子樓〉詩，結云：「自古皆有死，忠義長不沒。但傳美人心，不說美人色」〔註268〕，即是此意。王奕清《歷代詩餘》載：

> 文山於成敗生死之際，蓋見之明，守之固矣。然女史載王昭儀抵上都，懇為女道士，號沖華。則昭儀女冠之請，丞相黃冠之志，固先後合轍，從容圓缺，取義成仁，無有二也。〔註269〕

文天祥被俘後，面對元朝再三勸降，提出「黃冠之請」，謂「國亡，吾分一死矣。儻緣寬假，得以黃冠歸故鄉，他日以方外備顧問，可也。若遽官之，非直亡國之大夫不可與圖存，舉其平生而盡棄之，將焉用我。」〔註270〕強調國家滅亡，寧可赴死，也絕不出仕異朝的決心；如果元朝寬容，讓他以道士身分回到故鄉，日後也可再以方外之士做皇帝顧問。文天祥的「黃冠之志」正與王清惠「女冠之請」先後合轍，王清惠到了元都後，即「懇請為女道士，號沖華」〔註271〕，表明她不願屈節的志向。若拿文天祥詞中「銅駝恨，那堪說。想男兒慷慨，嚼穿齦血」之風骨與太后降元一事對照，當有諷刺之意。若與王昭儀女冠之請一事對照，既是呼應了王昭儀的亡國之恨，又是對她原詞的補正，更主要的是借此自誓、共勉，抒發「凜烈萬古存」的愛國氣節。

夏承燾論詞絕句論陳經國曰：

> 深源夷甫論雍容，坐見吳山映夕烽。百辟動容雷殷地，江湖遊客幾真龍。　　（冊2，頁569）

「深源夷甫」，指東晉・殷浩（303～356，字淵源，因避李淵諱而改為深源）、西晉・王衍（256～311，字夷甫）二人。殷浩在朝與桓溫抗衡，兩人交惡；又曾舉兵北伐，先鋒倒戈，殷浩棄軍而逃，而遭到桓溫指控，遂被流放，罷為庶人，後鬱悶而死。陳經國〈沁園春・丁酉歲感事〉一詞描寫嘉熙元年（1237），元兵壓境，南宋大片土地淪陷，無力回天一事。詞有「劉表坐談，深源輕進，機會失之彈指間」句〔註272〕，即用以抨擊致使神州沉淪的南宋統治者。王衍

〔註268〕夏承燾：《夏承燾集・宋詞繫》，冊3，頁533。〔宋〕文天祥：《文山集》（北京：商務印書館，2005年《文津閣四庫全書》），卷19，頁733。

〔註269〕〔清〕王奕清：《歷代詩餘》（臺北：臺灣商務印書館，1986年3月《景印文淵閣四庫全書》），卷118，頁387。

〔註270〕〔元〕脫脫等撰：《宋史》，卷418，頁12539。

〔註271〕〔清〕徐釚編著，王百里校箋：《詞苑叢談校箋》，卷6，頁338。

〔註272〕唐圭璋編：《全宋詞》，冊5，頁3079。又夏承燾著、吳无聞注：《瞿髯論詞

為人「妙善玄言，唯談老莊為事」，「不以經國為念，而思自全之計」，〔註273〕
史上遂有「清談誤國」的指控。辛棄疾〈水龍吟·為韓南澗尚書壽甲辰歲〉有
「夷甫諸人，神州沉陸，幾曾回首」句；陳經國〈沁園春·丁酉歲感事〉首句
「誰使神州，百年陸沉，青氈未還」句，亦用王衍典故指責苟安者誤國一事。
夏承燾以「深源夷甫論雍容」舉殷浩、王衍之例，襯托陳經國對南宋當權者
好發議論的氣勢。「坐見吳山映夕烽」之「吳山」，位於浙江杭州境內，此處謂
元兵進逼杭州都城一事；「百辟動容雷殷地，江湖遊客幾真龍」指出陳經國憂
國憂世的議論，能使朝廷百官震懾，所謂「江湖游士，朝堂多畏其口吻」〔註
274〕，若是陳經國這類慷慨議論之人，可謂江湖中的「真龍」〔註275〕。

（二）悲壯慷慨的詞風

夏承燾論詞絕句評陸游（1125～1210，字務觀，號放翁），多集中在他的
詩篇上，論曰：

> 許國千篇百涕零，孤村僵臥若為情。放翁夢境我能說，大散關頭鐵
> 騎聲。 （冊2，頁543）

陸游詩至今流傳九千餘首，在南渡詩人中，具有舉足輕重的地位；其詞據《全
宋詞》收錄，僅147首（含一首〈采桑子〉殘篇），比例懸殊，故其詞名往往
被詩名所掩。夏承燾「許國千篇百涕零，孤村僵臥若為情」係指陸游的愛國詩，
其〈十一月四日風雨大作〉二首之二云：「僵臥孤村不自哀，尚思為國戍輪臺。
夜闌臥聽風吹雨，鐵馬冰河入夢來。」〔註276〕此詩作於宋光宗紹熙三年（1192），
值陸游67歲，閒居故鄉山陰（今浙江省紹興市）之際。「僵臥」道出陸游自身
老邁的境況，「孤村」表明與世隔絕的狀態，淒涼至極，很難不自哀。然陸游
一心為國，早已忘卻個人寵辱得失，猶有「老驥伏櫪，志在千里」的氣概。然

　　　絕句·題解》引陳經國〈沁園春·丁酉歲感事〉一詞，「劉表坐談，深源輕
　　　進」誤作「夷甫坐談，深源輕進」，冊2，頁569。
〔註273〕〔唐〕房玄齡等：《晉書·王衍傳》，卷43，頁1237。
〔註274〕夏承燾《瞿髯論詞絕句》引周密之言，出處不明。見《夏承燾集》，冊2頁
　　　569。
〔註275〕「真龍」用葉公好龍之典。盧元駿註譯：《新序·雜事》載：葉公子高好龍，
　　　鉤以寫龍，鑿以寫龍，屋室雕文以寫龍，於是夫龍聞而下之，窺頭於牖，施
　　　尾於堂，葉公見之，棄而還走，失其魂魄，五色無主。」（臺北：臺灣商務
　　　印書館，1984年10月），卷5，頁190。
〔註276〕〔宋〕陸游著、疾風選注：《陸放翁詩詞選》（臺北：華正書局，1974年10
　　　月），頁135。

而現實的殘酷與無奈，迫使陸游壯志未酬的心願，只能往夢境裡追尋。詩的後兩句集中在「夢」字上，陸游因關心國事產生「鐵馬冰河入夢來」的夢境，使強烈的愛國主義思想得到充分的展現。〈書憤〉一詩亦是陸游晚年所作，詩云：「早歲那知世事艱，中原北望氣如山。樓船夜雪瓜洲渡，鐵馬秋風大散關。塞上長城空自許，鏡中衰鬢已先斑。出師一表真名世，千載誰堪伯仲間。」〔註277〕前四句概括了陸游壯年時期收復中原的豪情壯志，以「氣如山」表現出高昂慷慨的愛國精神。當陸游體會到英雄無用武之地時，也僅能追憶鐵馬金戈、奮勇殺敵的日子，而表現出壯心未遂、功業難成的悲憤。

　　至於陸游的詞風，夏承燾在〈論陸游詞〉一文中舉出三項特點：其一、用字遣詞「到口即消」：

　　　　陸游的詩，由江西派入而不由江西派出，精能圓熟，不為佶屈槎枒
　　　之態，他的詞也同此風格。　　（冊2，頁264）

相關作品如〈蝶戀花〉：「水漾萍根風卷絮。倩笑嬌顰，忍記逢迎處。只有夢魂能再遇。堪嗟夢不由人做。　　夢若由人何處去。短帽輕衫，夜夜眉州路。不怕銀缸深繡戶。只愁風斷青衣渡。」〈鵲橋仙〉：「茅簷人靜，蓬牕燈暗，春晚連江風雨。林鶯巢燕總無聲，但月夜、常啼杜宇。　　催成清淚，驚殘孤夢，又揀深枝飛去。故山猶自不堪聽，況半世、飄然羈旅。」〈鷓鴣天〉：「杖屨尋春苦未遲。洛城櫻筍正當時。三千界外歸初到，五百年前事總知。　　吹玉笛，渡清伊。相逢休問姓名誰。小車處士深衣叟，曾是天津共賦詩。」〔註278〕夏承燾云：

　　　　這些作品有的深遠饒層次，有的輕倩流利，宛轉相生，而都字字句
　　　句「到口即消」，毫無艱難拮據之感。　　（冊2，頁265）

　　其二、「匡復志事」的愛國詞。夏承燾肯定陸游詞中表達其愛國思想、抒寫一生不忘匡復志事的名篇。夏承燾謂「這類詞出於他手，也仍是舉重若輕，神完氣定。」相關作品如〈蝶戀花〉「桐葉晨飄蛩夜語。旅思秋光，黯黯長安路。忽記橫戈盤馬處。散關清渭應如故。」〈謝池春〉「壯歲從戎，曾是氣吞殘虜。陣雲高、狼烽夜舉。朱顏青鬢，擁雕戈西戍。」也有將壯志未酬之慨託之夢寐者，如〈夜遊宮・記夢寄師伯渾〉：「雪曉清笳亂起。夢遊處、不知何地。鐵騎無聲望似水。想關河，雁門西，青海際。」也有將閨情宮怨之辭形之於筆

〔註277〕〔宋〕陸游著、疾風選注：《陸放翁詩詞選》，頁112。
〔註278〕唐圭璋編：《全宋詞》，冊3，頁1585、1595、1599。

墨者，如〈清商怨〉「江頭日暮痛飲。乍雪晴猶凜。山驛淒涼，燈昏人獨寢。」
〔註279〕夏承燾論曰：

> 陸游這些詞，比之兩宋諸大家，姿態橫生，層見間出，不及蘇軾；
> 磊塊幽折，沉鬱淒愴，不及賀鑄；縱橫馳驟，大聲鞺鞳，也不及辛
> 棄疾，但他寫這種寤寐不忘中原的大感慨，不必號呼叫囂而為劍拔
> 弩張之態，稱心而言，自然深至動人，在諸家之外，卻自有其特色。
>
> （冊2，頁267）

其三、詞中蘊含「幽怨的感情」以及「低沉的喟嘆」。夏承燾指出陸游的
詞風比不上詩風慷慨激昂，少了「會看金鼓從天下，卻用關中作本根」（〈山
南行〉）、「嗚呼楚雖三戶能亡秦，豈有堂堂中國空無人」（〈金錯刀行〉）這類
豪放發奮的氣概，卻多了幾分「元知造物心腸別，老卻英雄似等閒」（〈鷓鴣
天〉）、「心在天山，身老滄洲」（〈訴衷情〉）、「鏡湖元自屬閒人，又何必、君恩
賜與」（〈鵲橋仙〉）等這類詠懷之作。〔註280〕這無疑是陸游對於詩、詞運用
上有輕重軒輊之分。陸游早年有自題〈長短句序〉，謂「乃有倚聲制辭，起於
唐之季世。則其變愈薄，可勝嘆哉。」〈花間集跋〉謂「《花間集》皆唐五代時
人作，方斯時，天下岌岌，生民救死不暇，士大夫乃流宕如此」，又謂「使諸
人以其所長，格力施於所短，則後世孰得而議。」〔註281〕從中可見陸游重詩
輕詞的主張。陸游基本上是以其作詩之餘力來填詞，夏承燾即論曰：

> 他是以作詩的餘事來作詞的，論創作的態度，他原不及他的朋友辛
> 棄疾那樣頃以全副精力，但他是以這種「餘事」的文學寫閒情幽怨
> 外，有時也拿它來寫也十分正經十分沉重的心情。在他幾首不朽的
> 憂國詞篇裡，他並沒有矜氣作色，而只是用尋常警欬的聲息，道出
> 他「一飯不忘，沒齒不二」的匡復心事，益見其真情摯意，沉痛動
> 人，這可以說是陸游詞突出的風格。　（冊2，頁268）

劉熙載《藝概》卷二有云：「東坡、放翁兩家詩，皆有豪有曠。但放翁是有意
要做詩人；東坡雖為詩，而有夷然不屑之意，所以尤高。」〔註282〕夏承燾認
為「夷然不屑，所以尤高」八字，正可用以評論陸游的詞，陸游不以詞人自

〔註279〕唐圭璋編：《全宋詞》，冊3，頁1585、1597、1596、1590、1586。
〔註280〕唐圭璋編：《全宋詞》，冊3，頁1583、1596、1595。
〔註281〕施蟄存編：《詞籍序跋萃編》，頁222、632。
〔註282〕〔清〕劉熙載撰、袁津琥校注：《藝概注稿》（北京：中華書局，2009年5月），
　　　　卷2，頁324。

限，所以高出一般詞人，正是「文章本天成，妙手偶得之」（陸游〈文章〉）。

夏承燾論詞絕句論張孝祥（1132～1169，字安國，號于湖居士）二首如下：

> 南朝才子氣都灰，我為斯人舞蹈來。聽唱六州彈徵羽，江南重見賀
> 方回。

> 江南自號小元祐，塞上誰支大散關。莫獻于湖六州曲，荷風六月好
> 湖山。　（冊2，頁544）

以上兩首均點明張孝祥〈六州歌頭〉「聞道中原遺老，常南望、羽葆霓旌。使
行人到此，忠憤氣填膺。有淚如傾」〔註283〕那般感慨國事、悲壯蒼涼的詞風。
孝宗隆興元年（1163），張浚領導的南宋北伐軍在符離（今安徽宿縣北）潰敗，
主和派得勢，與金議和。張浚召集抗金義士於建康（今南京），擬上書宋孝宗，
反對議和。當時張孝祥任建康留守，既痛邊備空虛，敵勢猖獗，尤恨南宋王
朝投降求和的可恥行為。隔年（1164），張孝祥在宴會上即席揮毫，將滿腔熱
血傾吐為詞，寫下義憤填膺的〈六州歌頭〉。詞中不僅是個人發抒忠義的怨言，
而是背負著整個國家、民族、歷史的血淚與命運。據《詞苑叢談》載：「歌闋，
魏公（張浚）為罷席而入」，〔註284〕可見〈六州歌頭〉一闋感人至深。南宋遷
都杭州以後，君臣上下沉醉於江南風光，中原恢復之志幾乎拋之腦後，甚至
將殘破的半壁江山，自矜為哲宗時期的「元祐」盛世，這看在張孝祥眼中，是
何等諷刺！論詞絕句末結以「莫獻于湖六州曲，荷風六月好湖山」，也是對南
宋迂腐朝廷的嘲諷。

夏承燾又以「聽唱六州彈徵羽，江南重見賀方回」一句，將張孝祥與賀
鑄並論。賀鑄〈六州歌頭〉作於北宋哲宗元祐三年（1088），時任和州（今安
徽和縣一帶）管界巡檢。當時西夏屢犯邊界，賀鑄目睹朝廷對西夏屈膝奉承，
感到十分不滿，但他人微言輕，只能將抑塞悲憤之氣傾吐為詞，寫下這首聲
情激越的〈六州歌頭〉。詞末「不請長纓，繫取天驕種。劍吼西風。恨登山臨
水，手寄七絃桐。目送歸鴻」〔註285〕，寫出詞人報國無門、壯志未酬的悲哀。
〈六州歌頭〉一調多以三言、四言短句組成，構成激越緊張的節奏，正適合
詞人用以抒發滿腔的愛國激情。賀鑄、張孝祥兩人創作背景相仿，又同時調
寄〈六州歌頭〉，難怪夏承燾以「江南重見賀方回」稱之。又夏承燾論周濟有

〔註283〕唐圭璋編：《全宋詞》，冊3，頁1686。

〔註284〕〔清〕徐釚編著，王百里校箋：《詞苑叢談校箋》，卷6，頁355。

〔註285〕唐圭璋編：《全宋詞》，冊1，頁539。

「在世于湖如不夭，渡江風雨角雙雄」（冊 2，頁 580）句，「雙雄」即指張孝祥與辛棄疾，倘若張孝祥活得長命，其詞史地位當可與辛棄疾並駕齊驅。

（三）生硬粗豪的缺失

其餘愛國詞人如劉過、劉克莊、劉辰翁，詞筆力雄健，風格豪邁，乃辛棄疾之後的南宋豪放大家。唯夏承燾指出三人的缺點，如論劉過（1154～1206，字改之，號龍洲道人）曰：

> 猿臂人彎百石弓，不傷魯縞見真雄。江湖劍客矜飛走，越女相逢一
> 笑中。　　（冊 2，頁 554）

劉過曾有意學習「稼軒體」，黃昇即謂「改之，稼軒之客……其詞多壯語，蓋學稼軒者也。」〔註 286〕然不免流於粗率。夏承燾對於這類詞風，藉由李廣手臂如猿之典及駕馭弓箭「不入魯縞」〔註 287〕之喻，予以批判。強調筆力豪邁當有一定法度，若一味粗豪，如同《吳越春秋》中所記載的江湖劍客，自不量力而被越女嘲笑。〔註 288〕

論劉克莊（1187～1269，字潛夫，號後村）曰：

> 莆田一老並龍洲，同坐江湖百尺樓。要與梅花爭傲骨，莫貪眉語錯
> 伊州。　　（冊 2，頁 559）

莆田（福建省莆田市）即劉克莊家鄉。劉克莊與劉過（龍洲）並列，卓然為辛棄疾之後的南宋豪放大家。有〈落梅詩〉：「東風謬掌花權柄，卻忌孤高不主張」，因而坐罪。而其詞多應酬之作，「莫貪眉語錯伊州」出自〈清平樂・贈陳參議師文侍兒〉：「宮腰束素。只怕能輕舉。好築避風臺護取。莫遣驚鴻飛去。一團香玉溫柔。笑顰俱有風流。貪與蕭郎眉語，不知舞錯伊州。」〔註 289〕夏承燾是以此斥責劉克莊詞中阿諛之短。

論劉辰翁（1232～1297，字會孟，號須溪）曰：

> 稼軒後起有辰翁，曠代詞壇峙兩雄。憾事箏琶銀甲硬，江西殘響倚
> 聲中。　　（冊 2，頁 563）

〔註 286〕〔宋〕黃昇：《花庵詞選・中興以來絕妙詞選》，卷 5，頁 258。
〔註 287〕〔漢〕班固等：《漢書・韓安國傳》：「衝風之衰，不能起毛羽。彊弩之末，力不能入魯縞。」卷 52，頁 2402。
〔註 288〕〔漢〕趙曄著、劉玉才譯注：《吳越春秋・句踐陰謀外傳》卷九載一越女精劍術，途遇袁公，與之格鬥，袁公敗，上樹化為白猿。（臺北：錦繡出版公司，1992 年 7 月），頁 219。
〔註 289〕唐圭璋編：《全宋詞》，冊 4，頁 2643。

南宋遺民中，夏承燾極推崇守節不仕的劉辰翁。卓人月稱其詞「悠揚悱惻，即以為〈小雅〉、楚〈騷〉讀可也。」〔註290〕況周頤稱其人「風格遒上似稼軒，情辭跌宕似遺山」〔註291〕，夏承燾亦評為「稼軒後起」之雄。肯定劉辰翁《須溪詞》乃承辛棄疾豪放一脈而來，詞風闊大，蘊含遺民血淚。然其詞多少帶有江西詩派生硬的作風，這是夏承燾稍感遺憾之處。1950 年 4 月 15 日《日記》載夏承燾與馬一浮論詞云：

> 翁問予治宋詞，予舉稼軒為造極峰以對，溫、柳失其為我，龍洲、後村失其為詞，為稼軒〈摸魚兒〉諸詞，內剛外柔，為獨有千古。
>
> （冊 7，頁 85）

劉過、劉克莊、劉辰翁諸人填詞，雖承辛棄疾詞風，抒發滿腔愛國熱忱，然卻顯得生硬、粗率，而失去詞體「要眇宜修」（王國維《人間詞話》）的本色，故有「失其為詞」之謂也。若能內剛外柔，做到「肝腸似火，色貌如花」的境界，唯辛棄疾一人而已。

（四）岳飛〈滿江紅〉詞考辨

岳飛〈滿江紅〉（怒髮衝冠）一闋，由余嘉錫《四庫提要辯證·岳武穆遺文》〔註292〕一文首發其疑，根據有三：其一、余氏認為〈滿江紅〉一闋最早見於明代嘉靖十五年（1536）徐階所編的《岳武穆遺文》中，此出自弘治年間浙江提學副使趙寬所書的岳墳詞碑。〔註293〕然此闋不見收於任何宋、元人記載；而在數百年後，卻在明代中葉以後出現。趙寬所據不知何書，余嘉錫遂以「來歷不明，深為可疑」八字評之。其二、徐階《岳武穆遺文》收錄〈送紫巖張先生（浚）北伐〉一詩，詩末有「紹興五年秋日，岳飛拜」諸字。據余嘉錫考辨，亦為他人偽作，可見《岳武穆遺文》所錄，不能盡信。〔註294〕其三、岳飛之子岳霖、孫岳珂兩代搜訪父祖遺稿，「或得於故吏之所錄，或傳於遺稿之所存，或

〔註290〕〔清〕馮金伯：《詞苑萃編·品藻三》（上海：上海古籍出版社，2002 年《續修四庫全書》冊 1733），卷 5，頁 464。

〔註291〕〔清〕況周頤《蕙風詞話》，卷 2，見唐圭璋主編：《詞話叢編》，冊 2，頁 4451。

〔註292〕余嘉錫：《四庫提要辯證》（崑明：雲南人民出版社，2004 年 11 月），卷 23，頁 1228～1234。

〔註293〕〔明〕徐階編：《岳武穆遺文》（臺北：臺灣商務印書館，1985 年 9 月《景印文淵閣四庫全書》），頁 471。

〔註294〕余嘉錫之前，清人王昶《金石萃編》主張此詩「似是明人偽託」。（北京：中國書店，1991 年 6 月），冊 4，卷 148，頁 1。

備於堂札之文移，或紀於稗官之直筆」，〔註 295〕然岳珂所編《金佗稡編》〔註 296〕卻未收〈滿江紅〉一闋。基於以上疑點，論定〈滿江紅〉乃偽託之作。

夏承燾於 1961 年 5 月撰成〈岳飛〈滿江紅〉詞考辨〉一文，1962 年 2 月發表於日本《中國文學報》（第 16 冊）；1962 年 9 月 16 日《浙江日報》摘要刊登；後收錄於 1979 年 9 月出版的《月輪山詞論集》中。夏承燾即在前人余嘉錫的基礎上，部分採納余氏觀點，而又有所補充；〔註 297〕並另外指出三點疑問：

1. 詞中「賀蘭山」乃西夏地名，與金人「黃龍府」方位不合

1955 年，畢無方〈岳飛滿江紅詞析解〉指出「賀蘭山」之地望與岳飛抗金之方向不合，畢氏云：「詞中關於『賀蘭山缺』一語，世多將賀蘭山解作金人盤據之地，非也。……賀蘭山在河套西河之西，今寧夏省地，與金人實無關係。」又云此闋乃「假借漢武帝於河套及賀蘭山一代平滅匈奴」為喻。〔註 298〕惟畢氏之文並非發表於學術刊物上，當時沒有受到學界太大的注意。其後，夏承燾力

〔註 295〕〔明〕岳珂：《鄂王家集・自敘》，見《金佗稡編》（臺北：臺灣商務印書館，1983 年《景印文淵閣四庫全書》），卷 10，頁 393。

〔註 296〕《金佗稡編》是岳珂為其祖岳飛辨冤之作，計有《高宗宸翰》三卷，《鄂王行實編年》六卷，《鄂王家集》十卷，《籲天辨誣通敘》一卷，《籲天辨誣》五卷，《天定錄》三卷。有關岳飛行實、功績及其冤獄昭雪情況，莫不詳於是編。

〔註 297〕夏承燾又指出岳珂《桯史》附錄有收〈滿江紅〉一詞，但卻懷疑此乃後人增補進去的，理由是若此詞乃岳珂親見，決不把它放在附錄裡。又，岳珂撰《桯史》十五卷，最早見錄於陳振孫《直齋書錄解題》。後來，馬瑞臨《文獻通考》據陳氏著錄，卷數同。舊版殘存一卷至七卷，藏北京圖書館。（見瞿鏞鐵琴銅劍樓藏書目錄、北京圖書館善本書目錄）鐵琴銅劍樓藏元刊本《桯史》十五卷，經陳璧文東校勘、批點，款式悉依宋本，後代諸本大多源出此本，是現存《桯史》較好的本子。《四部叢刊續編》中的《桯史》，即據此本影印。明成化十一年，江浙有鑒於舊本脫落較多，因據陳文東批點本翻刻，世稱成化本。至嘉靖年間，桐溪錢如京據成化本重刊《桯史》，始於十五卷外，增出附錄一卷（附宋史岳飛傳、武穆著述、岳珂詩文各一篇，劉瑞雜著兩篇）。自此以後，《桯史》的本子始有兩類：一類為十五卷；一類為十五卷和附錄一卷。夏承燾所見，乃後來嘉靖年間增補的版本。見〔宋〕岳珂撰、吳企明點校：《桯史・點校說明》（北京：中華書局，2005 年 1 月），頁 2。夏承燾：《夏承燾集・月輪山詞論集》，冊 2，頁 451～452。余嘉錫：《四庫提要辨證》，卷 23，頁 1228～1234。

〔註 298〕畢無方〈岳飛滿江紅詞析解〉，《建設》第 4 卷第 1 期，另參林玫儀：〈岳飛滿江紅詞真偽問題辨疑〉，《詞學考詮》（臺北：聯經出版公司，1987 年 12 月），頁 267。

持此說，以為「賀蘭山」與「黃龍府」方位不合，證明〈滿江紅〉之偽。《瞿髯論詞絕句》論岳飛第二首曰：

> 黃龍月隔賀蘭雲，西北當年靖戰氛。玉海輿圖曾照眼，笑他耳食萬
> 詞人。　　（冊2，頁541～542）

南宋王應麟（1223～1296）《玉海》載有「賀蘭山圖」，王氏乃南宋末年人，所載「賀蘭山」時屬西夏，位於甘肅河套之西；而岳飛率兵北伐，直搗黃龍府，是在吉林省境內。夏承燾認為若〈滿江紅〉出自岳飛之手，不應無此輿地常識，而方向乖背如此，分不清黃龍府與賀蘭山。故「踏破賀蘭山缺」一句，便是〈滿江紅〉可疑之處。夏承燾此說頗具說服力，是以凡謂此詞非岳飛所作者，莫不援引「賀蘭山」作為擬託之作的重要依據。

2. 元、明雜劇中引用〈滿江紅〉一詞的現象

夏承燾指出元人雜劇《宋大將岳飛精忠》〔註299〕中四折皆是岳飛自唱，而沒有一句引用〈滿江紅〉。又劇中第一折〈寄生草〉有「我學取那管夷吾直殺過陰山道」，不言「賀蘭山」而言「陰山」。第二折引文天祥「自古誰無死，留取丹心照汗青」句，而不見引用〈滿江紅〉。可見元代之際，〈滿江紅〉尚未流傳。迄明，姚茂良（1475年前後在世，字靜山）作《精忠記》傳奇，第二出〈女冠子〉有「怒髮衝冠，丹心貫日，仰天懷抱激烈」、「駕長車踏破賀蘭山缺」、「飢餐胡虜肉，方稱吾心；渴飲月支血，始遂吾意」諸句，夏承燾謂「無疑是弘治以後人見過〈滿江紅〉者之作」（冊2，頁448）。〔註300〕

3. 〈滿江紅〉的寫作年代與作者

夏承燾指出〈滿江紅〉一詞最早出現於西湖岳墳，當時碑陰記年是明代弘治。那時北方少數民族韃靼族經常入居河套，騷擾東北、西北，取道賀蘭山，佔領甘、涼（今甘肅省）二地。據此，夏承燾認為「踏破賀蘭山缺」在明代中葉是一句抗戰口號。當年正有武將王越（1426～1498，字世昌）率兵在賀蘭山擊破韃靼族的歷史事實。《瞿髯論詞絕句》論曰：

〔註299〕夏承燾所引《宋大將岳飛精忠》，見〔元〕王實甫等撰：《孤本元明雜劇》（臺北：臺灣商務印書館，1977年12月），冊8，頁1～14。

〔註300〕夏承燾所採用的《精忠記》，乃汲古閣刊本六十種曲之一，不提作者，根據《曲海總目提要》，開明書局印行的《六十種曲》，論定為明‧姚茂良所作。夏承燾：《夏承燾集‧月輪山詞論集》，冊2，頁448。另參〔清〕黃文暘撰、董康編輯：《曲海總目提要》（臺北：新興出版社，1967年8月），頁599。〔明〕毛晉編：《六十種曲總目錄》（臺北：開明書局，1970年6月），頁12。

王髯御韃唱刀環，朔漠歡聲震兩間。八卷鄂王家集在，何曾說取賀
蘭山。　　（冊2，頁541～542）

王越擔任都御史兼甘、涼巡撫期間，於弘治十一年（1498）擊破北方韃靼族
所入侵的賀蘭山。因此，夏承燾進一步推斷這首〈滿江紅〉詞的作者，是參
與賀蘭山這場戰爭或對這場戰爭有強烈感受的人，可能是王越一輩有文學
修養的將帥，或者是邊防幕府裡的文士，託名岳飛以鼓舞士氣而作。「八卷
鄂王家集在，何曾說取賀蘭山」二句，再次否定了岳飛作〈滿江紅〉的可能
性。〔註301〕

　　夏承燾〈岳飛〈滿江紅〉詞考辨〉一文發表後，即在學界引起廣大的回
響。《浙江日報》曾經開展過一次討論。對於不同意見，夏承燾也作了答覆。
〔註302〕1980年代，學術界對於這首詞的真偽問題，再度進行了一次熱烈的討
論，如今仍是各自表述，眾說紛紜。〔註303〕林玫儀於1985年發表〈岳飛〈滿

〔註301〕夏承燾：《夏承燾集·月輪山詞論集》，冊2，頁443～452。
〔註302〕谷斯範：〈也談岳飛〈滿江紅〉詞——與夏承燾同志商榷〉，《浙江日報》（1962
　　　　年10月14日）。夏承燾：〈再談岳飛〈滿江紅〉詞——兼答谷斯範同志〉，
　　　　《浙江日報》（1962年10月21日）。
〔註303〕相關文章如：林愚：〈滿江紅〉確為岳飛作之一證〉，《中國史研究》（1979年
　　　　第2期）。徐沁君：〈岳飛〈滿江紅〉詞真偽問題新探〉，《揚州師院學報》（1980
　　　　年第2期）。梁志成：〈滿江紅〉詞非岳飛作又證〉，《中山大學學報》（1980年
　　　　第3期）。李安：〈瀟瀟雨未歇——岳飛的〈滿江紅〉讀後〉，《中國時報》（1980
　　　　年9月21日）；李安：〈河北磁縣的「賀蘭山」與紀念岳飛駐兵的「岳城鎮」〉，
　　　　《文學遺產》1985年第3期）。孫述宇：〈岳飛的〈滿江紅——一個文學的質
　　　　疑〉，《中國時報》（1980年9月10日）。徐著新：〈不是岳飛的〈滿江紅〉〉，
　　　　《明報月刊》（1980年10月號）。黃國生、易新農：〈不能輕易懷疑——王起
　　　　教授談岳飛的〈滿江紅〉詞〉，《羊城晚報》（1980年10月31日、11月20日）。
　　　　蘇信：〈壯懷激烈——也談岳飛〈滿江紅〉〉，《大公報》（1980年12月15日）。
　　　　吳戰壘：〈難以推倒的疑案——談岳飛〈滿江紅〉詞〉，《文史知識》（1980年
　　　　第3期）；吳戰壘：〈〈滿江紅〉詞是岳飛作的嗎？〉，《文學知識》（1981年第
　　　　1期）。唐圭璋：〈讀詞續記·岳飛怒髮衝冠詞不能斷定是偽作〉，《文學遺產》
　　　　（1981年第2期），收入《詞學論叢》（臺北：鼎文書局，2001年5月）。鄧
　　　　廣銘：〈岳飛〈滿江紅〉不是偽作〉，《文史知識》（1981年第3期）；〈再論岳
　　　　飛〈滿江紅〉詞不是偽作〉，《文史哲》1982年第1期。沈克尼：〈駕長車，踏
　　　　破賀蘭山缺？——也談〈滿江紅〉不是岳飛所寫〉，《寧夏大學學報》（1981年
　　　　第1期）。王樹聲：〈試談〈滿江紅〉的考證和解釋〉，《天津師院學報》1981
　　　　年第3期。靳極蒼：〈關於岳飛〈滿江紅〉詞〉，《山西大學學報》1981年第3
　　　　期。張啟成：〈「賀蘭山」是實指還是借指？——也談岳飛〈滿江紅〉的真偽〉，
　　　　《貴州社會科學》1982年第1期。喻朝剛：〈也談岳飛的〈滿江紅〉〉，《中州
　　　　學刊》1982年第1期。辛更儒：〈談談「踏破賀蘭山缺」和岳飛的〈滿江紅〉〉，

江紅〉詞真偽問題辨疑〉一文，就民國以來關於〈滿江紅〉一詞真偽考辨之問題歸納整理，其中針對夏承燾所持的觀點予以辯駁。有關「賀蘭山」之說，林玫儀認為有三種解釋：

> 一、岳詞用姚嗣宗驛壁題詩之典；二、由於西夏與金聯手侵宋，故岳飛以西夏根據地之賀蘭山借代敵境；三、岳詞所指者，乃河北磁縣之賀蘭山。〔註304〕

〈滿江紅〉一詞不見宋元載籍及《鄂王家集》的問題，林玫儀舉證指出「不見於宋元載籍者，未必即偽」、又云「至及元代，蒙古入主中原，自亦不容許『壯志饑餐胡虜肉，笑談渴飲匈奴血』之言論流傳」；而《家集》不錄〈滿江紅〉，恐涉及岳飛賜死之問題，即使岳珂已見此詞也得刪去避禍。〔註305〕有關作者問題，林玫儀同意唐圭璋論點，引明‧陳霆《渚山堂詞話》中一段關於邵公序〈滿庭芳〉檃括〈滿江紅〉一詞之史料，主張〈滿江紅〉必寫成於紹興六年之前。〔註306〕又在鄧廣銘〈再論岳飛〈滿江紅〉詞不是偽作〉〔註307〕基礎上，引刊於明代宗景泰六年（1455）的《精忠錄》一書，認為在弘治十一年（1498）王越賀蘭山大捷之前，〈滿江紅〉已流傳於世。而明英宗天順二年（1458）在河南省湯陰縣岳廟所發現的〈滿江紅〉詞碑，也讓夏承燾作者之說不攻自破。〔註308〕

　　經由林玫儀的分析，〈滿江紅〉偽託之論，已難以成立。撇開真偽問題，單就詞的內容而論，〈滿江紅〉實與岳飛的愛國精神與民族主義底下的浩然正氣融為一體，並成為歷代人民仰慕愛國英雄的文學寄託。根據其所蘊含的時代意義、創作動機、對時代的影響等面向，就可以論定〈滿江紅〉一詞在詞史上的重要性，而不會因為它有偽作的可能而否定其存在的價值。夏承燾站在

《學習與探索》1982年第1期。基多：〈關於湯陰岳廟〈滿江紅〉詞碑〉，《河南師大學報》1982年第2期。王清波、司丙午：〈岳飛〈滿江紅〉詞考的一個重要例證〉，《河南師大學報》1982年第2期。〈滿江紅‧怒髮衝冠〉是岳飛的作品〉，《文史哲》1982年第3期。林玫儀：〈岳飛〈滿江紅〉詞真偽問題辨疑〉，《古典文學》第七集（1985年8月）。

〔註304〕林玫儀：〈岳飛〈滿江紅〉詞真偽問題辨疑〉，頁290。

〔註305〕林玫儀：〈岳飛〈滿江紅〉詞真偽問題辨疑〉，頁290～312。

〔註306〕唐圭璋：〈讀詞續記‧岳飛怒髮衝冠詞不能斷定是偽作〉，頁673～674。林玫儀：〈岳飛〈滿江紅〉詞真偽問題辨疑〉，頁293。

〔註307〕鄧廣銘：〈再論岳飛〈滿江紅〉詞不是偽作〉，《文史哲》1982年第1期，頁27～34、54。

〔註308〕林玫儀：〈岳飛〈滿江紅〉詞真偽問題辨疑〉，頁290～295。

〈滿江紅〉出於明人偽託而作的立場上論曰：

就時代意義說，作者在明代民族矛盾尖銳的時候，託名於歷史英雄
人物，……在當時是有鼓舞人心作用的。

就創作動機說，明代文人好造偽書，……那都是出於文人好名好奇
之心，而這首〈滿江紅〉詞則是從熱愛祖國出發的。

就它對後代的影響說，這首詞有強烈的思想性，數百年來，激動人
心，當我們國家民族被壓迫被侵略的時候，他曾經起過鼓舞抗戰反
侵略的作用。　（《月輪山詞論集》，冊2，頁448）

（王）季思謂明人借岳飛作此詞鼓舞人心，反抗侵略，此政治主義
應肯定。此語對予很有啟發。　（冊7，頁874～875）

夏承燾考辨〈滿江紅〉一詞的主張，儘管遭到學界一一駁斥，卻也掀起了一
陣狂瀾，論其時代意義、創作動機以及對後代的影響，係與愛國思想、政治
主義緊緊扣合，這無非是社會主義之下，馬克思思想的催化結果。對於身處
「抗戰」、「反侵略」時代下的夏承燾而言，這才是他身為讀者對〈滿江紅〉一
詞的詮釋。

第五節　姜夔及江湖詞人

一、姜夔

在歷代詞人中，夏承燾對姜夔（1155～1221，字堯章，號白石道人）的研
究用功最深、成果最豐。據《夏承燾集》載錄的內容，於《唐宋詞人年譜》中
錄有〈姜白石繫年〉（附〈白石懷人詞考〉）；於《唐宋詞論叢》中錄有〈姜白
石詞譜與校理〉、〈白石十七譜釋稿〉二篇，以及與任中敏討論姜夔詞譜的通
函〈答任二北論白石詞譜書〉；於〈月輪山詞論集〉十四篇詞學論文中計有四
篇專論姜夔〔註309〕；百首《瞿髯論詞絕句》中有五首論姜夔詞（僅次於蘇軾、
李清照）；於《白石詞編年箋校》中，亦附有〈輯傳〉、〈輯評〉、〈序跋〉、〈版
本考〉、〈行實考〉等，內容的質與量遠勝過其《龍川詞校箋》；《天風閣詞集》

〔註309〕四篇論文包含：〈姜夔的詞風〉、〈姜白石詩詞晚年手定集辨偽〉、〈《白石道人
歌曲》校律〉、〈姜夔詞譜學考績〉，收錄於《夏承燾集‧月輪山詞論集》，冊
2。

（前編）亦收錄〈石湖仙〉（題孤山白石道人像）一闋；其《天風閣學詞日記》更是不乏研究姜夔其人其詞的記載。可知夏承燾對於姜夔各面向，大抵全面掌握，相關的解讀與評價，對學界影響尤鉅，如「合肥情事」〔註310〕、「石帚辨」〔註311〕等議題，無不在詞壇開枝散葉。

本節著重於夏承燾對姜夔的批評接受，針對五首論詞絕句進行探析，並旁及夏氏所編之〈姜白石繫年〉、《姜白石詞編年箋注》與數篇相關論文，進而一探夏承燾論姜夔的批評觀點。至於姜夔詞譜、樂律等相關研究，詳參本論文第三章第三節「詞的樂律」，本章節不重複贅述。

（一）立清剛一派，匡救軟媚之流弊

張炎以「野雲孤飛，去留無迹」形容姜夔詞風，拈出「清空」二字作為其填詞風格的總評。所謂「清空」，與「質實」相對，清空則古雅峭拔，質實則凝澀晦昧。〔註312〕然夏承燾〈姜夔的詞風〉一文中，卻認為「清空」二字不能概括姜夔詞風。論云：

> 白石在婉約和豪放二派之外，另樹「清剛」一幟，以江西瘦硬之筆，救溫庭筠、韋莊、周邦彥一派的軟媚；又以晚唐詩綿邈風神救蘇辛粗獷的流弊。 （《月輪山詞論集》，冊2，頁313）

宋・柴望《涼州鼓吹・自序》云：

> 詞起於唐而盛於宋，宋作尤莫盛於宣、靖間，美成、伯可，名自堂奧，俱號稱作者。近世姜白石一洗而更之，〈暗香〉、〈疏影〉等作，當別家數也。大抵詞以雋永委婉為上，組織塗澤次之，呼嘯叫嘯，抑末也。唯白石詞登高眺遠，慨然感今悼往之趣，悠然托物寄興之思，殆與古〈西河〉、〈桂枝香〉同風致，視〈青樓歌〉、〈紅窗曲〉萬萬矣。故余不敢望靖康家教，白石衣缽，或彷彿焉。〔註313〕

〔註310〕夏承燾〈合肥詞事〉，見收於《夏承燾集・姜白石詞編年箋校・行實考》，冊3，頁314～327。另如姜海峰〈淮南皓月冷千山──詞人姜夔與合肥〉，《合肥大學聯合學報》1998年第1期，頁6～8；徐瑋：〈論合肥本事與姜夔詞的解讀〉，「今古齊觀：中國文學中的古典與現代國際學術研討會」會議論文（香港中文大學主辦，2014年5月）等，均針對姜夔合肥情事深入探究。

〔註311〕夏承燾〈石帚辨〉一文，以為白石與石帚非同一人，見收於《夏承燾集・姜白石詞編年箋校・行實考》，冊3，頁327～331。

〔註312〕〔宋〕張炎《詞源》，唐圭璋編：《詞話叢編》，冊1，頁259。

〔註313〕〔宋〕柴望《涼州鼓吹・自序》，見施蟄存編：《詞籍序跋萃編》，頁419。

在宋末詞家眼中，姜夔詞所蘊含的「慨然感今悼往之趣」、「悠然托物寄興之思」，已讓其風格自成一宗，夏承燾《日記》中云：

> 講詞，清真軟，白石變為清剛。……東坡論書詩曰：剛健含婀娜，此白石所以能牢籠一代。劉宏度論曲，有陽柔陰剛之說，正可評白石。　（冊 6，頁 349）

「剛健含婀娜」、「陽柔陰剛」之風格，絕非「婉約」一派或「清空」二字可以概括，故夏承燾以「清剛」為姜夔另樹一幟。

而姜夔詞自有面目，以健筆寫柔情，原因在於姜夔填詞乃出入江西詩派和晚唐詞風之故。夏承燾《瞿髯論詞絕句》論姜夔之二論曰：

> 三吳雙井雅音函，早歲吟心辨苦甘。不供溫韋尋夢境，春衫冷月過淮南。　（冊 2，頁 555）

此首絕句，夏承燾藉江西詩派與晚唐、五代之溫、韋詞風，一探姜夔填詞的面貌。首句「三吳雙井雅音函」，係將姜夔與黃庭堅相提並論。「三吳」，地名，所指不一，〔註 314〕據吳无聞注及宋・稅安禮《歷代地理指掌圖》所指，「三吳」乃宋代湖州（浙江省境內）、蘇州（江蘇省境內）、常州（江蘇省境內）三地的古稱，姜夔曾遊與此。雙井，位於江西省修水縣（江西、湖南、湖北交界）境內，正是江西詩派黃庭堅（1045～1105，字魯直）故鄉；姜夔同是江西（鄱陽）人，初學江西一派，少時嘗「三熏三沐，師黃太史氏。」〔註 315〕然而，江西末派弊病叢生，姜夔數年之後，試圖跳脫江西框架，指出「作詩求與

〔註 314〕「三吳」，地名，所指不一，或指吳興（今浙江北部）、吳郡（今江蘇蘇州）、會稽（今浙江紹興）；見北魏・酈道元著、陳橋驛校證《水經注校證・漸江水》：「永建中，陽羨周嘉上書，以縣（會稽）遠，赴會至難，求得分置，遂以浙江西為吳，以東為會稽。漢高帝十二年，一吳也，後分為三，世號『三吳』。吳興、吳郡，會稽其一焉。」（北京：中華書局，2007 年 7 月），卷 40，頁 944。或指吳興、吳郡、丹陽；見〔唐〕杜佑著、王文錦、王永興等校證：《通典・州郡十二》：「蘇州，春秋吳國之都也……與吳興、丹陽為三吳。齊因之。陳置吳州。隋平陳，改曰蘇州。煬帝初，復曰吳州，尋為吳郡。大唐為蘇州，或為吳郡。」（北京：中華書局，1992 年 6 月），卷 182，頁 4827。或指蘇（東吳蘇州）、常（中吳常州）、湖（西吳湖州）；見〔宋〕稅安禮：《歷代地理指掌圖》（上海：上海古籍出版社《續修四庫全書》冊 585，2002 年）。或指蘇州、湖州、潤州；見〔明〕周祈《名義考・地部》：「三楚、三吳、三晉、三秦」條（臺北：臺灣學生書局，1971 年 5 月），卷 3，頁 89。

〔註 315〕〔宋〕姜夔：《白石道人詩集・自敘》（臺北：臺灣商務印書館，1967 年 9 月《四部叢刊初編》冊 69），頁 11。

古人合，不若求與古人異。求與古人異，不若不求與古人合。不求與古人合，
而不能不合。不求與古人異，而不能不異。彼惟有見乎詩也，故向也求與古
人合，今也求與古人異；及其無見乎詩已，故不求與古人合而不能不合，不
求與古人異而不能不異」〔註316〕的看法，以求作詩之機軸。論詞絕句首句，
將姜夔與黃庭堅並論，視兩人詩歌為「雅音」，可知評價之高。張炎《詞源》
亦指出姜夔詞「不惟清空，又且騷雅，讀之使人神觀飛越」，〔註317〕朱彝尊
《詞綜·發凡》亦云「填詞最雅，無過石帚（此處所指即「白石」）」，〔註318〕
是知「騷雅」詞風，乃南宋以還迄至清代浙西派詞人鍾情於姜夔的主要原因。

　　次句「早歲吟心辨苦甘」，論姜夔詩風的轉變。南宋·楊萬里（1127～1206，
字廷秀，號誠齋）曾將江西詩法比之為調味：「酸鹹異和，山海異珍，而調腼
之妙出乎一手也；似與不似，求之可也，遺之亦可也。」〔註319〕又與飲茶相
比，云：「至於茶也，人病其苦也，然苦未既而不勝其甘，詩亦如是而已矣。……
《三百篇》之後，此味絕矣，惟晚唐諸子差近之。」〔註320〕楊萬里詩承江西
詩派，唯其末流槎枒乾枯，索然無味，楊萬里起而發聲，教人體會江西詩派
與晚唐詩風之間的互通關係，以晚唐詩風矯江西流弊。楊萬里乃姜夔長輩，
其主張自然影響姜夔。楊萬里稱「其文無不工，甚似陸龜蒙」（《唐宋詞人年
譜》，冊 1，頁 423）；其詩如〈除夜自石湖歸苕溪〉：「三生定是陸天隨，又向
吳松作客歸」；〈三高祠〉：「沈思只羨天隨子，蓑笠寒江過一生」，〔註 321〕無
不表達對晚唐陸龜蒙（？～881，字魯望，號天隨子）的喜愛。

　　儘管姜夔沒有論詞的篇章，然從其《詩說》一卷可知，詩法的講究亦可
通用於詞法之上，謝章鋌《賭棋山莊詞話》云：「讀其（姜夔）說詩諸則，有
與長短句相通者。」〔註322〕其填詞之法，亦能與作詩之法互通表裡。夏承燾
於〈姜夔的詞風〉一文提及：

　　　論他（姜夔）的詞，可先從他的詩說起，我以為若了解他的詩風轉

〔註316〕〔宋〕姜夔：《白石道人詩集·自序》，頁 11。
〔註317〕〔宋〕張炎：《詞源》卷下，見唐圭璋：《詞話叢編》，冊 1，頁 259。
〔註318〕〔清〕朱彝尊：《詞綜·發凡》，施蟄存編：《詞籍序跋萃編》，頁 756。
〔註319〕〔宋〕楊萬里：《誠齋集·江西宗派詩序》（臺北：臺灣商務印書館，1979 年
　　　　11 月《四部叢刊》），卷 79，頁 664。
〔註320〕〔宋〕楊萬里：《誠齋集·頤菴詩稿序》，卷 83，頁 688。
〔註321〕〔宋〕姜夔〈除夜自石湖歸苕溪〉、〈三高祠〉，見《白石道人詩集》，卷下，
　　　　頁 27、28。
〔註322〕〔清〕謝章鋌：《賭棋山莊詞話》，唐圭璋編：《詞話叢編》，冊 4，頁 3478。

變的經過，是會更容易了解他的詞的造就的。　（《月輪山詞論集》，
冊 2，頁 303）

由此，可以理解夏承燾論姜夔詞，為何將之與黃庭堅及江西詩派相提並論的
原因。

論詞絕句第三、四句「不供溫韋尋夢境，春衫冷月過淮南」，係以晚唐以
來溫庭筠、韋莊一派詞人與姜夔進行評論。晚唐至北宋，詞人多寫男女情愛，
詞風綺麗濃豔。然同樣化柔情為文字的姜夔，卻少了一分婉弱，多了一分清
剛。〈踏莎行〉云：

> 燕燕輕盈，鶯鶯嬌軟。分明又向華胥見。夜長爭得薄情知，春初早
> 被相思染。　　別後書辭，別時針線。離魂暗逐郎行遠。淮南皓月
> 冷千山，冥冥歸去無人管。〔註323〕

「春衫冷月過淮南」一句，正是化用「淮南皓月冷千山，冥冥歸去無人管」而
來。此闋詞題云：「自沔東來，丁未元日至金陵，江上感夢而作」，夏承燾《姜
白石詞編年箋校》據「淮南」（安徽省境內）一詞，認為此乃姜夔懷念合肥故
人所填。唐圭璋《唐宋詞簡釋》評此闋云：

> 書辭針線，皆伊人之情也。天涯飄蕩，睹物如睹人。……「淮南」
> 兩句，以景結，境既淒黯，語亦挺拔。〔註324〕

姜夔其他作品，如〈杏花天〉：「金陵路。鶯吟燕舞。算潮水、知人最苦。滿汀
芳草不成歸，日暮。更移舟、向甚處。」〈淒涼犯〉：「舊遊在否，想如今、翠
凋紅落。漫寫羊裙，等新雁來時繫著。怕匆匆、不肯寄與，誤後約」〔註325〕
等，亦是合肥情事之例。姜夔能以挺拔淡雅的筆調書寫男女間的柔情，擺脫
晚唐委靡詞風，最大原因在於師承江西一派。夏承燾〈姜夔的詞風〉一文云：
「白石一方面用晚唐詩修改江西派，另一方面又用江西詩修改晚唐北宋詞。」
（《月輪山詞論集》，冊 2，頁 307）又云：

> 白石的詩風是從江西派走向晚唐的，他的詞正復相似，也是出入於
> 江西和晚唐的，是要用江西派詩匡救晚唐溫（庭筠）韋（莊）以及
> 北宋柳（永）周（邦彥）的詞風的。
>
> 白石詞和周邦彥並稱「周、姜」。邦彥詞上承溫、韋、柳、秦，這派

〔註323〕唐圭璋編：《全宋詞》，冊 3，頁 2174。
〔註324〕唐圭璋：《唐五代兩宋詞簡釋》（臺北：木鐸出版社，1982 年 3 月），頁 181。
〔註325〕唐圭璋編：《全宋詞》，冊 3，頁 2184。

詞到了白石那時，大都軟媚無力，恰好和那槎枒乾枯的江西末流詩
作對照。指出江西派的流弊，拿晚唐詩來修改它的是楊萬里；拿江
西詩風入詞的是姜白石。　（《月輪山詞論集》，冊 2，頁 306）

吳熊和《唐宋詞通論》亦云：

姜夔的詩，蓋以晚唐的綿邈風神，來補救江西詩派末流之槎枒乾枯
之失；他的詞，則以江西派詩清勁瘦硬的健筆，來改造晚唐以來溫、
韋、柳、周靡曼軟媚之詞，兩者都不失為對當時的詩風、詞風的改
革。以江西詩風入詞，合黃（庭堅）、陳（詩道）與溫、韋、柳、周
為一體，這種作法就是姜夔的首創，並使他的詞形成和加強了騷雅
的特點。〔註 326〕

姜夔能將江西派的黃（庭堅）、陳（與義）詩風，以及溫（庭筠）、韋（莊）詞
風融會貫通，持江西瘦硬的筆調，正可匡救晚唐北宋以來軟媚無力的詞風。
沈義父《樂府指迷》評姜夔詞「清勁知音，亦未免有生硬處」，〔註 327〕殊不知
姜詞「生硬處」，正是深受江西詩派的影響。夏承燾〈讀張炎《詞源》〉一文曾
以周邦彥、吳文英、姜夔三人詞風互相比較，論曰：

姜夔、吳文英的詞都受周邦彥的影響，而周、姜的風格不盡同：周
詞講究字面色澤，善於融化古詩句；姜詞則淨洗華彩而能自創新句；
周詞的疵病是軟媚無力，姜詞則救之以清剛瘦硬。……吳文英的詞
比周詞色澤更濃，也更加軟媚，往往弄到「凝滯晦澀」的地步。　（《月
輪山詞論集》，冊 2，頁 403）

夏承燾一向不愛周邦彥詞之「軟媚無力」，吳文英詞之「凝滯晦澀」，其《日記》
云：「（1929 年 6 月 17 日）閱《彊村叢書》。小令少性靈語，長調堅鍊，未忘塗
飾，夢窗派故如是也。」又云：「（1929 年 9 月 12 日）燈下閱清真詞，覺風雲
月露亦甚厭人矣，欲詞之不亡于今日，不可不另闢一境界。」（冊 5，頁 100、
118）夏承燾對周、吳二家多所批評，其觀念主要源自時代的激發，面對內憂外
患的局勢，若填詞僅專注於吟風弄月、剪紅刻翠，詞風勢必日益卑靡，故云：

（1929 年 8 月 26 日）思中國詞中風花雪月、滴粉搓酥之辭太
多，……東坡之大，白石之高，稼軒之豪，舉不足以語此。此後作
詞，試從此闢一新途徑。　（冊 5，頁 114～115）

〔註 326〕吳熊和：《唐宋詞通論》，頁 247。
〔註 327〕〔宋〕沈義父《樂府指迷》，見唐圭璋編：《詞話叢編》，冊 1，頁 278。

夏承燾以為若要解決周邦彥、吳文英等人軟媚無力、凝滯晦澀的疵病，則需仰賴姜夔清剛瘦硬之筆；若要開闢詞壇新氣象，唯蘇軾、姜夔、辛棄疾三家而已。

（二）蘊含傷國憂時、黍離之悲的白石詞風

夏承燾《瞿髯論詞絕句》論姜夔之一云：

> 一麾湖海望昭陵，慷慨高談澤潞兵。付與南人比吟境，二分冷月挂蕪城。　（冊2，554）

夏承燾以杜牧（803～852，字牧之）慷慨愛國之心與姜夔相較。首句「一麾湖海望昭陵」，便化用杜牧詩句，其〈將赴吳興登樂遊原一絕〉詩云：「清時有味是無能，閒愛孤雲靜愛僧。欲把一麾江海去，樂遊原上望昭陵」，〔註328〕此乃杜牧出仕吳興（今浙江省湖州市），登樂遊原，懷念唐太宗（昭陵即唐太宗墓）所寫。論詞絕句次句「慷慨高談澤潞兵」便呼應杜牧作〈罪言〉一事。宋・歐陽脩《新唐書》記載：「劉從諫守澤潞，何進滔據魏博，頗驕蹇不循法度。牧（杜牧）追咎長慶以來朝廷措置亡術，復失山東，鉅封劇鎮，所以繫天下輕重，不得承襲輕授，皆國家大事，嫌不當位而言，實有罪，故作〈罪言〉。」〔註329〕杜牧〈罪言〉一千餘字，對於藩鎮禍亂、用兵方略慷慨議論，歐陽脩評之曰：「剛直有奇節，不為齪齪小謹，敢論列大事，指陳病利尤切至」，〔註330〕此文即杜牧人格的寫照。

然而，杜牧慷慨剛直的氣節，卻是大部分南方文人缺乏的特質。若將杜牧比之於「南人」，正如夏承燾論詞絕句末兩句所言「付與南人比吟境，二分冷月挂蕪城」，姜夔乃最佳人選。姜夔〈揚州慢〉：

> 淮左名都，竹西佳處，解鞍少駐初程。過春風十里，盡薺麥青青。自胡馬窺江去後，廢池喬木，猶厭言兵。漸黃昏，清角吹寒，都在空城。　杜郎俊賞，算而今、重到須驚。縱豆蔻詞工，青樓夢好，難賦深情。二十四橋仍在，波心蕩、冷月無聲。念橋邊紅藥，年年知為誰生。〔註331〕

〔註328〕〔清〕清聖祖敕撰：《全唐詩》，冊8，卷521，頁5961～5962。

〔註329〕〔宋〕歐陽脩：《新唐書》（臺北：鼎文書局，1981年1月），冊7，卷166，頁5094。

〔註330〕〔宋〕歐陽脩：《新唐書》，卷166，頁5097。

〔註331〕唐圭璋編：《全宋詞》，冊3，頁2180～2181。

宋高宗紹興三十年（1160），完顏亮南寇，江淮軍敗，中外震駭。曾是歌樓舞謝林立其間的揚州（即揚州、廣陵，今江蘇省境內），也隨之兵馬倥傯，繁華都會一變而成邊徼。孝宗淳熙三年（1176），離寇平已隔十六年之久，姜夔年廿二，過維揚，見景物蕭條，遂而填詞，以抒今昔之慨。

其中「淮左名都，竹西佳處」，出自杜牧〈題揚州禪智寺〉：「誰知竹西路，歌吹是揚州」；〔註332〕「縱豆蔻詞工」三句出自杜牧〈贈別〉：「娉娉裊裊十三餘，豆蔻梢頭二月初。春風十里揚州路，卷上珠簾總不如」，〔註333〕以及〈遣懷〉：「十年一覺揚州夢，贏得青樓薄倖名」；〔註334〕「二十四橋」二句，出自杜牧〈寄揚州韓綽判官〉：「二十四橋明月夜，玉人何處教吹簫」。〔註335〕姜夔接連化用杜牧詩句，一則出自賞識，如〈鷓鴣天・十六夜出〉：「東風歷歷紅樓下，誰識三生杜牧之」（冊3，頁2173）；〈琵琶仙〉：「十里揚州，三生杜牧，前事休說」（冊3，頁2178），不掩企慕杜牧之情；二則因杜牧曾遊揚州，詩句蘊含傷時憫亂之悲，故姜夔借他人酒杯，澆胸中塊壘，以抒愴然之感。

陳廷焯《白雨齋詞話》卷二評姜夔〈揚州慢〉云：

> 寫兵燹後情景逼真。「猶厭言兵」四字，包括無限傷亂語。他人累千萬言，亦無此韻味。〔註336〕

俞陛雲《唐五代兩宋詞選釋》云：

> 此詞極寫兵後名都荒寒之狀。「春風」二句其自序所謂「四顧蕭條」也。「胡馬」句言壞劫曾經，追思猶慟，況空城入暮，戍角吹寒，如李陵所謂「胡笳互動，……只令人悲增忉怛耳。」下闋過揚州者，以杜牧文詞為最著，因以自況，言百感填膺，非筆墨所能罄。「冷月」二句誦之若商聲激楚，令人心倒腸回。篇終「紅藥」句言春光依舊，人事全非，哀郢懷湘，同其沉鬱矣。凡亂後感懷之作，詞人所恆有，白石之精到處，淒異之音，沁人紙背，復能以浩氣行之，由於天分高而醞釀深也。〔註337〕

〔註332〕〔清〕清聖祖敕撰：《全唐詩》，冊8，卷522，頁5964。
〔註333〕〔清〕清聖祖敕撰：《全唐詩》，冊8，卷523，頁5988。
〔註334〕〔清〕清聖祖敕撰：《全唐詩》，冊8，卷524，頁5998。
〔註335〕〔清〕清聖祖敕撰：《全唐詩》，冊8，卷523，頁5982。
〔註336〕〔清〕陳廷焯《白雨齋詞話》，見唐圭璋：《詞話叢編》，冊4，卷2，頁3798。
〔註337〕俞陛雲：《唐五代兩宋詞選釋》（臺北：文史哲出版社，1988年7月），頁401～402。

昔盛今衰對比之下，姜夔眼中的揚州，徒剩二十四橋〔註338〕及一輪冷月搖盪波心，顯得百般淒涼，杜牧若再次重遊，想必深情難賦，甚感詫異。

夏承燾論詞絕句「付與南人比吟境，二分冷月挂蕪城」〔註339〕二句所指，即姜夔於〈揚州慢〉一闋所蘊含的沉鬱之感、黍離之悲。姜夔的情懷，是受到夏承燾肯定的。吳无聞注：「這詞作於隆興戰敗之後，但悲涼哀嘆，遠不如杜牧〈罪言〉之有氣概」〔註340〕，蓋兩人閱歷、處境不同之故也，對於終身布衣的姜夔而言，實難寫出氣貫長虹、鏗鏘輵輵的愛國長篇，唯有以內斂含蓄的方式，寄託憂國傷時之悲而已。

夏承燾論詞絕句論姜夔之四云：

> 開禧兵火見流亡，合變詞風和輵輵。遲識稼軒翁尚悔，一尊北顧滿
> 頭霜。　　（冊 2，頁 557）

首句「開禧兵火見流亡」，交代南宋抗金失敗一事。南宋開禧二年（1206），宋寧宗下詔伐金，是為開禧北伐，然因韓侂胄（1152～1207，字節夫）獨攬大權，用兵不當，使得金兵南下，宋軍潰敗，百姓顛沛。《宋史·姦臣·韓侂胄》謂：「自兵興以來，蜀口、漢、淮之民死於兵戈者，不可勝計，公私之力大屈，而侂胄意猶未已，中外憂懼。」〔註341〕儘管韓侂胄有恢復中原之志，卻因自身專權，將百姓拋之腦後，最終換得歷代的非議。

〔註338〕「二十四橋」，據沈括《夢溪筆談》記載：「揚州在唐時最為富盛，舊城南北十五里一百一十步，東西七里三十步，可紀者有二十四橋。」註謂北宋仍存之橋有六（小市橋、廣濟橋、開明橋、通泗橋、太平橋、萬歲橋）。李斗《揚州畫舫錄》謂：「廿四橋即吳家磚橋，一名紅藥橋。」梁章鉅《浪跡叢談》謂「揚州二十四橋之名熟在人口而皆不能道其詳。〔宋〕王象之《輿地紀勝》云：「二十四橋，隋置，並以城門坊市為名。後韓令坤者，省築州城，分布阡陌，別立橋梁，所謂二十四橋者，或存或亡，不可得而考。或謂二十四橋只是一橋，即在今孟玉生山人毓森所居宅旁……」〔宋〕沈括著、胡靜道校注：《新校正夢溪筆談·補筆談卷·雜誌》（北京：中華書局，1987 年 4 月），卷 3，頁 326。李斗：《揚州畫舫錄》，見《中國風土志》（揚州：廣陵書社，2003 年 4 月），卷 15，頁 2。〔清〕梁章鉅：《浪跡叢談》（臺北：漢京出版社，1984 年 6 月），卷 2，頁 23。夏承燾著：《夏承燾集·姜白石詞編年箋校》按「姜夔謂『二十四橋猶在』蓋非史實。」冊 3，頁 25。

〔註339〕吳无聞注「二分冷月」，出自杜牧：「天下三分明月夜，二分無賴在揚州」，參夏承燾：《夏承燾集·瞿髯論詞絕句》，冊 2，頁 555。此詩乃中唐詩人徐凝〈憶揚州〉：「蕭娘臉下難勝淚，桃葉眉頭（尖）易得愁。天下三分明月夜，二分無賴是揚州。」《全唐詩》，冊 7，卷 474，頁 5377。

〔註340〕夏承燾：《夏承燾集·瞿髯論詞絕句》，冊 2，頁 555。

〔註341〕〔元〕脫脫撰：《宋史·姦臣·韓侂胄》，卷 474，頁 13776。

　　論詞絕句次句「合變詞風和鞳韃」之「鞳韃」，及第三句「遲識稼軒翁
尚悔」之「稼軒」，可知夏承燾將姜夔與辛棄疾相比。愛國詞人辛棄疾一生
致力抗金，以恢復中原為畢生之志，然卻屢遭朝廷貶謫流放，先後閒居上饒
和鉛山（今江西）。寧宗嘉泰三年（1203），辛棄疾曾一度受用於韓侂胄，擔
任浙江東路安撫使一職；〔註342〕隔年，被朝廷召見，轉為鎮江知府。可惜
辛棄疾最後仍不得韓侂胄信任，心願未了，含恨辭世。劉克莊〈辛稼軒集
序〉云：

> 公所作大聲鞳韃，小聲鏗鍧，橫絕六合，掃空萬古，自有蒼生以來
> 所無。〔註343〕

辛棄疾一生以氣節自負，以功業自許，其發憤積極的雄心壯志，無法在沙場
上盡情揮灑，只好不加掩飾的將不平之鳴躍於紙上，其詞所蘊含的「鞳韃」
之聲，慷慨激昂，橫掃古今，深刻表達復國雪恥的強烈渴望，其〈永遇樂・京
口北固亭懷古〉一詞正是如此寫照，詞云：

> 千古江山，英雄無覓，孫仲謀處。舞榭歌臺，風流總被，雨打風吹
> 去。斜陽草樹，尋常巷陌，人道寄奴曾住。想當年，金戈鐵馬，氣
> 吞萬里如虎。　　元嘉草草，封狼居胥，贏得倉皇北顧。四十三年，
> 望中猶記，烽火揚州路。可堪回首，佛狸祠下，一片神鴉社鼓。憑
> 誰問，廉頗老矣，尚能飯否。〔註344〕

此闋詞係辛棄疾登京口北固樓（鎮江城北北固山上）所作。人在江山雄偉處，
景色依舊，英雄何在？詞人放眼古今，面對家國失守的哀慟沒有差別。上片
引劉裕（363～422，字德興，小字寄奴）、孫權（182～252，字仲謀）典故，
述金戈鐵馬，氣吞萬里的英雄氣概；下片則借南朝文帝北伐無功，以致佛狸
飲馬長江，道盡倉皇北顧的沉痛心境。末結則自喻廉頗，述其悲壯的胸懷。
　　姜夔和作辛詞，其〈永遇樂・次稼軒北固樓詞韻〉詞云：

> 雲隔迷樓，苔封很石，人向何處。數騎秋煙，一篙寒汐，千古空來
> 去。使君心在，蒼崖綠嶂，苦被北門留住。有尊中酒差可飲，大旗
> 盡繡熊虎。　　前身諸葛，來遊此地，數語便酬三顧。樓外冥冥，

〔註342〕〔明〕王宗沐撰：《宋元資治通鑑》（北京：北京出版社，2000年1月《四庫
　　　　未收書輯刊》），卷40，頁474。
〔註343〕〔宋〕劉克莊〈辛稼軒集序〉，見施蟄存：《詞籍序跋萃編》，卷3，頁200。
〔註344〕唐圭璋編：《全宋詞》，冊3，頁1954。

江皋隱隱，認得征西路。中原生聚，神京耆老，南望長淮金鼓。問
當時、依依種柳，至今在否。〔註 345〕

姜夔詞上片實寫北固樓風光，並以虛筆神遊懷古，抒發千古江山昔盛今衰的
慨嘆。「使君心在」等句，筆鋒落到辛棄疾民族重任之上，當時辛棄疾抗金之
心不滅，然身體早已不堪負荷，姜夔仍不忘勉勵辛棄疾率兵鎮守。下片則以
諸葛亮（181～234，字孔明）、桓溫（312～373，字元子）為比，突出辛棄疾
的英雄氣魄以及指揮若定的大將之風。末結「問當時、依依種柳，至今在否」，
化用桓溫典故，道盡辛棄疾心繫家國百姓，急於揮師北伐的願望。姜夔藉歷
史典故，歌詠抗金英雄，寫出他對恢復中原的殷殷期盼。全詞慷慨激昂，氣
派闊大，近似辛詞的鏗鏘之聲。夏承燾《姜白石詞編年箋校》即云：「白石和
詞，風格亦近棄疾。」（冊 3，頁 127）

論詞絕句末兩句「遲識稼軒翁尚悔，一尊北顧滿頭霜」，實為姜夔遲識辛
棄疾而感到可惜。姜夔，饒州鄱陽（今江西省波陽縣）人，據陳思《白石道人
年譜》引《宰相世系表》云：「九真姜式，本出天水」，天水離辛棄疾祖籍隴西
臨洮不遠；《世系略表》又載姜夔的七世祖姜泮「饒州教授，因家上饒」，〔註 346〕
可知辛棄疾、姜夔二家頗有地緣關係。然辛棄疾長姜夔十五歲，姜夔出生後，
即搬至鄱陽，從小又隨父親居於湖北漢陽（今武漢市），至晚年兩人才相識。

姜夔有〈洞仙歌·黃木香贈辛稼軒〉詞一闋，以及三闋和韻之作，除上
述〈永遇樂·次稼軒北固樓詞韻〉外，〈漢宮春·次韻稼軒〉、〈漢宮春·次韻
稼軒蓬萊閣〉兩闋，亦頗有今古盛衰之慨，隱約之中足以讓人感受到豪壯悲
憤的稼軒詞風。

周濟《宋四家詞選·目錄序論》即云：

白石脫胎稼軒，變雄健為清剛，變馳驟疏宕，蓋二公皆極熱中，故
氣味吻合。〔註 347〕

劉熙載《藝概·詞概》亦云：

稼軒之體，白石嘗效之矣；集中如〈永遇樂〉、〈漢宮春〉諸闋，均
次稼軒韻，其吐屬氣味，皆若秘響相通，何後人過分門戶矣。〔註 348〕

〔註 345〕唐圭璋編：《全宋詞》，冊 3，頁 2187。
〔註 346〕夏承燾：《夏承燾集·姜白石詞編年箋校·行實考》，冊 3，頁 268。
〔註 347〕〔清〕周濟《宋四家詞選》，唐圭璋編：《詞話叢編》，冊 2，頁 1644。
〔註 348〕〔清〕劉熙載《藝概·詞概》，唐圭璋編：《詞話叢編》，冊 4，頁 3693。

夏承燾曾於 1931 年 3 月擬選一詞冊，謂「白石集中有效稼軒之作」（《日記》，冊 5，頁 193），姜夔詞風的轉變無非受到辛棄疾的影響。然詞人的生活環境、生平閱歷，畢竟不同，因此辛詞雄健，奔放激昂；姜詞疏宕，內斂含蓄，不能劃上等號；唯面對山河驟變，國勢日非的景象，詞中流露的傷世之感乃無庸置疑的。陳廷焯《白雨齋詞話》論曰：

> 南渡以後，國勢日非。白石目擊心傷，多於詞中寄慨。不獨〈暗香〉、
> 〈疏影〉二章，發二帝之幽憤，傷在位之無人也。特感慨全在虛處，
> 無跡可尋，人自不察。〔註349〕

倘若姜夔早些時日結識辛棄疾，或許就不會甘願只作一介布衣，嘯傲江湖之間而已。

（三）野雲孤飛的「晉宋間人」

夏承燾論詞絕句論姜夔之三云：

> 唱和紅簫興未闌，櫂歌鑒曲負三山。山翁碧嶽黃流夢，與子忘言晉
> 宋間。　　（冊 2，頁 556）

此首論詞絕句，夏承燾將南宋陸游與姜夔同列相較。首句「唱和紅簫興未闌」，據夏承燾〈姜白石繫年〉引《研北雜志》記載，紹熙二年（1191）乃姜夔謁見范成大（1126～1193，字致能，號石湖居士），范成大以歌妓小紅為贈之時。《研北雜志》載：

> 小紅，順陽公（即范石湖）青衣也，有色藝。順陽公之請老，姜堯
> 章詣之。一日授簡徵新聲，堯章製〈暗香〉、〈疏影〉兩曲，公使二
> 妓肄習之，音節清婉。堯章歸吳興，公尋以小紅贈之。其夕大雪，
> 過垂虹，賦詩曰：「自琢新詞韻最嬌，小紅低唱我吹簫；曲終過盡松
> 陵路，回首煙波十里橋。」堯章每喜自度曲，吟洞簫，小紅輒歌而
> 和之。〔註350〕

范成大以青衣小紅贈與姜夔；同年，姜夔攜小紅歸湖州（今浙江境內），作〈過垂虹〉，詩云：「自作新詞韻最嬌，小紅低唱我吹簫。」〔註351〕明・張羽〈白石道人傳〉亦載：「范（成大）有妓小紅，尤喜其聲，比歸苕，范舉以屬夔。

〔註349〕〔清〕陳廷焯《白雨齋詞話》，唐圭璋編：《詞話叢編》，冊 4，頁 3797。
〔註350〕〔元〕陸友仁：《研北雜志》（北京：中華書局，1991 年《叢書集成初編》冊
　　　　2888），卷下，頁 183。
〔註351〕〔宋〕姜夔〈過垂虹〉詩，《白石道人詩集》卷下，頁 29。

過垂虹，大雪，紅為歌其詞，夔吹洞簫和之，人羨之如登仙云。」〔註352〕姜夔閒暇唱和的生活可以想見。

　　次句「櫂歌鑒曲負三山」的「鑒曲」，即浙江紹興的鑒湖，原名鏡湖，相傳黃帝鑄鏡於此而得名，王羲之詩云：「山陰道上行，如在鏡中游」，〔註353〕正描述了鑒湖的水鄉風光。據夏承燾《姜白石繫年》，紹熙四年（1193），姜夔三十九歲，春客紹興，遊鑒湖。〔註354〕其〈水龍吟〉詞序云：「黃慶長夜泛鑑湖，有懷歸之曲，課予和之」；〈玲瓏四犯〉詞序云：「越（浙江）中歲暮聞簫鼓感懷」，〔註355〕皆為姜夔遊鑒湖時所填之詞。鑒湖一帶，可謂古今名士之鄉，勾踐、王羲之、陸游、秋瑾、魯迅、周恩來等人，都曾居住於此。境內「三山」，因行宮山、韓家山、石堰山聳立湖岸，鼎足相接而得名，亦是陸游晚年所居之處，曾云：「一住三山三十載，交親漸覺眼前稀。」〔註356〕夏承燾論詞絕句前二句，即指出姜夔曾攜小紅同遊鑒湖之事。

　　第三句「山翁碧嶽黃流夢」。陸游晚年居鑒湖三山村，時人稱之為三山翁，其詩歌亦喜用「山翁」以自稱，如〈蔬圃〉：「山翁老學圃，自笑一何愚」；〈初秋小雨〉：「誰識山翁歡喜處，短檠燈火夜初長。」「碧嶽黃流」句，據吳无聞注，乃出自陸游〈秋夜將曉出籬門迎涼有感〉，詩云：

　　　三萬里河東入海，五千仞嶽上摩天；遺民淚盡邊塵裏，南望王師又一年。〔註357〕

此詩乃陸游於宋光宗紹熙三年（1192）秋天，定居山陰（今浙江紹興）時所作。「三萬里河東入海，五千仞嶽上摩天」兩句，描寫家國山河壯闊景象，然此時中原早已落入金人之手達六十餘年，面對國土淪陷、百姓流離，陸游在字裡行間流露出的心境，是無比的沉痛與悲哀。然而南宋朝廷苟安，無疑終

〔註352〕〔明〕張羽〈白石道人傳〉，見夏承燾：《夏承燾集·姜白石詞編年箋校·附錄一》，冊3，頁368。

〔註353〕〔宋〕王楙：《野客叢書》引王羲之詩，見收於〔明〕商濬輯：《稗海》（京都：中文出版社，1985年2月），冊4，卷7，頁2740。

〔註354〕夏承燾：《夏承燾集·姜白石繫年》，冊1，頁433。

〔註355〕唐圭璋：《全宋詞》，冊3，頁2179、2178。

〔註356〕〔宋〕陸游〈南堂脊記乃已三十年偶讀之悵然有感〉，見〔宋〕陸游、錢仲聯校注：《劍南詩稿校注》（上海：上海古籍出社，1985年9月），卷25，頁1824。

〔註357〕〔宋〕陸游〈蔬圃〉、〈初秋小雨〉、〈秋夜將曉出籬門迎涼有感〉，見收於《劍南詩稿校注》卷13，頁1079；卷43，頁2700；卷25，頁1774。

結了陸游恢復中原的大志，年年期盼王師率軍北伐的願望徒剩絕望。

　　末句「與子忘言晉宋間」，「子」指姜夔；「忘言」，據吳无聞注，指沒有話可應酬之意。宋・陳郁《藏一話腴》評姜夔云：

> 白石道人姜堯章，氣貌若不勝衣，而筆力足以扛百斛之鼎；家無立錐，而一飯未嘗無食客。圖史、翰墨之藏，充棟汗牛。襟期灑落如晉宋間人，意到語工，不期於高遠而自高遠，黃景說謂：「造物者不以富貴浼堯章，而使之聲名焜耀於無窮。」正合前意甚矣。士之貧賤不足憂，而學不充道不聞，深可慮也。〔註358〕

周密《齊東野語》亦載：

> 參政范公（范成大）以為（姜夔）翰墨人品皆似晉宋之雅士，待制楊公（楊萬里）以為於文無所不工，甚似陸天隨（陸龜蒙，別號天隨子）。〔註359〕

夏承燾〈姜白石繫年〉亦引《齊東野語》記載姜夔曾經「謁（范）成大於蘇州，成大以為翰墨人品皆似晉宋之雅士」（《唐宋詞人年譜》，冊1，頁423）之事，可知南宋以還，以姜夔比之晉宋間人的說法，已是普遍共識。

　　所謂「晉宋間人」〔註360〕，係指處於亂世之中，於玄學濡染之下，強烈追求精神主體的自由，以俊逸灑落的氣度，突破禮教，任性自適的文人雅士。宗白華（1897～1986，字伯華）云：「晉人以虛靈的胸襟，玄學的意味體會自然，乃能表裡澄澈，一片空明，建立最高的晶瑩的美的意境。」〔註361〕如此特殊的生命情調與價值取向，未隨朝代更迭而消失，反而深深影響後世。兩宋文人，尤其喜歡以此評論書法藝術、文學風格及生活態度，如黃庭堅〈跋王荊公書陶隱居墓中文〉評王安石「書法奇古，似晉宋間人筆墨」，〔註362〕

〔註358〕〔宋〕陳郁：《藏一話腴》，甲集，卷下，頁3。

〔註359〕〔宋〕周密撰、朱菊如、段颺等校注：《齊東野語校注・姜堯章自敘》（上海：華東師範大學，1987年5月），卷12，頁229。

〔註360〕《瞿髯論詞絕句》吳无聞注謂「晉宋間人」語出宋・陳世崇《隨隱漫錄》「襟期似晉宋間人」，覆查無此條資料，另見〔宋〕陳郁：《藏一話腴》「襟期灑落如晉宋間人。」（臺北：新文豐出版公司，1985年《叢書集成新編》冊87），甲集，卷下，頁3。

〔註361〕宗白華：《美學與意境・論《世說新語》和晉人的美》（臺北：淑馨出版社，1989年4月），頁185。

〔註362〕〔宋〕黃庭堅：《山谷集》（臺北：臺灣商務印書館，1986年《景印文淵閣四庫全書・集部》冊93），卷25，頁264。

蘇軾〈邵茂誠詩集敘〉論云：「其（邵茂誠）文清和妙麗如晉、宋間人」；﹝註363﹞劉克莊〈餘寒〉亦云：「老子今年八十三，怕寒渾未試春衫；尚存晉宋間人意，折得南枝帶雪篸。」﹝註364﹞值得注意的是，南宋偏安一隅，其政治、社會之背景，恰與晉、宋之際相似，面對紛擾不休的民族衝突、和戰之爭，不少文人對於脫塵絕俗的晉宋間人心生羨慕，如劉過「流落江湖，酒酣耳熱，出語豪縱，自謂晉宋間人物」；﹝註365﹞范成大「風神英邁，意氣傾倒，拔新領異之談，登峰造極之理，蕭然如晉宋間人物」；﹝註366﹞其中，姜夔被視為媲美晉宋雅士的典範，其一生來往於蘇、杭、揚、淮之間，放浪山水，遊歷江湖，明‧張羽〈白石道人傳〉評之曰：「體貌清瑩，望之若神仙中人」、「性孤僻，嘗遇溪山清絕處，縱情深詣，人莫知其所人；或夜深星月滿垂，朗吟獨步，每寒濤朔吹凜凜迫人，夷猶自若也」，﹝註367﹞其高雅清逸的特質與晉宋間人似有相通之處。另如其〈念奴嬌〉（鬧紅一舸）序云：

> 予客武陵，湖北憲治在焉。古城野水，喬木參天。予與二三友日蕩舟其間，薄荷花而飲。意象幽閒，不類人境。秋水且涸，荷葉出地尋丈，因列坐其下。上不見日，清風徐來，綠雲自動。間于疏處窺見遊人畫船，亦一樂也。揭來吳興，數得相羊荷花中。又夜泛西湖，光景奇絕。

〈鷓鴣天〉（曾共君侯歷聘來）序云：

> 予與張平甫自南昌同遊西山玉隆宮，……蒼山四圍，平野盡綠，隔澗野花紅白，照影可喜，使人採擷，以藤糾纏著楓上。少焉月出，大於黃金盆。逸興橫生，遂成痛飲，午夜乃寢。﹝註368﹞

詞序記載姜夔與三五好友或湖上蕩舟，荷間飲酒，或楓下賞月，採擷野花，此般逸興橫生的雅味，讓人不禁想起王羲之、謝安、孫綽等人於蘭亭春禊中曲水流觴、遊目騁懷、暢敘幽情的樂趣。

﹝註363﹞〔宋〕蘇軾著、孔凡禮校注：《蘇軾文集》（北京：中華書局，1992年9月），卷10，頁320。

﹝註364﹞〔宋〕劉克莊〈餘寒〉，見《全宋詩》，冊58，頁36734。

﹝註365﹞〔宋〕張世南：《游宦紀聞》（北京：中華書局，1985年《叢書集成初編》冊2871），卷1，頁3。

﹝註366﹞〔宋〕楊萬里：《誠齋集‧石湖先生大資參政范公文集序》，卷82，頁679。

﹝註367﹞〔明〕張羽〈白石道人傳〉，見收於夏承燾：《夏承燾集‧白石詞編年箋校‧附錄一》，頁367～368。

﹝註368﹞唐圭璋編：《全宋詞》，冊3，頁2172、2177。

夏承燾論詞絕句末兩句「山翁碧嶽黃流夢，與子忘言晉宋間」，將南宋陸游與姜夔同列相較，一位是「鬢雖殘，心未死」，志在沙場的愛國大將，一位是終身布衣，「野雲孤飛」的詞人，即使兩人同遊鑑湖而無一語投贈，也是想當然爾。

（四）姜夔的江湖情調與對詞壇的影響

夏承燾論詞絕句之五云：

> 張柳吟燈滿綺羅，侯門一老厭笙歌。野雲那有作峰意，終古江湖貧
> 士多。　　（冊2，頁558）

此首論詞絕句，夏承燾用以論姜夔的江湖情調與姜夔對詞壇的影響。首句「張柳吟燈滿綺羅」，「張柳」，即張先（990～1078，字子野）、柳永，此兩家不乏閨閣豔情之詞。陳師道《後山詩話》記載：

> 杭妓胡楚、龍靚皆有詩名，……張子野老于杭，多為官妓作詞，而
> 不及靚。靚獻詩云「天與群芳十樣葩，獨分顏色不堪誇；牡丹芍藥
> 人題遍，自分身如鼓子花」，子野于是為作詞也。〔註369〕

葉申薌《本事詞》亦云：「張子野風流瀟灑，尤擅歌詞，燈筵舞席贈妓之作絕多。」〔註370〕張先善於侑觴度曲，深受歌妓歡迎。柳永詞有雅、俗二類，雅詞多寫羈旅窮愁之思，層層鋪敘，情景兼融；俗詞則是閨門淫媟之語，淺近卑俗，如里巷歌謠。劉熙載《藝概·詞概》評其詞風云：

> 耆卿詞細密而妥溜，明白而家常，善於敘事，有過前人。惟綺羅香
> 澤之態，所在多有，故覺風期未上耳。〔註371〕

張先、柳永齊名於北宋詞壇，除了處於小令發展至慢詞的過渡階段外，二人同時周旋於歌樓酒館之中，詞風不免渲染夜夜笙歌後的綺羅香澤之態。

次句「侯門一老厭笙歌」緊接首句而來，夏承燾以「滿綺羅」之張、柳詞風，對比「厭笙歌」之姜夔詞風。「侯門一老」直指姜夔，其父姜噩，高宗紹興進士，歷新喻丞、知漢陽縣；姜夔孩幼時隨父仕宦，往來漢陽近二十年；然姜夔卻以布衣為終，倚賴侯門接濟為生，過著浪跡天涯的江湖生活。

〔註369〕〔宋〕陳師道：《後山詩話》，見收於〔清〕何文煥編：《歷代詩話》（北京：北京圖書館出版社，2003年5月），冊1，頁190。

〔註370〕〔清〕葉申薌：《本事詞》，見唐圭璋：《詞話叢編》，冊3，頁2305。

〔註371〕〔清〕劉熙載：《藝概·詞概》，見唐圭璋：《詞話叢編》，冊4，頁3689～3690。

其〈姜堯章自述〉云：

> 某早孤不振，幸不墜先人之緒業，少日奔走，凡世之所謂名公鉅儒，
> 皆嘗受其知矣……嗟乎，四海之內知己者不為少矣，而未有能振之
> 於竄困無聊之地者。〔註372〕

姜夔交遊往來甚眾，隱約之中仍可見姜夔內心深沉的孤寂之感，其詞如〈浣
溪沙〉：

> 著酒行行滿袂風。草枯霜鶻落晴空。銷魂都在夕陽中。　　恨入四
> 弦人欲老，夢尋千驛意難通。當時何似莫匆匆。〔註373〕

詞序云：「……丙午之秋，予與安甥或蕩舟採菱，或舉火買兔，或觀魚籫下，
山行野吟，自適其適，憑虛悵望，因賦是闋」；又如〈角招〉：

> 為春瘦。何堪更繞西湖，盡是垂柳。自看煙外岫。記得與君，湖上
> 攜手。君歸未久。早亂落、香紅千畝。一葉凌波縹緲，過三十六離
> 宮，遣遊人回首。　　猶有。畫船障袖。青樓倚扇，相映人爭秀。
> 翠翹光欲溜。愛著宮黃，而今時候。傷春似舊。蕩一點、春心如酒。
> 寫入吳絲自奏。問誰識，曲中心、花前友。〔註374〕

詞序云：「甲寅春，予與俞商卿燕遊西湖，觀梅于孤山之西村。玉雪照映，吹
香薄人。已而商卿歸吳興，予獨來，則山橫春煙，新柳被水，遊人容與飛花
中。悵然有懷，作此寄之。……予每自度曲，吟洞簫，商卿輒歌而和之，極有
山林縹緲之思。今予離憂，商卿一行作吏，殆無復此樂矣。」詞中那份悵望、
悽然之情，出自姜夔終身困頓的心境，絕非無病呻吟。儘管姜夔詞中亦不乏
酒席歌筵之作，然與張先、柳永以淫媟之語縱情於「綺羅」之聲相比，無不有
因時傷事，黍離麥秀之感。

　　第三句「野雲那有作峰意」。「野雲」一詞出自張炎《詞源》。〔註375〕張
炎以「野雲孤飛」論姜夔，「清空」遂成為姜夔詞風之代名詞。然「野雲孤飛」
不僅是清空的意象之喻，更應是無意於作峰巒峭峙的姜夔寂寞漂泊的寫照。鄭
文焯《大鶴先生詞話》云：

> 白石以沉憂善歌之士，意在復古，進〈大樂議〉，率為伶倫所阨，其

〔註372〕〔宋〕：周密《齊東野語》引〈姜堯章自述〉，卷12，頁229～230。
〔註373〕唐圭璋編：《全宋詞》，冊3，頁2174。
〔註374〕唐圭璋編：《全宋詞》，冊3，頁2182。
〔註375〕〔宋〕張炎：《詞源》卷下，見唐圭璋：《詞話叢編》，冊1，頁259。

　　志可悲，其學自足千古。叔夏論其詞，如野雲孤飛，去留無跡，百

世興感，如見其人。〔註376〕

姜夔曾因丞相謝深甫、京鏜的建議，進〈大樂議〉、〈琴瑟考古圖〉，結果只是
「詔付奉常」「留書以備採擇」而已；慶元五年，姜夔又上〈聖宗鐃歌〉十四
章，幸得下詔免解，應試禮部，卻終未能中選，自此之後，便終身草萊。其
〈戊午春帖子〉詩云「二十五弦人不識，淡黃楊柳舞春風」，姜夔無人賞識的
遺憾，讓他發出「文章信美知何用，漫贏得天涯羈旅」（〈玲瓏四犯〉）的慨嘆！
然姜夔也因此將其執著的情感以及淒涼的苦悶，藉由排遣、宣洩的方式，寄
託於文字之中，雖無意自成一派，卻影響深遠。

　　末句「終古江湖貧士多」，朱彝尊〈黑蝶齋詩餘序〉云：

　　詞莫善於姜夔，宗之者張輯、盧祖皋、史達祖、吳文英、蔣捷、王

　　沂孫、張炎、周密、陳允平、張翥、楊基，皆具夔之一體。〔註377〕

上述諸家，除張翥、楊基為金、明時人外，其餘各家均為南宋詞人。其中，或
以布衣終老者，如張輯（約1216年前後在世，字宗瑞，號東澤）、吳文英（1207
～1269？，字君特，號夢窗）；或因南宋滅亡，生活顛沛流離或不願出仕元朝
者，如蔣捷（1245～1301，字勝欲，號竹山）、張炎（1248～1320，字叔夏，
號玉田）、周密（1232～1298，字公謹，號草窗，又號四水潛夫、弁陽老人、
弁陽嘯翁），或因南宋兵敗而遭到流放者，如史達祖（生卒不詳，字邦卿，號
梅溪）等，其處境與姜夔相似，詞風亦學習姜夔而來。又陳撰〈跋白石詞〉
云：

　　先生事事精習，率妙絕無品。雖終身草萊，而風流氣韻足以標映後

　　世。當乾淳間俗學充斥，文獻湮替，乃能雅尚如此，洵稱豪傑之士

　　矣。〔註378〕

姜夔詞風，不僅影響了南宋，甚至下逮至清代，造成清初「家白石而戶玉田」
的盛況。浙江詞派朱彝尊即云：「詞至南宋，始極其工，至宋季而始其變，姜
堯章氏最為傑出」。〔註379〕姜夔以布衣身分製曲填詞，所為樂章，一摒靡曼

〔註376〕〔清〕鄭文焯《大鶴先生詞話》，見唐圭璋：《詞話叢編》，冊5，頁4329。
〔註377〕〔清〕朱彝尊〈黑蝶齋詩餘序〉，見施蟄存：《詞籍序跋萃編》，卷7，頁543。
〔註378〕〔清〕陳撰〈跋白石詞〉，見收於夏承燾：《夏承燾集‧姜白石詞編年箋校》，
　　　　冊3，頁232。
〔註379〕〔清〕朱彝尊《詞綜‧發凡》，施蟄存：《詞集序跋萃編》，卷9，頁753。

之習，清空精妙，雖無意開宗立派，卻為歷來江湖文士傳誦仿效。汪森《詞綜·序》亦云：

> 西蜀、南唐而後，作者日盛。宣和君臣，轉相矜尚，曲調愈多，流派因之亦別，短長互見，言情者或失之俚，使事者或失之伉。鄱陽姜夔出，句琢字煉，歸於醇雅；於是史達祖、高觀國羽翼之，張輯、吳文英師之於前，趙以夫、蔣捷、周密、陳允衡（陳允平之誤）、王沂孫、張炎、張翥效之於後，譬之於樂，舞箾至於九變，而詞之能事畢矣。〔註380〕

汪森所言或有「阿附竹垞」〔註381〕之疑，上述詞人亦非完全屬姜夔一派，然其影響確實不容小覷。詞壇之所以爭相崇尚姜夔的主要原因，蓋由於各個時期裡和他同類型、同遭遇的封建文人特別多，可以藉此借鑒以抒寫相近的思想感情；其次，姜詞在藝術技巧上有其獨特的成就，不施朱傅粉如柳永、周邦彥，又不逞才使氣如蘇軾、辛棄疾，韻度高絕、用辭醇雅，可為南宋詞壇另闢蹊徑。後期詞人對姜夔靡然從風，大概就是被他的江湖情調與獨特的詞風所吸引。

概括整首絕句，夏承燾以張、柳兩家，指出北宋初期詞壇綺羅香澤的特色，烘托南宋姜夔仰賴侯門接濟，卻厭倦院落笙歌的寂寞心境。不同於北宋閨閣之作，姜夔另創宋詞一路，藉由同時代或稍後，有相似遭遇或相同喜好的江湖貧士的模仿與傳誦，奠定姜夔在「窮居而野處」之下特有的詞風。

（五）作為夏承燾師法之對象

夏承燾《天風閣詞集前編·前言》云：

> 早年妄意合稼軒、白石、遺山、碧山為一家，終僅差近蔣竹山而已。
>
> （《天風閣詞集》，冊4，頁113）

辛棄疾、姜夔、元好問、王沂孫四家係夏承燾師法的對象，末句「終僅差近蔣竹山而已」，蓋自謙之詞。劉夢芙〈夏承燾《天風閣詞》綜論〉云：

> 夏承燾最重蘇、辛及風格相近的豪放派……其次是姜夔，白石詞清剛超拔，戛戛獨造的風格非常適合夏承燾的審美趣味，而且白石

〔註380〕〔清〕汪森《詞綜·序》，施蟄存：《詞集序跋萃編》，卷9，頁748。

〔註381〕〔清〕陳廷焯《白雨齋詞話》以為汪森之論係「阿附竹垞」之意，對所舉詞人是否師法姜夔一一辨析，可另行參閱唐圭璋編：《詞話叢編》，冊4，頁3962～3963。

詞中也有抒寫黍離麥秀之悲的作品。……夏承燾師法四家，以辛、
姜為主體，元、王為調濟，實有對國家歷史與現實和對詞人思想品
質與為詞風格的多方面考慮，奠基於學理，更有愛國情感和藝術趣
味的傾向性。〔註382〕

夏承燾具有傳統文人關心時政，經世濟民的理想，面對抗戰與文革階段，夏
承燾鍾情豪放詞人，力求詞境之開拓，追求詞風之雄健；然若在愛國情感與
審美趣味全面觀照之下，夏承燾對姜夔可說是情有獨鍾，其作品不乏流露出
姜詞之痕跡，如以下三闋：

萬象挂空明，秋欲三更，短篷搖夢過江城。可惜層樓無鐵笛，負我
詩成。　　杯酒勸長庚，高詠誰聽。當頭河漢任縱橫。一雁不飛鐘
未動，只有灘聲。　　（〈浪淘沙〉）

敝裘輕舉，送我冷然去。忽訝詩來無覓處，天外數峰清苦。　　衝
寒繞遍江城，踏殘千頃瓊英。明日高樓臥穩，好山任汝陰晴。　　（〈清
平樂〉）

惟有雁山月，知我在江湖。瀧灘照影如鏡，昨夢過桐廬。一卷六橋
簫譜，一枕六和鈴語，便欲老菰蒲。哀角忽吹破，清景渺難摹。　　煙
瘴地，二三子，共歌呼。人生能幾今夕，有酒恨無魚。長記白溪西
去，只在絳河斜處，風露世間無，歸計是長計，來歲定何如？　　（〈水
調歌頭〉）（《天風閣詞集》，冊4，頁126～127、173～174）

夏承燾曾任教於浙江杭州嚴州中學，授課之餘填了不少好詞。上舉〈浪淘沙〉
題為「過七里瀧」（屬浙江境內），〈清平樂〉題為「嚴州大雪」均屬之，而〈水
調歌頭〉詞序載「壬午臘月望夕，與聲越行月龍泉山中，憶嚴杭雁蕩舊游」，
屬追憶嚴杭之作。三闋作品中，如「萬象挂空明，秋欲三更，短篷搖夢過江
城」、「忽訝詩來無覓處，天外數峯清苦」、「一卷六橋簫譜，一枕六和鈴語，便
欲老菰蒲」等句，所流露出的飄逸清空的江湖情調，讓讀者自然地想起姜夔
那般如「清笙幽磬」〔註383〕的詞風。

〔註382〕劉夢芙：〈夏承燾《天風閣詞》綜論〉，《中國韻文學刊》第26卷第4期（2012
　　　　年10月），頁27～28。

〔註383〕〔清〕郭麐：《靈芬館詞話》：「姜、張諸子，一洗華靡，獨標清綺，如瘦石
　　　　孤花，清笙幽磬，入其境者，疑有仙靈，聞其聲者，人人自遠。」唐圭璋：
　　　　《詞話叢編》，冊2，頁1503。

又如〈十二郎〉：

> 夢華逝水，剩一鑑、冷光未凝。換語鶴湖山，聽蜑燈火，過我翩然
> 一艇。水佩風裳無人唱，問舊譜、凌波誰定。容獨占鷺汀，一竿絲
> 外，萬千人境。　　　歸興。浮家舊約，待描奩鏡。挽百丈秋潢，白
> 荷花底，看寫高寒雙影。問訊南鴻，江樓今夜，風露單衣應冷。囑
> 曉角、莫喚城烏，隔水數峰猶暝。　　（《天風閣詞集》，冊 4，頁 136）

此闋乃夏承燾夜遊西湖所作，上片描寫美如夢境的西湖勝狀，並化用姜夔「三
十六陂人未到，水佩風裳無數」（〈念奴嬌・吳興荷花〉）之句，而結句「容獨
占鷺汀，一竿絲外，萬千人境」，更將聯想空間推至遼闊的湖面之外，敻乎不
可企及。下片則藉荷花、南鴻，抒發懷歸之嘆，「情景交融，極縹緲空靈之致，
真得白石老仙之神」。〔註384〕又如夏承燾〈石湖仙〉（題孤山白石道人像）詞
云：

> 朗吟人去。剩一片湖山，仍對尊俎。喚起老逋魂，能同歌遠遊章句。
> 江湖投老，又看柳長亭幾度。容與。招素雲黃鶴何許。　　　紅簫垂
> 虹舊伴，憶黃月梅邊新譜。環佩胡沙，腸斷江南哀賦。聽角長淮，
> 送春南浦，此愁天付。攜酒路。馬塍連夜風雨。　　（《天風閣詞集》，
> 冊 4，頁 132）

此闋乃夏承燾為姜夔所題之詞，詞中化用姜夔詞句，如「最可惜、一片江山，
總付與啼鴂」（〈八歸〉）、「喚起淡妝人，問逋仙、今在何許」（〈法曲獻仙音〉）、
「閱人多矣，誰得似、長亭樹」（〈長亭怨慢〉）、「此地。宜有詞仙，擁素雲黃鶴，
與君遊戲」（〈翠樓吟〉）、「舊時月色。算幾番照我，梅邊吹笛」（〈暗香〉）、「昭
君不慣胡沙遠，但暗憶、江南江北。想佩環、月夜歸來，化作此花幽獨。」（〈疏
影〉）、「江淹又吟恨賦。記當時、送君南浦。」（〈玲瓏四犯〉）；〔註385〕又兼及
姜夔攜小紅過垂虹橋以及死後葬西湖馬塍之事。可知此闋〈石湖仙〉字字句句
緊扣姜夔其人其詞，除了基於夏承燾曾編訂姜夔年譜及詞集，對其生平經歷及
作品必是掌握得宜之外，最主要的原因，還是出自於夏承燾對姜夔的喜愛。張
爾田評夏承燾詞風：「尊詞胎息深厚，足為白石詞仙嗣響。」〔註386〕吳戰壘序

〔註384〕劉夢芙：〈淺談夏承燾先生山水詞〉，《合肥學報》（社會科學版）第 21 卷第
　　　　1 期（2004 年 2 月），頁 88。
〔註385〕姜夔詞，見收於唐圭璋編：《全宋詞》，冊 3，頁 2178～2184。
〔註386〕夏承燾：《夏承燾集・天風閣日記・1938 年 2 月 14 日》，冊 6，頁 8。

《夏承燾集》，評其詩詞創作云：

> 填詞則欲「合稼軒、白石、遺山、碧山為一家」，所作均有感而發，
> 情辭并茂；詩風磊落清奇，高明沉著，詞筆則堅蒼老辣，每以宋詩
> 之氣骨入詞中，外柔內剛，戛然獨造，并世詞家，殆罕其四。〔註387〕

夏承燾「以宋詩之氣骨入詞」，與姜夔「以江西瘦硬之筆填詞」之法頗為相近，
夏承燾「外柔內剛」、「戛然獨造」之詞風，與其歷程、心境與師法之對象不無
關係。劉夢芙〈夏承燾《天風閣詞》綜論〉云：

> 夏翁早中期詞，於稼軒取其嶔崎磊落而去其粗率；於白石取其清剛
> 幽秀而濟以渾厚，兼取遺山之蒼涼、碧山之沉鬱，此外尚有東坡之
> 超曠。〔註388〕

張炎以「清空」與「質實」做對比，以「清空」評論姜夔如野雲孤飛，去留無
跡的詞風，然夏承燾卻以為「清空」不足以概括姜詞全貌，故另樹「清剛」一
幟，此乃夏承燾對姜夔最中肯的評論。姜詞「以健筆寫柔情」，流露而出的深
遠清苦的心境，正呼應夏承燾在時代動盪之下感懷傷時的心路歷程。劉夢芙
《五四以來詞壇點將錄》亦云：

> 《天風閣詞前後編》存詞四百五十餘闋，淵深海闊，霞蔚雲蒸，具
> 稼軒之雄奇無其粗率，白石之清峭無其生硬，碧山之沉鬱無其衰
> 颯，復間有秦郎之婉秀，東坡、于湖之超逸，集諸家之美以臻大成。
> 而愛國之忱洋溢於篇什間，殊見風骨之堅，性情之厚。程千帆先生
> 又云：「其為詞取徑甚廣，出入南北宋，晚年尤思以蘇辛之筆，贊
> 揚鴻業，而終近白石之清剛」。就其主要風格而言，不可不謂知音，
> 然夏詞開拓新境，壯采奇情，詞筆變化甚多，究非白石一家所能限
> 也。〔註389〕

由夏承燾填詞的風格、情調，以及後人的評論，可知夏氏「妄意合稼軒、白
石、遺山、碧山為一家」，並非紙上談兵。然其取徑甚廣，吾人斷不可將其作
品限於一格，惟與姜夔確屬知音。

　　由以上分析可知，夏承燾各別針對姜夔詞人及其作品當中的特點加以

〔註387〕吳戰壘：〈夏承燾集・前言〉，見收於《夏承燾集》，冊1，頁4。
〔註388〕劉夢芙：〈夏承燾《天風閣詞》綜論〉，頁29。
〔註389〕劉夢芙：〈五四以來詞壇點將錄〉，見收於《中國詩學》（北京：人民文學出
　　　　版社，2005年），頁159。

剖析，通過不同角度進行觀照，進而得出較全面的評價。就詞人背景而言，《姜白石繫年》、《白石詞編年箋校》二書的完成，成為夏承燾論姜夔最強而有力的依據，故能巧妙引用〈揚州慢〉、〈永遇樂・次稼軒北固樓詞韻〉二詞，與杜牧、辛棄疾相提並論。就詞人風格而言，夏承燾以「清剛」二字論姜夔，絕非「婉約」一派可以涵涉，故舉杜牧、陸游、辛棄疾等愛國文人同列而語，絕非溫庭筠、韋莊、張先、柳永詞中那般綺羅香澤之態足以比擬。就詞風變革而言，夏承燾關注到姜夔出入江西詩派與晚唐詩風的情形，故以為姜夔係以瘦硬之筆抒寫柔情，匡救了晚唐、北宋以來綺麗濃豔的詞風；夏承燾亦提出「遲識稼軒」之無奈，為姜夔無法早點結識辛棄疾而可惜。就推源溯流而言，夏承燾指出姜夔係上承江西詩派、晚唐詩風而來，下啟南宋以後江湖文士之詞風，確立了姜夔的詞史地位。夏承燾對姜夔的評論，可謂全面而客觀。

值得一提的是，夏承燾〈天風閣讀詞札記〉特別指出白石詞受周邦彥影響，而又予以改造。其異點有三：（一）美成詞猶有落套者，如謝靈運之詩。白石便少此等矣。周邦彥詞善於檃括唐人詩句，尤其是李賀、李商隱、溫庭筠、杜牧等人作品，故字字皆有來歷。（二）美成詞猶有學柳三變淫靡之作者。而白石則無。如應歌無聊之作，〈意難忘・美稱〉、〈定風波・美情〉等，亦同柳永。（三）字面濃淡，亦周姜一異。〔註390〕

總之，姜夔以「清剛」之姿，立足於南宋詞壇，另闢一路，顯然與其困頓窮愁的布衣身分，以及深遠清苦的江湖情調有極為密切的關係，故姜夔難以寫出氣貫長虹、鏗鏘鞺鞳的愛國篇章，唯有以內斂含蓄的方式，寄託悵然哀淒的感慨罷了。

二、江湖詞人

所謂「終古江湖貧士多」（夏承燾《瞿髯論詞絕句》），史達祖（1163～1220？，字邦卿，號梅溪）、吳文英（1200～1260，字君特，號夢窗，晚號覺翁）、王沂孫（生卒年不詳，字聖與，號碧山）、張炎（1248～1320？，字叔夏，號玉田，又號樂笑翁）、周密（1232～1298，字公謹，號草窗）諸人，與姜夔身世相近，其詞風又具「姜夔之一體」（朱彝尊〈黑蝶齋詩餘序〉），以下一併析論：

〔註390〕夏承燾：〈天風閣讀詞札記〉，《河北大學學報》（1988年第3期），頁75。

（一）論吳文英人品及其詞

夏承燾編有〈吳夢窗繫年〉（附〈夢窗晚年與賈似道絕交辨〉），對於吳文英的批評，主要有論詞絕句二首，其他並無專篇論及之。第一首論詞絕句如下：

> 小湖北嶺屐群群，綠萼滄浪酒凡巡。夢路徜逢過嶺客，笳邊忍伴鬥
> 蠻人。　　（冊 2，頁 561）

第一首論及吳文英人品，以及他與賈似道（1213～1275，字師憲，號悅生、秋壑）、吳潛（1195～1262，字毅夫，號履齋）之往來。吳文英一生未仕，布衣終生，與嗣榮王趙與芮，參知政事吳潛，京湖制置大使賈似道，史彌遠之子史宅之等都有往來，交游之間不乏達官顯貴。

首句「小湖北嶺屐群群」直指賈似道。吳文英〈水龍吟·過秋壑湖上舊居寄贈〉一闋為賈似道而作，首句「外湖北嶺雲多」﹝註391﹞，「外湖」，夏承燾作「小湖」，指杭州西湖；﹝註392﹞「北嶺」即西湖葛嶺，據《咸淳臨安志》，賈似道「舊有別墅在（集芳）園之南」，﹝註393﹞集芳園（又稱「後樂園」）乃南宋末年度宗時期賜與賈似道的宅第，在此之前，賈似道舊有名園「水竹院落」即位於葛嶺。﹝註394﹞其〈歸葛嶺舊居〉詩云：「罷官歸舊宅，山水得頻過。息影隄邊樹，清心湖面波。勞無功可紀，頑有命相磨。見說連朝雨，田家正翦禾。」﹝註395﹞賈似道貴為一代權臣，登門謁見者眾多，與之往來的文人雅士，絡繹不絕，甚至「每歲八月八日生辰，四方善頌者，以數千計」。﹝註396﹞「綠萼滄浪」句直指吳潛。滄浪亭乃蘇州四大名園之一。﹝註397﹞吳文英

﹝註391﹞唐圭璋編：《全宋詞》，冊 4，頁 2880。

﹝註392﹞《唐宋詞匯評·兩宋卷》引夏承燾箋，謂：王半唐（即王鵬運）改「小湖」為「外湖」，謂秋壑居葛嶺，故云「外湖北嶺」，亦非。若指葛嶺，亦當曰「里湖」，應仍作「小湖」。參吳熊和主編：《唐宋詞匯評·兩宋卷》，卷 4，頁 3350。

﹝註393﹞〔宋〕潛說友：《咸淳臨安志》（臺北：大化書局，1980 年 4 月），卷 10，頁 3972。

﹝註394﹞賈似道「水竹院落」位於葛嶺路西泠橋（杭州西湖孤山西側）南，主要建築有奎文閣、秋水觀、第一春、思剡亭等。參周維權：《中國古典園林史》（北京：清華大學出版社，2008 年 11 月），頁 206 按：「秋水生時，賦情還在，南屏別墅」句，筆者推斷係指「水竹院落」。

﹝註395﹞賈似道〈歸葛嶺舊居〉，見北京大學古文獻研究所編：《全宋詩》（北京：北京大學出版社，1991 年 7 月），冊 64，頁 39987。

﹝註396﹞丁傳靖輯：《宋人軼事彙編》（北京：中華書局，1981 年 9 月），卷 18，頁 1010。

﹝註397﹞滄浪亭原為五代吳越廣陵王錢元璙的花園。北宋慶曆甲申年（1044 年），詩人蘇舜欽被貶，在吳中購得原五代孫承佑之廢園，在水旁建亭，取《楚辭》之意，名曰「滄浪亭」。後為南宋名將韓世宗別墅。

有〈金縷歌〉，題為「陪履齋先生滄浪看梅」。〔註 398〕

　　吳文英與吳潛、賈似道同為交好，兩人又同朝為官，亦高居宰相之位，偏偏兩人為政治上的死對頭。賈似道羅織罪名，誣陷吳潛在建儲問題上措置無方，吳潛遂罷官遭貶，過嶺南期間，被毒死於循州（今廣東惠州）謫所。所謂「夢路儻逢過嶺客」是矣。末句「鬥蛩人」，即是嘲諷蟋蟀宰相賈似道，元兵南侵之際，賈似道依舊鬥弄蟋蟀取樂，怠忽朝政，置國事於不顧，而被視為南宋亡國之奸臣。〔註 399〕

　　吳文英周旋於兩人之間，人品為世人詬病。《瞿髯論詞絕句》吳无聞題解引劉毓崧作〈重刊吳夢窗詞稿序〉，論定吳文英於吳潛被陷害之後，與賈似道已然絕交，以平反吳文英人品。原序節錄如下：

> 夢窗於似道未肆驕橫之時，贈以數詞，固不足以為累。況淳祐十年，歲在庚戌，下距景定庚申，已及十年。此十年之中，似道之權勢日隆，而夢窗未嘗續有投贈。……不獨灼見似道專擅之跡日彰，是以早自疏遠，亦以疇昔受知於吳履齋，詞稿中有追陪游宴之作，最相親善，是時履齋已為似道誣譖罷相，將有嶺表之行；夢窗義不肯負履齋，故特顯絕似道耳。〔註 400〕

然此說法卻與夏承燾於 1954 年 11 月 5 日撰成〈夢窗晚年與賈似道絕交辨〉一文相背。夏承燾針對劉毓崧〈重刊吳夢窗詞稿序〉內文，提出四點疑義。一、劉毓崧謂淳祐庚戌（1250）至景定庚申（1260）十年間，吳文英無任何投贈賈似道之篇什。然據《宋史》，理宗開慶元年（1259），賈似道「軍漢陽，援鄂，即軍中拜右相」（《宋史·姦臣·賈似道》），而吳潛為左相，兩人已有嫌隙。吳文英〈沁園春·送翁賓暘遊鄂渚〉有「幕府英雄今幾人」、「賈傅才高，岳家軍在」、「松江上，念故人老矣，甘臥閒雲」句，即獻給拜右相之賈似道，兩人此時並未絕交。二、景定元年（1260）四月，史沈炎彈劾吳潛，舉賈似道為正位鼎軸，聲勢赫赫，吳文英有〈金盞子·賦秋壑西湖小築〉一詞，或做於此時。自此，吳潛則罷官遭貶，四月去官提舉洞霄宮，六月謫建昌軍，十一月

〔註 398〕唐圭璋編：《全宋詞》，冊 4，頁 2939。

〔註 399〕〔元〕脫脫等撰：《宋史》：「時襄陽圍已急，似道日坐葛嶺，起樓閣亭榭，取宮人娼尼有美色者為妾，日淫樂其中。惟故博徒日至縱博，人無敢窺其第者。其妾有兄來，立府門，若將入者，似道見之，縛投火中。嘗與群妾踞地鬥蟋蟀，所狎客入，戲之曰：『此軍國重事邪？』」卷 474，頁 13784。

〔註 400〕〔清〕劉毓崧〈重刊吳夢窗詞稿序〉，施蟄存主編：《詞籍序跋萃編》，頁 352。

竄潮州。三、吳文英於 1248 年客吳潛越幕，逾年客嗣榮王趙與芮。景定元年（1260）四月，吳潛因反對度宗登基一事而遭貶，吳文英則年年獻壽趙與芮。若如劉氏所云「夢窗義不肯負履齋」，將如何解釋吳文英客嗣榮王府邸一事。四、吳文英卒年推斷為景定元年，後二年（1262），吳潛遭人毒死於循州謫所，乃是吳文英不及見之事；若吳文英此時在世，為何沒有一語追悼吳潛。〔註401〕故劉毓崧之說仍需斟酌；吳无聞注解此首論詞絕句，題解觀點與夏承燾〈夢窗晚年與賈似道絕交辨〉一文相違背，令人不明所以。夏承燾又云：

> 窗夢（「夢窗」之誤）以詞章曳裾侯門，本當時江湖游士風氣，固不
> 必詆為無行，亦不能以獨行責之；其人品或賢於孫惟信、宋謙父，
> 然亦不能疑為陳師道。此平情之論也。　（《唐宋詞人年譜》，冊1，
> 頁 483）

夏承燾認為吳文英以辭章曳裾侯門，周旋於吳潛、賈似道、趙與芮之間，本是當時江湖游士風氣，不需過度苛責。又云：

> 讀其投獻貴人諸詞，但有酬酢而罕干求，在南宋江湖游士中，殆亦
> 能狷介自好者耶。　（《唐宋詞人年譜》，冊1，頁 480）

夏承燾最重視人品，施議對曾指出「夏先生論詩，把做人和作詩同等看待，說：『必其人可讀，然後詩可讀。』」〔註402〕詩詞一理，論詞亦然。面對吳文英人品上的瑕疵，夏承燾亦能站在客觀立場進行評論，這對吳文英人品和詞品的評價是比較公平的。其《日記》載「夢窗可謂南宋江湖上墮落詞人之典型人物」（冊7，頁 234），實人在江湖，身不由己也。

　　第二首論詞絕句專論吳文英詞風，詩云：

> 橫海仙人跨彩鸞，眼前金碧各檀欒。是誰肯辦癡兒事，七寶樓臺拆
> 下看。　（冊2，頁 562）

吳文英有〈聲聲慢·陪幕中餞孫無懷於郭希道池亭，閏重九前一日〉「檀欒金碧，婀娜蓬萊，遊雲不蘸芳洲」〔註403〕句，用字優美，色彩斑斕，宋·張炎論之曰「前八字恐亦太澀」；陳洵《海綃說詞》謂「殊有拙致」；劉永濟《微睇

〔註401〕夏承燾〈夢窗晚年與賈似道絕交辨〉，《夏承燾集·唐宋詞人年譜》，冊1，頁
　　　　 482～483。
〔註402〕施議對〈心潮　詩潮　與時代脈搏一起躍動——夏承燾先生舊體詩試論〉，
　　　　 吳无聞編：《夏承燾教授紀念集》，頁 69。
〔註403〕唐圭璋編：《全宋詞》，冊4，頁 2920。

室說詞》視為「設色描繪之詞」。〔註404〕夏承燾「橫海仙人跨彩鸞，眼前金碧各檀欒」二句，即以神仙宮闕之金碧輝煌，比喻吳文英絢麗燦爛的詞風。

吳文英填詞造句，凝煉雕琢，已是常態，宋·沈義父《樂府指迷》曾記載吳文英填詞「下字欲其雅，不雅則近乎纏令之體，用字不可太露，露則直突而無深長之味。」陳廷焯《白雨齋詞話》論曰：「夢窗精於造句，超逸處則仙骨珊珊，洗脫凡豔。幽索處，則孤懷耿耿，別締古歡。」〔註405〕歷代對於吳文英詞風之批評，最具影響力者，即是南宋張炎。《詞源》論吳詞曰：

> 吳夢窗詞如七寶樓臺，眩人眼目，碎拆下來，不成片段。〔註406〕

「七寶」一詞本自佛經，據《大方廣佛華嚴經》，金、銀、瑠璃、玻璃、赤珠、硨磲、碼磅等為七寶。〔註407〕所謂「七寶樓臺」，即是由這些珍寶裝飾而成的樓臺殿閣，張炎以此比喻色彩鮮明、意象密麗、辭藻華美的藝術風格，然吳詞用字遣詞，晦澀不明，若一一拆開，實難以理解。張炎「七寶樓臺，不成片段」之批評，吳文英從此便不易翻身。元·陸輔之《詞旨》、清·沈雄《古今詞話》、李佳《左庵詞話》、王又華《古今詞論》等，無不引張炎批評之語。〔註408〕至近代，胡適《詞選》謂「《夢窗四稿》中的詞，幾乎無一首不是靠古典與客套堆砌起來的，張炎說『吳夢窗詞如七寶樓臺，眩人眼目，碎拆下來不成片段。』這話真不錯。」〔註409〕可見「七寶樓臺」之喻，影響頗大。

清末專治《夢窗詞》的朱祖謀，論吳文英詞：「特以雋上之才，舉博麗之典，審音拈韻，習諳古諧。故其為詞也，沉邃縝密，脈絡井井，縋幽抉潛，開逕自行」〔註410〕，提出「七寶樓臺，誰要他拆碎下來看」之論，以駁張

〔註404〕〔宋〕張炎《詞源》、〔清〕陳洵《海綃說詞》，見唐圭璋主編：《詞話叢編》，冊1，頁259、冊5，4851。劉永濟：《唐五代兩宋詞簡析·微睇室說詞》（北京：中華書局，2007年10月），頁175。

〔註405〕〔宋〕沈義父《樂府指迷》、〔清〕陳廷焯《白雨齋詞話》，見唐圭璋主編：《詞話叢編》，冊1，頁277；冊4，頁3803。

〔註406〕〔宋〕張炎《詞源》，唐圭璋主編：《詞話叢編》，冊1，頁3802。

〔註407〕《大方廣佛華嚴經》卷十三：「見此大城眾寶嚴飾，以金、銀、琉璃、玻璃、赤珠、硨磲、碼瑙七寶所成。七重寶塹，周匝圍遶。」參《電子佛典集成》，2019年1月16日網頁檢索 http://www.kanripo.org/ed/KR6e0041/CBETA/013。

〔註408〕〔元〕陸輔之《詞旨》、〔清〕王又華《古今詞論》、沈雄《古今詞話》、李佳《左庵詞話》、，見唐圭璋主編：《詞話叢編》，冊1，頁302、594、850；冊4，頁3105。

〔註409〕胡適選編：《詞選》，頁304。

〔註410〕朱祖謀〈夢窗詞集跋〉，施蟄存編：《詞籍序跋萃編》，頁354。

炎。〔註411〕近人楊鐵夫云：「夢窗諸詞，無不脈絡貫通，前後照應，法密而意串，語卓而律精，而玉田『七寶樓臺』之說，真矮人觀劇矣。」〔註412〕顧隨亦云「見為片段，以拆碎故」，〔註413〕暗合朱氏之說，意謂炫人耳目的七寶樓臺，固然不可拆碎，一旦拆碎，自然不成片段，豈獨吳文英一人。張伯駒《叢碧詞話》亦云：「夢窗拆碎樓臺，仍是七寶。」〔註414〕肯定吳文英詞的藝術價值。

　　總之，夏承燾此首論詞絕句，明指吳文英的藝術技巧，兼及歷代詞家對吳文英的批判，夏承燾本身並無過度的指責。唯《瞿髯論詞絕句》論「填詞」一首則是嚴厲批判這般華麗空洞的詞風，夏承燾論云：

　　　　腕底銀河落九天，文章放筆肯言填。樓臺七寶拳椎碎，誰是詞家李
　　　　謫仙。　　（冊2，頁516）

夏承燾引元好問〈論詞絕句〉論李白「筆底銀河落九天，何曾憔悴飯山前。世間東抹西塗手，枉著書生待魯連」〔註415〕之首句，及張炎《詞論》「七寶樓臺」之喻，以論填詞的精神與弊病。自從北宋大晟樂府起而要求填詞必須嚴守聲律後，詞家每每為之束縛，徒具形式之美，卻缺少精神內涵，殆及南宋吳文英，甚至被譏為「七寶樓臺」。夏承燾認為應以李白「槌碎黃鶴樓」〔註416〕的精神來摧毀這樣虛有其表，內容空洞的詞篇。

〔註411〕出處不明，見夏承燾：《夏承燾集・瞿髯論詞絕句・題解》，冊2，頁562。
〔註412〕楊鐵夫〈吳夢窗詞箋釋第一版自序〉，施蟄存編：《詞籍序跋萃編》，頁361。
〔註413〕周汝昌〈願拋心力作詞人──讀《迦陵論詞叢稿》散記〉，收入葉嘉瑩：《我的詩詞道路》（石家莊：河北教育出版社，1997年7月），頁278。
〔註414〕張伯駒《叢碧詞話》，《詞學》（武漢：華東師範大學出版社，1981年11月），第一輯，頁87。
〔註415〕〔金〕元好問撰、姚奠中主編：《元好問全集・論詩三十首》，卷11，頁338。
〔註416〕楊慎《升庵集》載：「李太白過武昌，見崔顥〈黃鶴樓〉詩，嘆服之，遂不復作，去而賦〈金陵鳳凰臺〉也。其事本如此。其後禪僧用此事作一偈云：『一拳抛碎黃鶴樓，一腳踢翻鸚鵡洲。眼前有景道不得，崔顥題詩在上頭。』傍一游僧亦舉前二句而綴之曰：『有意氣時消意氣，不風流處也風流。』又一僧云：『酒逢知己，藝壓當行。』原是借此事設辭，非太白詩也，流傳之久，信以為真。宋初，有人偽作太白〈醉後答丁十八〉詩云「黃鶴高樓已抛碎」一首，樂史編太白遺詩，遂收入之。」這首打油詩不見《全唐詩》，亦不見於《李太白集》，楊慎考辨為禪僧所為。又，李白有〈江夏贈韋南陵冰〉一詩，詩云：「我且為君槌碎黃鶴樓，君亦為吾倒卻鸚鵡洲。」參〔清〕清聖祖編：《全唐詩》，卷170，冊3，頁1754。〔明〕楊慎：《升庵集》（中國基本古籍庫，合肥：黃山書社，2009年），卷61，頁485。

夏承燾《日記》及為他人所作的詞序中，時常流露他對吳文英的看法，如 1929 年編年譜時，謂「吳詞詞藻太富，難考事蹟」（冊 5，頁 79）；讀朱祖謀《彊村語業》謂「小令少性靈語，長調堅鍊，未忘塗飾，夢窗派固如是也」（冊 5，頁 100）；1931 年 7 月 3 日謂「夢窗素所不喜」（冊 5，頁 214）；1940 年 6 月 21 日得吳庠函，論近人學夢窗者為偽體，謂「私心不喜，約有三端：填體澀，二依四聲，三餖飣襞襀，土木形骸，毫無妙趣」（吳庠語，冊 6，頁 209）；同年 7 月 27 日，夏承燾答吳庠論夢窗詞函，謂「夢窗以清空為骨，而以辭藻掩飾之，初學詞人不可學」（冊 6，頁 214）；1940 年 10 月 31 日「予素不好為拗調，尤厭夢窗澀體」（冊 6，頁 244），1947 年 11 月 22 日「閱《臞戲齋詩》，殊多率爾之作，律詩有辭義不能連串者，與夢窗詞同病，所謂拆下不成片段者」（冊 6，頁 738）。夏承燾為楊鐵夫《夢窗詞箋》作序云「宋詞以夢窗為最難治。其才秀人微，行事不彰，一也。隱辭幽思，陳喻多歧，二也。」（冊 5，頁 410）為鄧廣銘《稼軒詞箋》作序云「今之詞家，好標舉夢窗，其下者幽黯弇閉，尤甚於郊、島。」（《詞學論札》，冊 8，頁 246）

縱使夏承燾《瞿髯論詞絕句》客觀論述吳文英詞風，也難掩夏承燾不喜吳文英詞的態度。夏承燾治詞之初，即以吳文英為研究對象，於 1928 年至 1929 年間，著手進行吳文英「夢窗年譜」之編定與考證，包含生卒考、行實考、行跡考、交游考等部分；至 1954 年，陸續考證其生卒，並撰成〈吳夢窗與賈似道絕交辨〉一文，後合併列入〈吳夢窗繫年〉（《唐宋詞人年譜》）。晚清朱祖謀、王鵬運校箋《夢窗詞》，成果卓著，影響甚大。1929 年 10 月 27 日夏承燾〈致朱彊村先生書云〉：

> 七八年前，林鐵尊道尹宦溫州時，曾承其介數詞請益於先生，並於林公處數見先生手教。日月不居，計先生忘懷久久矣。頃從事夢窗年譜，於尊著詞箋略有出入。又得四川周癸叔岸登、江西龍榆生二先生書，番，敬悉先生履定二一。懷企之私，不能自己。因為此書，冒昧求通於左右，尚祈鑒其響往之誠，一一垂教之。承燾學詞未久，重以飢驅，不能專業於此。囊嘗欲於先生、半塘、伯宛諸老搜討校勘之外，勉為知人論世之事，作詞人年譜及詞集考證數種。夢窗一種，茲另紙寫生卒考呈政。 （《日記》，冊 5，頁 128～129）

而後於 12 月 11 日，得朱祖謀回函，得「夢窗生卒，考訂鑿鑿可信」、「夢窗係屬八百年未發之疑，自我兄而昭晰，豈非洞詞林美談」（冊 5，頁 141）之

評語。對於夏承燾而言，吳文英正是他與朱祖謀結交的重要媒介，正可投其所好。

（二）論史達祖的詠物詞

宋朝在南渡之後，朝廷原有主戰、主和二派互相制衡；而後，主和派佔上風，南宋轉而向金人屈辱求和，納貢稱臣。南宋朝廷在得以固守半壁河山的穩定局面下，便開始沉醉於歌舞昇平、山光水色之中，使得南宋國勢積弱不振，社會風氣奢靡腐朽。而南宋初期那般慷慨悲壯、橫放傑出的詞風，也隨著社會風氣的日益墮落消失殆盡，代之而起的，便是精雕細琢、華麗精工的典雅詞風，也順勢助長了詠物詞的興盛與繁榮。

姜夔之後，專以詠物詞著稱者，前有史達祖，後有王沂孫、蔣捷、張炎諸人。史達祖身世與姜夔相近，終身屢試不第，曾任韓侂胄幕僚。開禧三年（1207年）韓侂胄因北伐事敗被殺，史達祖受其牽連，被處以黥刑，流放到江漢，晚年困頓而死。所著《梅溪詞》在托物取興、詠物手法等方面，都繼承姜夔詞的藝術特色，並時常借詠物抒發自身複雜的思想情感。姜夔為《梅溪詞》作序時云：「奇秀清逸，有李長吉之韻，蓋能融情景於一家，會句意於兩得。」〔註417〕張鎡〈梅溪詞序〉亦云：「奪苕艷於春景，起悲音於商素；有環奇、警邁、清新、閒婉之長，而無沱蕩、污淫之失。端可以分鑣清真，平睨方回。」〔註418〕史達祖詞風基本上繼承了北宋周邦彥、南宋姜夔以來的典雅一派。元・陸輔之《詞旨》謂：「周清真之典麗，姜白石之騷雅，史梅溪之句法，吳夢窗之字面，取四家之所長，去四家之所短。」〔註419〕無論是典麗、騷雅、句法、字面，都是與南宋愛國詞人辛棄疾一派相對的路子。夏承燾《瞿髯論詞絕句》論史達祖云：

> 辛陸諸公鬢已皤，枕邊鼓角繞關河。江南士氣秋蛩曲，白雁聲中奈汝何。　（冊2，頁552）

南宋愛國詞人陸游、辛棄疾長史達祖二、三十餘歲。他們曾經揮舞的旗幟，到了史達祖的年代，早已灰飛煙滅，擂鼓號角之聲也只能託於夢中，恢復中原的大志終究無法實現。南宋朝野沉溺於委靡不振之中，詞壇不見陸游、辛棄疾那般憂國憂民的胸襟懷抱，取而代之的是詠物風氣大盛，姜夔〈齊天樂〉

〔註417〕姜夔為《梅溪詞》作序，見〔明〕毛晉〈梅溪詞跋〉，施蟄存主編：《詞籍序跋萃編》，頁264。
〔註418〕〔宋〕張鎡〈梅溪詞序〉，施蟄存主編：《詞籍序跋萃編》，頁263。
〔註419〕〔元〕陸輔之《詞旨》，唐圭璋主編：《詞話叢編》，冊1，頁301、302。

詠蟋蟀之後、史達祖〈雙雙燕〉、張炎〈解連環〉繼之詠燕、詠雁，正是其例。末句「白雁聲中奈汝何」，或指蒙古大將伯顏滅宋一事。〔註420〕明‧貝瓊〈穆陵行〉有「一聲白雁渡江來，寶氣競逐妖僧去」〔註421〕句，「白雁」正為「伯顏」諧音。夏承燾此句，暗諷南宋末年，詞人紛填詠物詞，而面對國事蜩螗，卻少了豪情壯志，以致南宋走向滅亡。

關於史達祖詠物詞，以〈雙雙燕‧詠燕〉、〈東風第一枝‧詠春雪〉、〈綺羅香‧詠春雨〉諸篇為代表。〈雙雙燕‧詠燕〉詞云「差池欲住，試入舊巢相並。還相雕梁藻井。又軟語、商量不定」〔註422〕，明‧王世貞《藝苑卮言》謂「極形容之妙」。清‧王士禎《花草蒙拾》論曰：「張玉田謂詠物最難。體認稍真，則拘而不暢，摹寫差遠，而晦而不明。而以史梅溪之詠春雪、詠燕，姜白石之詠促織為絕唱。」清‧李調元《雨村詞話》曰：「史達祖《梅溪詞》最為白石所賞，鍊句清新，得未曾有，不獨〈雙雙燕〉一闋也。余讀其全集，愛不釋手。」陳廷焯《白雨齋詞話》評史達祖〈東風第一枝‧立春〉，認為「精妙處，竟是清真高境」。〔註423〕若站在鍊字造句、聲律格調、寄懷詠物方面看待史達祖詞，其出神入化的藝術技巧，自是毋庸置疑。夏承燾1938年12月5日《日記》載：「點《梅溪詞》，覺昌谷（李賀）遺韻，至宋不匱」；1938年12月7日載「講《梅溪詞》，白石以為得長吉（李賀）之韻，此語最確」（冊6，頁64）。

所謂「不以人品分升降」〔註424〕，且史達祖處於積弱委靡之南宋小朝廷，布衣終身，如何寫下陸游、辛棄疾那般豪情壯語。鄭騫先生《成府談詞》有云：

> 其（史達祖）胸襟似不及小山、淮海之磊落，故少俊邁之氣。此固由於性分，亦有運會關係在其中。弱國之民，即談私情亦不易開展也。〔註425〕

〔註420〕伯顏（1236～1295）蒙古八鄰部人，受元世祖忽必烈賞識，拜中書左丞相，後升任同知樞密院事。於至元十一年（1274），統兵伐南宋。

〔註421〕〔明〕程敏政輯：《宋遺民錄》（臺北：文海出版社，1981年6月《宋史資料萃編》第四輯），頁190。

〔註422〕唐圭璋編：《全宋詞》，冊4，頁2326。

〔註423〕〔明〕王世貞《藝苑卮言》、〔清〕王士禎《花草蒙拾》、〔清〕李調元《雨村詞話》、陳廷焯《白雨齋詞話》，見唐圭璋主編：《詞話叢編》，冊1，頁390、682；冊2，頁1427；冊4，頁3800。

〔註424〕〔清〕馮煦《蒿庵論詞》，唐圭璋主編：《詞話叢編》，冊4，頁3587。

〔註425〕鄭騫：《景午叢編‧成府談詞》（臺北：臺灣中華書局，1972年3月），上冊，頁259。

鄭騫先生之語，正可為史達祖詞風作一解釋。然而，站在夏承燾角度，面對時代風雲莫測的大環境，豈能將國事置之腦後，撒手不管？

（三）論周密、王沂孫詞風

宋末遺民周密出身望族，卻無意仕進，樂為平民，甘心作一位江湖雅士。其〈弁陽老人自銘〉謂：「間作長短句，或謂似陳去非、姜堯章。」〔註426〕其詞風格在姜夔、吳文英之間，「以姜白石為典範，與吳夢窗同志友善，並驅爭先」〔註427〕，有《草窗詞》行世。史傳上無王沂孫的生平記載，夏承燾〈周草窗年譜〉（見收於《唐宋詞人年譜》）頗有涉及。王沂孫平生廣交遊，晚年往來杭州、紹興，與周密、張炎等人唱和。著有《花外集》（又名《碧山樂府》）。謝章鋌《賭棋山莊詞話》謂「王沂孫、張炎、周密、陳允平之徒，皆以夔為宗」。〔註428〕

夏承燾《瞿髥論詞絕句》合論周密、王沂孫二家云：

> 草窗花外共沉吟，桑海相望幾賞音。不共玉田入中秘，清初諸老夜捫心。　　（冊2，頁563）

「中秘」，如同現今的官方圖書館，清乾隆三十八年（1773年）二月朝廷設立「四庫全書館」，負責《四庫全書》編纂，由乾隆皇帝第六子永瑢負責。據吳无聞註解，周密、王沂孫各有《草窗詞》、《花外集》，清初有傳本，《四庫全書》僅收張炎《山中白雲詞》，卻未收周、王二集，蓋周、王二人身為宋末詞人，詞中多流露故國之思，黍離之痛，因此不敢進呈。〔註429〕

據周密詞集版本，宋末元初恐有二種，一為宋亡之前周氏手定之《蘋洲漁笛譜》；另有《草窗詞》，清‧阮元指出此為後人以《蘋洲漁笛譜》為藍本掇拾而成，與《蘋洲漁笛譜》互有詳略。〔註430〕清初朱彝尊輯《詞綜》，於「周密」名下注云：「有《草窗詞》二卷，一名《蘋洲漁笛譜》。」〔註431〕此說一出，相沿成習，幾成定論。然實際上詞集二種並非一時之作。至清代，江昱以家藏《草窗詞》諸本核校，匯為《集外詞》，附於《蘋洲漁笛譜》之後，以存

〔註426〕〔明〕朱存理：《珊瑚木難》（臺北：臺灣商務印書館，1985年2月《景印文淵閣四庫全書》），卷5，頁142。

〔註427〕〔清〕杜文瀾〈重刊周草窗詞稿序〉，施蟄存主編：《詞籍序跋萃編》，頁374。

〔註428〕〔清〕謝章鋌《賭棋山莊詞話》，唐圭璋主編：《詞話叢編》，冊4，頁3357。

〔註429〕夏承燾：《夏承燾集‧瞿髥論詞絕句‧題解》，冊2，頁564。

〔註430〕〔清〕阮元〈蘋洲漁笛譜二卷提要〉，施蟄存主編：《詞籍序跋萃編》，頁374。

〔註431〕〔清〕朱彝尊：《詞綜》（臺北：世界書局，1956年），下冊，頁291。

周密詞集之全璧。〔註432〕關於周密詞集之版本，可參趙惠俊〈周密詞集版本系統與文本多歧現象考述〉一文予以耙梳。〔註433〕今查清代乾隆時期所編《四庫全書》，未收周密詞集，而後有鮑廷博刻《知不足齋叢書》本，《蘋洲漁笛譜》、《草窗詞》二本並存。杜文瀾〈重刊周草窗詞稿序〉稱：

> 汲古閣毛氏舊藏《草窗詞》稿二卷，復就崑山葉氏借錄《蘋洲漁笛譜》二卷，毛斧季曾作兩跋，惜不曾刊入《六十家詞集》之中。故四庫全書詞曲類止收草窗所選《絕妙好詞》，而其自作之詞，未經著錄。阮文達公始從不足齋鮑氏傳抄《蘋洲漁笛譜》繕錄，進呈內府。〔註434〕

今人史克振稱：

> 《草窗詞》未收進《四庫全書》，而其各種版本亦未入《四庫提要》。
> 見於阮元《四庫未收書目提要》和其他著述中者近二十種。〔註435〕

杜文瀾指出《四庫全書》未收周密詞集的原因，乃毛晉刻《宋六十名家詞》時未收入。至於王沂孫《花外集》，在清代有鮑廷博刻《知不足齋叢書》本、《四印齋所刻詞》本，孫人和校刊本、《彊村叢書》江氏疏證本等，亦不見於官方編纂的《四庫全書》。《四庫全書總目提要·宋名家詞》載：

> 其次序先後，以得詞付雕為準，未嘗差以時代。且隨得隨雕，亦未嘗有所去取。故此外如王安石《半山老人詞》。張先《子野詞》、賀鑄《東山寓聲》。以暨范成大《石湖詞》，楊萬里《誠齋樂府》，王沂孫《碧山樂府》，張炎《玉田詞》之類，雖尚有傳本，而均未載入。蓋以次開雕，適先成此六集，遂以六十家詞傳，非謂宋詞止於此也。〔註436〕

毛晉彙刻六十一家詞集，並未經過特別擇選，僅按得詞先後付刻之；至如王安石、張先、賀鑄、范成大、楊萬里、王沂孫、張炎等名家之集，或謂因財力不足而未及收入。然若因汲古閣刻本之故，使得四庫館臣未見周、王二家

〔註432〕〔清〕江昱〈蘋洲漁笛譜跋〉，施蟄存主編：《詞籍序跋萃編》，頁377。
〔註433〕趙惠俊：〈周密詞集版本系統與文本多歧現象考述〉，《中華文史論叢》（2017年2月），頁261～291。
〔註434〕〔清〕杜文瀾〈重刊周草窗詞稿序〉，施蟄存主編：《詞籍序跋萃編》，頁374。
〔註435〕〔宋〕周密著，史克振校注：《草窗詞校注·前言》（濟南：齊魯書社，1993年12月），頁7。
〔註436〕〔清〕紀昀總纂：《四庫全書總目提要》，卷200，頁5520。

詞集，令人難以全盤接受。而吳无聞註解謂周密、王沂孫詞中所蘊含的國族之痛、遺黎之悲，使得清初諸老有所顧忌，遂不敢進呈，此說則純為猜測之語。縱使有周密〈一萼紅・登蓬萊閣有感〉、〈獻仙音・弔雪香亭梅〉、王沂孫〈法曲獻仙音・聚景亭梅次草窗韻〉、〈醉蓬萊・歸故山〉等將興亡之感寄以無限感慨之詞，以及《樂府補題》中周密、王沂孫分詠龍涎香、白蓮、蟬、蓴等寄慨遙深，婉轉多諷的詠物詞，〔註437〕亦不能視為《四庫全書》未收周、王二家詞集的主要原因。唯夏承燾的論詞絕句仍提醒著世人，南宋遺民周密、王沂孫的詞中，蘊含著詞人的黍離之痛與身世之感。夏承燾云：「點讀《花外集》半本，十五六首皆有君國之思，詠物詞至碧山，光芒萬丈」（冊6，頁29）。

夏承燾論詞絕句論周密第二首云：

弁陽一老久低眉，怕和哀歌弔黍離。授與兩編揮汗讀，鳳林詞選谷音詩。　（冊2，頁564）

此首論詞絕句，重點在末兩句「授與兩編揮汗讀，鳳林詞選谷音詩」。周密選編《絕妙好詞》，凡七卷，上起張孝祥，下迄仇遠，計選錄南宋132家391闋詞；此中周密自選作品凡22闋，居各家之冠；卷五至卷七，係選錄宋末元初詞人的作品。其成書年代，據夏承燾〈周草窗年譜・草窗著述考〉：「草窗此書自選其送陳允平被召及《樂府補題》白蓮詞，結集必在宋亡之後。」（《唐宋詞人年譜》，冊1，頁368）選詞標準則以「復歸雅正」、「寄託隱微」為宗旨，〔註438〕基本上是承《樂府指迷》、《詞源》、《詞旨》等宋季詞學理論範圍而來，所選要皆清麗婉約、密麗深窈之作。此中一部分為詠物詞，所詠之物，如梅花、海棠、楊花、荷花、桂花、菊花、水仙、燕子、蟋蟀、螢、春雨等，都寄託詞人的人格理想或故國哀思；一部分為登臨遊賞之作，詞中往往借登臨故地，以寄遇身世之感。就連辛棄疾、劉克莊等豪放派詞家，也不取其激昂慷慨之作，而選其蘊藉柔婉者。至於文天祥、劉辰翁諸人，更不敢錄一字。

與同時期的詩詞選集有二：一是無名氏選《鳳林書院草堂詩餘》；二是杜

〔註437〕周密、王沂孫諸詞，見唐圭璋編：《全宋詞》，冊5，頁3290、3291、3364、3365。〔宋〕陳恕可輯：《樂府補題》（臺北：臺灣商務印書館，1986年3月《景印文淵閣四庫全書》），頁104～111。

〔註438〕程磊：〈論《絕妙好詞》的選詞標準與審美取向〉，《欽州學院學報》第28卷第1期（2013年1月），頁26～27。

本（1276～1350）選《谷音詩》。前者又名《元草堂詩餘》、《名儒草堂詩餘》，所錄皆是南宋遺民作品，「寄託搖深」、「音節激楚」、「黍離之感，有不能忘情者」。〔註439〕後者收錄宋、金遺民詩，張矩跋稱此書「乃宋亡元初節士悲憤，幽人清詠之辭」。〔註440〕相較之下，周密《絕妙詞選》選詞的格局，自然不比《鳳林》、《谷音》二編。而這也是編選家選詞標準不一之故也。

（四）論張炎及其《詞源》

張炎為南宋名將張俊六世孫，官僚兼詞家張鎡曾孫。其父張樞精通音律，尤善於詞。張炎出生名門世家，少時富裕；殆至宋亡，張炎家產籍沒，遂流落江湖，以賣卜維生。元朝至元二十七年（1290），張炎北游，赴元都燕京，為元朝寫金字藏經，最後卻落拓而歸。平生與周密、王沂孫、仇遠等詞人往來，著有《山中白雲詞》，自謂「生平好為詞章，用功踰四十年」，上效周邦彥，下推秦觀、高觀國、姜夔、史達祖、吳文英諸家，謂「能取諸人之所長，去諸人之所短」，足「與美成輩爭雄長」。〔註441〕可見其填詞之趨向。宋亡之後，張炎填詞多抒亡國之思，吟淒楚之音。著有詞學專論《詞源》一編，總結整理了宋末雅詞一派的主要藝術思想與成就。夏承燾論張炎，蓋分二端，一論張炎人品，以論詞絕句為主；二論其詞學理論及其詞風，以《詞源》為核心，而〈天風閣讀詞札記〉〔註442〕亦兼及之。以下分述之：

1. 論張炎及其詞

夏承燾《瞿髯論詞絕句》論張炎計有四首，均緊扣張炎投靠元朝一事，四首如下：

> 吟成孤雁人亡國，技盡雕蟲句到家。持比須溪送春什，憐君通體最無瑕。

> 彩筆傳家羨玉田，峻嶒風雪走幽燕。晚年樂笑緣何事，醉夢聽鵑二十年。

〔註439〕〔清〕秦恩復〈元草堂詩餘跋〉，阮元〈名儒草堂詩餘三卷提要〉，見施蟄存主編：《詞籍序跋萃編》，頁698。

〔註440〕張矩〈谷音詩跋〉，見〔元〕杜本：《谷音》（北京：中華書局，1985年《叢書集成初編》），頁86。

〔註441〕〔宋〕張炎《詞源·序》，卷下，唐圭璋主編：《詞話叢編》，冊1，頁255。

〔註442〕夏承燾〈天風閣讀詞札記〉未收入《夏承燾全集》中，於夏氏過世後，刊載於《河北大學學報》1988年第3期，頁71～80；以及《湘潭大學學報》（社會科學版）（1989年第2期），頁38～42。

金經學寫淚偷彈，春雪詞成寄恨難。墮地無香更誰怨，自家原不作
花看。

皓首滄桑已厭讀，白雲持贈又何堪，西湖豔說生春水，一杓初嘗味
較甘。　　（冊 2，頁 566～56）

張炎有〈解連環·孤雁〉一詞，為南宋詠物詞中的代表名篇之一，張炎因而得
名，人稱之為「張孤雁」。〔註443〕詞云：

楚江空晚。悵離群萬里，怳然驚散。自顧影、欲下寒塘，正沙淨草
枯，水平天遠。寫不成書，只寄得、相思一點。料因循誤了，殘氈
擁雪，故人心眼。　　誰憐旅愁荏苒。謾長門夜悄，錦箏彈怨。想
伴侶、猶宿蘆花，也曾念春前，去程應轉。暮雨相呼，怕蓬地、玉
關重見。未羞他、雙燕歸來，畫簾半卷。〔註444〕

張炎以詠物詞最為精到，構思精巧，體悟細膩，既能寓意深微，又能窮形盡
相。此闋以雁喻人，借孤雁離群之悲，以自傷身世。俞陛雲謂「人雁雙關，允
推為絕唱。」〔註445〕此中「寫不成書，只寄得、相思一點。料因循誤了，殘
氈擁雪，故人心眼」，以孤雁單飛抒寫內心的相思之苦與身世之感，且巧妙運
用《漢書》所載蘇武出使匈奴遭到扣留，堅持不肯投降，「臥齧雪與旃毛并咽
之」〔註446〕之典實，表達詞人哀怨的心境。「料因循誤了，殘氈擁雪，故人心
眼」句，吳无聞注解，認為一度投靠元朝的張炎有愧對守節不屈的故友之意。
夏承燾〈天風閣讀詞札記〉論此闋云：

南渡詠物上乘之作，雖不如碧山寄託之深，然亦不無身世之感。「未
羞他雙燕歸來」，何不云「最羞他」耶？此有關作者品格問題，玉田
其人可想。〔註447〕

即是質疑張炎轉仕外族的異心。

稍長張炎十餘歲的詞人劉辰翁（1232～1297，字會孟，號須溪），在宋亡

〔註443〕〔清〕江昱《山中詞疏證》卷一引孔齊《至正直記》謂「錢唐張叔夏，嘗賦
　　　　孤雁詞，有『寫不成書，只寄得相思一點』，人稱之曰『張孤雁』。」
〔註444〕唐圭璋編：《全宋詞》，冊 5，頁 3470。
〔註445〕俞陛雲：《唐五代兩宋詞選釋》，頁 612。
〔註446〕〔漢〕班固等撰：《漢書·列傳》「臥齧雪與旃毛并咽之，數日不死，匈奴以
　　　　為神，乃徙武北海上無人處，使牧羝，羝乳乃得歸。」（臺北：鼎文書局，
　　　　1983 年 10 月），卷 54，頁 2463
〔註447〕夏承燾：〈天風閣讀詞札記〉，頁 38。

之後，在外流落多年，遂不復出。其《須溪詞》有數首「送春」之作，如〈柳梢青‧春感〉「那堪獨坐青燈。想故國、高臺月明。輦下風光，山中歲月，海上心情。」〈蘭陵王‧丙子送春〉「杜鵑聲裡長門暮。想玉樹凋土，淚盤如露。咸陽送客屢回顧。斜日未能度。」〔註448〕卓人月稱其詞「悠揚悱惻，即以為〈小雅〉、楚〈騷〉讀可也。」〔註449〕況周頤稱其人「風格道上似稼軒，情辭跌宕似遺山」〔註450〕，夏承燾亦評為「稼軒後起」〔註451〕之雄。與張炎《山中白雲詞》相較，夏承燾認為劉辰翁諸篇雖顯得佶屈生硬，然其中追憶亡國之作，感情真摯，蘊含民族志士的家國血淚，更是堪稱佳作。

　　論詞絕句第二首，以「彩筆傳家羨玉田」道出張炎家世，「峻增風雪走幽燕」直指張炎於宋亡之後北游燕京，對外族屈膝一事。「晚年樂笑緣何事，醉夢聽鵑二十年」句，夏承燾引張炎〈阮郎歸‧有懷北游〉「醉中不信有啼鵑。江南二十年」〔註452〕句，諷刺張炎活於醉夢之中，並質問張炎為何還在宋亡之後自稱「樂笑翁」？所樂何事？所笑何事？論詞絕句第三首，亦是諷刺張炎為元朝題寫佛經一事。張炎有〈探春慢‧雪霽〉詞「早瘦了、梅花一半。也知不做花看，東風何事吹散」〔註453〕，陳廷焯《雲韶集》卷九謂「處處摹霽字之神，好句如珠，如玉、如煙。」〔註454〕俞陛雲謂「『花看』句言雪本非花，而亦受橫風小劫，殆以自喻。」〔註455〕吳无聞注解云：「張炎借東風吹落梅花，怨它不把梅花當花看。這首詩卻指出：你不能怨東風，因為你自己也不把自己當花看。」（冊2，頁568）認為此乃張炎赴元求官不得的怨恨之辭。

　　論詞絕句第四首提及張炎〈南浦‧春水〉一闋：

〔註448〕唐圭璋編：(《全宋詞》，冊5，頁3198、3213。

〔註449〕〔清〕馮金伯：《詞苑萃編‧品藻三》（上海：上海古籍出版社，2002年《續修四庫全書》冊1733），卷5，頁464。

〔註450〕〔清〕況周頤《蕙風詞話》，卷2，見唐圭璋主編：《詞話叢編》，冊2，頁4451。

〔註451〕夏承燾《瞿髯論詞絕句》論劉辰翁：「稼軒後起有辰翁，曠代詞壇峙兩雄。」（冊2，頁563）

〔註452〕唐圭璋編：《全宋詞》，冊5，頁3510。

〔註453〕唐圭璋編：《全宋詞》，冊5，頁3480。

〔註454〕〔清〕陳廷焯《雲韶集》（南京圖書館藏清抄本），臺灣未藏，另見吳熊和主編：《唐宋詞匯評》，冊5，頁4209。

〔註455〕俞陛雲：《唐五代兩宋詞選釋》，頁613。

波暖綠鱗鱗，燕飛來，好是蘇堤纔曉。魚沒浪痕圓，流紅去、翻笑東風難掃。荒橋斷浦，柳陰撐出扁舟小。回道池塘青欲遍，絕似夢中芳草。　和雲流出空山，甚年年淨洗，花香不了。新淥乍生時，孤村路、猶憶那回曾到。餘情渺渺。茂林觴詠如今悄。前度劉郎歸去後，溪上碧桃多少。〔註456〕

江昱《山中白雲詞疏證》稱之「絕唱今古，人以『張春水』目之。」陳廷焯《白雨齋詞話》謂「玉田以〈春水〉一詞得名，用冠詞集之首。此詞深情綿邈，意餘於言，自是佳作。」此詞為結社題詠西湖春水之作，據吳自牧《夢梁錄》載：（南宋）文士有西湖詩社，此乃行都縉紳之士及四方流寓儒人，寄興適情賦詠，膾炙人口，流傳四方。」〔註457〕張炎即是其中一名，鄭思肖〈山中白雲詞序〉即云：

> （張炎）自仰扳姜堯章、史邦卿、盧蒲江、吳夢窗諸名勝，互相鼓吹春聲於繁華世界，飄飄徵情，節節弄拍，嘲明月以謔樂，賣落花而陪笑。能令後三十年西湖錦繡山水，猶生清響，不容半點新愁飛到游人眉睫之上。〔註458〕

此外，張炎〈木蘭花慢〉序云「元夕後，春意盎然，頗動游興，呈雪川吟社諸公」、〈疏影〉序云「余于辛卯歲北歸，與西湖諸友夜酌，因有感于舊游，寄周草窗」、〈探芳信〉序云「西湖春感寄草窗」、〈聲聲慢〉序云「西湖：別本作與王碧山泛舟鑑曲，王戩隱吹簫，余倚歌而和」等，以上諸篇亦是張炎於西湖邊畔，四時遊賞，結社賦詠之作。另如史達祖〈點絳唇〉序云「六月十四夜，與社友泛湖過西陵橋，已子夜矣」；周密〈采綠吟〉序云「甲子夏，霞翁會吟社諸友逃暑於西湖之環碧」；汪元量〈暗香〉序云「西湖社友有千葉紅梅，照水可愛。問之自來，乃舊內有此種」、〈疏影〉序云「西湖社友賦紅梅，分韻得落字」等，皆提及西湖結社之事。

宋末文及翁曾填〈賀新郎・西湖〉一闋，詞云：

> 一勺西湖水。渡江來、百年歌舞，百年酣醉。回首洛陽花世界，煙渺黍離之地。更不復、新亭墮淚。簇樂紅妝搖畫艇，問中流、

〔註456〕唐圭璋編：《全宋詞》，冊5，頁3463。

〔註457〕〔宋〕吳自牧：《夢梁錄》（臺北：文海出版社，1981年6月《宋史資料萃編》第四輯），卷19，頁523。

〔註458〕鄭思肖〈山中白雲詞序〉，施蟄存主編：《詞籍序跋萃編》，頁389

擊楫誰人是。千古恨，幾時洗。　　余生自負澄清志。更有誰、
磻溪未遇，傅巖未起。國事如今誰倚仗，衣帶一江而已。便都道、
江神堪恃。借問孤山林處士，但掉頭、笑指梅花蕊。天下事，可
知矣。〔註459〕

根據李有《古杭雜記》，此首為文及翁登第後遊西湖之作，即理宗寶祐元年
（1253）至開慶元年之間（1259），那時距宋亡只有二十餘年。夏承燾指出這
闋詞係文及翁藉以說明宋末遊覽西湖的四種人物：一是紙醉金迷的貴族官僚；
二是有抱負的知識分子（包括文及翁自己）；三是寄情花草，自命清高，置國
事民生於不顧，逃避現實的文人；四是當時的朝野人物。此四種人物正概括
的揭示了南宋末年處於沒落社會中的文人的創作心態。〔註460〕此中張炎、周
密等酬贈之作，儘管寄託詞人感懷念舊之情，在夏承燾看來，僅是「自寫個
人榮悴之感」（《詞學論札‧西湖與宋詞》，冊 8，頁 148），遠不及劉辰翁那般
蘊含遺民血淚的豪情壯語。

2. 論張炎的詞學理論及其詞風

夏承燾於 1961 年 10 月發表〈詞論十評〉，評論對象包括：張炎《詞源》、
范開〈稼軒長短句序〉、汪森〈詞綜序〉、張惠言〈詞選序〉、周濟〈宋四家詞
選目錄序論〉、周濟《介存齋論詞雜著》、陳廷焯《白雨齋詞話》、譚獻〈復堂
詞錄序〉及《復堂詞話》、劉熙載《藝概‧詞曲概》、王國維《人間詞話》等諸
家詞學理論。其中論張炎《詞源》、范開〈稼軒長短句序〉二篇，分別收錄於
《月輪山詞論集》、《詞學論札》中，其餘八篇，則匯為〈詞論八評〉，收於《月
輪山詞論集》。內容互有詳略。夏承燾又據《詞源》下卷予以校注，足見他對
張炎詞學理論的批評見解。而〈天風閣讀詞札記〉中亦引《詞源》之論，以證
張炎詞風，可以互為表裡，予以探析。

夏承燾論張炎《詞源》，著墨於他所提出的四種論詞標準：一、意趣高遠；
二、雅正；三、清空；四、「音律所當參究，詞章先宜精思」的看法。《詞源‧
意趣》論曰：

詞以意趣為主，要不蹈襲前人語意。如東坡中秋〈水調歌〉云：「明
月幾時有，把酒問青天。……」夏夜〈洞仙歌〉云：「冰肌玉骨，自
清涼無汗。……」王荊公金陵懷古〈桂枝香〉云：「登臨送目。正故

〔註459〕唐圭璋編：《全宋詞》，冊 5，頁 3138。
〔註460〕夏承燾：《夏承燾集‧詞學論札‧西湖與宋詞》，冊 8，頁 146。

國晚秋，天氣初肅。……」姜白石〈暗香〉賦梅云：「舊時月色，算
幾番照我，梅邊吹笛。……」〈疏影〉云：「苔枝綴玉，有翠禽小小，
枝上同宿。……」此數詞皆清空中有意趣，無筆力者未易到。〔註461〕

張炎所謂「意趣」，指不蹈襲前人之語，係侷限於文字語言方面，他論周邦彥
云：

美成詞只當看他渾成處，於軟媚中有氣魄。採唐詩融化如自己者，
乃其所長。惜乎意趣卻不高遠。所以出奇之語，以白石騷雅句法潤
色之，真天機雲錦也。〔註462〕

周邦彥善於融化前人詩句，宋‧陳振孫《直齋書錄解題》論周詞云「多用唐人
詩語，檃括入律，渾然天成。長調尤善鋪敘，富艷精工，詞人之甲乙也。」〔註
463〕劉克莊〈跋劉叔安（劉鎮）感秋八詞〉論曰：「美成頗偷古句，溫、李諸
人，困於撏撦。」〔註464〕周詞之長，在於渾厚和雅，善於融化詩句，然張炎
卻不滿他「意趣不高遠」，故提出以姜夔騷雅句法潤色之，以糾其弊。夏承燾
認為張炎「意趣」說，與「雅正」說有相通之處，可一併探之。《詞源‧雜論》
論曰：

詞欲雅而正，志之所之，一為情所役，則失其雅正之音。耆卿（柳
永）、伯可（康與之）不必論，雖美成（周邦彥）亦有所不免。如「為
伊淚落」，如「最苦夢魂，今宵不到伊行」，如「天便教人，霎時得
見何妨」，如「又恐伊，尋消問息，瘦損容光」，如「許多煩惱，只
為當時，一晌留情」，所謂淳厚日變成澆風也。〔註465〕

南宋詞壇興起「復雅」之論，如曾慥《樂府雅詞》、鮦陽居士《復雅歌詞》等，
均以「雅」定名，宋末周密《絕妙好詞》亦以雅詞為選錄標準。至於北宋柳
永，康與之，為風月所使，在南宋詞家看來，則是有違禮教的澆薄詞風。故張
炎要求「樂而不淫」，論之曰：

簸弄風月，陶寫性情，詞婉於詩。蓋聲出鶯吭燕舌間，稍近乎情可

〔註461〕〔宋〕張炎《詞源‧序》，卷下，唐圭璋主編：《詞話叢編》，冊1，頁260～
　　　　261。
〔註462〕〔宋〕張炎《詞源》，卷下，唐圭璋主編：《詞話叢編》，冊1，頁266。
〔註463〕〔宋〕陳振孫《直齋書錄解題‧清真詞》卷21，見施蟄存、陳如江輯錄：《宋
　　　　元詞話》，頁499。
〔註464〕〔宋〕劉克莊〈跋劉叔安感秋八詞〉，施蟄存編：《詞籍序跋萃編》，卷4，頁
　　　　296。
〔註465〕〔宋〕張炎《詞源》，卷下，唐圭璋主編：《詞話叢編》，冊1，頁266。

也。若鄰乎鄭衛,與纏令何異也。如陸雪溪〈瑞鶴仙〉云:「臉霞紅
印枕。睡起來,冠兒還是不整。……」辛稼軒〈祝英臺近〉云:「寶
釵分,桃葉渡。煙柳暗南浦。……」皆景中帶情,而存騷雅。故其
燕酣之樂,別離之愁,回文題葉之思,峴首西州之淚,一寓於詞。
若能屏去浮艷,樂而不淫,是亦漢魏樂府之遺意。〔註466〕

夏承燾針對以上諸論,認為張炎《詞源》頗有矛盾之處。就張炎所說,既然詞
必須摒去浮艷,樂而不淫,以符合漢魏樂府遺意,但他的詞一味追求「高遠」、
「雅正」,卻很少像辛棄疾那般反映社會現實的作品,實難與漢魏樂府同列而
語。

張炎《詞源》中影響詞壇甚大的詞論之一,即是特立姜夔「清空」一說,
以駁吳文英「質實」詞風。陸輔之《詞旨》謂「清空二字,亦一生受用不盡。」
〔註467〕《詞源》論曰:

詞要清空,不要質實。清空則古雅峭拔,質實則凝澀晦昧。姜白石
詞如野雲孤飛,去留無跡。吳夢窗詞如七寶樓臺,眩人眼目,碎拆
下來,不成片段。此清空質實之說。夢窗〈聲聲慢〉云:「檀欒金碧,
婀娜蓬萊,游雲不蘸芳洲。」前八字恐亦太澀。如〈唐多令〉云:
「何處合成愁。離人心上秋。……」此詞疏快,卻不質實。如是者
集中尚有,惜不多耳。白石詞如〈疏影〉、〈暗香〉、〈揚州慢〉、〈一
萼紅〉、〈琵琶仙〉、〈探春〉、〈八歸〉、〈淡黃柳〉等曲,不惟清空,
又且騷雅,讀之使人神觀飛越。〔註468〕

姜夔、吳文英詞風均承周邦彥而來,而各有取捨,不盡相同。周邦彥講究字
面色澤,善於融化古人詩句,其病在於軟媚無力;姜夔則淨洗華彩,自創新
句,以江西瘦硬之筆救之。吳文英學周邦彥,有過之而無不及,雖「深得清真
之妙」,但「用事下語太晦處,人不可曉」〔註469〕,以致「凝澀晦昧」。夏承
燾〈天風閣讀詞札記〉云:

玉田《詞源·清空》篇揚白石而抑夢窗,故玉田詞與夢窗別派。南
宋白石、夢窗、玉田諸詞人俱好琢句,亦猶晚唐之詩。然玉田有別

〔註466〕〔宋〕張炎《詞源》,卷下,唐圭璋主編:《詞話叢編》,冊1,頁264。
〔註467〕〔元〕陸輔之《詞旨》,唐圭璋主編:《詞話叢編》,冊1,頁303。
〔註468〕〔宋〕張炎《詞源》,卷下,唐圭璋主編:《詞話叢編》,冊1,頁259。
〔註469〕〔宋〕沈義父《樂府指迷》,唐圭璋主編:《詞話叢編》,冊1,頁278。

於夢窗，夢窗較質實。玉田近白石，夢窗近清真。〔註470〕

張炎在反對晦澀的立場上，主張「清空」，即屬辭要疏快，卻不質實，用事「融化不澀」，用字以「虛字呼喚」，不用「生硬字面」。〔註471〕夏承燾又云：

> 玉田嫌清真軟媚，故主雅。嫌白石生硬，故主圓。嫌夢窗晦澀，故主淺。雅、圓、淺三字，可為其「清空」二字之注腳。玉田出於周、姜、吳三家，而修改三家。〔註472〕

綜觀張炎詞論，則是取周邦彥、姜夔、吳文英三家之長，而去三家之短。然「清空」之論仍是側重於詞體的形式結構而言。其弟子陸輔之繼踵張炎《詞源》著《詞旨》一編，深得製度之法，通篇仍圍繞在「警句」、「詞眼」、「字面」等形式技巧，夏承燾認為此乃張炎「清空」說缺點之一。〔註473〕其次，夏承燾又云：

> 姜詞的特色本不是「清空」一辭所能包括。白石沒有留下論詞的著作，但他的文學見解具見於他的《詩說》裡。他主張要有氣象韻度，要沉著痛快，要深遠清苦。我們拿這些標準讀他的詞，確有相通之處。尤其晚年同辛棄疾酬唱各篇，和張炎所舉「清空」「騷雅」的〈疏影〉、〈暗香〉、〈八歸〉、〈淡黃柳〉諸曲，相去頗遠。「清空」本是張炎自己「一生受用」的話頭。 （《月輪山詞論集》，冊2，頁404）

夏承燾遂以「清剛」以駁「清空」說，此乃批評張炎「清空」說的第二點。內容詳見本節之「一」，不再贅述。再者，張炎改「婉約」而倡「清空」，與蘇、辛等「豪放」詞風相對，縱使蘇、辛諸人仍有許多近乎「婉約含蓄」之作，如蘇軾〈江神子〉：「十年生死兩茫茫。不思量。自難忘。千里孤墳，無處話淒涼」，辛棄疾〈青玉案・元夕〉：「眾裡尋他千百度。驀然回首，那人卻在，燈火闌珊處」；〈摸魚兒〉「更能消、幾番風雨。匆匆春又歸去。惜春長怕花開早，何況落紅無數」〔註474〕等，亦與「清空」的詞風格格不入。夏承燾認為「清

〔註470〕夏承燾：〈天風閣讀詞札記〉，《湘潭大學學報》，頁40。

〔註471〕〔宋〕張炎《詞源・用事》：「詞用事最難，要體認著體，融化不澀」；《詞源・字面》：「句法中有字面，蓋詞中一個生硬字用不得」；《詞源・虛字》：「詞與詩不同……若堆疊實字，讀且不通，……合用虛字呼喚，卻要用之得其所。」唐圭璋主編：《詞話叢編》，冊1，頁259、261。

〔註472〕夏承燾：〈天風閣讀詞札記〉，《湘潭大學學報》，頁40～41。

〔註473〕夏承燾〈讀張炎《詞源》〉，見收於《夏承燾集・月輪山詞論集》，冊2，頁404。

〔註474〕唐圭璋編：《全宋詞》，冊1，頁300、冊3，頁1884、1867。

空」之說，容易淪為空洞無實作品的藉口，此乃夏承燾批評張炎「清空」說的第三點。

　　此外，夏承燾肯定張炎「音律所當參究，詞章先宜精思」之論，認為這是以上諸項之中，最高明的見解。自周邦彥審音定律、創製新調以來，詞體嚴分四聲，張炎《詞源・雜論》開宗明義即提出「詞之作必須合律」。然若詞人文采不高，而死守格律，讀之往往令人失笑。故云：「音律所當參究，詞章先宜精思。俟語句妥溜，然後正之音譜，二者得兼，則可造極玄之域。」〔註475〕儘管是精通音律的張炎，也要求文字需先妥溜，使詞稱得上文學作品之後，才能協以音律。這否定了南宋方千里、楊澤民、陳允平諸人因樂造文、死腔盲填的弊病，為夏承燾所認同。

_____

〔註475〕〔宋〕張炎《詞源》，卷下，唐圭璋主編：《詞話叢編》，冊1，頁265。